AtV

DANIELLE THIÉRY, geboren 1947, zwei Kinder, Kriminalkommissarin in Paris und in den siebziger Jahren die erste Frau an der Spitze eines französischen Kommissariats. 1991 findet sie endlich die Zeit zu schreiben. Seitdem hat sie eine Fernsehserie entwickelt, an mehreren Fernsehproduktionen mitgearbeitet, einen autobiographischen Roman (Prix Bourgogne 1997) und sieben Krimis (Prix Polar 1998) geschrieben. Jahrzehntelange Tuchfühlung mit dem Verbrechen, große Menschenkenntnis und ein Händchen für spannende Plots ergeben jene unverwechselbare Mischung, mit der sie sich bereits eine stattliche Fangemeinde erobert hat.

Im Aufbau Taschenbuch Verlag sind außerdem erschienen: »Der tödliche Charme des Doktor Martin« und »Der letzte Klient des Maître Renoir«.

Léo Lunis ist neu in Marions Truppe. Und er ist der Mann ihres Lebens. Zeitgleich geschehen seltsame Dinge: Ein unheimlicher, charismatischer Vergewaltiger treibt sein Unwesen in der Stadt, ein Mann wird auf offener Straße erschossen, anonyme Anrufe strapazieren Marions Nerven. Das Schlimmste ist, daß alle Spuren zu ihrem neuen Kollegen und Liebhaber führen. Dabei ist Léo schon bei ihr und Nina eingezogen, deren Adoptionsverfahren gerade erst begonnen hat. Marions zerbrechlicher Traum vom Familienglück wird endgültig zum Alptraum, als sie vom Mord an Léos erster Frau Gina erfährt.

Wieder einmal sieht die impulsive Kommissarin keinen anderen Ausweg, als auf eigene Faust zu ermitteln, und bezahlt dafür um ein Haar mit dem Leben.

Danielle Thiéry

Die fatale Lust der Mademoiselle Julie

Roman

Aus dem Französischen
von Sabine Schwenk

Aufbau Taschenbuch Verlag

Die Originalausgabe erschien 1999 unter dem Titel
Et pire, si affinités ...
bei den Editions Robert Laffont, Paris.

ISBN 3-7466-2052-X

1. Auflage 2004

Einbandgestaltung Torsten Lemme
unter Verwendung eines Fotos von T. Reed, zefa
Druck Clausen & Bosse, Leck
Printed in Germany

www.aufbau-taschenbuch.de

Für den kleinen Prinzen …

1

Um 23 Uhr 32 stieg Julie Rouvres aus dem Bus der Linie 46. Sie schlug den Kragen ihrer roten Jacke hoch, hielt ihn unter dem Kinn zusammen und sah zum Himmel. Endlose, bleigraue Wolkenkolonnen zogen vorüber. Es hatte den ganzen Tag geregnet, jetzt war Wind aufgekommen. Nachdem sie vier Stunden lang Pizza serviert hatte, fühlte sie sich schmutzig, ihre Haare verströmten einen widerlichen Geruch nach heißem Öl, Parmesankäse und Zigarettenrauch, von dem auch ihre Kleider durchdrungen waren. Sie ging schneller, um sich noch waschen zu können, ehe Johan kommen würde, ihr Verlobter. Verlobter! Es wollte ihr selbst noch nicht so richtig in den Kopf, daß sie verlobt war. Als sie Johan kennengelernt hatte, war sie davon ausgegangen, daß er wie alle anderen nur eine kurze Episode in ihrem Leben darstellen würde. Dabei war Julie hübsch, sympathisch und intelligent – sie studierte seit drei Jahren Medizin. Aber die Männer blieben nie länger als ein paar Tage bei ihr, ein paar Wochen vielleicht, wenn sie Ausdauer hatten. Es mochte an ihrer mangelnden Leidenschaftlichkeit im Bett liegen. Sie hatte wirklich alles ausprobiert, um zum Orgasmus zu kommen, was anderen Frauen ja angeblich gelang, indem sie einfach die Beine spreizten und die Hüften im Takt dazu bewegten. Sie hatte Ärzte aufgesucht, die als kompetent in diesen Dingen galten, sogar einmal einen Allzweck-Psychologen angerufen, der im Radio sein Unwesen trieb. Alles umsonst. Nichts war passiert, außer daß die verdrießlichen

Liebesspiele sie mit der Zeit regelrecht anwiderten. Daß es mit ihr und Johan nach vier Monaten immer noch funktionierte, hatte mit Sex nicht das geringste zu tun.

»Irgendwann kommt das von selbst«, versicherte ihr die beste Freundin. »Du wirst sehen. Irgendwann kommt der Typ, auf den du richtig abfährst.«

Julie wollte an all das nicht denken. Johan würde ihr Mann werden, auch wenn das Bild eines anderen manchmal in ihrem Kopf herumspukte und sie aufwühlte.

Sie beschleunigte ihren Schritt. Auf der Brücke, die über die Autobahn führte, fegte der Wind unter ihren kurzen Rock, strich kalt über ihre Schenkel.

»Die verlegen diese Bushaltestelle jedesmal ein Stück weiter nach hinten!«

Sie schimpfte, wie so oft, über die unbequemen öffentlichen Verkehrsmittel, die viel zu langsam waren, überfüllt und stickig, wenn nicht sowieso gerade gestreikt wurde. Ihr kam jener Abend vor einer Woche in den Sinn, als sie sich dank eines völlig unangebrachten Streiks der Lyoner Busfahrer im Regen auf dem Bürgersteig wiederfand. Kein Taxi weit und breit und niemand, der sie hätte heimbringen können. Doch das Schicksal hatte es gut mit ihr gemeint und einen Schutzengel vorbeigeschickt: einen Streifenwagen, dessen Fahrer ihr nicht nur einen mindestens sieben Kilometer langen Fußmarsch ersparte, sondern auch ihr Herz höherschlagen ließ.

Die Erinnerung an diese aufregende Autofahrt ließ sie zusammenzucken. Der Polizist hatte ziemlich Gas gegeben und das Funkgerät dabei unentwegt seine Meldungen ausgespuckt. Und um das Gewimmel aus Taxis und Autos zu umgehen, die sich vor der Zufahrt zur Presqu'île, der Halbinsel zwischen Saône und Rhone, drängelten, hatte der Mann schließlich das Martinshorn eingeschaltet. Mit zitternden

Beinen und feuchten Händen hatte Julie auf dem Beifahrersitz gesessen, während es tief in ihrer Magengrube sonderbar kribbelte.

Als sie einen Blick über das Brückengeländer warf, stellte sie fest, daß trotz der späten Uhrzeit reger Verkehr herrschte. Ein dicker Laster, dem zwischen den Stäben des Metallgeländers ihre gehetzte Silhouette aufgefallen war, hupte wild und blendete mehrmals auf. Am Ende der Brücke mußte sie noch eine Baustelle passieren, ein großer Gebäudekomplex entstand dort, Marke sozialer Wohnungsbau, dessen Mieträume sich wohl kaum von ihren eigenen unterscheiden würden: genauso sauber, genauso banal. Die Wohnungsbaugesellschaft hatte vor, mindestens einen Hektar Baufläche zu füllen; monatelang würde man also noch an graffitiverschmierten Bretterzäunen entlanggehen, über schlammige Pfützen steigen und auf die regungslosen Schatten der großen, in der Dunkelheit kauernden Maschinen starren. Und die Zähne zusammenbeißen, um nicht hören zu müssen, wie sie vor Kälte oder Angst klapperten.

Gerade als sie die letzte Hürde nehmen wollte, die darin bestand, um den verlassenen Parkplatz des Supermarkts *Atac* herumzugehen und dann wieder auf die andere, beleuchtete Straßenseite zu gelangen, passierte es.

Der Mann packte sie von hinten und preßte sie an sich, sie hatte ihn nicht einmal kommen hören. Mit seinen starken Armen umklammerte er ihren schlanken Körper so fest, daß ihr die Luft wegblieb. Julie wußte, daß sie in der Falle saß und merkte, wie ihr Widerstand nachließ. Sie wäre fast ohnmächtig geworden, als sie die Lippen des Mannes an ihrem Hals spürte. Er schien sich an den fettigen Ausdünstungen ihres Körpers, dem Geruch nach Arbeit und Schweiß nicht zu stören. Der fremde Mund in ihrem Nacken biß sich in ihre zarte Haut, ein leichter, sinnlicher Biß, der sie erschauern ließ. Sie dachte kurz daran zu schreien, aber wer hätte sie gehört? Um diese Uhrzeit kam hier niemand vorbei, und angesichts der laut rauschenden Autobahn, die nur wenige Meter entfernt war, erschien jeder Versuch, sich bemerkbar zu machen, sinnlos.

Die Hände des Mannes streichelten über ihren Körper, als hätten sie noch nie einen so kostbaren Gegenstand ertastet. Sie griffen nach ihren vollen, festen Brüsten, kneteten sie mit fast mechanischen Bewegungen, die dennoch voller Leidenschaft waren. Julie spürte, wie sie taumelte, in die Knie ging, woraufhin der Mann sie noch fester an den Brüsten packte. Am liebsten hätte sie um Hilfe gerufen, die Flucht ergriffen und auf den Mann eingeschlagen, der von Sekunde zu Sekunde heftiger atmete, während sein Körper sich hinter ihrem Rücken zunehmend versteifte. Doch statt dessen war sie wie gelähmt, hatte weiche Knie und glaubte sich übergeben zu müssen. Merkwürdige Sinneseindrücke bedrängten sie und legten sich wie ein Schleier über ihre Wahrnehmung. Der Mann roch nach Tabak und verströmte zugleich einen blumigen, würzigen Duft ... Sein Atem, seine Hände ... Sie kannte diese Hände.

»Julie ... Julie ...«

Du lieber Himmel! Er flüsterte ihren Namen, er kannte ihren Namen! Und diese tiefe, männliche Stimme, so sinnlich und charmant ... Sie kannte diese Stimme ...

Ihr Körper reagierte, flüsterte ihr den Wunsch ein, dieser Mann möge weitermachen, möge das, was er angefangen hatte, zu Ende bringen. In der Stille der nächtlichen Baustelle spürte Julie ihr Herz schneller schlagen, hörte sich stöhnen und wimmern wie ein junger, ausgehungerter Hund. Der Mann preßte sich immer fester an sie, drang in sie ein, bog ihren Oberkörper nach vorn. Er tat dies ohne jede Gewalt, doch in seinen Gesten lag etwas unbedingt Forderndes und Drängendes. Die eine Hand löste sich von der linken Brust der jungen Frau und schob sich zwischen ihre Beine. Der rote Faltenrock der Pizzeria rutschte über ihre Hüften, Julie fühlte die frische Luft auf ihrer nackten Haut. Als der Mann ihr Geschlecht berührte, fühlte sie ihre Sinne schwinden. Das Höschen an ihren Schenkeln glitt herunter. Sie beugte sich nach vorn, stützte sich mit den Ellbogen auf ein unfertiges Mauerstück und gab sich dieser Hand ganz und gar hin, während ein überwältigendes Gefühl ihren Unterleib durchzog und ihr den Mund austrocknete. Der Mann sagte kein Wort. Er nahm sie, als gäbe es keine Alternative dazu. Zum erstenmal in ihrem Leben verlor Julie die Kontrolle über sich. Willig ließ sie den Mann gewähren und sich mitreißen von einer Welle ungeahnter Empfindungen. Als sie schließlich stöhnend nachgab, verlangsamte der Mann seinen Rhythmus, bis er fast ganz innehielt. Er zog sie an den Haaren nach hinten, ohne dabei brutal zu sein. Julie stieß einen leisen Schrei aus.

»Sag: Ich liebe dich!« befahl er ihr flüsternd.

Mit Tränen in den Augen schüttelte Julie den Kopf.

»Sag es, los, sag: Ich liebe dich!« Der Mann wurde lauter. »Sag es, dann gehe ich.«

Julies Herz tat einen Sprung, und vor ihren Augen begann es zu flimmern. Am liebsten hätte sie »Nein, geh nicht, jetzt noch nicht!« geschrien. Statt dessen hörte sie sich wie versteinert stammeln: »Ich liebe dich!«

Ihre Stimme zitterte. Eine Träne kullerte ihr über die Wange in den nervös zuckenden Mundwinkel.

Der Mann ließ sie nicht los, im Gegenteil, wieder und wieder stieß er in sie hinein und zwang ihrem Körper einen immer schnelleren, immer heftigeren Rhythmus auf, während er im gleichen Takt unaufhörlich befahl: »Sag es! Los, sag: Ich liebe dich!«

Keuchend und völlig aufgewühlt von einer bitteren Wollust, wiederholte sie, was er hören wollte. Schließlich bäumte er sich hinter ihr mit einem kurzen Stöhnen auf, dann zog er sich langsam aus ihr zurück. Mit einer Hand hielt er sie weiter fest, die andere schob er zwischen ihre Schenkel, als wollte er sie ein letztes Mal streicheln. Wie gelähmt ließ sie es geschehen und fuhr erst erschrocken zusammen, als der Mann mit seiner nassen Hand über ihr Gesicht strich und merkwürdige Zeichen darauf malte.

Dann war es vorbei. Er hatte sich von ihr gelöst, plötzlich war es kalt, der Wind fegte über ihre bloßen Hüften und ihre feuchten Schenkel. Zitternd richtete sie sich auf, wagte es jedoch nicht, sich umzudrehen. Wen würde sie entdecken? Wer verbarg sich hinter diesen Worten und Gesten? Sie schluckte und schluchzte lange, ehe sie sich ein wenig beruhigte und wieder normal atmen konnte.

Erst danach riskierte sie einen Blick über ihre Schulter, um festzustellen, daß die Straße hinter ihr leer war. Der Mann war verschwunden, still und leise wie der Wind, der über den im Bauschutt herumliegenden Müll strich. Die einzig greifbare Spur, die er hinterlassen hatte, war jene warme Flüssigkeit, die an ihren Schenkeln herablief, auf ihrem Gesicht zu trocknen begann und die sie weder zu berühren noch abzuwischen wagte.

»Hilf mir, lieber Gott!« flehte sie und blickte sich dabei hilflos, mit auf den Wangen verklebten Haarsträhnen um.

Ihre Tasche war in eine Pfütze gefallen. Sie bückte sich, um sie aufzuheben, was sie einige Kraft kostete. Sie war wie zerschlagen, ihr ganzer Körper schmerzte, als sei sie durch die Mangel gedreht worden. Da stand sie mit gespreizten Beinen am Rand der verlassenen, dunklen Baustelle und fragte sich, wie sie sich jetzt verhalten sollte. Zur Polizei gehen und Anzeige erstatten? Was würde sie dort sagen? Aus dem Studium wußte Julie sehr genau, wie eine gerichtsmedizinische Untersuchung nach einem derartigen Sexualverkehr aussah. Ein einziger Spießrutenlauf. Sie konnte die höhnischen Bemerkungen schon hören: »Ungeschützter Verkehr, Sie kennen die Folgen: Geschlechtskrankheiten, Schwangerschaft, Hepatitis, Aids.« Das kam überhaupt nicht in Frage. Wie sollte sie außerdem im Rahmen einer Strafanzeige die Lust beschreiben, die sie empfunden hatte? Und die tiefe Scham? Und wenn es ohnehin nichts zu sagen gab, warum sollte sie dann überhaupt hingehen?

Sie wollte nach Hause, sich waschen, sich bis in die letzte Pore durchscheuern, um alle Spuren dieser beschämenden Offenbarung zu beseitigen.

Der Gedanke an Johan, der vielleicht schon auf sie wartete, ließ sie erstarren. Wie konnte sie ihm das, was passiert war, erklären? Wie sollte sie ihm beichten, was sie empfunden hatte? Ein Lustgefühl, das sie mit ihm wahrscheinlich niemals erleben würde, mit ihm, der sich bestimmt nicht die Mühe machte, sie zu verstehen, sondern schnellstens die Flucht ergriffe. Julie wußte, daß sie es nicht schaffen würde, dieses Abenteuer zu verschweigen, mit ihrem Geheimnis weiterzuleben und ihre Zukunft an der Seite ihres Verlobten zu verbringen, als sei nichts geschehen. Selbst wenn sie dazu in der Lage gewesen wäre, mußte sie Johan schützen, mußte ihm verbieten, sie zu berühren, und ihm den Grund dafür sagen. Spätestens dann würde er sie mit Sicherheit verlassen.

Auf einen Schlag brach alles zusammen, ihre Pläne, ihre Zukunft, ihr ganzes Leben gingen unter wie die düsteren Umrisse der Baumaschinen vor ihren tränenverschleierten Augen.

Sie wandte der Straße und dem Licht den Rücken zu und machte sich auf den Weg, mit hängenden Schultern, unentschlossen und wie gerädert. Sie weinte lautlos, mit zusammengeschnürter, schmerzender Brust.

Mitten auf der Brücke blieb sie stehen. Unter ihr rauschte noch immer der Verkehr, ein doppeltes Lichterband, weiß und blendend auf der einen, rot auf der anderen Seite. Während sie sich am Geländer festhielt, mußte sie wider Willen an den Mann denken, und sofort zog sich ihr Unterleib zusammen.

Mit einem Finger malte sie mehrere Zeichen auf den metallenen Handlauf, ein neuer Tränenschub ließ die Lichter vor ihren Augen tanzen. Sie ritzte die Zeichen mit der Spitze des Kulis nach, den sie immer in ihrer Jackentasche trug, um jederzeit Bestellungen in der Pizzeria aufzunehmen. Schwarze Linien überzogen die rote Farbe des Geländers, von der hier und da ein paar Stückchen absplitterten und ins Leere flatterten, fortgetragen von der kühlen Brise eines Frühlings, der auf sich warten ließ. Und wie Julie sich so mitten in der Nacht an dem Geländer zu schaffen machte, wurde ihr klar, daß sie nie wieder über diese Brücke würde gehen können, ohne sich an das zu erinnern, was ihr der Mann ohne Gesicht offenbart hatte. Voller Verzweiflung gestand sie sich schließlich ein, daß sie nicht nur immer daran denken, sondern – und das war noch schlimmer – nicht mehr würde leben können, ohne auf ihn zu warten. Diese Aussicht war so unerträglich, daß sie jede Hoffnung auf eine ungetrübte Zukunft auslöschte.

Schluchzend riß sie sich die Goldkette mit dem Anhänger vom Hals, die Johan ihr zum Geburtstag geschenkt hatte, und warf sie auf die Autos, die unter ihr glücklich heimwärts strebten. Glück würde es für sie nicht mehr geben.

Blind vor Tränen und wie in Trance zog sie nacheinander ihre Schuhe und Kleider aus und ließ sie in die Tiefe fallen, wie zuvor Johans Liebesbeweis. Ihr kurzer Faltenrock schwebte einen Moment in den Abgasströmen, die die vorbeijagenden Autos erzeugten, und landete schließlich unter den Reifen eines englischen Busses, wo er sofort zerfetzt wurde und sich um die Radnabe wickelte wie ein schmutziger Lappen.

Anderthalb Sekunden später prallte Julie Rouvres nackt auf die Motorhaube eines großen Lastwagens, der nach Paris unterwegs war. Ihr Körper schlug zweimal gegen das überhitzte Metall, bevor der Laster ihn fortschleuderte. Wie eine Feder, die der Wind davonträgt. Der Flug endete auf der Leitplanke, mit gebrochenem Rückgrat.

2

Marion hastete mit ihrer Ledermappe in der Hand die Stufen des Justizpalastes hinunter. Sie war müde und verärgert. Ausnahmsweise hatte sie auf ihre übliche Arbeitskleidung – Jeans, Blouson, Paraboots – verzichtet und einen Hosenanzug aus beigefarbenem Leinen angelegt, über dem sie einen schwarzen Regenmantel trug. Seit Beginn der Woche waren die Lyoner immer wieder von unerwarteten Regenschauern überrascht worden. Zwei Stunden hatte sie vor dem Schwurgericht verbracht, wo erhitzt debattiert wurde, zwei Stunden als Zeugin einem Mordprozeß beigewohnt, bei dem die Dinge eigentlich klar auf der Hand lagen. Dennoch hatte der geschickte Verteidiger sie regelrecht auseinandergenommen, wobei ihm der miserable Vertreter des Generalstaatsanwalts unfreiwillig Schützenhilfe geleistet hatte. Das Ganze fand unter den spöttischen Blicken des Angeklagten statt, der zunächst wie ein geprügelter Hund ausgesehen und fast ihr Mitleid erregt hatte. Sie atmete tief durch und klopfte an die Scheibe des Wagens, der sie hierhergebracht hatte. Der Fahrer hatte das Funkgerät eingeschaltet und las dabei *L'Equipe*.

»Ich brauche ein bißchen frische Luft«, sagte sie und warf ihre Tasche auf den Rücksitz. »Holen Sie mich an der Place des Terreaux wieder ab, vor der Oper, in einer Stunde.«

Sie wollte ein Weilchen umherschlendern, bummeln, einfach mal eine Stunde blaumachen. Langsam durch die belebten Straßen der Innenstadt flanieren, die Stadt spüren, ihr Rauschen, ihren Puls. Danach würde sie wieder in das hektische Treiben ihres Alltags eintauchen, zurückkehren in das Bürogebäude, das noch ganz neu und schon völlig verdreckt war, zurück zu ihren treuen Jungs, die trotzdem so kompliziert waren wie alle Männer dieser Welt, besonders, wenn es sich dabei um Polizisten handelt. Und dann gab es natürlich Nina und Léo, ihre kleine Welt, ihr Leben…

Heute abend kommt Léo zum Essen … Was soll ich bloß kochen?

Am besten schaute sie gleich bei Rougelet vorbei, dem Metzger, bei dem man göttliches Fleisch bekam. Léo aß für sein Leben gern Fleisch, sie selbst mochte lieber Fisch und Gemüse und Nina Pommes Frites oder Nudeln. Wenn sie Kalbfleisch mit Spaghetti und Champignons machte, wären alle zufrieden. Außerdem wollte sie einen Blick in die eine oder andere Boutique werfen. Trotz des unfreundlichen Wetters kündigte sich nämlich langsam der Frühling an, und es war höchste Zeit, ihre Garderobe mal wieder aufzufrischen.

Marion überquerte die Saône und anschließend die Place Bellecour, auf der das Pferd von Ludwig XIV. den Passanten sein Hinterteil präsentierte. Von dort aus bog sie in die Fußgängerzone ein, die sich vom zweiten bis ins erste Arrondissement erstreckte. Trotz des schlechten Wetters wimmelte es in der Stadt von Menschen, vor allem vor den Kinos standen viele junge Leute lärmend Schlange. Mitten auf einer noch wenig besuchten Caféterrasse spie ein Feuerschlucker mit nacktem, schweißüberströmtem Oberkörper lodernde Flammen in den Himmel. Sein ledernes Gesicht erinnerte an einen alten Indianer. Für kurze Zeit vergaß Marion alles andere – das Schwurgericht, spöttische Mörder und miese Staatsanwälte. Erst als sie gegenüber von einem edlen Porzellangeschäft den Laden *Tarte Julie* entdeckte, der mit allerlei goldgelb gebackenen süßen und salzigen Köstlichkeiten lockte, bemerkte sie, daß sie das Mittagessen übersprungen hatte. Merkwürdigerweise brachte sie den Namen Julie sofort mit einem Fall in Verbindung, der im Prinzip nicht außergewöhnlich gewesen war, ihr aber trotzdem nicht aus dem Kopf ging, vielleicht, weil sie das Opfer Julie Rouvres gekannt hatte. Aus unerklärlichem Grund zog sich Marions Magen zusammen, mit dem Hunger war es vorbei, und so setzte sie ihren Weg ohne einen Imbiß fort.

Ein kurzer Halt, um die Zutaten fürs Abendessen zu besorgen, ein Abstecher in die Abteilungen von *Printemps*, wo es die paar Dinge gab, die Nina noch für ihre Ferien benötigte, dann bummelte sie an den Schaufenstern einiger wahnwitzig teurer Boutiquen vorbei, und schon tauchte das Hôtel de Ville auf. Marion wußte, daß der Fahrer hundert Meter weiter auf sie wartete, sie verlangsamte ihren Schritt und blieb an der Ampel gegenüber der Metrostation stehen. Auf den Bürgersteigen drängten sich die Menschen immer noch, und nur wenige Meter entfernt von ihr wartete ein Pärchen ebenso wie sie darauf, daß die Ampel für die Autofahrer auf Rot umsprang. Ein unauffälliges Allerweltspaar inmitten einer farblosen Menge. Um den Verkehr im Auge zu behalten, mußte Marion in die Richtung der beiden blicken. Der Mann war um die Dreißig, hatte langes braunes Haar, das leicht gewellt über den Kragen seiner Lederjacke fiel, und hielt eine wesentlich kleinere, schon etwas aus der Form geratene Frau in seinem Arm. Besonders hübsch war sie bestimmt nicht, wenngleich man ihr Gesicht nicht erkennen konnte, da sie es in der Brust ihres Begleiters vergrub. Zerstreut streichelte der Mann über das dünne, schon ergraute Haar der Frau, das im Nacken von einer losen Schleife zusammengehalten wurde. Marion fiel auf, wie nachlässig sie gekleidet war und daß sie älter wirkte als er. Ungewollt begegnete sie dem Blick des Mannes. Er starrte sie intensiv, fast überrascht an, so wie ein Mann eine Frau anschaut, die ihm gefällt. Doch sprach noch etwas anderes aus seinen Augen. Eine Art Selbstverständlichkeit, als würde er sie seit jeher kennen oder als habe er schon immer auf sie gewartet. Marion fand ihn weder häßlich noch besonders schön, trotzdem nicht uninteressant. Irgend etwas rief er in ihr wach, und nach einigem Nachdenken kam sie zu dem Schluß, daß ihr das Paar an diesem Tag schon einmal über den Weg gelaufen sein mußte, vielleicht auch am Vortag oder bei einer völlig anderen Gelegenheit. Gedankenverloren starrte sie auf die Rathausfassade, blickte dann auf ihre Uhr und fragte sich, ob die Autos wohl noch mal anhalten würden.

In diesem Moment veränderte sich die Situation. Eine ungewöhnliche Bewegung des Mannes veranlaßte Marion dazu, sich nochmals in seine Richtung umzudrehen. Das Paar verharrte in derselben Haltung wie zuvor, regungslos wie die Statuen hinter den hellen Sandsteinmauern des Saint-Pierre-Museums. Der Fremde fixierte Marion mit einem glühenden Blick, dem sie sich nicht mehr entziehen konnte. Sie las eine wilde Suche darin, ein Verlangen, dessen Heftigkeit sie erschütterte. Er preßte den Kopf seiner Begleiterin noch immer an sich, doch mit der anderen Hand fingerte er nun am Hosenschlitz seiner Jeans herum, die sich an dieser Stelle deutlich gewölbt hatte. Marion wußte, daß es nur einen Grund dafür geben konnte. Konzentriert und angespannt begann er, sich mit präzisen, wenn auch kaum wahrnehmbaren

Bewegungen zu reiben. Gebannt sah Marion zu, wie seine Finger immer hastiger auf und ab schnellten, ohne daß der restliche Körper in irgendeiner Weise in Unruhe geriet. Niemand schien zu bemerken, was dort vor sich ging, weder die Frau, die sich an ihn schmiegte, noch die übrigen Passanten. Von dieser unglaublich dreisten Geste, die eindeutig für Marion bestimmt war, sollte niemand anders etwas mitbekommen. Endlich schaltete die Ampel auf Rot, und die Autos hielten an. Ohne jede Eile trat der Mann auf die Fahrbahn und zog die Frau mit sich. Fassungslos sah Marion ihm nach, wie er lässig die Straße überquerte, ohne die Hand von der besagten Stelle zu nehmen, wie er Fußgängern auswich und schließlich vor der Treppe zur Metrostation stehenblieb. Er hielt kurz inne, wandte sich dann zu Marion um, die sich nicht vom Fleck gerührt hatte. Während seine gleichgültige Begleiterin, die wie weggetreten war und möglicherweise unter Drogen stand, weiterhin nichts von seinem Tun bemerkte, trieb der Mann die Dinge mit ein paar raschen Handgriffen voran. Er streckte und spannte sich, den Blick auf Marion geheftet, die wie versteinert am Bordstein stand. Gleich darauf eilte er mit der willenlosen Frau im Arm die Treppe hinunter.

In Marions Kopf herrschte ein solcher Aufruhr, daß sie mehrere Sekunden brauchte, bis sie reagieren konnte. Die Ampel hatte längst wieder umgeschaltet, als sie sich zwischen die Autos stürzte und ein Hupkonzert auslöste. Sie steuerte auf die Metrostation zu, lief die Treppe hinunter, doch der Bahnsteig war leer. Sie konnte gerade noch die roten Schlußlichter des Zuges sehen, der in den Tunnel eintauchte.

Kommissarin Edwige Marion, von allen kurz Marion genannt, glaubte nicht an Schicksal. Sie wußte zwar, daß der Zufall ihr und ihren Kollegen hin und wieder zu Hilfe kam, aber sie glaubte nicht einen Augenblick lang, daß er bei diesem unseligen Ereignis mitgemischt hatte. Und so stürzte dieser Vorfall, den sie eigentlich unter ferner liefen hätte abbuchen können, wenn man bedenkt, wie viele Exhibitionisten und Perverse ihr von Berufs wegen begegneten, sie in größte Verwirrung.

3

Marion schaltete den Fernseher wieder ein, um sich noch einmal die Abendnachrichten auf TF1 anzusehen.

Sie war gegen 19 Uhr nach Hause gekommen und hatte sich sofort daran gemacht, Ninas Koffer zu packen. Das Mädchen, das seinem Aufbruch in die Ferien voller Spannung entgegensah, war ihr dabei nicht von der Seite gewichen. In den Regionalnachrichten war erneut vom »schrecklichen Tod« der Julie Rouvres die Rede gewesen.

»Selbstmord oder Verbrechen?« fragte sich der Journalist. »Die Ermittlungen unter Leitung von Kommissarin Marion ...«

»Der redet von dir, Marion!« hatte Nina geschrien, mit todernstem Gesicht und wie erstarrt, ein Söckchen in jeder Hand. »Bringst du den Mann, der sie umgebracht hat, ins Gefängnis?«

»Ich weiß nicht, ob sie umgebracht worden ist, aber wenn es so ist, dann werde ich ihn verhaften, sobald ich ihn finde ... Los, komm jetzt, wir gehen in die Badewanne!«

Es war besser, den Fernseher auszuschalten, sie mußte Nina schützen. Die Nachrichten konnten warten. Marion haßte den traurigen Ausdruck, der noch viel zu oft das Gesicht des Kindes überschattete, wenn von Polizisten, Verbrechen und bösen Menschen die Rede war.

»Wir beide, zusammen?« Nina war schon wieder fröhlich.

»Ja, mein Schatz … Wer als erster an der Badewanne ist, hat gewonnen!«

In ihren roten Häschen-Pantoffeln, ein Geschenk von Léo, das sie über alles liebte, war Nina, so schnell sie konnte, losgerannt. Sie hatte sich an den Wänden abgestoßen, um mit noch mehr Schwung über den Fliesenboden zu schlittern, und erreichte die Badewanne schließlich mit einer Kopflänge Vorsprung vor Marion, die sich keuchend über sie warf. Die Kleine hatte schallend gelacht. Dieses Spielchen war schon fast ein Ritual, mit dem sich Ninas Ängste vertreiben ließen.

»Gewonnen, Marion, ich hab gewonnen!«

Marion fuhr zusammen, als es an der Tür läutete, sie konnte sich einfach nicht an diesen lächerlichen Klingelton gewöhnen.

Ich muß sie auswechseln, mit diesem Gebimmel werde ich mich nie anfreunden. Ich hasse Türklingeln, Schellen, Wecker …

Das größere Problem war allerdings, sich überhaupt in diesem Haus zurechtzufinden, die Klingel stellte dabei nur ein banales Detail dar. Um Nina bei sich aufzunehmen, hatte sie sich dazu durchringen müssen, eine neue Bleibe zu suchen. Ihre kleine Altbauwohnung am Saône-Ufer zu verlassen war ihr nicht leichtgefallen. Marion liebte diese alten Häuser, in denen es nach Staub und Bohnerwachs roch, der Umzug in einen am Stadtrand gelegenen Neubau mit Garten bedeutete einen Einschnitt: Die übernommene Verantwortung für Nina ging einher mit einem Statuswechsel. Sie selbst hatte die Behörden ersucht, ihr Nina, das jüngste von den drei Kindern des Inspektor Joual, der zusammen mit seiner Frau umgebracht worden war, anzuvertrauen. Es war eine Probezeit vereinbart worden, in der die Bürokraten vom

Jugendamt sich davon überzeugen sollten, daß Marion eine akzeptable Ersatzmutter abgeben würde und daß man dem Adoptionsantrag stattgeben konnte. Erste Bedingung war das Haus gewesen als Garant sozusagen für Stabilität und einen gewissen Komfort, der den Bedürfnissen eines sechsjährigen Mädchens entsprach. Die zweite Voraussetzung für Marions gesellschaftlichen Eingliederungsprozeß lehnte in diesem Moment unrasiert und offensichtlich erschöpft in einer offenen, etwas abgewrackten Lederjacke im Türrahmen, ein zerkautes Streichholz zwischen den ebenmäßigen Zähnen.

Marion lächelte, als sie sich auf die Zehenspitzen stellte, um ihn zu küssen. Seine Bartstoppeln kitzelten an ihren Lippen und ließen seinen ohnehin schon dunklen Teint noch dunkler erscheinen. Ja, das war er, Léo Lunis, dreiunddreißig Jahre alt, Capitaine bei der Kripo, seit fünf Monaten ihr Freund, ihr Geliebter, ihr Mann.

»Wenn die Frau vom Jugendamt dich sehen würde«, sagte Marion lachend, »würde sie mir Nina sofort wieder wegnehmen. Wann hast du das letzte Mal geschlafen, Léo?«

Er umschlang Marions Taille, hob sie hoch und vergrub sein Gesicht an ihrem Hals. Gierig atmete er ihren Duft ein, stöberte mit dem Mund in ihren wirren, blonden Locken, stellte sie wieder auf den Boden und bedeckte ihre Stirn, ihre Nase, ihre Ohren mit zärtlichen, ungeduldigen Küssen. Dann nahm er sie wieder in den Arm und drückte sie fest an sich. Marion seufzte und schmiegte sich mit geschlossenen Augen an Léos grauen Wollpullover.

»Es riecht gut hier«, bemerkte er, während er mit einem Fuß die Tür zumachte, damit die kühle Abendluft nicht ins Haus drang.

»Ich habe ein bißchen gekocht«, erwiderte Marion hocherfreut. »Kalbsschnitzel mit Pilzen ...«

»O nein, bloß keine Pilze«, stöhnte Léo und hielt sich eine Hand vor den Bauch. »Davon wird mir immer total übel.«

Marion machte ein so enttäuschtes Gesicht, daß er in lautes Lachen ausbrach.

»Ach was, das war nur ein Witz, ich liebe Pilze ... besonders aus der Dose!«

Jetzt mußte auch Marion lachen, erstaunt über seine unerwartete Albernheit und gute Laune, die so gar nicht zum erschöpften Äußeren paßten. Während sie zu ihm hochblickte und ihn betrachtete, wußte sie, daß sie in diesem Augenblick alles um sich hatte, was sie liebte. Nina, die in ihrem Zimmer spielte, und Léo in den Armen, auch er glücklich, bei ihr zu sein. Sie war gern schon zu Hause, wenn er heimkam. Trotz der Unordnung, die noch herrschte, war es angenehm und wohnlich in diesem Haus. Sie waren eine Familie. Léo warf einen kurzen Blick zu den Holzstufen hinüber, die in die erste Etage führten, und entdeckte dort die Nasenspitze von Nina, die sich hinter dem Geländer versteckt hielt.

»Wo ist Nina? Schon im Bett?«

Er zwinkerte Marion zu, sie verstand und trat hinter ihn.

»Sie muß morgen ziemlich früh aufstehen«, sagte sie, »und außerdem fit sein, denn ihre Großmutter hat ein Mammutferienprogramm für sie aufgestellt.«

Marion packte den abgewetzten Kragen von Léos Lederjacke und zog ihn nach unten, worauf ein athletischer Rücken zum Vorschein kam, auf dem sich zwei Holsterriemen kreuzten. Geschickt öffnete sie die Schnalle, nahm den Revolver – eine Magnum, Kaliber 357 – aus dem Schulterholster und legte ihn oben auf die Glasvitrine.

Das war für jeden Polizisten, der Kinder hatte, eine selbstverständliche Geste. Ein Handgriff, den Marion, als sie selbst noch klein war, hundertmal bei ihrem eigenen Vater beobachtet hatte. Nur daß er die Waffe dann meistens unter seinem Kopfkissen versteckte. »Wegen Algerien«, hatte ihr die Mutter lange nach seinem Tod einmal erklärt. Marion hatte das damals nicht verstanden und auch die Gefahren nicht gesehen, die ihrem Vater drohten, aber sie wußte, daß Schußwaffen eine Faszination auf Kinder ausübten, und zwar nicht nur auf kleine Jungs.

»Das ist schade, ich hatte eigentlich ein Geschenk für sie«, seufzte Léo und ging ins Wohnzimmer, wo sich noch einige unausgepackte Kartons stapelten.

Daraufhin ertönte hinter ihm ein leises Geräusch, nicht lauter als das Scharren einer Maus.

»Sag mal, hab ich da nicht was gehört? Wetten, daß sich da oben immer noch irgendwelches Ungeziefer herumtreibt ...«

»Meinst du?« fragte Marion, die sofort mitspielte, in beunruhigtem Ton. »Und was machen wir jetzt? Meinst du, wir sollten ein paar Fallen aufstellen?«

»Heute abend nicht mehr, ich bin so erledigt, daß ich noch vor dem Essen ein kleines Nickerchen einlegen werde.«

Er ließ sich auf das Sofa fallen. Das Scharren wurde lauter, und Nina grunzte und schnalzte dazu mit der Zunge wie ein kleines vergnügtes Hausschweinchen, das nichts als Unsinn im Kopf hat. Mit einem Satz war Léo im Flur und stürmte zur Treppe.

»Was zuviel ist, ist zuviel! Jetzt geh ich doch hoch! Ihr werdet schon sehen! Paßt nur auf, ihr Ratten und Läuse!«

Nina reagierte mit einem schrillen Aufschrei. Was folgte, war ein lautes Getrampel, ein Kreischen, Schreien und Poltern und schließlich schallendes Gelächter. Marion schüttelte amüsiert den Kopf über dieses ausgelassene Toben, das Nina und auch Léo, der manchmal so düsterer Stimmung war, offensichtlich Freude bereitete. Während das Nudelwasser kochte, deckte sie den Tisch, stellte ein großes Bierglas darauf, in dem eine weiße Rose prachtvoll blühte, und zündete eine Kerze an. Schließlich wärmte sie die Champignonsauce auf, packte die Kalbsschnitzel aus und entkorkte eine Flasche Wein.

Der Radau hatte aufgehört.

»Das Essen ist fertig«, rief Marion ein paar Minuten später. »Zu Tisch, bitte!«

Als keine Reaktion kam, schlich sie leise die zwölf Stufen in die obere Etage hinauf. Dort führte die erste Tür in ihr Schlafzimmer. Der Raum gegenüber, aus dem irgendwann einmal ein Arbeitszimmer werden sollte, diente als Abstell- und Wäschekammer. Hinter dem Badezimmer lag Ninas Zimmer, wo auf einer Kommode aus Kiefernholz eine kleine, rosafarbene Lampe brannte. Marion blieb auf der Schwelle stehen und betrachtete die beiden: Nina saß auf dem Boden, mit dem Rücken an das helle Holzbett gelehnt, Léo kniete vor ihr und versuchte gerade, mit seinen ungeschickten Männerhänden eine der Barbiepuppen anzuziehen, mit denen Nina am liebsten von morgens bis abends gespielt hätte. Es fiel ihm sichtlich schwer, der langgliedrigen Zelluloidpuppe einen winzigen Büstenhalter überzustreifen. Nina sah ihm zu, wie er hochkonzentriert, mit zusammengezogenen Augenbrauen werkelte, und gab ihm hin und wieder mit größter Ernsthaftigkeit einen Tip.

Marion ging vor Glück und Zärtlichkeit das Herz auf, aber sie mußte wohl oder übel den Buhmann spielen, der die traute Zweisamkeit störte.

»Unten brennt mir gleich alles an«, sagte sie mit beherrschter Stimme.

»Wir kommen.«

Léo wandte sich zu ihr um und schenkte ihr einen liebevollen Blick aus seinen blauen Augen, in denen keine Spur von Müdigkeit mehr zu erkennen war. Marion las in diesem Blick tiefe Zuneigung, in die sich Dankbarkeit mischte.

Er stand auf und zog eine Grimasse, weil ihm die Beine eingeschlafen waren, dann hob er Nina hoch und drückte sie an sich. Das Mädchen schlang die Beine um seinen Körper, legte die Arme um seinen Hals und vergrub ihren Blondschopf an seiner Schulter, leise summend und schon halb im Schlaf. Liebevoll streichelte Léo ihr über Rücken und Hals.

»Komm schon, meine Große, wir gehen, sonst ...«

»... wird Marion böse«, führte Nina mit gedämpfter Stimme seinen Satz zu Ende.

Marion! Sie nennt mich Marion, genauso wie die anderen, wie alle anderen ... Ob sie irgendwann einmal Mama zu mir sagen wird?

Nina war noch nicht soweit. Sie war erst seit zwei Monaten bei ihr, und als Marion sie gefragt hatte: »Wie möchtest du mich nennen, mein Spatz?«, hatte das Mädchen sie erstaunt angesehen. »Marion, du heißt doch Marion.« Natürlich. Die Erinnerung an ihre verstorbene Mutter belastete sie noch zu sehr, sie mußte außerdem die 18 Monate, die sie im Waisenhaus der Polizei zugebracht hatte, verarbeiten und Marion erst noch kennenlernen, sehen, wie es war, mit ihr zusammenzuleben, und die Gewißheit erlangen, daß dieses gemeinsame Leben von Dauer sein würde. Eines Tages würde Nina Mama zu ihr sagen – wenn sie soweit war.

»Sie ist klasse«, verkündete Léo, als Marion nach dem obligatorischen Vorlesen – seit einer Woche war *Schneewittchen* der absolute Favorit – und Gute-Nacht-Küßchen ins Wohnzimmer zurückkam. »Zwei Wochen, sie wird mir fehlen.«

Marion setzte sich neben ihn. Er hatte nach dem Essen geduscht und sich umgezogen. In Jogginghose und weißem T-Shirt, die nackten Füße auf dem niedrigen Tisch, strahlte er etwas Verlassenes und Verlorenes aus, das Marion zutiefst rührte.

Ihr Blick wanderte über das schöne Gesicht mit dem Dreitagebart, in dem zwei sehr blaue Augen leuchteten. Ein paar Falten zogen sich über die hohe Stirn, und in seinem dichten, kurzen Haarschopf gewannen die grauen Strähnen langsam, aber sicher die Oberhand. Léo war ein Typ, der aus vielerlei Gründen schneller altern würde als andere. Marion hatte ihn vom ersten Augenblick an geliebt. Er war plötzlich in ihr Leben eingebrochen und hatte lange verschüttete Gefühle in ihr wachgerufen, die sie mit dieser Heftigkeit noch niemals empfunden hatte, nicht einmal bei Benjamin, dem schönen Kanadier, der eines Tages in seine kalte Heimat zurückgekehrt war. Eine Liebesbeziehung mit jemandem aus dem eigenen Team anzufangen war jedoch verpönt, grenzte an ein Tabu – damit hatte man Marion während der Ausbildung auf der Polizeischule in Saint-Cyr-au-Mont-d'Or oft genug in den Ohren gelegen. Jeden Tag aufs neue verstieß sie gegen diese ungeschriebene Regel, obwohl sie sich der Konsequenzen durchaus bewußt war.

Der Gedanke daran holte sie in die Wirklichkeit zurück.

»Wie ist es eigentlich bei dir gelaufen? War die Überwachung erfolgreich?«

Léo konnte nur mit Mühe ein Lächeln unterdrücken. Marion war eine Frau, seine Geliebte, die frischgebackene Mutter einer kleinen Adoptivtochter, vor allem aber war sie eine Polizistin, die ohne jede Vorwarnung und ohne jede Rücksicht auf die Romantik eines ganz besonderen Augenblicks zum Alltagsgeschäft zurückkehrte.

»Die Kerle haben das Treffen anscheinend abgeblasen. Morgen vielleicht ... vielleicht auch nicht.«

»Wer ist heute abend dran? Lavot?« erkundigte sich Marion in verändertem Ton.

Léo richtete sich auf.

»Ja, aber ich glaube eigentlich nicht an diesen Geheimtip,

der da aus dem Hut gezaubert wurde. Der Überfall liegt schon ein Jahr zurück, irgendwas stimmt da nicht. Aber was soll's, wenn die Typen auftauchen, ruft Lavot mich an und ich fahr wieder hin. C'est la vie.«

Seufzend griff er nach der Weinflasche, die er aus der Küche geholt hatte, und schenkte sich ein Glas ein.

»Möchtest du auch einen Schluck?«

Marion schüttelte den Kopf und sah ihn nachdenklich an.

Léo deutete auf seinen Pager, der griffbereit auf dem Tisch lag.

»Darüber kann er mich erreichen, keine Angst.«

»Ich habe keine Angst! Aber früher oder später werden sie es erfahren.« Sie war angespannt bis in den großen Zeh und blickte so verwirrt drein, daß Léo lachen mußte.

»Früher oder später ... Das soll wohl ein Witz sein! Es wissen doch jetzt schon alle, und sie haben es von Anfang an gewußt. Mach dir nichts vor.«

»Bist du sicher?«

»Schämst du dich etwa für mich?«

»Red keinen Unsinn.«

Sie machte eine Handbewegung, wie um diese Frage vom Tisch zu fegen, doch sie wußte, daß sie ihr nicht ewig aus dem Weg gehen konnte. Wie sollte sie Léo beibringen, daß er in absehbarer Zeit in eine andere Abteilung wechseln mußte, weil die Situation nicht mehr lange tragbar sein würde? Und daß man sie, Marion, wenn sie diese Entscheidung nicht selbst treffen würde, von höherer Stelle dazu zwingen könnte. Als hätte er es geahnt, kam er ihr zuvor.

»Nein, Marion, das kommt nicht in Frage! Ich will mit dir zusammenarbeiten. Wir sind doch ein gutes Team, oder?«

Marion reagierte auf seine zweideutige Frage mit einem verkrampften Lächeln. Sie stellte die Beine nebeneinander, schlug sie wieder übereinander und beschloß schließlich, daß der Schneidersitz am bequemsten war.

»Was ist los? Siehst du das etwa anders?«

Léos Stimme klang beunruhigt, in seinem Blick lag Befremden, so daß Marion darauf verzichtete, eine Diskussion anzufangen, die ihnen beiden nur weh tun würde.

»Nein, natürlich nicht«, sagte sie statt dessen und streichelte ihm zärtlich über die Wange.

»Komm«, flüsterte Léo und zog sie an sich.

Bald schon lagen sie halbnackt und ineinander verschlungen auf dem Sofa. Sie küßten sich leidenschaftlich, die Zeit zählte nicht mehr, alle Sorgen und Fragen waren in weite Ferne gerückt. Da vor dem großen Glasfenster noch keine Vorhänge hingen, waren sie im Lampenschein den Blicken der Leute draußen ausgesetzt – sie hätten sich auch mitten auf der Straße lieben können. Léo schien das nichts auszumachen, aber Marion, die normalerweise nicht besonders zimperlich war, konnte sich nicht entspannen. Sie wurde das unangenehme Gefühl nicht los, daß jemand sie beobachtete.

»Was hast du denn?«

»Nichts«, beteuerte Marion mit einem kurzen Blick zum Fenster, hinter dem sich nichts regte. »Ich dachte bloß gerade, daß Nina wach werden könnte.«

»Dann laß uns ins Bett gehen.«

Wie zufällig rief Nina in diesem Augenblick nach Marion und bat um etwas zu trinken.

Ich wußte es doch! Kein Wunder, daß sie Durst hat, an den Nudeln war zuviel Salz.

Auf dem Weg in die Küche brachte sie rasch ihre verrutschten Kleider in Ordnung. Léo stand ebenfalls auf, zog sein T-Shirt über, fuhr sich mit der Hand durchs Haar und machte sich an der Stereoanlage zu schaffen. Als Marion auf der Treppe war, stimmte Sade mit rauher Stimme die ersten Takte von *Is it a crime* an.

Sie mußte daran denken, wie ihr Leben noch vor einigen Monaten ausgesehen hatte. Einsame Abende kamen ihr in den Sinn, die geprägt waren von beklemmender Leere. Abende, an denen sie allerdings zumindest frei darüber entschieden hatte, ob sie lieber Akten wälzen oder ausgehen wollte. Der Gedanke an die Unterlagen, die sie heute abend aus dem Büro mit nach Hause geschleppt hatte und die noch immer unangerührt in ihrer Ledertasche lagen, bereitete ihr für einen kurzen Moment Gewissensbisse. Sie ahnte, daß sich bis morgen früh in dieser Hinsicht bestimmt nichts mehr tun würde. Sie verscheuchte ihr schlechtes Gewissen, als sie in Ninas Zimmer trat und die Kleine sie vertrauensvoll, wenn auch aus müden Augen anblickte. Ninas schmales Gesicht und ihr zerbrechliches Lächeln vertrieben die letzten Zweifel, was den Weg betraf, für den sie sich entschieden hatte: Sie hatte nicht auf den Mann warten wollen, der ihr ein Kind machen würde – die Kripoarbeit ließ ihr sowieso kaum Zeit für die Suche und sie wurde schließlich auch nicht jünger. Ihr Leben hatte jetzt einen Sinn, sie hoffte, jemanden glücklich machen zu können, der es brauchte. Im vollen Bewußtsein aller Probleme, die ein solcher Schritt mit sich bringen würde, hatte sie Nina in aller Form gefragt, ob sie ihre Tochter werden wolle. Das Kind hatte gezögert. Aufgewühlt hatte Marion sie antworten hören, daß ihr Vater auch Polizist gewesen und gestorben sei und daß sie so etwas nicht noch einmal erleben wolle.

»Dein Papa ist nicht gestorben, weil er Polizist war«, hatte Marion ihr vorsichtig erklärt. »Er und deine Mama sind einem Verrückten über den Weg gelaufen, und das kann jedem passieren.«

Unter den hohen Bäumen im Park des Château d'Osmoy,

in dem verwaiste Polizistenkinder kurzfristig eine neue Heimat fanden, hatte sie Nina von der Tragödie ihrer Eltern erzählt. Marion hatte ihr versprechen müssen, lange zu leben, so lange wie möglich, so lange, bis Nina selbst eine alte Dame wäre. Dann hatte sie ihre kleine Hand in Marions Hand gelegt, und durch den traurigen Schleier vor ihren allzu ernsten Augen sagten ihre Blicke »Ja«. Schließlich hatte sie Marion in die Verwaltung des Waisenheims geschleppt, um dem Direktor zu verkünden, daß sie umziehen wolle. Und um ihrem Wunsch Nachdruck zu verleihen, hatte sie ihre sämtlichen Beschwerden gegen die Einrichtung aufgezählt und die Hoffnung geäußert, daß Marion es besser machen würde.

»Ich warne Sie«, hatte der Mann amüsiert angemerkt. »Die Kleine hat einen bemerkenswerten Dickschädel.«

Sade hauchte die letzten Takte von *Your love is king*, als Léo die Zeitschrift, in der er geblättert hatte, auf seine Knie sinken ließ und herzhaft gähnte. Er beobachtete Marion, die auf dem Boden saß, den Rücken an das Sofa gelehnt und die Augen zur Decke gerichtet. Sie wirkte abwesend, und er hatte nicht den leisesten Zweifel daran, daß ihr die Arbeit, die Straffälle und die Verbrecher durch den Kopf gingen.

»Wie war dein Tag? Du hast noch gar nichts erzählt. Was gibt's Neues aus dem Schwurgericht?«

»Ich habe zwei schlimme Stunden im Justizpalast hinter mich gebracht. Ich bin mir sicher, daß es diesem Drecksack Breton gelingen wird, sich aus der Affäre zu ziehen. Der Staatsanwalt gibt eine erbärmliche Figur ab, er hingegen hat einen brillanten Verteidiger.«

»Das heißt, wir haben mal wieder für nichts und wieder nichts gearbeitet. Das ist schon …«

Marion fiel ihm ins Wort. »Dieser Breton ist mir im Grunde Wurst, was mich wirklich umtreibt, ist der Tod von Julie.«

Léo griff nickend nach seiner Zeitschrift.

»Ja, die Ärmste, das ist wirklich eine traurige Geschichte! Als ich heute abend nach Hause gehen wollte, saß übrigens so ein junger Typ bei Talon im Büro.«

»Du meinst bestimmt den Verlobten ... von Julie natürlich, nicht von Talon!«

Léo warf Marion einen erstaunten Blick zu. Sie kicherte etwas verlegen, als wollte sie sich für ihren plumpen Scherz entschuldigen.

»Johan Laplante«, sagte sie dann. »Die beiden wollten noch dieses Jahr heiraten. Sie waren an dem Abend, an dem Julie gestorben ist, verabredet, und er hat für die Stunden vor ihrem Tod kein überprüfbares Alibi. Ich habe ihn in Polizeigewahrsam genommen.«

»Glaubst du, er könnte es getan haben?«

»Was?«

»Sie vergewaltigen, denn dazu ist es doch anscheinend gekommen.«

»Und umbringen.«

»Du gehst also ernsthaft davon aus, daß sie umgebracht worden ist?«

Marion legte den Kopf in den Nacken.

»Ja, aber ich habe nicht viele Anhaltspunkte. Ich suche noch, taste mich vor. Deswegen auch die vorläufige Festnahme des Verlobten. Bisher ist er nur Zeuge, aber wer weiß, vielleicht bewirkt eine Nacht im Knast ja, daß er seine Lage überdenkt und uns doch noch etwas Wichtiges zu sagen hat. Talon ist dabei, die Arbeiter von der Baustelle aufzuspüren und vorzuladen, außerdem alle Leute, die mit ihr im Bus saßen: den Fahrer, die Anwohner und so weiter. Jeder Verdächtige wird einem Speicheltest unterzogen, damit wir die DNA mit der DNA des Spermas vergleichen können, das man an ihr gefunden hat. Und dann ...«

Mit einer müden Handbewegung gab sie Léo zu verstehen, daß die Ermittlungen sich womöglich noch monatelang hinziehen würden. Und das eventuell für nichts und wieder nichts.

Léo gähnte erneut und diesmal so heftig, daß seine Augen tränten. Marion wollte aufstehen und streckte ihm eine Hand entgegen, damit er sie hochzog.

Das Klingeln des Telefons ließ sie zusammenfahren. Ein kurzer Blick auf die Uhr, und sie wußte, daß es zehn nach zwölf war. Sofort schrillten alle Alarmglocken. Bei Neuigkeiten, die das Telefon nach Mitternacht übermittelte, standen immer entweder eine Gehässigkeit oder eine Katastrophe ins Haus. Der Apparat stand auf dem Boden, sie stürzte hin, um den Hörer abzunehmen.

»Ja, bitte?« fragte sie mißtrauisch.

Alles, was sie hörte, waren ein keuchender Atem und ein Rauschen im Hintergrund, das bald lauter, bald leiser wurde und das sie nicht sofort einordnen konnte.

»Hallo? Ich kann Sie nicht hören.«

Die Hintergrundgeräusche wurden deutlicher. Es konnte sich nur um rasende Autos auf einer Schnellstraße handeln. Der ungleichmäßige Rhythmus deutete darauf hin, daß nur geringer Verkehr herrschte.

»Léo«, nuschelte es am anderen Ende der Leitung, als hätte der Gesprächspartner etwas im Mund, vielleicht eine Zigarette zwischen den Lippen, die ihn beim Sprechen störte.

Das kann nur jemand aus dem Kommissariat sein, schoß es Marion spontan durch den Kopf. *Jemand, der hier anruft, um Léo zu erreichen. Das mußte ja früher oder später passieren.*

»Wer spricht da?« fragte sie mit belegter Stimme.

Aber der Unbekannte hatte bereits aufgehängt.

»Das war für dich! Ich bin mir sicher, daß es Lavot war. Hast du ihm gesagt, daß du heute abend bei mir bist?«

Léo runzelte verärgert die Stirn.

»Siehst du, ich hab's dir ja gesagt«, fuhr Marion fort. »Wir können so nicht weitermachen! Ich wette, das hat er extra gemacht, wahrscheinlich vergeht er vor Eifersucht.«

Alarmiert durch ihre plötzliche Nervosität entgegnete Léo vorsichtig: »Glaubst du nicht, daß es wieder einer dieser Anrufe war?«

Er spielte auf die anonymen Telefonanrufe an, die Marion seit einigen Wochen in regelmäßigen Abständen abends oder auch nachts erhielt. Eine fortwährende Belästigung, die vielleicht nur das Werk eines Feiglings war, aber dennoch etwas Irritierendes, wenn nicht Beunruhigendes hatte.

»Ich habe mir eine neue Nummer zugelegt, und ich stehe auf der roten Liste. Das muß jemand sein, der irgendwas mit dir zu tun hat, der weiß, daß du fast immer hier bist, wenn du nicht arbeitest, und der außerdem direkten Zugang zu meiner Telefonnummer hat.«

»Lavot ist es nicht«, behauptete Léo. »Wenn er gewollt hätte, hätte er sein Glück mit Sicherheit direkt bei dir versucht. Anonyme Telefonanrufe sind nicht sein Ding. Warum regst du dich eigentlich so auf?«

»Natürlich rege ich mich auf!« empörte sich Marion. »Dich mag das kaltlassen. Du bist ja auch nur sporadisch da, du kommst und gehst wieder. Mich aber stört dieser Irre.«

Léo wollte etwas erwidern, doch er kannte Marion. Der Anruf hatte sie so verärgert, daß sie für den restlichen Abend aus ihrer streitsüchtigen Stimmung nicht herausfinden würde. Also griff er seine Jacke, die an einer noch nicht angeschlossenen Halogenstehlampe hing, und nahm seine Dienstwaffe wieder an sich.

Marion verschränkte die Arme und neigte mit einem verkrampften Lächeln den Kopf zur Seite.

»Darf ich wissen, was du vorhast?«

»Ich gehe nach Hause. Wie ich sehe, stellt unsere Beziehung ein Problem für dich dar, und vielleicht ist es besser …«

Marion spürte Panik in sich aufsteigen. Der Abend, der wie ein Traum begonnen hatte, würde zum Alptraum geraten. Sie konnte ihn wegen eines lächerlichen anonymen Anrufs doch nicht gehen lassen! Léo stand schon im Türrahmen, die Jacke über der Schulter und den Revolver in der Hand, als sie sich vor ihm aufbaute. Leidenschaftlich preßte sie sich an ihn.

»Bleib, Léo, bitte. Ich möchte …«

Sie blickte zu ihm auf. Der Ausdruck in ihrem Gesicht ging ihm unter die Haut.

»Ich möchte, daß du hier einziehst.«

»Bist du dir da sicher, Marion? Mit mir zusammenzuleben ist kein Zuckerschlecken, das weißt du selbst.«

»Ich weiß! Aber ich war schon immer etwas masochistisch veranlagt.«

Sie lachte leise in seinen Pullover hinein.

»Und die anderen?« beharrte Léo, als wollte er ihr zusätzliche Argumente liefern.

»Morgen sage ich ihnen, daß wir zusammenleben. Und der erste, der was zu meckern hat …«

»Kriegt eins von mir auf die Nase«, sagten sie im Chor, ehe sie losprusteten.

Léo umfaßte Marions Gesicht mit seinen Händen und strich ihre blonden Locken zurück.

»Du siehst aus wie eine Katze«, flüsterte er.

Er schwieg für einen Augenblick.

»Ich liebe dich, Marion.«

Marion konnte in seinem Blick lesen, was dieses Geständnis bedeutete. Wenn Léo »Ich liebe dich« sagte, hieß das: Ich will für immer an deiner Seite sein, Tag für Tag, ein ganzes Leben lang. Ihr wurde schwindelig, und sie fragte sich plötzlich, ob das nicht doch alles ein bißchen zu schnell ging, ob sie sich nicht erst ganz sicher sein sollten, und überhaupt ... Jean-Baptiste, ihr Ex-Mann, hatte sie wegen einer anderen verlassen. Seither hegte Marion eine Aversion gegen jede Form von Paarbeziehung.

Léo schloß sie in seine Arme und küßte sie. Ein Kuß, über den Marion ihre diffusen Ängste beinahe vergaß. Er hob sie wie eine Feder vom Boden hoch und trug sie in ihr Bett. Sie liebten sich. Endlich. Doch trotz der Bedeutung und Intensität des Augenblicks bemerkte Marion bei Léo immer noch jene Zurückhaltung, für die sie keine Erklärung fand. Nicht, daß er nicht zärtlich und aufmerksam gewesen wäre, aber alles, was er tat, ja sogar was er sagte, hatte etwas fürchterlich Konventionelles. Marion fiel der Vergleich mit einem guten Schüler ein, der sein Gedicht auswendig und fehlerfrei vorträgt, aber ohne jenes Gefühl, jene Leidenschaft, die letztlich ausschlaggebend ist, oder mit einem technisch versierten Reiter, der steif im Sattel sitzt, bei Turnieren immer gut abschneidet, manchmal sogar erster wird, aber niemals unter Beifallsstürmen. Doch ihre Gefühle für Léo waren so stark, daß sie sein Verhalten für anerzogene Scham hielt, die sich mit der Zeit legen würde. Nur manchmal beschlich sie der beunruhigende Gedanke, daß er vielleicht einfach nicht so leidenschaftlich war wie sie und daß sie seiner Lauheit irgendwann überdrüssig werden könnte.

Wie aus heiterem Himmel kam ihr der Mann von der Oper wieder in den Sinn, sein Bild flackerte plötzlich auf und erregte sie extrem. Als ihr Herz wieder in normalem Rhythmus schlug, hätte sie ihrem Geliebten beinahe von dem, was ihr am Nachmittag widerfahren war, erzählt, aber dann verzichtete sie lieber darauf. Der Abend, an dem sie beschlossen hatten zusammenzuleben, war sicher nicht der geeignete Moment, ihn wissen zu lassen, daß die bloße Erinnerung an einen masturbierenden Unbekannten ein ungeahntes Lustgefühl in ihr auslöste.

4

Pünktlich um acht klingelte Lisette Lemaire, eine schmächtige, blasse Frau um die Sechzig, mit traurigem, etwas eingefallenem Gesicht und ganz in Schwarz gekleidet, an der Haustür. Nach dem Tod ihrer einzigen Tochter und ihres Schwiegersohns vor zwei Jahren hatte sie die drei hinterbliebenen Enkel dem Waisenhaus der Polizei anvertraut. Sie fühlte sich zu schwach und zu alt, um sich um sie zu kümmern. Die Kinder hatte das sehr verstört, um so mehr, als Lisette die einzige Verwandte war, die sie noch hatten. Doch sie wollte – oder konnte – nicht die Verantwortung für drei Kinder übernehmen, von denen das älteste schon ein Teenager und nicht gerade pflegeleicht war. Als dann Marion den Wunsch geäußert hatte, Nina zu adoptieren, hatte sie trotzdem Einwände erhoben, fast so, als schockierte sie der Gedanke, daß eins ihrer Enkelkinder eine neue Familie finden könnte. Sie war eine verklemmte, unsichere Frau, empfindlich und egozentrisch und wahrscheinlich sehr unglücklich.

Entsprechend widersprüchlich und verwirrend hatte Marion ihre Bitte gefunden, Nina in den Pfingstferien zu sich nehmen zu dürfen. Sie hatte trotzdem sofort eingewilligt: Lisette schien endlich wieder Fuß zu fassen, und ihre

Enkelkinder brauchten sie. Merkwürdigerweise hatte sich Lisette ausgerechnet auf das jüngste Kind kapriziert, das ein neues Zuhause gefunden hatte.

Nina fiel ihrer Großmutter um den Hals, und Marion spürte, wie ihr schwer ums Herz wurde. Das Kind strahlte. Seit sechs Uhr hüpfte die Kleine bereits aufgeregt durchs Haus und turnte vor lauter Vorfreude um ihren Koffer herum, als würde die Zeit dann schneller vergehen.

Sie freut sich? Sie verläßt mich und scheint glücklich darüber zu sein.

Léo war noch im Badezimmer, und Nina, die sich von ihm verabschieden wollte, wurde langsam ungeduldig.

»Im Taxi läuft der Zähler«, bemerkte Lisette mit einem Anflug von Verärgerung. »Und wir müssen den Zug bekommen.«

»Gehen Sie ruhig«, erwiderte Marion. »Léo ruft dich heute abend an, mein Schatz, mach dir keine Gedanken. Ich gebe ihm ein Küßchen von dir.«

Nina lief mit Lisette an der Hand durch den kleinen Vorgarten, in dem die letzten Osterglocken mit den roten Tulpen um die Wette leuchteten, auf die Straße hinaus. Marion mußte sich zusammenreißen, um sie nicht am Arm zu packen und wieder ins Haus zurückzuholen. Sie würde sich doch wohl noch einmal umdrehen, oder?

Ich hänge zu sehr an ihr. Ich muß sie ihren Weg gehen lassen. Ich bin nur ihre Adoptivmutter, ich bin wie eine Freundin für sie. Lisette ist ihre Familie.

Sie folgte den beiden bis zum Taxi, das schon gewendet hatte und an der Straßenecke wartete. Anstatt in den Wagen zu steigen, ließ Nina plötzlich die Hand ihrer Großmutter los, drehte sich zu Marion um und blickte sie feierlich an. Dann fiel sie ihr um den Hals.

»Weißt du, ich bleib ja nicht so lang, Marion«, flüsterte sie ihr rasch ins Ohr. »Ich ruf dich jeden Tag an, versprochen! Und paß schön auf dich auf, ja?«

Die Große läßt sich von der Kleinen trösten. Sie ist zu vernünftig, zu ernst für ihr Alter. Lieber Gott, bitte mach, daß sie meinen Kummer und meine Angst nicht spürt. Kaum zu glauben, ich bin eine richtige Glucke geworden!

Nina löste ihre Umarmung, was Marion nutzte, um ihr kleines Gesicht mit Küssen zu bedecken und sie ihrerseits noch einmal fest an sich zu drücken. Dann half sie ihr, auf die Rückbank des Taxis zu klettern und kitzelte sie. Nina entblößte kichernd ihre winzigen Milchzähne, von denen vorne schon einige wackelten. Ein letzter Kuß, dann schlug Marion die Autotür zu. Das Taxi fuhr los, sie winkte ihm hinterher, bis es nicht mehr zu sehen war.

»Ich bin vielleicht blöd«, murmelte sie leise vor sich hin, den Tränen nahe.

»Ach was«, sagte Léo und schlang seine Arme um sie, »du bist nicht blöd ... Du kannst übrigens aufhören zu winken, die beiden sind doch schon längst weg.«

Sie hatte ihn nicht kommen hören. Ohne sich umzudrehen, lehnte sie sich mit dem Rücken an ihn. Der frische Duft seines Rasierwassers beruhigte sie.

Das Wetter war wieder schlechter geworden, der Wind fegte dicke, schwere Wolken vor sich her, und es fehlte die gewohnte Geräuschkulisse in diesem Wohnviertel, in dem gehetzte Eltern morgens ihre Kinder auf den Schulweg brachten. Léo nahm Marion an der Hand und führte sie zurück ins Haus. Sie blieb einen Augenblick lang unschlüssig stehen, blickte sich um, sog den Geruch nach feuchter Erde ein. Irgend etwas, das nichts mit Ninas Abreise zu tun hatte, lag ihr schwer auf der Brust. Es war ein beklemmendes Gefühl, eine unterschwellige Bedrohung, die fern war und zugleich nah. Wie am Abend zuvor fühlte sie sich beobachtet.

5

Marion ging mehrmals auf der Autobahnbrücke hin und her, die Hände in den Taschen ihres schwarzen Lederblousons vergraben. Unter ihren Füßen dröhnten die Autos, während am Himmel fahle Wolken von einem eisigen Ostwind getrieben wurden. Lieutenant Talon lehnte an dem schwarzen Peugeot und sah seiner Kollegin mit unbewegter Miene zu.

Die junge Kommissarin hatte sich bis an den Rand der Baustelle vorgewagt. Horden von weiß behelmten Männern nahmen riesige, mit Metallstäben gespickte Betonklötze in Empfang, die von zwei gigantischen, im Wind schwankenden Kränen abgesetzt wurden. Dazwischen fuhren Planierraupen umher. Marion beobachtete die Männer, die gegen das schlechte Wetter ankämpften, und fragte sich unwillkürlich, ob Julie Rouvres einem von ihnen über den Weg gelaufen war, bevor sie fünfzehn Meter tiefer auf die Motorhaube eines roten Lastwagens prallte. Der Zeitpunkt ihres Todes sprach gegen diese Hypothese, aber hundertprozentig sicher konnte man diesbezüglich nicht sein. Theoretisch war es doch denkbar, daß einer dieser Männer Julie immer wieder auf ihrem Heimweg beobachtet hatte und an jenem Abend zurückgekommen war, um ihr aufzulauern.

Gedankenverloren drehte sie sich zu Talon um.

»Haben Sie inzwischen überprüft, wer von den Männern schon vor Julies Tod auf der Baustelle gearbeitet hat?«

Talon war so bleich wie jemand, der wenig oder schlecht geschlafen hatte, und klapperte vor Kälte.

»Ich habe alle Namen«, sagte er mit zusammengebissenen Zähnen. »Es sind etwa zwanzig plus ein paar Dutzend Aushilfskräfte. Wir werden sie allesamt verhören, aber ich verstehe nach wie vor nicht, was Sie sich davon erhoffen. Die

Zeugen, die Julie Rouvres haben springen sehen, waren sich in einem Punkt einig: Sie haben nur eine Person auf der Brücke gesehen.«

»Aussagen von Zeugen, die mit hundertdreißig Stundenkilometern am Tatort vorbeirasen, sind nicht unbedingt zuverlässig. Und wenn sie wirklich jemand von der Brücke gestoßen hat, wird er danach nicht wie ein Idiot den Autofahrern zugewunken haben.«

Aber Talon ließ nicht locker. »Julie Rouvres hatte kurz vor ihrem Tod Geschlechtsverkehr. Sie war keine Jungfrau, und nichts deutet darauf hin, daß es zu einer gewalttätigen Auseinandersetzung kam.«

Marion blickte zum Himmel. Sie war von Anfang an nicht mit Talons Deutung der Begleitumstände von Julies Tod einverstanden gewesen. Was er gerade gesagt hatte, stimmte allerdings mit den Fakten überein: Sie sah den zerschmetterten Leichnam der jungen Kellnerin im gerichtsmedizinischen Institut wieder vor sich, ihren Oberkörper, der in Lendenhöhe entzweigebrochen und wie durch ein Wunder weder zermalmt noch zerfetzt worden war. An den Stellen des Körpers, über die ein Vergewaltiger normalerweise herfällt – Hals, Brüste, Schambereich, Innenseite der Oberschenkel –, hatte Dr. Marsal keinerlei Spuren von Gewaltanwendung feststellen können. Auch an den Armen und Händen des Leichnams waren keinerlei Verletzungen zu entdecken, die auf eine Gegenwehr schließen ließen, und unter den Fingernägeln hatte man keine Hautpartikel oder ähnliches gefunden. Allerdings vermutete man aufgrund kleinster Zementstückchen und mineralischer Spuren an ihren Handflächen und Ärmeln, daß sie sich – wahrscheinlich aus freien Stücken – auf ein unfertiges Mäuerchen gestützt hatte. Ein Abgleich mit dem Gelände um die Brücke herum legte diesen Schluß nahe. Mit anderen Worten: Julie Rouvres hatte sich nicht gewehrt, der Geschlechtsverkehr schien mit ihrer Zustimmung stattgefunden zu haben.

Johan Laplante, ihr am Boden zerstörter Verlobter, behauptete, seit mindestens einer Woche nicht intim mit ihr gewesen zu sein. Und eine DNA-Analyse hatte ergeben, daß das Sperma an Julies Körper tatsächlich nicht von ihm stammte. Auch er, der geglaubt hatte, der einzige Geliebte einer jungen Frau zu sein, die an Sex eigentlich nicht interessiert war, hatte keine Erklärung für ihren schrecklichen Tod.

»Irgendwas stimmt da nicht«, beharrte Marion. »Selbst wenn sie einem anderen Mann begegnet wäre, warum hätte sie sich dann umgebracht? Aus schlechtem Gewissen? Aus Scham?«

»Keine Ahnung«, sagte Talon. »Aber sie hatte bestimmt einen Grund.«

Marion konnte keinen finden. Julie hatte ein fürchterlich normales Leben geführt: keine Drogen, kein Alkohol, keine Diskos, kein krankhaftes Interesse an Sex. Sie kam aus einem bescheidenen und vorbildlichen Elternhaus, wie man so schön sagt. Die Pizzeria, in der Julie gearbeitet hatte, lag in der Nähe des Polizeipräsidiums und wurde von vielen Kollegen als Kantine genutzt. Marion hatte ein- oder zweimal beobachtet, wie die junge Kellnerin mit Léo oder anderen Beamten herumalberte, generell war Julie jedoch sehr reserviert, fast ängstlich gewesen, eine unauffällige Frau, weder sexy noch aufreizend. Die wenigen Leute, die sie von der medizinischen Fakultät kannten, hatten keinerlei psychische Probleme erwähnt, keine Schwierigkeiten an der Uni, keine Depressionen oder gar Selbstmordabsichten. Ein paar Tage vor ihrem Tod hatte Johan um ihre Hand angehalten, und sie hatte eingewilligt.

Marion trat an das Geländer der Brücke, beugte sich darüber und erschauderte, als sie sich vorstellte, wie Julie ins Leere gestürzt war. Mit einem leichten Schwindel sah sie plötzlich ihren eigenen Körper in die Tiefe fallen, ihr Magen zog sich zusammen.

Talon gesellte sich zu ihr. Marions Hartnäckigkeit verunsicherte ihn. Schon ihr Wunsch, sich den Ort des Geschehens noch einmal anzusehen, hatte ihn nicht gerade begeistert. Die Tatbestandsaufnahme war noch in der Nacht von den wachhabenden Beamten erstellt worden; als dann wegen des Spermas auf dem Körper die Kripo eingeschaltet worden war, hatten Talon und zwei Kollegen den Tatort sofort noch einmal untersucht und die Ermittlungen auch auf die nähere Umgebung ausgedehnt. Alles nahm seinen üblichen Gang, doch Marion war seit dem Tod dieser jungen Frau getrieben von einer Intuition, die Talon sehr in Frage stellte. Er war pragmatischer, stellte Überlegungen nur auf der Grundlage von Tatsachen an. Und faktisch gab es zu diesem Zeitpunkt nichts, was die Hypothese eines Mordes untermauert hätte. Julie Rouvres hatte sich das Leben genommen, und selbst wenn scheinbar kein Motiv für einen Selbstmord vorlag – getan hatte sie es doch.

Marion ging nachdenklich weiter und ließ dabei ihre Finger über das ziegelrot gestrichene Metallgeländer fahren. Als sie die Stelle erreichte, von der aus Julie in die Tiefe gestürzt war, spürte sie ein paar Unebenheiten, und plötzlich schnitt sie sich an einem spitzen abgesprungenen Stückchen Farbe.

»Au!« Erschrocken zog Marion ihren Finger zurück, aus dem ein winziger Blutstropfen quoll.

Im selben Moment fiel ihr Blick auf die Stelle des Geländers, an der sie sich die Verletzung zugezogen hatte. Mit plötzlich erwachtem Interesse beugte sie sich darüber und versuchte etwas zu entziffern, das von ungelenker Hand in das Metall geritzt worden war. Es schienen Zeichen zu sein,

Linien, die sich überkreuzten, und ein Kreis. Sie neigte den Kopf zur Seite, um aus einem anderen Blickwinkel möglicherweise mehr erkennen zu können.

»Talon! Haben Sie das gesehen?«

Der Beamte kam näher, sah sich die Sache an und ließ rasch die Riemen seiner Ledertasche, die er wie ein Schuljunge auf dem Rücken trug, über die Schultern gleiten. Während er eine Taschenlupe hervorzog und aufklappte, trat ein verlegener Ausdruck in sein glattes Gesicht.

»Ich kann nicht lesen, was da steht«, brachte er mühsam hervor. »Für mich sieht das aus wie die Kritzeleien von Kindern. Vielleicht sind es auch *tags*. Ein Kollege hat mir neulich gesagt, daß es gerade in ist, Graffitis in Oberflächen zu kratzen. Mit einem Glasschneider, das macht wohl mehr Spaß und hinterläßt außerdem unauslöschliche Spuren. Diese Mode greift vor allem in der Metro um sich, aber auch vor Privatfahrzeugen machen sie nicht mehr halt.«

Marion sah ihn an, natürlich wußte sie, wie ihm zumute war.

»Es reicht, Talon! Sie haben diese Kritzeleien übersehen, geben Sie's zu!«

»Vielleicht hat das gar nichts mit unserem Fall zu tun!«

»Vielleicht, aber das ist keine Ausrede. Gerade bei Ihnen überrascht mich eine solche Nachlässigkeit. Rufen Sie bitte die Spurensicherung an, die sollen Fotos machen, die Zeichen exakt kopieren und vergrößern. Ich hoffe, Sie haben nicht noch mehr übersehen.«

Talon nahm das Geländer weiter in Augenschein, ging es prüfend in beide Richtungen ab, kam dann zurück und betrachtete noch einmal nachdenklich die eingeritzten Zeichen. Vorsichtig fuhr er mit dem Zeigefinger darüber.

»Ich glaube nicht, daß hierfür ein Glasschneider benutzt wurde, dann wären die Ränder sauberer. Es muß etwas Weicheres gewesen sein, in Tinte getaucht …« Er betrachtete seinen Zeigefinger. »Ich nehme an, ein Kugelschreiber.«

Talon bückte sich und heftete seinen Blick auf den Boden. Mit einem Holzstiel, der wie ein spitz zulaufender Federhalter aussah, schob er Steine und kleine Erdbrocken beiseite, die von der Baustelle herübergeweht oder unter den Schuhen der Passanten bis hierher getragen worden waren. Nachdem er eine Zeitlang Zentimeter für Zentimeter abgegangen war, richtete er sich mit einemmal auf, zückte eine große Pinzette und bückte sich wieder. Neugierig hockte Marion sich neben ihn: Ein Kugelschreiber, weiß, rot und grün, eingeklemmt zwischen der Asphaltdecke des Bürgersteigs und dem Metallgeländer.

»Donnerwetter!« brach es aus Talon heraus. »Sehen Sie sich das an!«

Er fluchte nie, und sein unerwarteter Ausbruch ließ Marion zusammenzucken. Fast hätte sie ihm den Stift aus der Hand gerissen, doch er drückte die Pinzette fest zusammen, um sie daran zu hindern.

Laut las er vor: »Pizzeria Ponti, Rue Marius-Berliet 4, Lyon.«

Unter der Lupe sah man, daß die Spitze des Kugelschreibers großem Druck ausgesetzt worden war, außerdem waren Partikel der dunkelroten Farbe des Brückengeländers erkennbar.

»Damit hat sie geschrieben«, stellte Marion tonlos fest. »Ich will, daß die gesamte Brücke und auch dieser Stift peinlich genau untersucht werden. Talon?«

»Ja, Chef …«

»Ach, nichts.«

Marion schlug den Kragen hoch und steuerte entschlossen auf ihren Wagen zu. Der Beamte blickte ihr geknickt nach. Fast hätte sie ihrer Wut über diesen Mangel an Professionalität freien Lauf gelassen, der gerade bei ihm, den man so gut wie nie bei einem Fehler ertappte, bestürzend war. Sie ermahnte sich, ruhig zu bleiben.

Als Talon neben ihr Platz nahm, blickte sie wieder auf und ließ den Motor an.

»Zum Lohn für Ihre Mühe bleiben Sie hier und warten auf die Leute vom Erkennungsdienst. Und besorgen Sie sich eine Schriftprobe von Julie, damit wir beides vergleichen können ... Ich rede jetzt mal ein Wörtchen mit Johan, ihrem Verlobten.«

»Und die Leute, die ich vorgeladen habe?« wagte Talon einzuwerfen.

»Die müssen warten.«

6

Marion und Léo hatten ihr Mittagessen soeben beendet. Sie saßen sich gegenüber an einem der kleinen, runden Tische der Pizzeria Ponti, umringt von zahlreichen anderen Gästen, hauptsächlich Polizisten und Angestellten der benachbarten France-Télécom-Zentrale. Die Kommissarin winkte die neue Kellnerin zu sich, die offensichtlich Julie Rouvres' Platz eingenommen hatte, und bestellte einen extrastarken Espresso. Léo lehnte mit einem kurzen Kopfschütteln ab und verlangte statt dessen die Rechnung.

»Es kommt mir so komisch vor, daß Julie nicht mehr hier ist«, sagte Marion. »Sonst hat sie uns immer bedient.«

Léo seufzte und ließ seine klaren blauen Augen zur Decke wandern.

»Eine furchtbare Geschichte, ja. Aber wir müssen doch wohl nicht jedesmal, wenn wir ein bißchen Zeit für uns haben, über diese Frau reden. Es reicht, daß wir im Dienst über nichts anderes sprechen!«

»Du bist herzlos!« schimpfte Marion mit nachsichtigem Lächeln.

Léo tat überrascht.

»Fällt dir das etwa erst jetzt auf? Spaß beiseite, Marion, setz mal wieder eine fröhlichere Miene auf! All die Leute um uns herum schaffen es doch auch, ganz normal weiterzumachen.«

Er deutete mit einer ausholenden Geste auf die übrigen Gäste, die Kellnerinnen, den Barkeeper und auf Gino Ponti, den Inhaber des Lokals. Marion blies auf ihren Espresso, der so stark war, daß er gerade eben den Tassenboden bedeckte.

»Ich werde wohl langsam ein bißchen gefühlsduselig.«

Léo warf einen Blick auf seine Uhr und stand auf.

»Ich muß los ... Tut mir leid, aber Lavot steht wahrscheinlich schon vor der Tür.«

»Wohin fahrt ihr?«

»Zu der Frau von einem der Männer, die an dem Raubüberfall beteiligt waren. Sie hat um ein Gespräch gebeten. Garcia begleitet uns.«

Marion stellte ihre Tasse ab und schnalzte mit der Zunge. Marie Garcia hatte erst vor kurzem im Kommissariat angefangen, eine junge, hübsche Kollegin. Sehr jung und sehr hübsch.

»Paß mir schön auf mit der ...«

Léo beugte sich vor und drückte ihr einen Kuß auf die Stirn.

»Für wen hältst du mich?«

»Ich wollte dich nur darauf hinweisen, daß sie jung und unerfahren ist.«

»Was du nicht sagst!«

Marion machte ebenfalls Anstalten aufzustehen, aber Léo legte ihr zärtlich eine Hand auf die Schulter und drückte sie auf ihren Stuhl zurück.

»Du hast noch genug Zeit für einen zweiten Kaffee. Kümmer dich um nichts, ich zahle.«

Über Geld reden Léo und ich nie. Aber irgendwann müssen wir das Thema wohl oder übel anschneiden.

Bei diesem Gedanken verdüsterte sich ihre Stimmung. Marion, die eigentlich immer pleite war, widerstrebte es zutiefst, sich mit derartigen Problemen auseinanderzusetzen, es sei denn, es war absolut notwendig. Sie hatte nicht die leiseste Ahnung, wie Léo mit Geld umging. Auf den ersten Blick schien er es wie sie zu halten: Er gab es aus, und wenn irgendwann keins mehr da war, hörte er mit dem Ausgeben auf.

Um nicht an das Monatsende zu denken, das sich jetzt schon wieder wie ein Schreckgespenst vor ihr aufbaute, bestellte sie noch einen Kaffee. Sie sah Léo nach, wie er lässig auf die Tür des Restaurants zusteuerte, ihr Herz tat einen kleinen Sprung. Da tauchte Talon auf. Die beiden Männer gingen aneinander vorbei, ohne sich auch nur zu grüßen.

»Wie immer die Liebenswürdigkeit in Person«, brummte Talon und nieste kräftig.

Er zog ein großes, weißes Taschentuch hervor und schneuzte sich laut die rote Nase. Marion bot ihm einen Stuhl an, auf dem er sich sogleich niederließ, während er den schwarzen Schal aufknotete, den er seit Winterbeginn nicht mehr abgelegt hatte.

»Auf dieser Brücke habe ich mir bestimmt den Tod geholt. Ich habe anderthalb Stunden auf die Spurensicherung gewartet«, schnaubte er.

»Sie könnten ihn wenigstens grüßen! Sonst brauchen Sie sich nicht zu wundern, wenn er eingeschnappt ist. Wie die kleinen Kinder! Möchten Sie etwas essen?«

Talon schüttelte den Kopf.

»Keine Zeit. Meine Klienten warten. Jede halbe Stunde

einer, damit bin ich eine ganze Woche lang beschäftigt, wenn mir keiner hilft. Aber ich nehme einen heißen Tee mit Milch.«

Als Marion ihren Kaffee umrührte, ohne zu reagieren, winkte er die Kellnerin herbei.

»Ich hab mir einen abgefroren, während die Leute vom Erkennungsdienst die Spuren gesichert haben«, bemerkte er mürrisch. »Den Weg zu Julies Wohnung habe ich mir allerdings gespart, da Sie ja anscheinend den Schlüssel haben.«

Marion runzelte die Stirn.

»Blödsinn, der Schlüssel muß bei den Jungs vom Gewahrsamsdienst sein, zusammen mit dem ganzen anderen Kram, dem Gürtel, den Schnürriemen ... Warum wollten Sie eigentlich noch mal in ihre Wohnung?«

»Die Schriftprobe ... Ich muß doch irgendwas finden ...«

»Ach ja, stimmt ...«

Talon zog ein schiefes Gesicht, das Bände sprach.

Grübelnd trank sie einen Schluck Kaffee, als dann Gino Ponti persönlich ein versilbertes Metallkännchen vor Talon auf den Tisch stellte, leuchteten ihre schwarzen Augen auf.

»Vielleicht können Sie uns helfen! Haben Sie vielleicht eine Schriftprobe von Julie? Dann müßten wir nicht noch mal bis nach Saint-Priest rausfahren.«

Gino Ponti stützte sich mit beiden Händen auf den Tischrand und legte sein sonnenverbranntes Gesicht in Falten.

»Eine Schriftprobe von Julie ...« wiederholte der Italiener nachdenklich und mit rollendem R.

Sein Blick hellte sich auf.

»Ah sí, sí, sí ... Ich glaube, ich habe da etwas.«

Trotz seiner beträchtlichen Körperfülle schlängelte er sich erstaunlich behende zur Bar durch. Schließlich kehrte er mit einer Speisekarte zurück, auf der der Turm von Pisa prangte, schlug sie auf und löste vorsichtig ein rechteckiges Stück Papier heraus, das er Marion reichte. Darauf las sie: *Montag: Fritierte Tintenfischringe, Dienstag: Lasagne, Mittwoch …*

»Aha.« Sie fragte sich, ob er wirklich verstanden hatte, was sie wollte.

»Julie hat die Speisekarte geschrieben für diese Woche … Weißt du, ich kann nur schreiben in italiano …«

Nachdem Marion den Kollegen Talon seinen vorgeladenen Horden überlassen hatte, ging sie in die erste Etage der Kripo, in den »Maschinenraum«, wie sie ihn nannte. Es handelte sich dabei um einen großen, in zwei Bereiche unterteilten Raum: auf der einen Seite die Geräte, die der Funkübertragung dienten, auf der anderen die Computer. Mehrere Terminals, die an einen Drucker angeschlossen waren, boten Zugang zu verschiedenen Programmen, die den Beamten bei ihren Ermittlungen hilfreich waren. Sie nahm vor einem Bildschirm Platz, auf dem ein paar niedliche blaue Fische herumschwammen, deren Bäuche die Aufschrift »Falldatei« zierte. Auf dem Nachbarcomputer waren im Unterschied dazu gesuchte Personen gespeichert. Sie wußte, daß, wenn man das Personenprogramm öffnete, ihr Foto als Hintergrundbild erschien – die Hommage eines anonymen Informatikers oder das Werk eines zu Späßen aufgelegten Kollegen. Sie drückte die F1-Taste, woraufhin der Computer nach ihrem Code fragte. Mit der Eingabe ihrer Geheimkombination aus drei Buchstaben und zwei Ziffern erhielt sie Zugang zum Programm. Marion entschied sich bei der Stichwortsuche für das Wort »Vergewaltigung«, ergänzte diese Angabe dann mit dem Zeitraum, für den sie die Informationen abfragen wollte: die letzten beiden Jahre. »Bitte warten« flackerte in roter Schrift über den Monitor. Eine Minute später mußte Marion feststellen, daß allein in Frankreich 17000 Vergewaltigungen in den letzten zwei Jahren aktenkundig geworden waren.

Um 17000 Akten einzusehen, brauche ich mindestens einen Monat.

Sie kehrte ins Hauptmenü zurück, ging auf »Erweiterte Suche« und tippte »Opfer gestorben«. Es wurden nur zwei Referenzen gefunden.

»Antworten aufrufen?«

Ja. Marion druckte die beiden Dokumente aus. Das erste betraf eine sechzigjährige Frau, die bei einem Autounfall ums Leben gekommen war, nachdem sie zwei Wochen zuvor in Bourges Anzeige wegen Vergewaltigung erstattet hatte. Das hat definitiv nichts mit dem Fall Julie Rouvres zu tun, dachte Marion und warf das Blatt in den Papierkorb. Das zweite Dokument ließ sie aufmerken: Die Rede war von einem zwanzigjährigen Mädchen, das nach dem Sturz von einer Brücke über der A 63, Bordeaux-Bayonne, unweit der Ausfahrt Bordeaux, gestorben war. Ihrem Tod war eine Vergewaltigung durch mehrere Täter vorausgegangen. Es folgten ein Aktenzeichen und ein Hinweis auf das Kriminalkommissariat, das sich seinerzeit mit dem Fall befaßt hatte. Marion rief sofort beim Archiv der Kripo von Bordeaux an, um telefonisch Auskunft über den Inhalt der Akte zu erhalten. Um das Warten zu verkürzen, setzte sie ihre Suche in der Falldatei fort. Sie kehrte zum Ausgangsmenü zurück und tippte mehrere Stichwörter ein: Opfer um die Dreißig, Sperma, Gesicht, etc. Wieder erschien die Anzeige »Bitte warten«. Diesmal dauerte es länger, die vielen Stichwörter schienen dem Computer Mühe zu bereiten. Schließlich tauchte die Zahl eins auf, darunter wieder die Frage: »Antworten aufrufen?«, die sie mit ja beantwortete.

Der Drucker spuckte ein Dokument aus, das eine junge Polin betraf, Barbara Wincenski, dreißig Jahre alt. Sie war vor sechs Monaten in Paris vergewaltigt worden, und der Täter hatte sein Sperma auf ihrem Gesicht verteilt. Drei Tage später erfolgte Anzeige gegen unbekannt. Kein genetischer Fingerabdruck. Keine Täterbeschreibung. Weiter war nichts passiert, der Täter war nicht gefaßt worden, und so gab es nur noch die Möglichkeit, das Opfer selbst zu befragen, um mehr über diese Sache herauszufinden – sofern die Frau diesen Eckdaten überhaupt noch etwas hinzuzufügen hatte. Aber das konnte erst mal warten.

Sie fragte sich, ob es Sinn hatte weiterzurecherchieren. Der Computer hatte offenbar alles ausgepackt, was er zu bieten hatte, da war nicht mehr rauszuholen, es sei denn, sie ging noch einmal jede Rubrik einzeln durch.

Talon hatte veranlaßt, daß der genetische Fingerabdruck, der anhand des Spermas auf Julie Rouvres Leiche ermittelt worden war, mit den genetischen Codes anderer Sexualtäter verglichen wurde, die in einer speziellen Datei gespeichert waren. Nichts war dabei herausgekommen.

Marion stand auf, ging an den Computern vorbei und an einem Kollegen, den sie nicht hatte kommen hören, und betrat den Bereich, in dem die Funkgeräte standen.

»Ich erwarte einen Anruf aus Bordeaux«, sagte sie zu einem Beamten, der nichts zu tun hatte. »Könnten Sie mir das Gespräch bitte nach oben durchstellen?«

Der Kollege vom Erkennungsdienst riß die Augen auf, als sie ihm die Speisekarte der Pizzeria Ponti unter die Nase hielt: *Mittwoch: Osso buco in Tomatensauce, Donnerstag: Tagliatelle Carbonara …* Er war gerade dabei, auf einem blutverschmierten Messer nach Fingerabdrücken zu suchen, weshalb das, was Marion ihm da zeigte, keinen Eingang in sein Hirn zu finden schien. Sie beschloß, sich einen kleinen Spaß daraus zu machen.

»Schnitzel nach Mailänder Art oder Gnocchi in Paprikacremesauce, Favre?«

»Mir persönlich wäre ein ordentliches Kuskus lieber, aber ich verstehe nicht ganz … Was soll das?«

Marion hatte Erbarmen mit ihrem verwirrten Kollegen.

»Das ist eine Schriftprobe von Julie Rouvres. Ich möchte, daß Sie ihre Schrift mit den Buchstaben vergleichen, die wir auf der Autobahnbrücke von Saint-Priest gefunden haben. Wir müssen sicher sein, daß wirklich sie die Zeichen auf das Geländer geschrieben hat. Was hat die Analyse der Tinte ergeben?«

Favre zog Marion in den hinteren Teil des Labors, in dem neben einem imposanten Gerät mehrere Bildaufnahmen lagen.

»Anhand der optischen Analyse sind keine Unterschiede feststellbar«, sagte der Kriminaltechniker in nüchternem Ton. »Die beiden Tintenproben reagieren auf UV-Strahlen und Infrarotlicht völlig identisch. Ich halte eine chromatographische Analyse nicht für notwendig, aber …«

»Wenn Sie sich sicher sind …«

»Ja, der Kugelschreiber enthält dieselbe Tinte, mit der auch auf den Handlauf des Brückengeländers geschrieben wurde. Darauf lassen die Spektren der Farbpigmente und die Viskositätsuntersuchung eindeutig schließen. Die Fotos sind ebenfalls gemacht, aber noch nicht entwickelt. Und ich fürchte, daß Ihnen der Graphologe erst in ein oder zwei Tagen eine Antwort geben kann.«

»Talon wird ihm die nötigen Papiere bringen, sobald die Fotos fertig sind. Es ist dringend, Favre. Setzen Sie alle Hebel in Bewegung!«

Marion wollte das Labor gerade wieder verlassen, da ertönten die ersten Takte von Beethovens *Für Elise* – das Telefon.

»Das ist für mich«, sagte sie und machte kehrt.

Als das Gespräch mit der Kripo von Bordeaux beendet war, starrte Marion den Kollegen, der noch immer die Speisekarte in der Hand hielt und nicht recht wußte, wie er sich verhalten sollte, gedankenvoll an. Sie wedelte mit dem Ausdruck, der über die junge, auf der A 63 umgekommene Frau aus Bordeaux Auskunft gab, in der Luft herum, knüllte ihn dann zusammen und warf ihn in den nächsten Papierkorb.

»Sackgasse: Es waren drei Täter, aber die sitzen alle. Also konnten sie nicht in Saint-Priest sein, um Julie Rouvres zu vergewaltigen und auf den Laster zu werfen. Verstehen Sie, Favre?«

»Natürlich, Chef«, murmelte der Spezialist vom Erkennungsdienst, als Marion sich schon auf dem Absatz umdrehte.

Verdutzt sah er ihr nach.

7

Marion bog in langsamem Laufschritt in den kleinen Pfad ein. Sie ließ es langsam angehen, denn sie war seit mindestens zwei Wochen nicht mehr gelaufen. Nina brachte ihr Leben in Unordnung, der Umzug hatte viel Zeit verschlungen, und wenn Léo erst einmal eingezogen wäre, würde das ihre Freiheit noch weiter einschränken. Doch langfristig womöglich ganz auf ihr morgendliches Joggen zu verzichten, kam nicht in Frage, denn ihr seelisches und körperliches Gleichgewicht hing davon ab.

Ich muß mein Leben neu organisieren … Einen Babysitter für Nina finden, vielleicht ein Au-pair-Mädchen, das immer zu Hause ist, ja, genau das brauche ich … Inwiefern ich auf Léo zählen kann, weiß ich nicht.

Um ihr schlechtes Gewissen gar nicht erst zu Wort kommen zu lassen, schimpfte sie lauthals über ihre Atmung, die sie nicht mehr im Griff hatte, und über ihre Muskeln, die hart wurden und schmerzten, sobald sie sie ihrem Schicksal überließ. Sah das Leben, das sie sich für Nina erträumt hatte, so aus wie das ihre? War so ein Leben gut für das Kind?

Sie lief über die Brücke zur »Insel der Gehörnten« – ein schmaler Streifen Land mitten im Fluß, den sie so getauft hatte wegen der vielen Paare, die sich hier schon im Morgengrauen verstohlen und auf Diskretion bedacht einfanden. An diesem Tag war die Insel der Gehörnten trotz des himmlischen Wetters noch menschenleer. Obwohl der Morgentau in der strahlenden Maisonne glitzerte, war es kühl. Marion steigerte das Lauftempo, um sich rasch aufzuwärmen. Am anderen Ende der Insel verlangsamte sie den Schritt wieder und betrachtete die alten Eichen auf dem Golfplatz, die sich am gegenüberliegenden Flußufer langsam aus dem Frühnebel lösten. Sie machte kehrt, lief zur Brücke zurück, die sie nochmals überquerte, um dann eine zweite Runde in Angriff zu nehmen. Eigentlich müßte ihr Endorphinpegel langsam steigen, dann würde sie sich besser fühlen. Talon kam ihr wieder in den Sinn. Um für seinen Fehler einzustehen, war er die halbe Nacht unterwegs gewesen, hatte sich um einen neuen Mordfall gekümmert, der gegen zwei Uhr morgens gemeldet worden war. Und Marion wußte, daß es diesmal nichts auszusetzen geben würde. Nachdem ihre Gedanken eine Zeitlang umhergeschweift waren, konzentrierten sie sich auf Johan Laplante, dessen Vernehmung tags zuvor einige Stunden in Anspruch genommen hatte. Die Erinnerung daran löste einen Adrenalinschub aus, sie lief plötzlich wieder schneller. Sie hatte gut daran getan, Julies Verlobten in Polizeigewahrsam zu nehmen, er war gesprächig geworden, wenngleich sie das, was er zu Protokoll gegeben hatte, lieber nicht gehört hätte. Zumindest nicht aus seinem Mund.

Dich werde ich mir auch noch vorknöpfen, Léo!

Sofort ermahnte sie sich, keine vorschnellen Schlüsse zu ziehen. Johan hatte Andeutungen auf eine intime Beziehung zwischen Léo und Julie gemacht, die bisher allerdings von niemandem bestätigt worden waren. Léo würde eine Erklärung dafür haben. Und wenn er noch keine Zeit gehabt hatte, sie vorzubringen, dann nur deshalb, weil er in der vergangenen Nacht nicht nach Hause gekommen war. Seit zwei Tagen erst lebten sie zusammen, und schon hing der Haussegen schief.

Die zweite Runde neigte sich dem Ende zu, und Marion fragte sich, ob sie noch eine weitere schaffen würde. Sie war wirklich nicht in Form, und als sie ihren Wagen auf der anderen Seite der Fußgängerbrücke erblickte, entschied sie, das Handtuch zu schmeißen. Während sie langsam auf das Auto zutrabte, bemerkte sie voller Empörung, daß jemand daran lehnte. Ein Mann, seelenruhig, die Hände in den Hosentaschen.

Der hat ja vielleicht Nerven! Als wäre er hier bei einem Casting für die nächste Automesse!

Sie konnte kein anderes Fahrzeug entdecken. Der Mann mußte in größerer Entfernung geparkt haben, vielleicht hatte er irgendwo eine Panne gehabt. Oder er war zu Fuß gekommen, mit dem Rad oder auf einem Pferd.

Verärgert lief Marion einen Bogen um ihren Wagen herum und machte einige Atemübungen, um den Störenfried unbemerkt zu beobachten. Sie hatte keine Angst, aber es wimmelte hier nur so von sexuell gestörten Leuten, meist harmlose Voyeure, denen sie trotzdem lieber nicht im Jogginganzug und ohne ihr Handwerkszeug entgegentrat.

Der Mann stand mit dem Rücken zu ihr, seine schmale,

sehnige Silhouette, die braunen Haare, die über den Kragen seiner Lederjacke fielen, riefen eine vage Erinnerung in ihr wach. Er schien auf jemanden zu warten. Ein leichter Wind blies durch sein Haar und fuhr kalt über Marions verschwitzte Haut. Sie ging drei Schritte auf das Auto zu, doch plötzlich hielt sie inne. Eine unsichtbare Kraft hinderte sie daran, mit diesem Unbekannten in Kontakt zu treten, auch wenn er noch so ungefährlich wirkte. Hüpfend lief sie in die Richtung des wurmstichigen Anlegesteges am anderen Ufer der Insel.

Als sie endlich zu ihrem Wagen zurückging, diesmal fest entschlossen, den Provokateur zu verscheuchen, war er verschwunden. Sie hatte keinerlei Motorengeräusche gehört, und aus Angst, er könnte sich doch noch irgendwo versteckt halten, fuhr sie mit quietschenden Reifen davon.

Sie ärgerte sich, daß sie das hartnäckige Gefühl eines Déjà-vu einfach nicht loswurde. Marion mochte diese verlassene Insel, aber sie mußte zugeben, daß es an der Zeit war, sich ein anderes Trainingsgelände zu suchen, näher an ihrer neuen Bleibe.

Schon von weitem sah sie, daß Léos Wagen vor dem Haus parkte, und damit holte die Wirklichkeit sie wieder ein.

8

Léo war schon wieder im Aufbruch begriffen. Die übliche Kluft eines Zivilpolizisten – Jeans, Lederjacke, Sonnenbrille – war wie geschaffen für ihn. Marion liebte diese Lässigkeit, die manchmal an Nachlässigkeit grenzte, vor allem was sein unrasiertes Gesicht betraf. Zwei große, khakifarbene Leinentaschen, ein Gitarrenkoffer und ein Karton hatten sich inzwischen zu Marions kleinem Chaos hinzugesellt.

»Heute abend räume ich alles weg, wenn du mir sagst, wohin damit.« Léo schlang seine Arme um sie.

Sie befreite sich aus seiner Umarmung. »Ich bin total verschwitzt und spät dran.«

»Und offensichtlich schlecht gelaunt. Doch nicht meinetwegen?«

Marion zuckte die Achseln und erwiderte barsch: »Ich hätte nicht gedacht, daß dir so schnell die Lust auf abendliche Zweisamkeit vergehen würde.«

»Wir mußten schon wieder zum Observieren raus, bis spät in die Nacht haben wir da rumgesessen. Für nichts und wieder nichts, nebenbei bemerkt. Danach wollte ich meine Sachen holen und dich wecken ... dachte aber, daß ich vielleicht doch lieber noch ein bißchen warte ...«

»Laß gut sein, Léo. Sag mir beim nächsten Mal einfach Bescheid. Ein kurzer Anruf, wenn das nicht zuviel verlangt ist.«

Er versprach es. Marion musterte ihn unauffällig und sah ihm an, daß er einen schlechten Tag hatte. Einen dieser schlechten Tage, denen eine schlechte Nacht vorausgegangen war. Sie biß sich auf die Lippen, um sich eine Bemerkung über seine nächtlichen Aktivitäten zu verkneifen, und fragte sich, wie sie das Gespräch auf sein Verhältnis zu Julie Rouvres bringen konnte.

Wenn Léo nicht dein Lover wäre, würdest du dir diese Frage nicht stellen.

Aber Léo nahm ihr den Wind aus den Segeln. »Du siehst gut aus. Hast du nach dem langen Jogging nicht Lust auf einen Kaffee?«

Er hatte das Wörtchen »lang« betont. Marion wertete das sofort als ein erstes Indiz dafür, daß ihm ihr morgendliches Ritual nicht paßte.

Dagegen wirst du dich ja wohl wehren können! Kommt gar

nicht in die Tüte, daß er bestimmt, was gut für dich ist. Warum habe ich bloß so einen Kloß im Magen?

»Nein, geh nur, Lavot wartet bestimmt schon auf dich«, sagte sie mit verkrampfter Stimme. »Ich gehe unter die Dusche und treffe mich dann mit Talon im gerichtsmedizinischen Institut. Wir haben heute morgen eine Obduktion.«

Marion zog ihr schweißnasses T-Shirt aus; auch der Sport-BH – der einzige, den sie besaß – landete im Wäschekorb. Léo, der eigentlich schon im Begriff war zu gehen, hielt inne und betrachtete sie. Verwirrt tastete er in seiner Jackentasche nach einer Zigarette. Sie übersah diese Geste geflissentlich, obwohl sie sich nach langen Diskussionen eigentlich darauf geeinigt hatten, daß Léo grundsätzlich nicht im Haus rauchte – Nina zuliebe. Sobald die Kleine nicht da war, hielt er sich nicht mehr an die Regel.

»Heute nacht ist ein Mann erschossen worden.« Sie stieg in die Duschkabine. »Im *Chambre Rouge*, diesem Swinger-Club in der Innenstadt, weißt du? Talon hatte Bereitschaftsdienst und hat mich angerufen, ehe er mit ein paar Leuten hingefahren ist, um den Tatort zu sichern.«

»Und du bist nicht direkt selbst hin?« fragte Léo in einem scherzhaften Ton, dem sein sonderbar starrer Blick allerdings widersprach.

Marion fiel ein merkwürdiges Flackern in den Augen ihres Liebhabers auf und seine Haltung, aus der fast so etwas wie Angst sprach. In einem fernen Winkel ihres Hirns begann eine Alarmglocke zu schrillen. Sie drehte den Wasserhahn auf.

»Talon kommt durchaus allein zurecht. Ich kann nicht ständig auf der Kommandobrücke stehen, jetzt mit Nina erst recht nicht mehr. Daran müßt ihr euch wohl gewöhnen … Na ja, du weißt schon, was ich meine! Ich bin eine ganz normale Frau geworden … Und außerdem liegen die Dinge, glaube ich, ziemlich klar auf der Hand: Ein Berufssoldat, der wahrscheinlich mit Nutten und Zuhältern rumgezogen ist.«

Léos Hand auf der Türklinke verkrampfte sich. Marion sah, wie die Knöchel weiß hervortraten.

»Was ist denn los?«

»Nichts, wieso? Ich hör dir zu.«

Mit gerunzelter Stirn trat er ans Waschbecken und löschte seine Zigarette, die er nur zur Hälfte geraucht hatte.

»Weißt du«, wechselte er das Thema, »ich habe Lavot gefragt, ob er vorgestern abend versucht hat, mich telefonisch zu erreichen. Er hat mir geschworen, daß er es nicht war.«

»Ach, nee!« entgegnete Marion. »Wenn das ein Testanruf war, wird er es wahrscheinlich ausgerechnet dir auf die Nase binden!«

»Ich glaube, daß er die Wahrheit gesagt hat.«

»Wieso?«

»Er hat mir gesagt, daß er von Anfang an über uns beide Bescheid wußte und daß es ihm Wurst sei. Er behauptet, die anderen wüßten es auch, aber vielleicht ist es doch besser, sie ganz offiziell darüber aufzuklären.«

»Ich werde einen kleinen Umtrunk organisieren«, beschloß Marion plötzlich. »Und bei der Gelegenheit sage ich ihnen, daß wir zusammenleben.« Im gleichen Moment brach ihr der Angstschweiß aus. »Wer hat dann angerufen? Meinst du, jemand aus dem Kommissariat?«

Léo nahm sich Zeit für eine Antwort, die schließlich doch nicht kam. Zögernd stand er in der Badezimmertür, während Marion sich unter dem dampfenden Wasserstrahl einseifte. Sie konnte ihn sehen, obwohl ihr das Wasser ins Gesicht spritzte und sie immer wieder zwang, die Augen zuzukneifen. Sie registrierte, wie unbeholfen er am Türrahmen lehnte, wie befangen er war. Er murmelte etwas vor sich hin, Worte, die sie nicht verstand.

»Was sagst du? Ich höre nichts!«

»Paß auf dich auf!«

Geradezu fluchtartig verließ er daraufhin zunächst das Bad, dann das Haus.

»Léo!« schrie Marion. »Warte, ich muß dir noch was sagen!«

Verdutzt über diesen überstürzten Abgang blieb sie lange regungslos unter dem Wasserstrahl stehen, ohne von dem Shampoo Notiz zu nehmen, das ihr ins Gesicht lief und in den Augen brannte.

Was hat er denn plötzlich? Warum diese Flucht? Warum diese Angst? Warum sollte ich auf mich aufpassen?

Marion konnte keine Erklärung für die Panik finden, die sie bei Léo gespürt hatte, es sei denn, sie hatte schlichtweg damit zu tun, daß er durch seinen Einzug bei Marion ihrer Beziehung einen offiziellen Charakter gegeben hatte. Schon am Anfang ihrer Bekanntschaft hatte sie geahnt, daß er sich wie durch einen Fluch belastet fühlte, und obwohl sie nicht an solche Dinge glaubte, konnte sie seine Schwermut nachvollziehen. Denn als sie ihn kennenlernte, war er gerade dabei, sich vom tragischen Verlust seiner Frau zu erholen, die nur wenige Monate nach der Hochzeit gestorben war. Dieses finstere Kapitel in seinem Leben lag damals erst zwei Jahre zurück, und es war unmöglich, das Thema ihm gegenüber anzuschneiden. Bei jeder noch so vagen, ungewollten Anspielung geriet Léo außer sich. Er war nicht in der Lage, darüber zu reden, beendete ein mögliches Gespräch sofort mit der knappen Bemerkung, daß sie infolge eines Unfalls gestorben sei.

Das Piepen des Pagers riß sie aus ihren Gedanken. Sie hatte jetzt keine Zeit, Léo zu bemitleiden und über seine seelischen Verletzungen nachzugrübeln. Im übrigen war sie auch nicht bereit, die Phobien ihres Lebensgefährten als

Erklärung für alles hinzunehmen. Sie rubbelte sich kräftig ab, dann fiel ihr Blick auf den Zigarettenstummel, den Léo auf dem Waschbeckenrand hatte liegenlassen. Diese Nachlässigkeit verärgerte sie.

Er braucht nicht zu denken, daß ich hinter ihm herräume und seine Kippen und dreckigen Socken einsammle.

Nachdenklich starrte sie auf den feuchten Zigarettenstummel, dann zog sie den Pager aus ihrem Blouson, der an der Badezimmertür hing, und las die Nachricht: Talon und seine Leiche wurden langsam ungeduldig. Hastig zog sie sich an.

9

»Eins würde ich gern wissen, Kommissarin Marion.«

Marion betrachtete zerstreut den aufgeschnittenen Unterleib der auf dem Obduktionstisch liegenden Leiche. Wie im Traum hörte sie Dr. Marsals Worte. Sie fuhr zusammen.

»Wie bitte?«

Auf einen Schlag war sie in die deprimierende Atmosphäre des Leichenschauhauses zurückgekehrt.

»Ja, ja, ich hab's ja schon immer gewußt, Sie interessieren sich nicht für das, was ich tue. Und für das, was ich sage, schon gar nicht.«

Der Gerichtsmediziner richtete sich seufzend auf und hielt Marion einen dunkelgrauen, blutverschmierten Gegenstand hin.

»Was meinen Sie, welches Kaliber? Acht Millimeter? Sehen Sie sich nur diesen Brei an.«

Marion beugte sich vor.

»Die Kugel hat den Körper nicht durchschlagen ... Hohe Mündungsgeschwindigkeit?«

»Wenn Sie das sagen ... Ich bin wirklich keine Expertin in

diesen Dingen. Jedenfalls ein Volltreffer, mitten ins Herz. Da war ein guter Schütze am Werk.«

Marsal wandte sich wieder dem klaffenden Thorax zu, den Marcel mit Hilfe einer Schere geöffnet hatte, die so massiv war, daß man damit problemlos das Brustbein und die Rippen eines Menschen zerschneiden konnte. Der Gerichtsmediziner durchtrennte den Herzmuskel, klappte ihn auseinander und arbeitete sich bis etwa einen Zentimeter unterhalb des Aortenbogens weiter vor.

»Ah … Da ist ja noch eine!« rief er aus. »Soll ich die Projektile ins Labor schicken, damit die Ballistiker ihr Gutachten erstellen können?«

Marion sah keine Veranlassung, auf diese rhetorische Frage eine Antwort zu geben. Talon saß etwas abseits und hackte auf der Tastatur seines Laptops herum, ohne daß ihm ein Wort dessen entging, was Marsal in sein Diktiergerät sprach und später in seinem Bericht festhalten würde.

Die Kommissarin warf einen letzten kurzen Blick auf die Verwüstung, die der gute Schütze angerichtet hatte. Bei Obduktionen zugegen zu sein, war manchmal unumgänglich, generell hätte sie gern darauf verzichtet. Als Dr. Marsal ihr verkündete, daß der Tod sofort eingetreten sei, verspürte sie deshalb nicht das geringste Bedürfnis, seine Schlußfolgerung zu hinterfragen.

Der auf dem Obduktionstisch liegende Mann hieß Patrick Longe. Talon und seine Kollegen hatten noch in der Nacht herausgefunden, daß er Hauptfeldwebel bei den Landstreitkräften war, die in der Nähe von Landau in Garnison lagen. In Lyon war er nur auf der Durchreise gewesen, bei seinem Vater. Marsal verkündete, daß der Mann kurz vor seinem Tod Geschlechtsverkehr gehabt habe, was angesichts des Lokals, vor dessen Tür man ihn zur Strecke gebracht hatte, niemanden erstaunte: Das *Chambre Rouge* war ein einschlägig bekannter Club im Zentrum von Lyon. Der Mord war in einer unbelebten Seitenstraße verübt worden; der einzige Zeuge, der das Geschehen beobachtet hatte, war ein runzliger Greis, der rund um die Uhr damit beschäftigt war, die Gäste des Lokals zu bespitzeln, und sich hin und wieder bei der Polizei mit Auskünften anbiederte.

Marion las laut vor, was auf dem Zettel stand, der am dicken Zeh der Leiche hing.

»Patrick Longe, zweiunddreißig Jahre, männlich.«

»Allerdings!« Marsal deutete mit einer ungezwungenen Geste auf das Geschlechtsteil des Toten, an dem er sich gerade zu schaffen machte.

»Talon, Sie sagten doch, er sei allein gewesen ... Meines Wissens haben aber in diesem Etablissement nur Paare Einlaß.«

»Ja, das stimmt«, erwiderte Talon. »Ich werde mich dort noch mal umhören. Als ich diese Nacht am Tatort war, hatte der Laden schon zu. Vielleicht ist er früher als seine Frau gegangen.«

»Seine Frau?« wiederholte Marsal und schüttelte den struppigen Kopf. »Ich möchte Sie darauf hinweisen, daß dieser Herr auch Männer auf seinem Speiseplan hatte. Jedenfalls war ihm Analverkehr nicht unbekannt. So, ich bin fertig.«

Er schnipste mit den Fingern und sah sich nach seinem duckmäuserischen Assistenten um.

»Du kannst ihn wieder zumachen, Marcel!«

»Das ist ja dann wohl ein Fall für die Sitte«, sagte Marion.

Talon wandte ein, daß die Leute von der Sitte die Ermittlungen doch nur in den Sand setzen würden und daß es sich um ein Gewaltverbrechen handele, der Fall also allein schon deshalb in den Händen des Kriminalkommissariats bleiben mußte. Marion entging nicht, daß in dem mürrischen Tonfall des Polizisten Verärgerung mitschwang.

»Was haben Sie denn plötzlich? Finden Sie nicht, daß wir schon genug Arbeit haben? Warum sollte ich auch noch das Feld meines Nachbarn beackern?«

Talon verbiß sich einen frechen Kommentar.

»Na los«, beharrte Marion schnippisch, »sagen Sie es doch ruhig, daß ich andererseits gerne meine Zeit mit dem banalen Selbstmord von Julie Rouvres verplempere. Und mit einer Vergewaltigung, die keine war.«

Talon klappte stöhnend seinen Macintosh zu und klopfte Marsal zum Abschied auf die Schulter. Während er und Marion auf die Tür zugingen, herrschte der Gerichtsarzt vom Waschbecken aus seinen Assistenten Marcel an.

»Bring mir das Desinfektionsmittel, du Idiot!«

»Ist alle, da muß ich erst los, neues holen.«

»Schwachkopf!« brummte Marsal. »Wenn ich mir jetzt einen Wundstarrkrampf hole, ist das deine Schuld!«

Marion hielt kurz inne, um noch einen Augenblick dem rituellen Schlagabtausch dieser beiden Junggesellen zu lauschen, die der permanente Umgang mit Leichen fast so zusammengeschweißt hatte wie ein zänkisches altes Ehepaar.

Auf der Treppe des gerichtsmedizinischen Instituts holte sie Talon ein. Im Laufe des Vormittags hatte ein Dauernieseln eingesetzt, und die dunklen, tiefhängenden Wolken waren nicht dazu angetan, gute Laune zu verbreiten.

Marion setzte sich ungefragt hinter das Steuer des schwarzen Peugeots und legte einen aufsehenerregenden Blitzstart hin, der eine Schar gurrender Tauben im Hof des Leichenschauhauses in Schrecken versetzte. Talon reagierte nicht, und Marion deutete seine Passivität als weiteren Vorwurf.

»Hören Sie, Talon, mir ist egal, was Sie denken. Der Staatsanwalt wird entscheiden, ob wir den Fall behalten oder nicht. Dieser Soldat …«

»… ist mir völlig Wurst«, fiel Talon ihr verärgert ins Wort.

Marion schwieg verdutzt.

»Warum ziehen Sie dann so ein Gesicht?«

»Meine Großmutter.«

»Wie bitte?«

»Meine Großmutter liegt seit gestern im Krankenhaus. Oberschenkelhalsbruch und dazu noch nervöse Störungen. Sie ist neunzig.«

»Tut mir leid, Talon«, seufzte Marion. »Aber Wunder gibt's leider nicht, das wissen Sie selbst.«

»Ja, leider, Sie sagen es. Es kann sein, daß ich ganz plötzlich weg muß.«

»Natürlich, Talon, natürlich.«

Mit einemmal schlug sich Talon vor die Stirn.

»Ach ja, Chef, ich habe ganz vergessen, Ihnen zu sagen, daß gestern eine junge Frau angerufen hat, eine gewisse Diane Menu, sie wollte mit Ihnen über eine Freundin reden, die vergewaltigt worden ist.«

Marion warf ihrem Beifahrer einen Seitenblick zu und fragte in heuchlerischem Ton: »Warum sollte mich eine Vergewaltigung etwas angehen?«

»Sie sagt, daß sie in der Zeitung mehrere Artikel über den Fall Julie Rouvres gelesen und deshalb beschlossen hat, Sie anzurufen. Mehr weiß ich auch nicht.«

Er schwieg wieder, genauso mürrisch und verdrossen wie zuvor.

»Gibt's sonst noch was?«

»Ja. Ich habe die vergrößerten Fotos des Brückengeländers und die Ergebnisse aus dem Labor bekommen.«

Er sah einem dicht vorbeifahrenden Militärlaster nach, der mit kahlgeschorenen, jungen Soldaten vollgestopft war.

Marion ahnte, daß jetzt ein Hammer kommen würde.

»Und?«

»Der Kugelschreiber aus der Pizzeria hat tatsächlich als Schreibwerkzeug gedient.«

»Ja, das wußte ich, danke.«

»Der Graphologe hat sein Gutachten noch nicht abgegeben, aber er ist sich zu achtzig Prozent sicher, daß es Julies Schrift ist. Und was den Inhalt der Kritzeleien betrifft … Das Labor meint, daß es drei Buchstaben sind.«

Als Talon wieder verstummte, wurde Marion ungeduldig. Am Ende der Straße tauchte bereits das graue, klobige Polizeipräsidium auf.

»Meine Güte, Talon, jetzt spucken Sie's schon aus!« polterte sie. »Sie sind heute morgen wirklich anstrengend. Wie lauten die drei Buchstaben?«

»L. E. O.«

»L. E. O.« wiederholte Marion verständnislos. »Was soll das heißen?«

»Léo, das soll Léo heißen.«

10

Bevor Marion in ihr Büro zurückkehrte, nahm sie sich im Gang Zeit für eine Pause vor der Kaffeemaschine, die ausnahmsweise mal funktionierte. Nur die Teebeutel waren aufgebraucht, was Talons Stimmung noch mehr verdüsterte. Sein abgespanntes Gesicht ließ keinen Zweifel daran, wie schlecht er sich fühlte.

»Ich kann doch nichts dafür«, verteidigte er sich, als Marion ihn finster ansah. »Ich habe Sie lediglich über den aktuellen Stand der Dinge informiert.«

»Natürlich«, schimpfte Marion. »Ich weiß, daß Sie nichts dafürkönnen.«

Es hatte keinen Sinn, auf ein paar tröstende Worte des

Beamten hoffen, er war mit seinen Gedanken woanders. Marion verzog das Gesicht, als sie den bitteren, heißen Kaffee herunterkippte.

»Okay.« Sie hastete weiter, nachdem sie den leeren Becher in einen Papierkorb geworfen hatte. »Bringen Sie mir die Fotos und den Laborbericht. Laden Sie für heute nachmittag diese Diane Menu vor, und richten Sie Capitaine Lunis aus, daß ich ihn in meinem Büro erwarte.«

»Aber, Chef«, protestierte Talon, »ist das nicht ein bißchen überstürzt?«

»Lassen Sie mich in Ruhe mit Ihrem ständigen Aber!« entgegnete Marion.

Marion blätterte rasch durch die eingegangene Post, die ihr die Sekretärin Yvette auf den Schreibtisch gelegt hatte. Daneben lag die grüne Unterschriftenmappe mit dem gesamten Postausgang, den Yvette vorbereitet und je nach Stimmungslage mit gelben, rosafarbenen oder blauen Post-its präpariert hatte: »Hier unterschreiben«, »Kopie«, »schon weitergeleitet« oder »Info« stand darauf.

»Unsere Post-it-Königin Yvette …« schimpfte die junge Kommissarin, der es immer noch nicht gelungen war, ihrer Sekretärin diese Schrulle auszutreiben, die sie jedesmal als eine persönliche Beleidigung empfand.

Marion war gerade dabei, das letzte an die Staatsanwaltschaft adressierte Schriftstück abzuzeichnen, als Léo hereinkam, ohne anzuklopfen.

»Du hast nach mir gefragt? Du hast Glück gehabt, ich wollte gerade los!«

Das kann ja wohl nicht wahr sein! Er ist mir unterstellt, und behauptet, ich habe Glück, daß ich ihn noch angetroffen habe …

»Léo«, Marion war um einen ruhigen, gemessenen Ton bemüht, »ich möchte, daß du dich hier so verhältst wie alle anderen.«

»Das heißt?«

»Daß du anklopfst, bevor du reinkommst, und daß du …«

Sie hielt inne. Sie schaffte es nicht, ihre schlechte Laune zu verbergen, das Unbehagen, das ihr seit einer Stunde auf Gemüt und Magen schlug und sie fast aggressiv werden ließ.

Léo führte ihren Satz zu Ende: »Daß ich mich wie einer von deinen Männern verhalte und nicht wie dein Mann … Soll ich dich vielleicht auch siezen, so wie die anderen es tun?«

»Sei nicht so spitzfindig«, wies Marion ihn zurecht und sah ihn dabei aufmerksam an.

»Stimmt irgendwas nicht mit mir? Habe ich einen Pickel auf der Nase?«

Marion hatte keine Lust zu lachen, nicht einmal zu lächeln. Sie deutete auf einen der beiden schwarzen Kunstlederstühle.

»Setz dich, Léo!«

»Eijeijei, die Lage ist ernst! Wenn ich recht verstehe, ist das hier eine offizielle Begegnung.«

»Herrgott noch mal! Ich bin deine Chefin, und ich habe immer noch das Recht …«

Léo hob die Hand zum Zeichen seiner Kapitulation.

»Entschuldigen Sie, Chef!«

Er klang betont ungerührt, aber Marion spürte, daß er angespannt war und sich nicht wohl in seiner Haut fühlte.

Diese Situation ist einfach unhaltbar! Was, wenn ich ihm eines Tages wirklich mal den Kopf waschen oder eine Strafe verpassen muß? Und dann seine Überempfindlichkeit!

Die Beklommenheit, die sie schon seit zwei Tagen empfand, wurde noch heftiger. Es war höchste Zeit, diesen Streß loszuwerden und Léo zu sagen … Plötzlich fiel ihr auf, daß er völlig steif, in fast soldatischer Haltung vor ihr saß und wartete. Trotz der Spannung zwischen ihnen, hätte sie am liebsten losgelacht. Sie gab sich einen Ruck.

»Du hättest mir sagen sollen, daß du sie persönlich gekannt hast.«

»Wen?«

»Also wirklich, Léo! Julie Rouvres, die Kellnerin aus der Pizzeria ...«

Léo schien tatsächlich überrascht zu sein.

Aufgepaßt, jetzt fängt er an zu lügen.

Sie schwieg, wartete ab, den Blick auf das Blau seiner Augen geheftet, das allmählich in Grau umzuschlagen schien. Er runzelte die Stirn.

»Warum guckst du mich so an? Soll das ein Verhör sein, oder was?«

»Léo, ich habe dir eine klare Frage gestellt.«

»Das war keine Frage, sondern eine Behauptung, und noch dazu eine absurde.«

»Léo, gestern habe ich Johan Laplante vernommen, drei Stunden lang. Sie selbst hat ihm davon erzählt.«

»Aber wovon denn? Wirklich, Marion, ich verstehe kein Wort. Könntest du dich ein bißchen klarer ausdrücken?«

»Sie war in dich verliebt.«

Léo riß die Augen auf und schien nach Luft zu schnappen.

»Das ist lächerlich«, zischte er.

Doch als er Marion anblickte, dämmerte ihm die Tragweite ihrer Äußerungen. Julie war vielleicht ermordet worden ... Léo wurde bleich.

»Ich bitte dich, Marion«, brachte er dumpf hervor. »Sag mir, was los ist.«

Sie stieß einen langen, tiefen Seufzer aus und fingerte an einem Bleistift herum. Draußen wollte und wollte der Tag nicht anbrechen, hinter den schmutzigen Scheiben und den dreckverschmierten Fenstergittern war das Zimmer in ein trauriges Zwielicht getaucht. Mit einer kurzen, energischen

Handbewegung schaltete Marion die Schreibtischlampe an. Léo blinzelte im hellen Licht.

»Johan Laplante ist Vertreter einer großen Versicherungsgesellschaft. Meistens ist er mehrere Tage in der Woche unterwegs. Julie war also häufig allein. Sie war eine unauffällige, unbescholtene junge Frau und vor allem, das hat er selbst gesagt, nicht besonders leidenschaftlich. Im Bett muß bei ihnen wohl ziemlich tote Hose gewesen sein. Sie hätten ein ruhiges, friedliches Leben miteinander geführt … Aber seit einigen Wochen kam sie ihm verändert vor, überschwenglicher als sonst und gleichzeitig distanzierter ihm gegenüber. Er hat angefangen, sich seine Gedanken zu machen, und sie schließlich gefragt. Da hat sie ihm von dir erzählt.«

»Von mir?« rief Léo aus.

»Von dir, ja. Und ihm ist klargeworden, daß sie sich in dich verliebt hatte.«

»So ein Blödsinn! Marion, bist du dir sicher, daß da keine Verwechslung vorliegt? Er hat sie falsch verstanden, sie muß ihm von Lavot erzählt haben, der hat sie doch angebaggert, das habe ich gesehen!«

Marion schüttelte wieder den Kopf.

»Lavot macht jede Frau an … Aber Johan ist sich ganz sicher. Er kennt dich, er hat dich mal in der Pizzeria gesehen. Und ich bitte dich, wie soll man dich mit Lavot verwechseln …«

»Okay, okay, meinetwegen. Und weiter?«

»Nichts weiter, den Rest mußt du mir erzählen!«

»Den Rest? Welchen Rest?«

»Du bist zu ihr gegangen!«

»Nein, nie im Leben!«

»Du warst nie bei ihr?«

»Marion, wer hat dir diesen Mist erzählt?«

»Sie!«

»Versteh ich nicht.«

»Julie. Sie hat es Johan erzählt. Eines Abends seist du bei ihr gewesen, ungefähr eine Woche vor ihrem Tod.«

Léo zuckte zusammen, richtete sich auf und legte die Hände auf die Tischkante, als müßte er sich daran festhalten. Plötzlich leuchteten seine Augen auf.

»Ah, ich glaube, ich weiß, was du meinst!«

»Super! Ich höre.«

Marion hatte sich zurückgelehnt, aber trotz ihrer scheinbaren Ruhe klopfte ihr das Herz bis zum Hals.

»Das war spätabends, ich kam gerade hier aus dem Büro … Warte mal, ich kann's dir sogar genau sagen: Es war kurz nach Mitternacht, ich hatte lange gearbeitet, weil ich noch eine Ermittlungsakte fertig machen wollte. Du weißt schon, die Ermordung dieses Nachtwächters im Einkaufszentrum der Part-Dieu. Ich hatte nichts gegessen, hatte Hunger und Durst und bin noch zu Gino Ponti gegangen, bevor ich nach Hause fuhr.«

In deine tolle Junggesellenbude … Ja, ja, da haben wir uns noch nicht jeden Abend gesehen …

»Als ich aus der Pizzeria rauskam, stand Julie auf dem Bürgersteig und wartete. Es regnete in Strömen, sie war völlig durchnäßt, total erledigt und in Tränen aufgelöst. Ich fragte sie, was sie da mache … Sie erklärte mir, die Busse würden plötzlich streiken, wegen des Überfalls auf einen Busfahrer, und ein Taxi sei nicht zu kriegen. Seit über einer halben Stunde vesuchte sie schon ihr Glück und war kurz davor, aufzugeben und zu Fuß loszumarschieren. Bis Saint-Priest sind es immerhin acht Kilometer, also hab ich sie nach Hause gefahren.«

»Und sie hat dir angeboten, noch mit hochzukommen und was zu trinken.«

»Ja, aber ich habe abgelehnt. Ich hab sie unten vor der Tür abgesetzt.«

»Und?«

»Und nichts.« Léo fiel es zunehmend schwer, die Ruhe zu bewahren. »Ich bin nicht mit hochgegangen. Ich habe überhaupt nichts gemacht, ich bin nach Hause gefahren und schlafen gegangen.«

»Also gibt es keinen Zeugen ...«

»Aber wofür denn? Ich habe dieses Mädchen nach Hause gefahren, Punkt. Das hättest du übrigens auch getan, das ist doch kein Verbrechen!«

»Hast du auf der Fahrt Blaulicht und Martinshorn eingeschaltet?«

»Wie bitte?«

»Um sie anzubaggern! Lavot behauptet, das funktioniert.«

»Ich bin nicht Lavot«, erwiderte Léo eisig. »Und ich habe keinen Grund, ihm nachzueifern. Ich bin kein Aufreißertyp.«

»Das war nur ein Scherz. Ist so etwas danach noch einmal vorgekommen?«

»Nein, Marion, ich habe dir doch gesagt, wie es dazu kam. Verdammt noch mal, wenn ich das gewußt hätte, dann hätte ich sie die acht Kilometer latschen lassen ...«

»Léo«, unterbrach ihn Marion. »Hat Julie dir nach diesem Abend Avancen gemacht, dich vielleicht zu sich eingeladen?«

»Nein, nicht ein einziges Mal.«

»Sie hätte es gern getan. Johan behauptet, daß du ihr gefallen hast.«

»Das habe ich nicht gemerkt.«

»Und warum hast du nichts davon erzählt, als du von den Umständen ihres Todes erfahren hast?«

»Ich hab nicht mehr daran gedacht. Die Begegnung war so banal, daß sie aus meiner Sicht keine Bedeutung hatte. Ich hätte jeden anderen Kellner, jede andere Kellnerin oder meinetwegen auch Gino nach Hause gefahren. Ich konnte doch nicht ahnen, daß ich ihre Phantasie derart beflügeln würde. Wieso bist du dir eigentlich so sicher? Meinst du nicht, daß Johan einfach eifersüchtig ist und sich da in etwas reinsteigert? Vielleicht ist ihm der Kummer inzwischen aufs Hirn geschlagen! Du weißt doch, daß man in solchen Situationen nach Schuldigen sucht, je greifbarer, desto besser.«

Marion rieb sich die Augen und preßte Daumen und Zeigefinger gegen die Schläfen, um die Migräne zu vertreiben, die sich unter ihrer Schädeldecke ausbreitete. Als sie die Augen wieder aufschlug, tanzten Tausende von Lichtpunkten zwischen ihr und Léo.

»Sie hat deinen Namen auf das Brückengeländer geritzt«, sagte sie schließlich.

»Was sagst du da?«

Mit einer müden Handbewegung öffnete sie den braunen, verstärkten Umschlag, der vor ihr lag und zog ein DIN A4-großes Schwarzweißfoto daraus hervor. Die drei Buchstaben waren durch rote Pfeile markiert und klar zu erkennen. Marion schob das Bild zu Léo herüber, der ungeduldig, wenn auch mit sichtlichem Widerwillen danach griff. Er betrachtete es und sah sie ungläubig an. Marion tat nichts, um das quälende Schweigen zu brechen. Im Gang schlug eine Tür, laute Schritte entfernten sich.

»Hast du irgendeine Erklärung dafür, Léo?«

»In einem Ballungsgebiet mit zwei Millionen Einwohnern bin ich wohl nicht der einzige Kerl, der Léo heißt … Weiß man überhaupt schon, ob sie das tatsächlich geschrieben hat?«

Marion zögerte. Sollte sie ihren Wissensvorsprung preisgeben? Dann wäre sie ihm gegenüber nicht mehr im Vorteil. Andererseits fand sie die Vorstellung schauderhaft, mit Léo irgendein Spiel zu spielen, ganz egal, was noch passieren würde. Sie beschloß, die Karten auf den Tisch zu legen.

»Der Schriftvergleich ist positiv ausgefallen, mit neunzigprozentiger Sicherheit. Du weißt ja, wie vorsichtig die Graphologen sich immer äußern. Außerdem haben wir auf der Brücke einen Kugelschreiber der Pizzeria gefunden, mit dem die Buchstaben nachweislich geschrieben worden sind. Ich denke, es gibt keinen Zweifel daran, daß Julie deinen Vornamen in das Geländer geritzt hat. Unbeantwortet sind zwei Fragen: Wann hat sie das getan? Und um welchen Léo handelt es sich? Der erste Punkt ist bisher ungeklärt und bleibt es vermutlich auch. Zweitens glaube ich trotz deines Einwands nicht, daß Julie massenweise Männer mit dem Vornamen Léo gekannt hat, der schließlich nicht so verbreitet ist wie Pierre, Jacques, Michel oder meinetwegen auch Gérard oder Paul. Egal wie ich es drehe und wende, letztlich führt doch alles zu der Annahme, daß Julie in dich verknallt war. Ernsthaft. Und daß diese ... Leidenschaft etwas mit ihrem Selbstmord zu tun haben könnte ... oder mit ihrer Ermordung.«

»Was die Frage danach aufwirft«, begann Léo langsam, »wo ich an dem Abend war, als sie von der Brücke stürzte?«

Marion stand auf und trat ans Fenster. Die Hände auf dem Rücken ineinandergelegt, betrachtete sie die mit Antennen gespickten Dächer und den grauen Himmel, an dem windgepeitschte Wolken vorbeizogen.

Das kann ich ihn nicht fragen. Unmöglich. Daß er mit dieser Frau geschlafen hat und dann der Heftigkeit ihrer Gefühle für ihn nicht gewachsen war, liegt außerhalb meines Vorstellungsvermögens. Er hat nichts mit dieser Geschichte zu tun. Lieber Gott, laß ein Wunder geschehen. Mach, daß er die richtige Antwort gibt ...

Mit einemmal wurde ihr bewußt, daß Léo mit ihr sprach, seine Stimme klang ganz nah. Sie fuhr zusammen, als seine

Hände ihre Schultern berührten und sie nötigten, sich zu ihm umzudrehen. Er tauchte seinen plötzlich wieder strahlenden Blick in ihre schwarzen Augen.

»Ich weiß nicht mehr, was ich an diesem Abend gemacht habe, aber wenn es dir wirklich wichtig ist, werde ich dafür sorgen, daß es mir wieder einfällt. Bis dahin mußt du mir glauben, Marion, und zwar aufs Wort: Ich schwöre dir, so wahr mir Ninas Wohl am Herzen liegt, daß ich dir alles gesagt habe, was es zu sagen gibt. Alles …«

Ich bitte dich, laß Nina da heraus!

Marion schüttelte ihre wirren Locken. Sie wünschte sich nichts sehnlicher, als ihm glauben zu können, auch wenn Léo kein anderes Argument hatte als die energischen Beteuerungen seiner Liebe zu Nina und ihr. Er nahm sie fast schüchtern in den Arm, als fürchtete er, sie könnte ihn zurückstoßen oder wegschicken, zurück in seine Junggesellenbude.

Mit heiserer Stimme und sichtlich aufgewühlt fügte er feierlich hinzu: »Marion, du bist die Frau, die ich liebe, und außerdem meine Vorgesetzte, die ich respektiere. Keine von beiden will ich anlügen. Ich weiß nicht, was in dem Kopf dieser armen jungen Frau vorgegangen ist, aber …«

»Ich glaube dir, Léo. Und ich liebe dich auch. Es ist undenkbar für mich, daß du mich in einer so ernsten Sache anlügen könntest. Ich verlange keinen Rapport darüber, was du tust und läßt, aber derartige Details solltest du bitte in Zukunft trotzdem nicht vergessen zu erwähnen.« Er wollte protestieren. »Ist ja schon gut. Ich glaube dir, das habe ich doch gesagt. Vielleicht könntest du diese Fragen noch einmal schriftlich beantworten, für die Ermittlungen. Johan ist imstande, dem Staatsanwalt von dir zu erzählen, und die Fotos von dem Geländer mit deinem Vornamen drauf kommen in die Akte.«

»Verstehe«, flüsterte Léo mit finsterer Miene. »Ich kann es kaum fassen, aber ich verstehe, daß es sein muß …«

»Ich werde dem Staatsanwalt die Situation erklären, mach dir keine Gedanken …«

Langsam löste er sich von ihr, und sie sah ihm nach, wie er zur Tür ging, hörte ihn »Bis heute abend.« murmeln. Während sie wieder auf die Dächer und Antennen starrte, schwirrten zahllose Fragen in ihrem Kopf herum. Natürlich glaubte sie Léo, auch wenn sie ihn, objektiv betrachtet, nicht lange und gut genug kannte, um einschätzen zu können, ob er die Wahrheit sagte oder nicht.

Richtig kennt man einen anderen Menschen sowieso nie, selbst wenn man dreißig oder vierzig Jahre zusammengelebt hat.

Natürlich glaubte sie an seine Liebe, sie vertraute ihm.

Wenn du jemandem vertraust, bist du immer der Dumme! Martin, mein erster Chef, lag mir ständig damit in den Ohren! Der hatte gut reden, wenn ich bedenke, daß er neben seiner Ehefrau noch ein halbes Dutzend Geliebte hatte, von denen eine beknackter war als die andere.

Sie verstaute ihre Zweifel und Gefühle im hintersten Winkel ihres Herzens und kehrte an den Schreibtisch zurück.

Liebe und Vertrauen hin oder her, eines stand fest: Julie Rouvres hatte Geschlechtsverkehr mit einem Unbekannten gehabt und sich kurz darauf unter einen Lastwagen geworfen.

11

Marion betrachtete Diane Menu und fragte sich, warum der liebe Gott es mit manchen Menschen eigentlich so schlecht meinte. Die Frau war höchstens dreißig, ziemlich fettleibig und so häßlich, daß einem angst und bange werden konnte.

Diane Menu hatte sofort auf Marions Anruf reagiert, und

nun saß sie vor ihr, die dicken Beine in einer fast grotesken Pose übereinandergeschlagen. Der Anblick dicker Menschen hatte Marion schon immer fasziniert, aber diese junge Frau hatte sich auch noch – als würde sie mit ihrer Körperfülle nicht schon genug auf sich aufmerksam machen – in einen viel zu kurzen Rock und ein rotes, ärmelloses T-Shirt gezwängt, das jede Speckrolle voll zur Geltung brachte. Diane schwieg und schien plötzlich sehr zögerlich, was Marion überraschte.

»Mademoiselle?«

Die Frau knetete den Griff der braunen Ledertasche auf ihren Knien. Ihre molligen Finger waren mit Ringen bedeckt, und Marion fragte sich, ob sie die Hände dahinter verstecken oder davon ablenken wollte, wie unförmig sie waren. Als wolle man mit einem edlen Parfum über einen ungewaschenen Körper hinwegtäuschen.

»Meine Freundin weiß nichts davon, daß ich selbst die Initiative ergriffen habe«, fing sie an und verzog das Gesicht zu einer Grimasse. »Sie darf auf keinen Fall erfahren, daß ich Sie angerufen habe.«

»Ich werde sagen, daß ich Sie vorgeladen habe«, versicherte ihr Marion, um das schlechte Gewissen der jungen Frau, für das sie noch keine wirkliche Erklärung hatte, auszuräumen. »Wir regeln das häufig so, wenn Informanten sich zunächst anonym melden.«

Diane Menus Lächeln blieb trotz Marions Zuspruch immer noch ein wenig verkrampft.

Die Kommissarin stützte einen Ellbogen auf ihren überfüllten Schreibtisch und das Kinn auf ihre Hand und versuchte, so neutral wie möglich dreinzublicken.

»Ich bin ganz Ohr, Mademoiselle Menu!«

»Ja. Also, es geht um meine Freundin, Carole Véron. Sie wurde … Na ja, sie wurde in gewisser Weise vergewaltigt, das war vor einem Monat. Sie will keine Anzeige erstatten, obwohl ich darauf gedrängt und alles versucht habe, sie umzustimmen.«

»Und nun halten Sie es für Ihre Pflicht, das an ihrer Stelle zu tun.«

Diane Menu nickte, in ihren kleinen Augen blitzte so etwas wie Genugtuung auf.

»Stellen Sie sich mal vor, sie wäre schwanger oder … noch was Schlimmeres. Sie will noch nicht mal einen Aids-Test machen. Also, ich an ihrer Stelle …«

Aber du bist eben nicht an ihrer Stelle …

»Was hat Sie dazu bewogen herzukommen? Man hat mir etwas von einem Zeitungsartikel gesagt …«

»Ja.« Diane Menu nickte energisch. Sie öffnete ihre Tasche und zog eine Ausgabe der Lyoner Tageszeitung *Le Progrès* hervor, aufgeschlagen bei Seite acht, auf der über den mutmaßlichen Selbstmord von Julie Rouvres berichtet wurde. Sie reichte Marion die Zeitung.

»Ganz unten.«

Marion las laut vor: »Die Kriminalpolizei hat die Ermittlungen aufgenommen …«

»Nein, ein Stück weiter vorne …«

Der Journalist hatte mit einer erstaunlichen Präzision über den Fall berichtet, er hatte sich gut informiert. Da Marion ihn nicht persönlich empfangen hatte, konnte er nur vom Gerichtsmediziner oder vom Staatsanwalt erfahren haben, daß Julie vor ihrem Tod sexuell mißbraucht worden und ihr Gesicht mit Sperma bedeckt gewesen war. Sie warf Diane Menu einen fragenden Blick zu, worauf die junge Frau mit vielsagendem Nicken bestätigte, daß sie genau darüber sprechen wollte.

Eine ganze Minute verging, bis Marion sich dazu durchringen konnte, wieder das Wort zu ergreifen. Woraufhin

Diane Menu eine Stunde lang geredet und alle ihre Fragen beantwortet hatte. Dann aber war sie unruhig geworden, schien sich zu fragen, ob sie gut daran getan hatte, überhaupt herzukommen, und ob es nicht doch ein erhebliches Risiko darstellte, ein Polizeikommissariat zu betreten, und sei es auch aus freien Stücken.

»Kann ich jetzt gehen?«

Marion starrte in die Luft, als hätte sie eine Erscheinung.

»Wo ist Ihre Freundin?«

»Oh, nein!« protestierte die Dicke lauthals. »Sie hatten mir versprochen ...«

Marion stand abrupt auf. Es rauschte in ihren Ohren, sie schloß die Augen, um den Schwindel zu unterdrücken, der ihr den Boden unter den Füßen wegzog.

»Ich habe gar nichts versprochen«, sagte sie kühl. »Außerdem haben Sie selbst dieses Gespräch gesucht.«

Diane Menu erhob sich ebenfalls. Ihr Rock war hochgerutscht, und vor lauter Aufregung vergaß sie, ihn wieder herunterzuziehen, um die schwarzen Strumpfhalter zu verbergen, die scharf gegen die entblößte Haut ihrer riesigen, bleichen Schenkel abstachen. Sie packte ihre Tasche und steuerte empört auf die Tür zu.

Marion stellte sich ihr in den Weg.

»Es tut mir leid«, sagte sie mit ruhiger Stimme. »Sie sind gekommen, um eine Aussage zu machen, ohne daß ihre Freundin, die dem Vorfall nicht dieselbe Bedeutung beizumessen scheint wie Sie, darüber Bescheid wußte. Aber es handelt sich um eine Straftat, ob sie es will oder nicht. Sie haben mir heute Details geschildert, die mir vielleicht dabei helfen können, die Identität des Mannes herauszufinden, der möglicherweise weitere Straftaten begangen hat. Wissen Sie, was das bedeutet?«

Diane Menu zuckte die Achseln.

»Natürlich weiß ich das ... Er läuft noch frei herum.«

»Genau«, nickte Marion. »Er könnte es wieder tun, heute abend, vielleicht morgen ... Und solange er frei herumläuft, kann ich die Sache nicht fallenlassen.«

»Aber Sie brauchen doch nicht mit Carole zu reden, sie hat mir alles erzählt und ...«

»Sie glauben, daß sie Ihnen alles gesagt hat ... Aber das, was Sie mir geschildert haben, ist so gravierend, daß ich nicht darauf verzichten kann, Ihre Freundin persönlich zu befragen. Außerdem muß sie gegebenenfalls selbst Anzeige erstatten.«

Die Dicke schien sich in einem Wust von Gedanken zu verlieren, strenge Falten gruben sich in die Haut um ihren Mund, der wie ein winziger roter Strich in ihrem Mondgesicht wirkte.

»Dann aber nicht bei ihr zu Hause!« murmelte sie schließlich. »Wegen ihrer Eltern. Die wissen von nichts.«

12

Der kleine blonde Pudel richtete sich auf seinen Hinterläufen auf und leckte eifrig über Marions Gesicht. Die Kommissarin wich von dem Tisch zurück, an dem sich Carole Véron, in einen hellblauen Kittel gehüllt und mit einem albernen Hütchen derselben Farbe auf dem kastanienbraunen Pagenkopf, um das Hündchen bemühte. Marion ertappte sich dabei, wie sie die Hundefriseuse musterte. Sie fand sie wirklich hübsch mit ihrer feingeschnittenen Nase, ihrem klaren Teint und den hellen Augen, der schmalen Taille und den schlanken Beinen. Auch die Art, wie sie mit dem Pudel umging, ihre bedächtigen, geschickten Bewegungen und ihre ruhige Stimme wirkten anziehend. Unwillkürlich stellte sich

Marion die junge Frau in einer Tiefgarage vor, den hübschen Körper leidenschaftlich aufgebäumt unter einem fremden Mann. Ihr wurde heiß und kalt, ein merkwürdiges Gefühl, in das sich Abscheu und Faszination mischten, überkam sie.

»Topas, halt still!« befahl Carole dem kleinen Hund, den Marions Anwesenheit in Unruhe versetzte und der sich fast den Hals verdrehte, um sie immerzu im Blick zu haben. »Sonst tu ich dir noch weh.«

Marion hatte sich in den hinteren Teil des Hundesalons zurückgezogen, dessen Ausrüstung, Sauberkeit und Eleganz jeden noch so exklusiven Schönheitssalon in den Schatten stellte. Carole Véron war trotz der vorteilhaften Beleuchtung blaß, und ihr erschöpftes, verschlossenes Gesicht verhieß nichts Gutes.

»Wenn Sie mir etwas zu sagen haben, müssen Sie sich beeilen, meine Chefin sieht es gar nicht gern, wenn man uns während der Arbeitszeit stört«, sagte sie schroff.

»Dürfen Sie keine Pause machen? Wir könnten woanders hingehen.«

»Dafür haben wir hier weiß Gott zu viel zu tun!«

Marion trat näher, sehr vorsichtig, um bloß nicht in Topas' Blickfeld zu geraten, dessen Maniküre Carole soeben in Angriff genommen hatte: Nägel schneiden, feilen und lackieren – das ganze Programm.

»Ich wußte gar nicht, daß man sowas bei einem Hund machen kann«, bemerkte sie leise, um die junge Frau ein bißchen aufzuheitern.

Sie reagierte darauf allerdings nur mit einem entnervten Seufzen, das Marion als Aufforderung verstand, endlich zum Ende zu kommen. Obwohl sie einen dicken Kloß im Hals hatte, war sie bemüht, locker zu bleiben.

»Bitte versuchen Sie, den Mann, der sie überfallen hat, zu beschreiben.«

Die Luxushündchen-Kosmetikerin hielt inne, ohne aufzublicken. Sie schnappte nach Luft.

»Ich weiß nicht, wovon Sie reden.«

»Hören Sie, Mademoiselle Véron, Sie können sich mir anvertrauen, ich weiß Bescheid.«

Caroles Augen funkelten vor Zorn.

»Sie war bei Ihnen, stimmt's? Dieses fette Miststück … O Gott, wenn ich das gewußt hätte! Warum habe ich ihr bloß davon erzählt?«

»Ja, das stimmt, Sie hätten sich gleich an mich wenden sollen, dann wäre Ihnen diese böse Überraschung erspart geblieben.«

»Das ist ja wohl mein Problem …«

»Diesem Mann sind möglicherweise auch andere Frauen zum Opfer gefallen«, sagte Marion, ohne die Stimme zu heben. »Lesen Sie keine Zeitung?«

Carole Véron schüttelte den Kopf und fing an, mit raschen, nervösen Bewegungen das Fell an Topas' Pfoten nachzuschneiden.

»Warum glauben Sie, daß es derselbe war?« fragte sie nach längerem Schweigen.

Marion machte eine vage Handbewegung.

»Zeugen und Indizien.«

Carole hob den Kopf, holte tief Luft. Dann gab sie sich einen Ruck.

»Verstehe. Aber wenn Diane mit Ihnen geredet hat, wissen Sie ja schon alles: Ich habe niemanden kommen oder gehen sehen, und er ist die ganze Zeit hinter mir geblieben. Das ist alles. Ich habe nichts weiter zu erzählen. Ich will nicht mehr daran denken, habe es auch schon fast vergessen.«

Sie lügt … Sie denkt ständig daran … Sie kann an nichts anderes mehr denken …

»Gut, in Ordnung«, sagte Marion beschwichtigend. »Dann machen wir es anders.«

Sie fixierte Carole mit durchdringendem Blick, als könnte sie ihr auf diese Weise begreiflich machen, daß sie sowieso nicht an einer Aussage vorbeikäme. Carole drehte ein wenig den Kopf, ohne von den Pfoten des Hündchens abzulassen. Sie harrte der Dinge, die da kommen würden.

»Sie werden mir alles erzählen, von Anfang bis Ende.«

»Vergessen Sie's! Das habe ich schon einmal getan, und wenn ich gewußt hätte ...«

»Bis ins kleinste Detail.« Marion ließ sich nicht beirren. »Und wenn Sie sich weigern, werde ich dafür sorgen, daß man Sie gerichtlich belangt wegen Verweigerung einer Zeugenaussage. Ich könnte sogar eine Erzwingungshaft veranlassen!«

»Was soll das Ganze?« flüsterte Carole Véron, wobei ihr die Pinzette aus der Hand glitt.

»Ich sagte Ihnen doch, daß es weitere Opfer gegeben hat. Und wenn Sie sich weigern auszusagen, wird es noch mehr Opfer geben. Wollen Sie das?«

Carole hielt sich an der Tischkante fest und schloß die Augen, was Topas nutzte, um auf den Boden zu springen und sich mit begeistertem Jaulen auf Marion zu stürzen. Sie stieß ihn von sich.

»Und halten Sie um Himmels willen diesen Hund fest!«

Die junge Frau packte das Tier und beruhigte es mit geübtem Streicheln.

Dann erzählte sie mit dumpfer, kaum hörbarer Stimme von ihrem Abenteuer. Vor einem Monat war sie an einem schönen Frühlingsabend nach der Arbeit mit dem Auto heimgefahren, zu ihren Eltern. Sie hatte gerade in der Tiefgarage geparkt und wollte die Wagentür zuschließen, da war hinter ihr ein Mann aufgetaucht. Er hatte sie an den Brüsten, am Hals, am Bauch gestreichelt, dann ihren Rock hochgeschoben und ...

Mit Tränen in den Augen hielt sie inne.

»Erzählen Sie weiter!« ermunterte Marion sie. »Ich helfe Ihnen. Sie haben Diane gesagt, daß Sie Lust empfunden haben. Ist das richtig?«

Carole sah zu Boden, während sie mit mechanischen Bewegungen weiter über das Fell des Hundes strich.

»Ich schäme mich so ... Seitdem habe ich nie wieder ... Ich meine, ich habe mit niemandem ...«

»Sie haben mit niemandem mehr geschlafen? Ich verstehe. Aber ich möchte hören, wie es weiterging.«

»Wie es weiterging? Was soll das heißen? Er hat das getan, was er tun wollte, und dann ist er gegangen ...«

»Nein, nein, Mademoiselle Véron. Denken Sie noch einmal genau nach!« Sie sah auf ihre Uhr. »Wir haben schon viel Zeit verloren. Einen ganzen Monat, ist Ihnen das klar? Ich werde Ihnen noch einmal helfen. Der Mann hat sie von hinten genommen, Sie hatten einen Orgasmus und dann ist auch er gekommen. Anschließend hat er zwischen Ihre Schenkel gegriffen und Ihr Gesicht mit seinem Sperma beschmiert. War es so?«

»Hören Sie auf!« Carole Véron war aschfahl geworden und hielt sich die Ohren zu. »Lassen Sie mich in Ruhe! Sie sind widerlich!«

»Tut mir leid«, flüsterte Marion. »Aber es geht nicht anders, ich brauche mehr Details. Seine Hände?«

Carole starrte sie unschlüssig an.

»Seine Hände ... Ja, ich habe seine Hand gesehen«, brachte sie schließlich weinend hervor, »als er ... als er mir ...« Sie schluckte. »Er hatte kurzgeschnittene, platte Fingernägel – Spachtelnagel nennt man das in der Maniküre – und sehr runde Fingerkuppen. Einen Ring hatte er nicht, aber ich habe ein Uhrarmband gespürt, kalt, bestimmt aus Metall.«

Im Gang hörte man Schritte. Die Tür ging einen Spalt auf, und eine autoritäre Frauenstimme fragte Carole, wie weit sie sei. Die junge Frau stellte den honigfarbenen Pudel, der gottergeben in ihren Armen eingeschlafen war, hastig wieder auf seine Pfoten.

»Ich bin fast fertig«, antwortete sie rasch, während die Frau – aller Wahrscheinlichkeit nach die Chefin des Hundesalons, mit wertlosem Schmuck behängt und geschminkt wie die Königin von Saba – Marion einen finsteren Blick zuwarf.

»Halten Sie sie nicht von der Arbeit ab«, sagte sie vorwurfsvoll.

»Ich bin fast fertig«, erwiderte Marion und setzte, kaum daß die Tür wieder zu war, ihr Verhör fort. »Erinnern Sie sich an einen bestimmten Geruch?«

»Was kann man in einer Tiefgarage schon riechen? Außer Benzin und Motorenöl …«

»Na gut. Beschreiben Sie mir seine Stimme.«

»Seine Stimme?«

Carole war wieder den Tränen nahe. Sie sah Marion fassungslos an, das Pinselchen, mit dem sie die Krallen des Pudels lackiert hatte, hielt sie wie erstarrt in der Luft.

»Er hat mit Ihnen gesprochen«, behauptete Marion aufgeregt.

Was sie hier tat, war das reinste Pokerspiel. Tatsächlich hatte Diane Menu die Möglichkeit erwähnt, daß der Mann aus der Tiefgarage mit Carole gesprochen hatte. Aber der Orgasmus ihrer Freundin und die Sache mit dem Sperma im Gesicht hatten sie so nachhaltig beeindruckt, daß sie sich dessen nicht mehr ganz sicher war.

»Er hat mit Ihnen gesprochen«, wiederholte Marion und

trat noch näher an sie heran, damit sie ihrem Blick nicht ausweichen konnte.

Carole streckte die Waffen. Sie sank auf einen mit strahlendweißem Frottee bezogenen Hocker und ließ ihren Tränen freien Lauf.

»Ja, er hat mit mir gesprochen«, schluchzte sie. »Er hat unentwegt mit mir gesprochen. Die ganze Zeit ...«

»Was hat er gesagt?«

»Erst hat er nur geflüstert, aber auf einmal wurde er lauter. Er wollte, daß ich sage: ›Ich liebe dich‹ ...«

»Wiederholen Sie bitte Wort für Wort, was er gesagt hat.«

Carole schloß die Augen. »Er befahl mir: ›Sag: Ich liebe dich, sag: Ich liebe dich, weiter, los, sag es, sag es ...‹«

»Haben Sie das getan?«

»Nein, zuerst nicht. Aber danach ... weil ... es war so ... Ich weiß nicht, wie ich das erklären soll ... es war ...«

»Erregend?«

Carole Véron nickte gequält.

»Und dann?«

»Seinen Namen.«

»Wie, seinen Namen?«

»Er wollte, daß ich seinen Namen sage.«

Jetzt war es an Marion, um Fassung zu ringen. Ihr wurde schwindelig bei dem Gedanken, daß nur deshalb, weil diese junge Frau geschwiegen hatte, anderen Frauen das gleiche widerfahren und daß mindestens eine von ihnen dabei zu Tode gekommen war.

»Seinen Namen«, wiederholte sie vorsichtig, ängstlich darauf bedacht, in diesem entscheidenden Moment nichts falsch zu machen. »Wie war sein Name?«

13

Der Umtrunk, den Marion geplant hatte, fand um 18 Uhr im Archiv statt. Da die junge Kommissarin nicht ganz auf dem Posten zu sein schien und hartnäckig schwieg, fragten sich die geladenen Polizisten, wem zu Ehren diese Zusammenkunft eigentlich organisiert worden war. Zwei junge Frauen, die noch ganz frisch im Kommissariat waren, standen etwas abseits. Das ist die Latenzperiode, dachte Marion, in der die Männchen ihre Beute taxieren. Danach würde die Phase des Werbens beginnen, in der man aussortierte und abblitzen ließ. Bei der Hübscheren könnte es ein spannendes Finale zwischen zwei oder drei Bewerbern geben. Was dann kam, lag auf der Hand: Sex, Eifersucht, Trennung, Zank. Und auf zum nächsten Abenteuer, ein Teufelskreis. In jedem Fall sorgte die Anwesenheit der jungen Frauen dafür, daß ein anderer Wind wehte. Die Männer hielten sich gerader, ihre Augen glänzten, ihre Stimmen wurden lauter und dröhnender. Dr. Marsal zufolge war das alles nur eine Sache der Chemie und der Hormone. Männer hätten einen Riecher für die weiblichen Pheromone und umgekehrt. Die auf bloße Arterhaltung ausgerichteten, instinktiven Verhaltensweisen änderten sich, sobald das geschlechtliche Umfeld heterogen wurde. Als Marion die Leitung des Kommissariats übernommen hatte, hatte sie selbst erlebt, wie sich ihre Anwesenheit auf das Verhalten der männlichen Kollegen auswirkte; erst nach und nach hatte sich die Situation wieder normalisiert. Bis Léo aufgetaucht war, erinnerte sie sich mißmutig, Léo Lunis, der Grund für diese Zusammenkunft.

Sie mußte mit ihren Leuten über ihn, über sie beide reden, über ihre Beziehung und das, was sich daraus an Konsequenzen ergeben könnte. Jetzt erst, mit dem Rücken zur Wand, wurde ihr bewußt, was sie sich da vorgenommen hatte. Es war schon nicht leicht gewesen, ihr Privatleben vor Paul Quercy, dem Kripochef, offenzulegen, der zwar freundlich, aber mit gesundem Menschenverstand gesegnet war und die Neuigkeit entsprechend zurückhaltend aufgenommen hatte. Er sah Schwierigkeiten voraus, die Marion von sich wies, und drängte auf gewisse Entscheidungen, die sie noch nicht treffen wollte. Sie dachte an den abscheulichen Tag, der hinter ihr lag, an ihr Gespräch mit Carole Véron und an die bevorstehende Auseinandersetzung mit Léo, und plötzlich fühlte sie sich zu schwach, um den Männern ihres Teams die Stirn zu bieten, diesem sarkastischen Grinsen, das deutlicher als alle Worte die Ablehnung gegenüber ihrer Beziehung zu Capitaine Lunis ausdrückte. Chefs und Befehlsempfänger sollten sich niemals zusammentun, vor allem, wenn die Frau der Chef ist. Die Erfolgschancen eines Paares, so hatte der Lehrer auf der Polizeischule ihnen eingebleut, sind unter solchen Bedingungen noch geringer. Ein Mann bleibt ein Mann, und in einer Beziehung, in der sich die Rollen je nach Tageszeit umkehren, wird entweder die Autorität des weiblichen Chefs unterhöhlt oder aber die natürliche männliche Dominanz beim Sex. In beiden Fällen eine Katastrophe und ein Risiko, das man niemals eingehen sollte.

Angespannt erklärte sie in wenigen Sätzen, daß sie nun seit drei Jahren Chefin dieses Kriminalkommissariats sei und dies habe feiern wollen. Sie spielte ihre Rolle so schlecht, daß ihr niemand glaubte. Aber da Marion auch ohne Anlaß hin und wieder solche kleinen, spontanen Feten veranstaltete, stellte man keine weiteren Fragen, sondern wandte sich den Getränken zu. Léo saß mit finsterer Miene in einer Ecke, Marions verschlossenes Gesicht beunruhigte ihn. Die Bemühungen verschiedener Kollegen, ihn aufzuheitern, prallten an ihm ab, sogar die Zoten von Lavot. Dieser hatte seine Lederjacken-Jeans-Kluft durch einen schicken, anthrazitfarbenen

Zweireiher ersetzt, der so ungewohnt an ihm war, daß er irgendwie verkleidet darin aussah. Sein Aufzug erregte Aufsehen, insbesondere die beiden Neuen, vor denen er seine altbekannte Nummer abzog, zeigten sich beeindruckt. Talon fragte ihn mit todernstem Gesicht, ob er zu einer Hochzeitsfeier in seiner normannischen Heimat eingeladen sei.

»Ich habe ein Rendezvous mit einer echten Dame«, erwiderte Lavot. »Sowas wirst du wohl nie erleben.«

Talon verkniff sich, was er sagen wollte, und warf einen schnellen Blick in die Runde. Daß er sich zu Männern hingezogen fühlte, hatte er bewußt geheimgehalten. Marion hatte darauf geachtet, daß dieses Geheimnis nicht aufflog. Außer ihr wußte nur Lavot Bescheid, der eines Tages, als es Talon nicht gutging, erraten hatte, was los war. Glücklicherweise waren alle vollauf damit beschäftigt, über Gott, die Welt und die Polizei zu lästern. Er beließ es also dabei, Lavot böse anzufunkeln.

»Muß ja eine wirklich bedeutende Persönlichkeit sein, daß du diesen Anzug rausgekramt hast«, brachte Talon hervor. »Und wo ist die Artillerie? Die wirst du doch nicht vergessen haben?«

»Wo denkst du hin? Damit steht und fällt die ganze Kunst der Verführung! Wenn ich Knarre und Handschellen hervorzaubere, werden sie alle schwach.«

»Deine Frau auch?«

Lavot lief puterrot an, die Anspielung auf sein Eheleben traf ihn unerwartet. Seine Frau Mathilde war erst vor ein paar Monaten mit zwei in Venezuela adoptierten Babys überraschend zurückgekehrt.

»Das geht dich einen Dreck an«, zischte er mit zusammengebissenen Zähnen.

Talon war hocherfreut über die Wirkung seiner Nachfrage. »Ich dachte nur …«

»Leg mal ganz schnell 'ne andere Platte auf ... Mannomann, die geht mir manchmal echt auf die Nerven!«

»Wer? Deine Frau?«

Lavot wurde wütend.

»Laß mich mit meiner Frau in Ruhe. Ich rede von Marion ... Was soll das Ganze?«

»Was?«

»Dieser Budenzauber.«

»Seinetwegen.«

»Kapier ich nicht.«

»Jetzt tu nicht so, als hättest du ein Brett vorm Kopf. Die beiden wohnen seit zwei Tagen zusammen, und seit sechs Monaten vögelt er sie.«

»Was du nicht sagst. Aber muß man deswegen gleich so ein Spektakel veranstalten? Aber wir bei der Polizei haben's ja ...«

»Ich halte das nicht für besonders clever«, bemerkte Talon mißbilligend. »Job und Privatleben sollte man auseinanderhalten.«

»Na, dann geh doch hin und halt der Chefin eine Moralpredigt! Bist du eifersüchtig, oder was?«

Talon zuckte die Achseln.

»Ich finde, seit sie mit ihm zusammen ist, hat sie sich zu ihrem Nachteil verändert. Sie hat nicht mehr soviel Biß wie vorher. Sie weigert sich, Fälle zu bearbeiten, die in unsere Zuständigkeit fallen, und ist wie besessen von irgendwelchen Nebensächlichkeiten.«

Er blickte zu Marion hinüber, die sich sichtlich bemühte, heiter zu wirken, während Léo Lunis sich undurchdringlich zeigte und absonderte.

»Und abgesehen davon, sieht es fast so aus, als hinge bei denen der Haussegen bereits schief«, fügte er mit einer gewissen Befriedigung hinzu.

Marion war nicht in der Verfassung, sich zu Hause einem Gespräch unter vier Augen mit Léo auszusetzen. Sie mußte sich extrem zusammenreißen, um ihn nicht gleich zum Teufel zu jagen, mußte erst einmal in Ruhe über all das nachdenken, was sie an diesem Nachmittag erfahren hatte. Schließlich überwand sie sich und schlug ihm vor, nachdem die anderen losgezogen waren, um woanders weiterzufeiern, noch etwas essen zu gehen. Hin und wieder passierte es, daß sie sich von ihren Jungs anstecken ließ und irgendwann vielleicht sogar in einer Disco landete, aber an diesem Abend war ihr nicht nach feiern zumute. Hunger hatte sie allerdings auch nicht.

Ich muß mit ihm reden. Ich muß unbedingt mit ihm reden ...

Aber ihr Mund war zu trocken, und ein dicker Kloß saß ihr im Hals. Schweigend gingen sie zum Parkhaus der Kripo, das um diese Uhrzeit menschenleer war, als Léo vorschlug, doch nur mit einem Auto zu fahren.

»Wir nehmen beide«, erwiderte Marion schroff. »Ich fahre hinter dir her.«

»Wie du willst.« Mit zackigen Schritten ging er davon.

»Hey, das war nicht so gemeint ...« rief sie ihm hinterher.

»Schon gut, ich kümmere mich einfach mal wieder um diesen blöden Überfall, ist wahrscheinlich für alle Beteiligten das beste.« Er zuckte enttäuscht mit den Schultern.

»Léo, bitte«, murmelte Marion. »Das kann Lavot doch heute abend ausnahmsweise allein machen.«

Léo drehte sich ruckartig um, kam zurück und baute sich vor Marion auf, die sich nicht vom Fleck gerührt hatte und den Schlüssel ihres Peugeots immer noch ratlos in der Hand hielt. Suchend schweifte sein Blick über das Gesicht der jungen Kommissarin.

»Dann sag endlich, was eigentlich los ist! Ich habe nicht

das Gefühl, daß du Lust hast, den Abend mit mir zu verbringen. Oder täusche ich mich da?«

Sie schüttelte langsam ihre blonden Locken, ihr war übel. *Ich muß ihm sagen, was ich auf dem Herzen habe, aber verflucht noch mal, ich schaffe es nicht …*

»Also, erklärst du mir jetzt vielleicht, was hier gespielt wird?«

Seine Stimme war lauter, das Blau seiner Augen kühler geworden. Marion schauderte.

»Ich höre!« beharrte er ungeduldig.

Sie war wie vor den Kopf geschlagen. Ein Schatten zog über ihr bleiches Gesicht, und ihre Lippen, auf denen so häufig ein ironisches Lächeln lag, waren plötzlich wie zugeschweißt. Léo entfernte sich ein paar Schritte, sie fanden sich schließlich zu beiden Seiten von Marions Wagen wieder. In der Parkebene unter ihnen fuhr jemand mit quietschenden Reifen an. Léo stützte sich mit beiden Händen auf die Motorhaube und sah Marion von unten an.

»Was willst du mir sagen? Hast du Angst, daß deine Entscheidung, mit mir zusammenzuleben, vorschnell war? Bist du dir nicht mehr sicher? Hast du deshalb eben nichts gesagt?«

Im Grunde war Marion schon immer davon überzeugt gewesen, daß man ein Akrobat sein mußte, um mit einem anderen Menschen, und erst recht mit jemandem wie Léo zusammenleben zu können, aber sie hütete sich, ihm das in diesem Augenblick zu sagen.

»Diese Veranstaltung war eine Schnapsidee. Du hast den ganzen Abend eine Leichenbittermiene aufgesetzt. Und ich habe mich gefragt, in welchem Film ich gerade sitze.«

»Es war *deine* Idee …«

»Die Anregung kam von dir. Du wolltest doch eine offizielle Bekanntgabe.«

Auch sie war lauter geworden, ihre Stimmen hallten durch das stille Parkhaus.

Da, jetzt streiten wir uns. Seit drei Tagen wohnen wir erst zusammen, das ging ja schnell!

»Dir sind Lügen und Scheinheiligkeit wohl lieber!«

Marion schnappte ungläubig nach Luft.

»Und das sagst ausgerechnet du! Das ist ja die Krönung!«

Léo machte einen Satz um den Wagen herum auf sie zu.

»Ich hab die Nase voll von deinen Andeutungen! Jetzt rede endlich, Marion!«

Irgendwo knarrte eine Tür, Schritte näherten sich ihnen.

»Das ist nicht der geeignete Ort«, zischte sie. »Hier können wir nicht reden.«

»Ach ja? Hattest du etwa vor, das im Restaurant zu tun? Ein kleiner, lauschiger Abschiedsabend?«

Léos Gesicht war so dicht an ihrem, daß sie seinen Atem spürte. Er packte sie am Arm.

»Gib zu, daß du deine Entscheidung bereust. Du hast deine Gefühle überschätzt. Du …«

»Man kann immer einen Rückzieher machen.«

Sie suchte die Provokation. Er zuckte zusammen und zog seine Hand zurück, als hätte er eine Starkstromleitung berührt.

In drei Meter Entfernung war ein Wachmann stehengeblieben, durch ihre Diskussion offenbar herbeigelockt.

»Ach, Sie sind's, Chef!« sagte er, als er Marion erkannte. »Alles in Ordnung?«

»Zisch ab!« Wütend wirbelte Léo herum. »Hast du gehört, du Idiot? Zieh Leine!«

Der Polizist war wie erstarrt. Léo ging drohend auf ihn zu.

»Das reicht jetzt!« brüllte Marion. »Ist schon gut, Mignard, lassen Sie uns allein.«

Der Mann gehorchte widerstrebend und musterte Léo erbost. Der wiederum stürmte mit großen Schritten auf seinen weißen Renault zu, wortlos und ohne sich noch einmal umzublicken. Er riß die Wagentür auf, setzte sich ans Steuer und fuhr mit aufheulendem Motor davon. Marion hielt sich die Ohren zu und verzog das Gesicht.

Eine Minute später verließ auch sie, den Tränen nahe, in ihrem Peugeot das Parkhaus. Mignard sah ihr fassungslos nach.

14

Als Marion zu Hause ankam, war alles dunkel und verlassen, was sie nicht überraschte. Der Anrufbeantworter blinkte. Vielleicht hatte Léo eine reumütige Nachricht hinterlassen? Ohne wirklich daran zu glauben, drückte sie auf den Wiedergabeknopf. Die erste Nachricht war von Nina, die verkündete, daß sie »Riesenspaß« mit ihrer Omi habe, und dann an Lisette übergab, deren Stimme genauso traurig war wie ihre Augen. Trotzdem hörte Marion aus den beiden kurzen Sätzen, die Ninas Großmutter aufgesprochen hatte, einen Anflug von Freude heraus. Das rührte sie und machte sie zugleich ein wenig eifersüchtig, als nähme die alte Dame ihr etwas weg.

Nach Ninas Nachricht kamen zwölf Anrufe, bei denen sofort wieder aufgelegt worden war. Bestürzt spulte Marion das Band zurück, um sich noch einmal alles anzuhören, überzeugt davon, daß sie bei der Bedienung des Geräts einen Fehler gemacht hatte. Aber tatsächlich hatte irgend jemand zwölfmal bei ihr angerufen, ohne eine Mitteilung zu hinterlassen. Das konnte nur ein Scherz oder die Reaktion eines hartnäckigen Menschen sein, der allergisch gegen Anrufbeantworter war … Oder dieser komische Kerl trieb wieder sein Unwesen …

Während sie so neben dem stummen Gerät auf dem Boden saß, im grellen Licht der Glühbirne, die nackt von der Decke hing, empfand sie das Haus plötzlich als still, zu still, ja, als geradezu feindselig.

Das Klingeln des Telefons ließ sie zusammenfahren. Sie griff in der festen Überzeugung nach dem Hörer, daß Léo doch noch anrief, daß er in der Nähe war, am anderen Ende der Straße, in einer Telefonzelle.

»Hallo«, meldete sie sich hoffnungsvoll.

Ihr schlug das laute, unverkennbare Rauschen schnell fahrender Autos entgegen, in das sich schwere Atemgeräusche mischten. Ein Keuchen, das sich in einer Weise steigerte, die Marion nur allzu bekannt war. Wie versteinert angesichts dieses Stöhnens und unfähig, auch nur ein Wort hervorzubringen oder gar aufzulegen, umklammerte sie den grauen Apparat, bis ihre Finger weiß anliefen. Nach kurzem Schweigen brachte der Mann mit angespannter, schmerzverzerrter Stimme ein »Léo, Léo!« hervor. Dann wurde die Verbindung unterbrochen. Marion starrte entgeistert auf den Hörer, aus dem nun nicht mehr das Röcheln des Unbekannten, sondern ein Besetztzeichen drang.

»Wenn das ein Witz sein soll, dann finde ich ihn ziemlich geschmacklos«, empörte sie sich laut. »Wer ist dieser Irre? Lavot? Talon?«

Sie erinnerte sich an Lavots ironisches Grinsen, als er sich nach dem Umtrunk von ihr verabschiedet hatte, und an Talons verdrossene Miene, die sich, so fand Marion, nicht nur auf die Gebrechlichkeit seiner Großmutter zurückführen ließ. Waren die beiden nicht schrecklich eifersüchtig auf ihre Beziehung mit Léo? Aber warum sollte eigentlich nicht Léo selbst dahinterstecken? Um sie ein bißchen zu ärgern und zu provozieren. Und wenn er gar der Vergewaltiger war, den sie suchte? Ein Geisteskranker, der sich gerade erst zu outen begann und es auf Frauen abgesehen hatte, denen er im Alltag über den Weg lief? Julie Rouvres, die ihn im Restaurant bediente, Carole Véron, der er vielleicht in der Tiefgarage ihres Wohnhauses begegnet war? Und warum als nächste nicht sie selbst, Marion? Oder Nina? Ihre Handflächen kribbelten vor Angst, ihr Herz raste.

Immer schön ruhig bleiben, Marion!

Sie preßte die Hände an ihre heiße Stirn, ermahnte sich, erst einmal ihre Gedanken zu ordnen, und während sie das versuchte, wurde ihr klar, daß sie so gut wie nichts über Léo wußte. Eigentlich nur die wenigen Details, die er freiwillig preisgegeben hatte.

Ich kenne weder seine Familie noch seine Vergangenheit, über die er sowieso nie redet. Und seine Akte habe ich mir nie angesehen.

Daß sie Léo nur so oberflächlich kannte und ihm dennoch ein fast übermäßiges Vertrauen geschenkt hatte, verblüffte sie jetzt. Die x-fach wiederholten Warnungen ihres ersten Chefs Martin gingen ihr wieder durch den Kopf.

Wenn ich mich in ihm getäuscht habe, dann bin ich wirklich ein elendig schlechter Bulle … Verflucht noch mal, ich muß herausfinden, wo der Haken ist …

Sie erinnerte sich an ihre erste Begegnung mit Léo vor einigen Monaten, suchte einen Hinweis auf irgend etwas Verdächtiges, das jetzt möglicherweise im Begriff war, ihre Liebe zu zerstören. Und auf einen Schlag wurde ihr bewußt, daß sie sich diese Rückblende bisher niemals gestattet hatte, weil sie Angst hatte, dabei auf tausend Gründe, die gegen Léo sprachen, zu stoßen.

Mit geschlossenen Augen versetzte sie sich an jenen Abend des letzten Weihnachtsfestes zurück, an dem ihr Wachdienst zu Ende ging – für solche Tage, an denen die anderen ihren Spaß haben und feiern wollen oder zumindest so tun als ob, braucht es schließlich Freiwillige. Um kurz nach acht hatte sie nach Hause aufbrechen wollen. Es war ein Tag wie jeder andere im Alltag eines Polizisten gewesen: ein Clochard war in einem leerstehenden Haus tot aufgefunden worden, von mehreren Messerstichen durchbohrt; ein Mann hatte seiner Frau den Schädel eingeschlagen und sie dann in einen Wandschrank verfrachtet; mehrere schwerverletzte Kinder mußten versorgt werden, nachdem sie mit einem vom Weihnachtsmann gebrachten Chemiekasten gespielt hatten; ganz zu schweigen natürlich von den vielen Unfällen, die auf Trunkenheit, Schnee und Nebel zurückzuführen waren. Ninas Ankunft ließ auf sich warten, und so mußte sie wohl oder übel allein in ihre Wohnung unter den Dächern von Lyon zurückkehren, hatte vor, ein oder zwei Pralinen zu vertilgen und sich dabei einen Videofilm anzusehen, ohne damit rechnen zu können, daß sie vor Mitternacht einschlafen würde. Sie hatte fast schon gehofft, durch irgendeinen Fall gezwungen zu sein, noch einmal rauszugehen und zu vergessen, daß Weihnachtsabende in trauter Einsamkeit immer dann am besten waren, wenn sie hinter einem lagen. Um den gefürchteten Moment hinauszuzögern, hatte Marion beschlossen, erst noch im *Cintra* etwas zu trinken und ein bißchen mit Julio zu plaudern. Sie mußte ihm ohnehin das Foto eines polizeilich gesuchten Gangsters zeigen, der möglicherweise in seiner Bar auftauchen würde, um dort Kontakte oder Unterschlupf zu suchen. Sie war also noch mal zurückgegangen, um das Bild zu holen und sich ein letztes Mal an diesem Abend den Geruch ihres Büros, das eher einer Rumpelkammer glich, um die Nase wehen zu lassen. Der Gang in der vierten Etage, in dem sich Marions Kommissariat befand, war in Dunkelheit getaucht, und sie war zusammengezuckt, als sie das Licht einschaltete und auf der Bank einen Mann sitzen sah, die Ellbogen auf die Knie und den Kopf im Halbschlaf auf die Hände gestützt, unrasiert, wahrscheinlich betrunken und alles in allem ziemlich zerlumpt. Vielleicht ein Mann, der eigentlich in Gewahrsam gehörte und von den Jungs vergessen worden war, hatte sie spontan gedacht, oder ein Obdachloser, dem es gelungen war, sich in die warmen Räume der Kripo einzuschleichen.

Als Antwort auf ihre Fragen hatte der Mann sie aus seinen wunderbar blauen, wenn auch müden Augen angesehen und ihr einen schmutzigen, zerknitterten Zettel hingestreckt. Es handelte sich um einen Bescheid, aus dem hervorging, daß er in Marions Kommissariat versetzt worden war. Léo Lunis war Capitaine und von der angesehenen Pariser Kripo nach Lyon versetzt worden.

»Und was, um Himmels willen, machen Sie jetzt hier?« hatte Marion fassungslos und fast besorgt gefragt.

»Ich bin versetzt worden, Sie können doch lesen.«

Er hatte eine warme Stimme, in der jedoch etwas Gebrochenes, zutiefst Unglückliches mitschwang.

»Aber heute ist doch Weihnachten. Kommen Sie am Siebenundzwanzigsten wieder, das ist auch das Datum auf Ihrem Bescheid ...«

Da war Léo aufgestanden, hatte sich zu seiner vollen Größe von einem Meter fünfundachtzig aufgerichtet und die Hände in die Taschen seiner Lederjacke gesteckt, die er wie das zerknitterte Hemd und die abgewetzte Cordhose seit Monaten auch nachts nicht auszuziehen schien. Marion hatte es sich nicht nehmen lassen, dieses zwar schwankende, doch wunderbare Exemplar von Mann von Kopf bis Fuß zu mustern.

»Weihnachten ...« murmelte er, während er davonging. Wie ein Kind, das gerade ein Schimpfwort gelernt hat.

Am Ende des Gangs hatte Marion ihn eingeholt. Gepäck hatte er nicht, und auch keine Bleibe für die Nacht. Er wußte gerade noch, wie er hergekommen war. Sie hatte ihn ins *Cintra* gebracht, wo er unter Julios tadelndem Blick schweigend weitertrank, finster, wie jemand, der in einen Abgrund starrt. Irgendwann war sein Kopf auf den Tresen gesunken. Mit Unterstützung des Barkeepers und eines hilfsbereiten Kellners hatte sie ihn bis in ihre Wohnung geschleppt und so, wie er war, quer übers Bett gelegt. Sie selbst hatte sich auf dem Boden in eine Decke eingerollt und auf seinen Atem gelauscht. Jedesmal, wenn ihn ein Alptraum heimsuchte, war sie hochgeschreckt. Am nächsten Morgen hatte er alles vergessen und aus seiner Mißbilligung gegenüber Marion kaum einen Hehl gemacht. Er hatte Kaffee und Dusche abgelehnt und sich auf eine fast unhöfliche Weise auf- und davongemacht. So war Léo in ihr Leben getreten.

Marion hatte sich schon mehr als einmal gefragt, wie die Dinge sich entwickelt hätten, wenn er an diesem Abend nicht betrunken gewesen wäre.

Wahrscheinlich hätte sich gar nichts entwickelt, denn ein normaler Mann taucht nicht am Weihnachtsabend im Büro auf, ohne zu wissen, welcher Tag ist. Ein normaler Mann hat eine Familie …

Eine Familie? Ihr kam in den Sinn, daß auf sie dasselbe zutraf: Sie hatte keine oder fast keine Familie, wenn man von Nina einmal absah. Marion hatte keine Eltern mehr und keine Geschwister.

Ich bin also auch nicht normal … Normale Leute haben eine Familie …

Léo war kein normaler Mann, sondern ein Gaukler, ein Akrobat, in dessen Kopf sich wirre Dinge abspielten und der offenbar so beklemmende Geheimnisse mit sich herumtrug, daß es ihm manchmal nicht mehr gelang, den Schein zu wahren.

Der Haken bei ihren ganzen Liebesgeschichten waren also

die Männer, in die sie sich verliebte. Mit einem netten, anständigen jungen Mann hätte sie weniger Enttäuschungen erlebt und …

Wieder klingelte das Telefon, sie zuckte zusammen. Wieder hoffte, ja betete sie, es möge Léo sein. Und wieder war es der andere. Diesmal stöhnte er allerdings nicht herum, sondern schwieg zunächst und flüsterte dann: »Léo, Léo, Léo …« Er hatte eine rauhe, eigentümliche Stimme, wahrscheinlich war sie verstellt.

»Jetzt reicht's!« brüllte Marion und schlug mit der Faust auf den Boden. »Schluß damit! Laß mich in Ruhe, du Arschloch! Léo ist nicht da, er ist nicht mehr hier. Laß mich endlich in Frieden, du Psychopath!«

Während sie weiter lauthals schimpfte, hatte der andere aufgelegt. Zitternd und in Schweiß gebadet ließ Marion den Hörer auf den Boden fallen, wo er dumpf aufschlug. Dann stützte sie den Kopf in die Hände und zwang sich, tief durchzuatmen, um nicht aufzuschluchzen.

Verdammt noch mal, was ist hier eigentlich los?

Die Stille in diesem Haus bereitete ihr zunehmend Unbehagen, das grelle Licht, die dunklen Schatten, außerdem meinte sie, von der oberen Etage her ein Knacken gehört zu haben. Durch das große Fenster konnte sie die schemenhaften Umrisse einer mit einemmal feindseligen Umgebung erkennen. Wieder hatte sie das Gefühl einer bedrohlichen Präsenz, die ungefragt in ihre Privatsphäre eindrang. Verwirrt schaltete sie alle Lampen aus und trat ans Fenster. Draußen, auf der stillen Straße regte sich nichts. Im gegenüberliegenden Haus wohnte ein Lehrerehepaar, das wohl in Urlaub war, denn es brannte kein Licht. Die anderen Häuser boten der feuchten Mainacht ihre friedlichen Fassaden dar, das Leben schien dort seinen gewohnten Lauf zu nehmen. Die Straße war wie leergefegt, nicht ein einziges Auto parkte hier. Ohne lange nachzudenken ging Marion zur Haustür, um sie abzuschließen. Sie schauderte im Halbdunkel und hätte am liebsten die Flucht ergriffen, fort aus diesem ungastlichen Haus, das so anders war, wenn Nina mit Léo darin herumtobte.

Wo Léo wohl ist? Betrinkt er sich gerade? Hat er sich in seiner scheußlichen Junggesellenbude verkrochen? Warum ist er jetzt nicht hier, bei mir, um mir alles zu erklären?

Plötzlich faßte sie einen Entschluß, griff nervös nach ihrem Telefon und wählte die Nummer von Léos Pager. Dreimal mußte sie wieder von vorn anfangen, ihre Finger gehorchten ihr nicht, sie landeten immer wieder auf den falschen Tasten.

Als ihr Telefon nach einer Ewigkeit klingelte, zögerte sie zunächst, den Hörer abzunehmen, aus Angst, es könnte wieder der Verrückte sein. Doch dann hörte sie Léos Stimme, sie klang ruhig, wenn auch schon ein wenig verwaschen, und Marion wurde klar, daß es höchste Zeit gewesen war, ihn anzufunken. Wie immer, wenn er verwirrt, unglücklich oder verzweifelt war, hatte Léo begonnen, seinen Kummer in Alkohol zu ertränken.

15

Diesmal hatte Marion vor, nicht lange zu fackeln. Sie hatte noch Zeit gehabt, heiß zu duschen und einen gemütlichen Jogginganzug und ihre dicken Socken überzustreifen. Sie hatte sich erholt, war wieder einigermaßen energiegeladen und ließ ihn gar nicht erst zu Wort kommen.

»Ich weiß, du findest mich unerträglich, aber ich bitte dich, mir zu glauben, daß das Ganze nichts mit uns beiden zu tun hat. Ich habe meine Gefühle nicht überschätzt, und ich habe vor niemandem Angst.«

Er zündete sich eine Zigarette an. Langsam, mit verschlossener Miene, blies er den Rauch aus. Marion gab sich einen Ruck.

»Heute morgen habe ich mit dir über Julie Rouvres geredet und darüber, wie ihr Verlobter die Gefühle einschätzt, die sie dir entgegenbrachte. Du hast mir deine Sicht der Dinge erklärt, und ich habe dir geglaubt, weil ich dich liebe und weil ich davon ausgehe, daß du mir gegenüber ehrlich bist.«

Léo hatte ein paar Gläser getrunken, aber er hielt sich gerade, fast kerzengerade, und sein Blick war genauso klar wie seine Stimme.

»Muß ich mich dafür bei dir bedanken?«

»Aber trotzdem«, fuhr Marion fort, ohne auf seine schroffe Bemerkung einzugehen, »darf ich dich daran erinnern, daß du ›vergessen‹ hast, mir von dem Abend des Busstreiks zu erzählen, an dem du Julie heimgefahren hast. Laß mich ausreden!« sagte sie immer noch relativ beherrscht, als Léo ihr ins Wort fallen wollte. »Jetzt möchte ich etwas anderes von dir wissen: Kennst du eine junge Frau namens Carole Véron?«

Wie in Zeitlupe streifte er die Asche seiner Zigarette an einem Aschenbecher ab, den ein Werbeaufdruck zierte. Er runzelte die Stirn, als konzentrierte er sich darauf, die richtige Antwort zu finden.

»Ich weiß nicht, worum geht es denn?«

»Sie ist in ihrer Tiefgarage vergewaltigt worden, und auch wenn wir nicht genau wissen, was Julie Rouvres kurz vor ihrem Tod widerfahren ist, gehe ich jede Wette ein, daß es gewisse Ähnlichkeiten zwischen den beiden Fällen gibt.«

»Tut mir leid, ich verstehe kein Wort. Könntest du dich ein bißchen klarer ausdrücken?«

»Wie du willst. Julie Rouvres kannte dich und war, wie

Johan behauptet, in dich verliebt. Nach einem mysteriösen Geschlechtsverkehr ist sie gestorben, und sie hat deinen Vornamen auf das Brückengeländer geschrieben. Carole Véron wohnt in der Rue Voltaire Nummer Vier, du in Nummer Zwei, und die Tiefgarage, in der sie ihre unschöne Begegnung hatte, gehört zu beiden Wohnhäusern. Das, was die beiden Fälle gemein haben, bist du, Léo.«

Léo ließ sich auf das Sofa fallen und schob einen Zeigefinger hinter den Kragen seines Polohemdes, dessen Blau genau zur Farbe seiner Augen paßte. Marion hielt inne, um seine Reaktion zu beobachten. Doch Léo verzog keine Miene. Sie holte kurz Luft.

»Ich gebe ja gern zu, daß du in dieser Stadt und ihrer Umgebung nicht der einzige Mensch bist, der Léo heißt. Aber so eine Kette von Zufällen ist schon merkwürdig: Julie hat ›Léo‹ auf das Brückengeländer geschrieben, und der Typ, der Carole Véron vergewaltigt hat, hat sie gezwungen, ›Ich liebe dich‹ zu sagen.«

Léo warf ihr einen Blick zu, mit dem er ein »Ja und?« andeutete.

»Er hat sie gezwungen, ›Ich liebe dich‹ zu sagen«, fuhr Marion fort. »›Ich liebe dich, Léo, ich liebe dich.‹«

»Das ist absurd.«

»So eine Geschichte kann sich die Frau nicht ausgedacht haben. Außerdem bin ich von mir aus zu ihr gegangen, weil sie gar nicht die Absicht hatte, wegen dieses … Zwischenfalls irgendwelche rechtlichen Schritte einzuleiten.«

»Hast du sie denn auch zu diesem geheimnisvollen Léo befragt?«

Marion rief sich das verstockte Gesicht von Carole Véron in Erinnerung, als sie die Worte des Mannes wiedergab, der sich an ihr zu schaffen gemacht hatte: »Sag, ich liebe dich, sag, Léo, ich liebe dich«. Carole hatte versichert, daß sie keinen Mann kannte, der Léo hieß, und in ihrer Bestürzung hatte Marion nicht weiter nachgehakt.

Sie schüttelte langsam den Kopf, und Léo stieß einen tiefen Seufzer aus.

»Marion, glaubst du nicht ...?«

»Ich weiß nicht, Léo, ich weiß gar nichts mehr. Das alles macht mich ziemlich fertig.«

Léo seufzte wieder, diesmal als Ausdruck seiner Zustimmung, und stand auf. Die Hände in den Hosentaschen, trat er ans Fenster und begann, wie Marion eine Stunde zuvor, nach draußen zu starren. Dann fiel sein Blick auf den Anrufbeantworter, auf dem noch immer eine rot leuchtende Dreizehn prangte.

»Hat *er* wieder angefangen?«

»Ja«, nickte Marion.

»Angerufen und gleich wieder aufgelegt?«

Sie beschloß, ihm später von den beiden letzten Anrufen zu erzählen, bei denen sie abgehoben hatte.

»Du mußt dein Telefon überwachen lassen«, sagte er und ging einen Schritt auf sie zu.

Instinktiv wich sie einen Schritt zurück.

»Um mich total zu blamieren, oder was? Kommissarin Marion wird von einem Triebtäter belästigt ... Ich sehe die Gesichter von den Leuten bei France Télécom schon vor mir, und erst den Kollegen, der meinen Antrag entgegennimmt. Innerhalb von einer Stunde weiß die ganze Kripo Bescheid!«

»Dann laß dir eine Fangschaltung installieren!«

»Die kann der Anrufer austricksen, wenn er schlau ist. Außerdem ist dieser Typ meiner Meinung nach viel zu gewieft, um von zu Hause aus anzurufen. Der geht bestimmt in eine Telefonzelle.«

Einen Moment lang sahen sie sich in die Augen, nur ein Meter trennte sie voneinander. Léo tat einen Schritt nach vorn, dann noch einen und nahm Marion in seine Arme. Sie ließ es geschehen, steif wie ein Brett. Léo streichelte über ihr Haar und ihren verspannten Nacken, den er vorsichtig zu massieren begann.

»Weißt du, Marion, die Art und Weise, wie du mich ausfragst, finde ich wirklich schwer zu ertragen.«

»Ich muß meine Ermittlungen voranbringen. Ich mache meinen Job.«

»Komische Art, seinen Job zu machen ... Aber ich habe mir nichts vorzuwerfen, und deshalb stehe ich dir Rede und Antwort. Am Tag, als Julie Rouvres gestorben ist, war ich mit Lavot zusammen. Es war der erste Abend, an dem wir die Typen wegen des Überfalls observiert haben.«

Das wußte Marion bereits. Unter dem Vorwand, alle in ihrem Team geleisteten Überstunden erfassen zu müssen, hatte sie Lavot dazu befragt, der ihr dasselbe wie Léo gesagt hatte. Bis auf ein Detail.

»Um wieviel Uhr habt ihr aufgehört?« fragte sie mit belegter Stimme.

»Um zwei. Ich selbst habe beim Wachdienst angerufen, um Bescheid zu geben.«

»Und ihr wart die ganze Zeit zusammen?«

Léos Hand, die über Marions Wirbelsäule strich, hielt inne.

»Was willst du damit sagen?«

»Ich will gar nichts sagen, ich stelle dir die Fragen, die der Untersuchungsrichter dir und auch Lavot stellen wird. Und die Antwort von Lavot darauf kenne ich.«

»Hast du ihn schon verhört?«

Marion ließ sich auf einen Stuhl sinken, der in der Mitte des Raums stand – man fragte sich, was er dort eigentlich verloren hatte. Die Tatsache, daß er sich direkt unter der Deckenbeleuchtung befand, legte die Vermutung nahe, daß er vielleicht dazu gedient hatte, die Lampe anzuschließen.

»Nein«, seufzte sie müde. »Ich habe ihn nicht verhört, ich habe ihn unter einem verwaltungstechnischen Vorwand gebeten, mir den Abend zu beschreiben. Er behauptet, du seist gegen dreiundzwanzig Uhr weggegangen und erst eine Dreiviertelstunde später zurückgekommen.«

Léo runzelte die Stirn, sichtlich bemüht, seinem Gedächtnis auf die Sprünge zu helfen. Plötzlich fiel es ihm wieder ein.

»Ach ja! Das stimmt. Ich wußte nicht mehr, daß das an diesem Abend war. Er hatte einen Mordshunger, ich bin los und habe Sandwiches gekauft. Komisch, das hatte ich total vergessen ...«

Lavot konnte sich aber gleich daran erinnern ... Da sieht man mal wieder, wie vorsichtig man mit Zeugenaussagen umgehen muß, der Mensch hat eine ausgeprägte Fähigkeit, Dinge zu vergessen. Ausgerechnet während der knappen Stunde, in der dein Zeitplan ein Loch aufweist, ist Julie vergewaltigt worden und gestorben. Vielleicht bist du ja in die Pizzeria Ponti gefahren, um dir etwas zu essen zu besorgen? Die ist nicht weit von eurem Einsatzort entfernt. Als du dort ankommst, ist Julie auch da, sie bittet dich, sie nach Hause zu fahren, du spurst. Während der Fahrt macht sie dir schöne Augen. Du schaffst es nicht, nein zu sagen. Und danach, tja ... Auf dem Rückweg fährst du jedenfalls bei irgendeiner Kneipe vorbei und besorgst etwas zu essen für Lavot.

Léo war schon beim nächsten Punkt, die Sache mit Julie Rouvres und die Frage nach seinem Alibi hielt er offenbar für geklärt.

»Was den zweiten Fall betrifft, da war ich doch hier bei dir. Wir haben Ninas Geburtstag gefeiert. Ich habe ihr die Häschen-Pantoffeln geschenkt, weißt du noch?«

Marion fuhr zusammen. Nicht wegen der Häschen-Pantoffeln.

»Wie kannst du wissen, an welchem Tag Carole vergewaltigt worden ist? Und um welche Uhrzeit es passiert ist?«

»Das hast du mir doch gesagt.«

Dann muß ich an Alzheimer leiden, ich kann mich nicht entsinnen, diesbezüglich Genaueres erläutert zu haben.

Léo redete weiter drauflos.

»Nina hat am 1. April Geburtstag, daran gibt es nichts zu rütteln, und die Frau, ich weiß nicht mehr, wie sie heißt, die ist am gleichen Tag …«

»Ich habe dir das Datum nicht genannt, Léo!« Marion hatte das Gefühl, als zöge ihr jemand den Boden unter den Füßen weg. »Ich kann es dir gar nicht genannt haben, ich weiß es ja selbst nicht!«

Léo streichelte über die zarte Haut an ihrem Rücken bis hinunter zu den Hüften, hielt kurz inne und fuhr dann mit einer schüchternen und zugleich besitzergreifenden Geste über ihren muskulösen Po. Marion rollte sich rücklings auf das Bett. Er stützte sich auf einen Ellbogen und betrachtete sie. Die quälenden Sorgen des Tages, der viele Alkohol und die Müdigkeit schlugen sich in dunklen Ringen unter seinen Augen nieder. Auch sie wollte ihn streicheln, seine Lust wecken, wollte, daß er sie begehrte. Doch je näher sie ihm kam, desto mehr wich er zurück. Ihre ausgestreckten Hände griffen ins Leere. Léo war nur ein Bild, eine leere Hülle, ein Wesen so wenig greifbar wie ein Windstoß über dem Meer.

Marion zuckte zusammen und richtete sich auf. Die Nachttischlampe brannte, und sie trug noch immer ihren weißen Jogginganzug. Sie mußte am frühen Morgen irgendwann eingeschlafen sein und hatte von merkwürdigen erotischen Begegnungen geträumt. Durch die Fensterläden drang Tageslicht, es war acht Uhr. Léos Platz neben ihr war leer. Er war mitten in der Nacht gegangen und nicht zurückgekehrt.

Die Erinnerung an die vergangene Nacht brach sofort wieder über sie herein. Zuerst die Auseinandersetzung wegen Carole Vérons Vergewaltigung. Marion war sich absolut sicher, daß sie niemals eine Information preisgegeben hätte, ohne sich später daran zu erinnern, und hatte Léo, der sich zunehmend aufregte, hartnäckig die Stirn geboten. Schließlich hatten sie sich auf einen Waffenstillstand geeinigt: Marion würde das Datum überprüfen, vielleicht hatten Carole oder ihre Freundin Diane Menu ihr den genauen Tag ja doch gesagt, vielleicht hatte sie ihn unbewußt abgespeichert und Léo aus Versehen verraten, ohne sich selbst daran zu erinnern. Je länger sie alles durchkaute, desto mehr gerieten die Daten und Ereignisse der beiden Fälle durcheinander bis sie schließlich das Gefühl hatte, in vollkommenem Dunkel zu tappen, eine Dunkelheit so bleiern wie der Kloß, der ihr auf den Magen drückte.

Später hatte Léo eine CD eingelegt, und zumindest eine Zeitlang hatten die Dire Straits, begleitet von einigen zaghaften, etwas verkrampften Küssen, einen provisorischen Frieden wiederhergestellt. So provisorisch, daß Marion es nicht lassen konnte: Sie wollte ihre Gedanken unbedingt ordnen und jeden Zweifel ausräumen.

»Ich mußte gerade an etwas denken.«

Léo griff genervt nach der Fernbedienung des CD-Players und unterbrach die Musik.

»Na los! Spuck aus, was du dir jetzt wieder ausgedacht hast!«

»Wenn Johan Laplante dich belastet, könnte es passieren, daß der Untersuchungsrichter ein Gutachten fordert.«

»Du läßt wohl nie locker, was?«

Die Müdigkeit und die Bestürzung standen ihm ins Gesicht geschrieben, auf dem schon wieder wie ein dunkler Schatten der Bart zu sprießen begann. Marion wußte, was sie in diesem Moment aufs Spiel setzte: ihre Liebe, ihr Leben mit Léo und ihre gemeinsame Zukunft. Aber sie konnte nicht anders.

»Immer kriegst du alles in den falschen Hals«, hatte sie mit zugeschnürter Kehle gesagt. »Dabei würden wir Zeit gewinnen, wenn du freiwillig einen DNA-Test machtest.«

»Du meinst, daß du dann keine Angst mehr haben müßtest, mit einem Vergewaltiger ins Bett zu gehen! Marion, ich ertrage deine Anschuldigungen nicht mehr. Ich werde keinen DNA-Test machen, lieber gehe ich und lasse mich von dir vorladen wie ein richtiger Verdächtiger.«

Er war aufgestanden und hatte begonnen, ohne sie eines Blickes zu würdigen, sich wieder anzuziehen, streifte zuletzt die alte Lederjacke und die verblichenen Boots über. Vor der Haustür stellte Marion sich ihm in den Weg.

»Ja, das kannst du gut! Wegrennen, einfach abhauen, wenn man dir mal was ins Gesicht sagt. Mein Gott, Léo!«

Dann hatte sie alles rausgelassen: der mysteriöse Mann am Telefon, der seinen Namen genannt hatte, der zweite Anruf, bei dem er sich wiederholt hatte, um sicherzugehen, daß Marion ihn richtig verstanden hatte. Denn er selbst wußte offensichtlich, mit wem er sprach, er schien ebenfalls darüber informiert zu sein, daß Léo bei ihr wohnte und zum Zeitpunkt des Anrufs nicht zu Hause war. Léo war plötzlich wie versteinert stehengeblieben. Dann war er fuchsteufelswild geworden, hatte Gift und Galle gespuckt, gegen einen bösen Unbekannten gewettert und war losgestürzt, um ihn zu suchen. Das Knallen der Tür hatte noch lange in Marions Ohren gehallt.

Mit schmerzenden Gliedern stand sie auf und schleppte

sich ins Badezimmer, wo sie minutenlang unter der heißen, voll aufgedrehten Dusche stehenblieb. Als sie wieder herauskam, war der Raum in einen dichten Nebel aus Wasserdampf getaucht. Eingewickelt in ihren Bademantel und wie betäubt durch die Wärme und den fehlenden Schlaf, wartete sie, an das Waschbecken gelehnt, bis sich der Nebel auflöste. Dann verteilte sie Zahnpasta auf ihrer Zahnbürste. Erst als sie den Kaltwasserhahn aufdrehen wollte, fiel ihr Blick auf den Zigarettenstummel, den Léo tags zuvor dort liegengelassen und den auch sie in der Zwischenzeit vergessen hatte. Sie betrachtete ihn lange, bis ihr eine Idee kam. Wenn ihr Geliebter schon ein Chaot war, sollte es ihr wenigstens dieses eine Mal nützlich sein.

16

Das *Chambre Rouge* war ein dreistöckiges Gebäude, eingeklemmt zwischen zwei Wohnhäusern, die ausgesprochen großbürgerlich wirkten. Inmitten dieses schicken Stadtteils verriet seine schmale, graue Fassade nichts über die Tätigkeit, der man dahinter nachging. Was Marion sofort auffiel, als sie den mit Grünpflanzen und alten Spiegeln dekorierten Eingangsflur betrat, war der typische Geruch von Räumen, in denen Sex als Ware gehandelt wird: Schwüle Luft und Körperausdünstungen mischten sich hier mit Bohnerwachs und Desinfektionsmitteln.

Die Inhaberin Raymonde Legras – Madame Raymonde genannt – empfing Marion und Talon mit einem gequälten Lächeln. Überraschenderweise sah sie weder aus wie eine Puffmutter noch wie eine Prostituierte, die das Lager gewechselt hatte, sondern eher wie eine Putzfrau aus der Provinz, die sich in einen Sex-Shop verirrt hat. Sie war mittelgroß, mager und verschrumpelt wie eine Dörrpflaume, trug eine strenge, altmodische Frisur und Kleider, die zwar teuer gewesen sein mochten, aber aus einer anderen Zeit stammten. Ihre dunklen, erstaunlich feurigen Augen bildeten einen merkwürdigen Kontrast zu dem faltigen, schmallippigen Gesicht einer sittenstrengen Frau jenseits der Fünfzig. Ihr Blick hatte etwas Sinnliches, ja fast Lüsternes. Und so verhielt es sich mit dieser Frau wohl ganz ähnlich wie mit ihrem Etablissement: Hinter der biederen Fassade lauerte unvermutete Sinnenfreude.

Während im Eingangsflur noch das diskrete Ambiente eines anständigen Wohnhauses herrschte, deutete das Treppenhaus, durch das man in die erste Etage gelangte, schon eher auf das Treiben hin, das die Kundschaft jeden Abend ab 22 Uhr – wie ein Schild auf einer chinesischen Kommode wissen ließ – hierherlockte. Zahlreiche schlüpfrige Radierungen und Gemälde schmückten die Wände längs des Treppenaufgangs, der zu einer Bar und einem Raum mit Parkettfußboden und mehreren karmesinroten, fleckigen Samtsofas führte. Bei gedämpfter Beleuchtung mochte dieses Dekor den Leuten etwas vorgaukeln, bei Tageslicht aber wirkte es nur traurig und fast ein wenig lächerlich. In naivem Stil gemalte erotisch-geile Fresken prangten an jedem freien Stück Wand. Hinter der Bar befanden sich zwei durch knallrote Stoffvorhänge abgetrennte Räume, in deren Mitte jeweils ein Bett stand und die – inklusive der Decke – vollständig verspiegelt waren.

Marion musterte den Stuck und die Kristallüster, allesamt Überreste vergangener Zeiten, in denen das Haus vermutlich anderen Zwecken gedient hatte. Madame Legras schien Gedanken lesen zu können.

»Das ist mein Geburtshaus«, bemerkte sie mit einem gewissen Stolz. »Das Haus meiner Mutter, die es von ihrem

Vater geerbt hat. Als ich klein war, wohnten hier bis zu zehn Dienstboten mit uns, hinten zum Hof hinaus gibt es noch weitere Zimmer. Mein Vater hat die Familie ruiniert ... Ich habe es immerhin geschafft, das Haus zu halten, aber ich mußte mir etwas einfallen lassen. Ohne Geld funktioniert so etwas eben nicht.«

Marion zuckte die Achseln. Die übliche Leier. Der Vater hatte die Familie durch sein ausschweifendes Leben um ihren Besitz gebracht, die Kinder schlugen sich durch dank selbiger Ausschweifungen.

»Das Dekor hat er so gewollt«, fügte Madame Raymonde hinzu. »Ein Teil davon stammt übrigens von seiner Hand. Erotik war für ihn Kultur. Nach seinem Tod hat meine Mutter die Wände mit Holzplatten verkleiden lassen, sich aber nicht getraut, die Fresken zu entfernen. Als ich dieses Etablissement eröffnet habe ...«

»Verstehe«, fiel Marion ihr ins Wort. »Und was ist da oben?«

Talon schickte sich bereits an, die nächste Treppe hochzusteigen, die enger war und nur schwach beleuchtet. Raymonde Legras hüstelte nervös, während sie hinter ihm herlief.

»Warten Sie, Lieutenant!« rief sie mit gepreßter Stimme, als fürchtete sie, den Geist ihres Vaters zu erwecken.

Talon hielt inne, und Marion beobachtete aufmerksam die angespannten Gesichtszüge der Inhaberin.

»Das ist ... privat!«

»Aber nicht doch, Madame Legras.« Marion lächelte entgegenkommend. »Nichts ist privat. Wir ermitteln in einem Mordfall und verfügen über einen entsprechenden richterlichen Beschluß. Ich nehme das nur vorweg für den Fall, daß Sie von mir wissen wollen, ob wir die nötigen Vollmachten haben.«

»Ich bin nicht auf den Kopf gefallen, falls Sie das denken«, empörte sich Raymonde.

»Dann schlage ich Ihnen vor, mit uns zusammenzuarbeiten. Nach Ihnen, bitte.« Marion deutete mit einer energischen Handbewegung die Treppe hoch.

Widerwillig folgte Madame Raymonde Talon. Marion, die schon ahnte, was sie oben erwarten würde, kletterte als letzte die Stufen hinauf. Bereits auf dem Treppenabsatz, der zu einem in leuchtendem Rosa gestrichenen Gang führte, waren unverkennbare Geräusche zu vernehmen. Zu beiden Seiten befanden sich ein halbes Dutzend weinroter Türen, die jeweils mit einem Relief in Medaillonform verziert waren. Der Künstler, der die Gipsreliefs hergestellt hatte – aller Wahrscheinlichkeit nach der verstorbene Monsieur Legras senior –, hatte dabei seinen Phantasien freien Lauf gelassen: Männer mit überdimensionierten Geschlechtsteilen, wohin das Auge reichte, außerdem ekstatische Frauen mit einfältigen Gesichtern in akrobatischen Positionen, die Hände auf dem Rücken gefesselt oder verdreht, von Monstern oder Tieren mit kräftigen Gliedern bedrängt. Vor der zweiten Tür blieb Marion stehen und horchte.

Man hörte eine Peitsche knallen, dazu wüste Beschimpfungen aus dem Mund einer Frau. Eine stöhnende Männerstimme gab Antwort.

»Was ist denn das?« flüsterte Marion überrascht. »Ich dachte, Sie hätten nur abends geöffnet.«

Raymonde Legras schlug die Augen nieder und faltete verkrampft die Hände vor dem Bauch zusammen. Anstatt zu antworten, betastete sie nervös den durchsichtig schimmernden Edelstein, der ihren linken Ringfinger schmückte. Marion steuerte auf die Tür zu, die in das Nachbarzimmer führte. Sie legte die Hand auf die Klinke und öffnete ohne Zögern die Tür.

»Und hier?« fragte sie scheinheilig, während sie in das Zimmer trat.

Der Raum war leer bis auf ein niedriges Bett mit weißem Pelzüberwurf und eine Art Galgen, an dem einige besorgniserregende Instrumente hingen. Die Holzläden vor dem Fenster waren geschlossen, die gegenüberliegende Wand wiederum mit Spiegeln bedeckt. Durch die Spiegel, die zu ihrer Seite hin durchsichtig waren, konnte Marion das nicht gerade originelle Schauspiel verfolgen, das sich im Nachbarzimmer darbot. Nicht nur die Wände, sondern auch der Boden, die Decke, die Vorhänge und der Bettüberwurf leuchteten dort im schönsten Zinnoberrot, und es lag auf der Hand, daß Madame Raymondes Etablissement diesem roten Zimmer seinen Namen verdankte. Ein nackter Mann um die Sechzig, der ein Hundehalsband trug, das über eine lange Kette an einem Bettpfosten befestigt war, ließ sich den breiten, bleichen, mit roten Striemen überzogenen Hintern verdreschen. Die Peitsche schwang ein energisches Wesen in einer weißen, glänzenden Vinylkluft und hochhackigen Stiefeln, die bis zu den Oberschenkeln reichten. Marion erkannte den Mann, der ohne Unterlaß auf allen vieren laut bellend um das Bett kroch und dessen Hängebacken bei jedem Peitschenhieb der Blondine erregt bebten. Hier und da hob er sein Bein und präsentierte seinen zerknitterten, sichtlich um die Erektion ringenden Penis.

»Die Frau des Senators ist aber gut gebaut«, sagte Marion sarkastisch.

Raymonde Legras, die sich offensichtlich nicht wohl in ihrer Haut fühlte, schnalzte verärgert mit der Zunge.

»Das ist nicht seine Frau«, mischte sich Talon mit gespielter Naivität ein. »Die da kenne ich, die geht in der Rue Thomassin auf den Strich. Sie hat nur Spezialkunden. Sie heißt Lola.«

»Na, Madame Legras?« sagte Marion leise. »So etwas nennt man doch Kuppelei, oder?«

Auf der anderen Seite der Spiegelwand entleerte sich der dicke Mann endlich mit einem langen Aufschrei. Die Frau warf ihre Peitsche aufs Bett und ließ sich auf einen scharlachroten Sessel fallen. Ihre Stimme war durch die Spiegel kaum gedämpft: »Sag mal, heute hast du aber lang gebraucht, Schätzchen. Da könntest du eigentlich noch ein bißchen was drauflegen.«

Der Mann knurrte und deutete auf den Boden, wo seine Verzückung Spuren hinterlassen hatte.

»Du hast sie wohl nicht alle!« rief das Mädchen aus. »Du bist doch der Köter, lecken mußt du schon selbst …«

Marion trat angewidert den Rückzug an. Während sie zu Talon auf den Flur zurückkehrte, folgte ihr die Inhaberin wie ein Schatten. Der Beamte, den das Schauspiel in dem roten Zimmer kaltließ, hatte sich rasch in den anderen Räumen umgesehen.

»Jeder Raum ist in einer anderen Farbe gestrichen, damit alle auf ihre Kosten kommen«, sagte er unbeeindruckt. »Sie hätten Lavot mitnehmen sollen …«

»Sind Leute drin?«

Talon schüttelte den Kopf.

Als Marion sich zu der Inhaberin umdrehte, brach in dem roten Zimmer wieder eine lebhafte, von lautem Poltern begleitete Diskussion los.

»Gibt es hier einen normalen Raum, in dem wir uns unterhalten können?«

Raymonde Legras deutete mit einer etwas steifen Kopfbewegung zur Treppe. Im Erdgeschoß führte sie die beiden Polizisten in ein helles Zimmer mit beigefarbenem Teppichboden und modernen, neutralen Möbeln, alles in krassem Gegensatz zur restlichen Einrichtung.

»Ich weiß, daß Sie mir nicht glauben werden«, fing sie an. »Aber das, was Sie oben gesehen haben, ist eine Ausnahme. Ich empfange hier sonst nur Paare, und zwar abends und an Sonntagnachmittagen. Prostituierte sind nie dabei. Der Herr dort oben hat mir vor einigen Jahren eine Gefälligkeit erwiesen. Er kann nur in diesem roten Zimmer Lust empfinden, das mein Vater seinerzeit speziell für sich und seine Orgien hergerichtet hat. Obwohl er Papa nicht gekannt hat, gerät er schon in Ekstase, wenn er nur seinen Namen hört. Natürlich weigert sich seine Frau, den sehr extravaganten Wünschen ihres Gatten nachzukommen.«

»Was man ja durchaus verstehen kann«, meinte Marion lakonisch. »Jedenfalls ist das nicht der Grund, warum wir gekommen sind. Es ist klar, daß ich einen Bericht über das, was ich hier vorgefunden habe, schreiben werde. Meine Kollegen von der Sitte werden sich mit dem größten Vergnügen der Sache annehmen … Es sei denn, Sie helfen uns aus freien Stücken.«

»Ich wüßte nicht, wie«, erwiderte Raymonde Legras besorgt.

»In der Nacht von Dienstag auf Mittwoch ist in unmittelbarer Nähe dieses Etablissements ein Mann umgebracht worden. Er hatte gerade Ihr Haus verlassen.«

»Ich weiß über diesen Zwischenfall Bescheid, doch er steht in keinerlei Zusammenhang mit meinem Lokal. Dieser Mann muß Opfer einer verhängnisvollen Begegnung geworden sein. Das Viertel hat sich verändert … Und wer behauptet eigentlich, daß er aus diesem Haus kam?«

»Ein Zeuge.«

»Ah, verstehe.« Die Frau setzte eine wissende Miene auf. »Der neugierige Alte von gegenüber. Der muß aber gute Augen haben, wenn er mitten in der Nacht Leute erkennt. Na ja, ich will Ihnen gern weiterhelfen. Haben Sie ein Foto von diesem Mann? Ich kann nichts versprechen, denn Dienstag abends ist zwar nicht soviel los wie an anderen Tagen, aber trotzdem …«

Sie wollte offenbar deutlich machen, daß es beim Geschäft mit dem Sex keine flauen Tage gab, worauf Marion der Gedanke streifte, daß das sicher ein Grund für Unternehmer wäre, die Branche zu wechseln. Sie zog das Foto aus ihrer Tasche, das tags zuvor in der Zeitung veröffentlicht worden war und das die Inhaberin wie jeder andere Bewohner Lyons gesehen haben mußte, denn es hatte ein Viertel der Titelseite eingenommen. Nachdem Madame Raymonde es lange betrachtet hatte, verzog sie den Mund.

»Ich erinnere mich vage an ihn, aber er ist kein Stammgast. Ich kenne meine Gäste und bin mir ganz sicher, daß er zum erstenmal hier war.«

»Und die Frau?«

»Bitte?«

»Er war doch in Begleitung einer Frau, denn so wird es in Ihrem Etablissement ja gehalten. Sie hätten ihn nicht hereingelassen, wenn er allein gekommen wäre, oder?«

Die Frau blickte, wie so oft, zu Boden, als könnte sie sich mit dieser Geste von all den Schändlichkeiten reinwaschen, die für viel Geld unter ihrem Dach stattfanden.

»Jetzt werden Sie wieder ein Haar in der Suppe finden …«

Marion winkte ab.

»Er war also nicht in Begleitung einer Frau.«

Talon, der gerade in einigen Papieren herumstöberte, die auf dem hellen Holztisch lagen, hielt inne.

»Er ist mit einem Mann gekommen«, seufzte Raymonde.

Marion hakte sofort nach.

»Hatten die beiden Verkehr? Ich meine, haben sie miteinander oder mit anderen Anwesenden Sex gehabt?«

»Oh, ich überwache meine Gäste doch nicht! Wenn sie

erst einmal hier sind, können sie tun und lassen, was sie wollen, innerhalb gewisser Grenzen natürlich ... Ich meine, daß der Verstorbene eine kleine Runde durch die unteren Räume gedreht hat, aber ich bin mir nicht sicher. Danach hat er sich jedenfalls mit seiner Begleitung zurückgezogen.«

»Wohin?«

»In ein Zimmer im zweiten Stock. Sie haben betont, daß sie nicht gestört werden wollten. Es war das schwarze Zimmer, ganz hinten«, fügte Madame Raymonde noch hinzu.

»Wie sah der andere Mann aus?«

»Also, wissen Sie«, sagte Raymonde achselzuckend. »Es würde mir schwerfallen, ihn zu beschreiben. Er kam mir etwas jünger vor als der, in dessen Begleitung er erschienen ist. Zwischen dreißig und fünfunddreißig, braunhaarig, recht gutaussehend. Aber sicher bin ich mir nicht, ich habe ihn ja nur im Halbdunkel gesehen.«

»Würden Sie ihn wiedererkennen?«

Die Frau dachte kurz nach.

»Ich glaube nicht. Aber man kann nie wissen ... Wenn er mir noch einmal gegenüberstünde, vielleicht ...«

»Sollte das passieren, sagen Sie uns Bescheid. Wer hat bezahlt?«

»Der Tote ... Ich meine natürlich: der Mann, der umgebracht worden ist.«

»Wieviel?«

»Zweitausend Francs, das ist der Tarif für die oberen Zimmer. Dreitausend für das rote Zimmer.«

Marion pfiff leise, worauf die Frau, die kein bißchen verlegen wirkte, lauthals zu protestieren begann.

»Das ist billiger als in anderen Häusern, und bei mir kann man so lange bleiben, wie man will. Bei freiem Verzehr, Getränke inklusive, und es gibt sogar ein Buffet ...«

Raymonde Legras tat so beleidigt, als wollte Marion eine

Rechtschaffenheit in Frage stellen, auf die sie offenkundig Anspruch erhob. Marion hob grinsend die Arme.

»Ich habe ja gar nichts gesagt ...«

»Wie kommt es, daß das Opfer das Lokal allein verließ?« wollte Talon wissen.

Raymonde Legras zögerte den Bruchteil einer Sekunde.

»Das weiß ich nicht. Ich habe keinen von beiden gehen sehen.«

»Und Sie haben nichts gehört? Gegen zwei Uhr morgens?« fragte Marion der Form halber.

»Nichts. Ich hatte ja schon geschlossen, und meine Wohnung liegt zum Hinterhof.«

Sie schwiegen, man hörte nur noch das Rauschen der Autos, die in einiger Entfernung die Avenue entlangfuhren. Dann waren Schritte im Treppenhaus zu vernehmen, ein kurzes Flüstern. Die Eingangstür schlug zu.

Marion zog mit einer brüsken Bewegung den Reißverschluß ihres Blousons hoch und reichte Talon das Foto von Patrick Longe, dem verstorbenen Gast. Sie nahm den Kollegen zur Seite, damit Madame Raymonde sie nicht verstehen konnte.

»Nehmen Sie ihre Aussage auf. Gehen Sie noch mal hoch und sehen sich in diesem schwarzen Zimmer genau um. Es würde mich nicht wundern, wenn da ein oder zwei Kameras versteckt wären. Madame sorgt bestimmt dafür, daß sie für die langen Winterabende einen Vorrat an Videokassetten hat. Lassen Sie, wenn nötig, die Leute von der Spurensicherung kommen. Reden Sie dann noch einmal mit dem Zeugen von gegenüber. Mir reicht's für heute. Warten Sie nicht auf mich, ich gehe zu Fuß zurück. Ich muß noch jemanden treffen.«

Sie steuerte auf die Tür zu, ohne zum Abschied auch nur ein Wort an die magere Frau zu richten, die nervös die Arme vor ihrer nicht existierenden Brust verschränkt hatte. Ehe Marion über die Schwelle trat, wandte sie sich doch noch einmal um und sah die Inhaberin traurig und mit ernstem Gesicht an.

»Sie haben einen ziemlich unappetitlichen Beruf ergriffen, Madame Legras. Und es gibt Tage, an denen ich mich frage, warum mir meiner eigentlich so gefällt.«

17

Marion entfernte sich mit schnellen Schritten, die geballten Fäuste tief in den Taschen ihres Blousons vergraben, und hing finsteren Gedanken nach. Das Schauspiel im roten Zimmer, dem sie beiwohnen durfte, hatte sie angeekelt und einmal mehr mit den Absonderlichkeiten konfrontiert, zu denen das Triebhafte im Menschen manchmal führte. Eine nüchterne Feststellung, aber sie verstärkte die negativen Schwingungen, die seit einigen Tagen ihr seelisches Gleichgewicht bedrohten. Bedrohten, ja, das war genau das richtige Wort: Sie fühlte sich bedroht.

Wenn ich wenigstens wüßte, wovon oder durch wen.

Sie hatte unterwegs im Hundesalon vorbeigeschaut, aber Carole Véron hatte ihren freien Tag. Marion zögerte, es bei ihr zu Hause zu versuchen, denn sie wollte ihr Versprechen halten, den Eltern nichts zu sagen. Sie würde bis morgen warten, auch wenn ihr dieser unerwartete Aufschub gegen den Strich ging. Sie marschierte weiter, den Blick auf den Boden geheftet, gleichgültig gegenüber den Passanten, die sie im Vorbeigehen streiften.

Der Pager vibrierte auf ihrem nackten Bauch, sie zog den Pullover hoch, um nachzusehen, wer etwas von ihr wollte. Sie ahnte, daß eine schlechte Neuigkeit auf sie wartete. Auf dem Display erschien die Nummer von Marsal, dem Gerichtsmediziner. Marion sah sich nach einer Telefonzelle um und rief ihn gleich zurück.

»Nicht verwertbar«, sagte er lakonisch.

»Wie meinen Sie das?«

»Wie ich das meine? So, wie ich es sage, natürlich. Ich weiß nicht, wie dieser Spurenträger sichergestellt worden ist, jedenfalls kann man nichts damit anfangen … Haben Sie das selbst gemacht? Haben Sie Handschuhe getragen, eine sterile Pinzette benutzt? Das würde mich wundern …«

Dr. Marsal stellte seine Fragen und gab die Antworten wie immer selbst, eine alte Schrulle von ihm. Er ließ Marion keine Zeit für Erklärungen.

»Mit anderen Worten, da Sie ja sonst sowieso nicht lockerlassen: Der Spurenträger ist verunreinigt, die DNA ebenfalls, und insofern läßt sich der genetische Code nicht ermitteln. Liefern Sie mir besseres Material.«

Marion hielt die Hand mit dem Hörer weit von sich gestreckt, denn der Wortschwall des Pathologen war ohrenbetäubend laut.

»Sind Sie noch da, Marion?« Die heisere Stimme des Gerichtsmediziners war plötzlich um ein Vielfaches leiser. »Sind Sie sicher, daß alles in Ordnung ist? Wollen Sie mir nicht mehr zu diesem Thema erzählen?«

»Nein, tut mir leid … Ich werde Sie morgen mit einer neuen Kippe versorgen.«

»O nein! Ich weigere mich … Haben Sie etwa vor, das Krankenhauslabor an die Tabakindustrie anzugliedern? Außerdem haben wir das eh schon alles unterderhand für Sie gemacht. Ohne irgendein offizielles Papier.«

Daß diese Laboruntersuchung vorschriftswidrig war, betonte er wohl in der Hoffnung, Marion würde ihn endlich einweihen. Aber anstatt seine Neugier zu befriedigen, legte sie einfach auf, ohne sich auch nur bei ihm zu bedanken. Wie hätte sie ihm jenen quälenden Gedanken begreiflich machen können, der sie nicht mehr losließ, seit der genetische Fingerabdruck des Mannes vorlag, dessen Sperma sie auf Julie Rouvres Körper entdeckt hatten? Und daß sie erst dann wieder ihre Ruhe finden würde, wenn sie diesen Fingerabdruck mit dem eines anderen Mannes verglichen hätte, den zu verdächtigen sie nicht mehr umhinkam? Dr. Marsal brauchte nicht zu wissen, daß dieser andere Mann mit ihr zusammenlebte und daß sie ihm den Zigarettenstummel sozusagen entwendet hatte. Der Gerichtsmediziner würde bestimmt aus allen Wolken fallen und es sich nicht nehmen lassen, sie in seiner direkten Art daran zu erinnern, daß man DNA vor allen Dingen im Sperma in großen Mengen sicherstellen konnte. Marion käme nicht daran vorbei, ihm zu gestehen, daß ein solcher Samenraub ihre Kräfte schlichtweg überstieg, daß man zu diesem Zweck im übrigen miteinander schlafen und sie deshalb zunächst Léo wiederfinden müßte, den sie den ganzen Tag noch nicht gesehen hatte und ... Nein, es kam überhaupt nicht in Frage, daß sie Marsal derartige Details über ihr Privatleben enthüllte. Das einzige, was sie im Moment tun konnte, war, einen weiteren Zigarettenstummel von Léo aufzutreiben, oder vielleicht seine Zahnbürste oder Haare von seinem Kamm ...

Während sie noch nach Argumenten suchte, die den Gerichtsmediziner überzeugen würden, wäre sie fast gegen eine blaue Jacke mit hochgeschobenen Ärmeln geprallt. Zwei braungebrannte Unterarme berührten sie, sie schaute auf und blickte in ein Gesicht, das sie nur einmal kurz gesehen hatte und das ihr trotzdem sonderbar vertraut vorkam. Der kühle Wind fuhr durch die Haare des Unbekannten, der ihr vor der Oper begegnet war, und hob die Strähnen, die seine Stirn bedeckten. Auf der rechten Schläfe wurde eine sternförmige Narbe sichtbar. Seine Lippen öffneten sich leicht, ein verhaltenes, fast schüchternes Lächeln, das makellose Zähne entblößte. Doch in den fahlblauen Augen des Mannes las Marion eine unmißverständliche Botschaft, und sie fühlte sich wie das Kaninchen vor der Schlange. Schweigend streckte er die Hand nach ihrem Hals aus und berührte das einzige Stück nackte Haut, das sie ihm darbot. Seine Finger tasteten sich weiter bis in den Nacken vor und vergruben sich dann in ihrem weichen Haaransatz. Sie fuhr zusammen und nahm plötzlich die Geräuschkulisse um sich herum wieder wahr. Sie wich zurück.

»Ich verbiete Ihnen, mich anzufassen! Wer sind Sie überhaupt?« brachte sie empört hervor. »Was wollen Sie von mir?«

»Mit Ihnen ...« Er flüsterte fast.

»Wie bitte?«

»Mit Ihnen reden. Ich will mit Ihnen reden. Kommen Sie.«

Marion ließ sich widerstandslos von ihm fortführen. Ihr Vater kam ihr in den Sinn, als sie noch klein war, hatte er ihr immer eingeschärft: Geh auf der Straße niemals mit einem Menschen mit, den du nicht kennst. Es ist selten jemand, der dir Gutes will. Mit solchen fast täglich ausgesprochenen Warnungen behelligte Marion jetzt Nina, und sie sagte sich, daß einem Kind, das sich so verhalten würde wie sie in diesem Augenblick, der Hintern versohlt gehörte. Trotzdem folgte sie dem Mann, der ein kleines Stück vor ihr herging, musterte seinen hageren, leicht gebeugten Rücken und den federnden Gang, der sie einen kurzen Augenblick an der Realität der Situation zweifeln ließ.

Auf der anderen Seite der Brücke, unter der die ungestümen Wasser der Rhone strömten, gelblich braun von der Schneeschmelze und den Niederschlägen der letzten Wochen, steuerte der Mann auf ein Mercure-Hotel zu und betrat das Foyer.

Ein Hotel, er bringt mich in ein Hotel! Wie peinlich, wenn ich jetzt jemanden treffen würde ... Mit mir reden! Wir hätten uns in einem Café unterhalten können oder draußen oder überhaupt nicht. Ich folge ihm aus reiner Neugier. Aber Vorsicht!

Der Mann hatte den Zimmerschlüssel bei sich, zügig gingen sie an der Rezeption vorbei, wo der Hotelangestellte ihnen einen zerstreuten Blick zuwarf und sie pflichtgemäß grüßte. Auf der Treppe und im Flur der ersten Etage spielte Marion noch mit dem Gedanken umzukehren.

Für wen hält der mich eigentlich? Womöglich laufe ich hier gerade einem Perversen in die Falle ... So ein Verhalten mitten auf der Straße ... Und ich mache da auch noch mit! Wenn er versucht, mich anzufassen, leg ich ihn um!

Als sie das Zimmer mit der Nullachtfünfzehn-Einrichtung betraten, lief der Fernseher, ein Tennismatch wurde übertragen. Dann hatte er ihr also aufgelauert, war ihr gefolgt und hatte ganz offensichtlich keine Sekunde daran gezweifelt, daß sie sich würde ansprechen lassen. Und jetzt war sie in einem Hotelzimmer! Sie hörte den dumpfen Aufprall der Tennisbälle, die von zwei schweißüberströmten Spielern hin- und hergeschlagen wurden.

»Spiel und Satz«, verkündete der Moderator gerade noch, ehe der Mann von der Oper den Ton ausschaltete.

»Worüber wollten Sie mit mir sprechen?« fragte sie.

Der Mann war zwischen ihr und dem Fenster stehengeblieben und ließ seinen Blick über ihren Mund, ihre Brüste und ihre Taille schweifen.

Dieser merkwürdige Typ, aus dessen Augen eine verhaltene, fast respektvolle Begierde sprach, verwirrte sie. Er antwortete nicht gleich, und während sie in sein sonderbar asymmetrisches Gesicht starrte, hätte sie beinahe ihre Frage vergessen.

»Gut, wenn Sie mir nicht sagen, was Sie von mir wollten, dann gehe ich jetzt wieder.«

Mit einer sanften, ruhigen, selbstbewußten Stimme, die Marion trotz aller Vorsicht und guten Vorsätze einlullte, setzte der Mann von der Oper an.

»Ich kenne Sie, Kommissarin Marion. Sie sind eine hervorragende Polizistin, Ihre Chefs wissen Sie zu schätzen. Unter dem linken Arm tragen Sie ein Holster mit einem Revolver, Kaliber 38, das leichtere Damenmodell.«

Unwillkürlich tastete Marion nach der Waffe unter ihrem Arm. Der Mann lachte leise.

»Keine Angst, ich nehme Ihnen das Ding nicht weg. Ich will Ihnen nichts nehmen. Ich will Ihnen nur etwas geben.«

»Mir etwas geben? Was denn?« fragte Marion mit heiser klingender Stimme.

»Erfüllung, Lust ...«

»Das scheinen Sie sich ja wohl am liebsten selbst zu geben«, sagte sie spöttisch. »Bevorzugt auf offener Straße! Wofür oder für wen war diese Zurschaustellung eigentlich gedacht?«

»Für Sie, für Sie ganz allein. Ich wußte nicht, wie ich Sie auf mich aufmerksam machen sollte. Ich wollte Ihnen zeigen, wie erregend ich Sie finde.«

»Warum ausgerechnet mich?«

Der Mann von der Oper fixierte Marion mit glühenden Augen.

»Warum mich!« wiederholte er. »Weil Sie eine wunderbare Frau sind, Sie sollten sich nicht unterschätzen! Ich sagte Ihnen doch, daß ich mich seit langem an Ihrem Anblick erfreue und Sie in aller Stille liebe. Jetzt bin ich aus dem Schatten getreten, weil ich Angst um Sie habe. Sie haben etwas Besseres verdient, Sie dürfen sich nicht verschwenden!«

»Verzeihung, ich fürchte, ich verstehe Sie nicht.«

»Sie haben sich nicht den richtigen Mann ausgesucht. Ich bin der, der Ihnen das geben kann, was Sie brauchen!«

Was geht denn ihn das an? Spinnt der? Woher weiß er das eigentlich alles? Der soll bloß mal versuchen …

Ganz langsam setzte sich der Mann in Bewegung. Marion sah ihn prüfend an, während er auf sie zukam. Sie empfand ihn nicht als gefährlich, aber er strahlte eine erstaunliche Kraft aus. Eine Kraft, wie sie aus leidenschaftlicher Liebe erwächst, was letztlich – darin kannte sich Marion aus – nicht weit auseinanderliegt.

Er streckte die Hand nach ihr aus, sie spürte die Wärme, die sein Körper ausstrahlte.

»Stop!« zischte sie, als der Mann sie schon fast berührt hatte. »Das reicht! Ich habe bestens verstanden, was Sie wollen. Und jetzt gehe ich.«

Im Rückwärtsschritt näherte sie sich der Tür und legte eine Hand auf die Klinke. Der Mann lächelte sie an, wandte den Blick nicht von ihr ab, sie spürte, daß er sie begehrte, und plötzlich merkte sie, daß sie zum erstenmal in ihrem Leben Lust auf einen Mann hatte, den sie weder liebte noch lieben wollte, ja nicht einmal kennenzulernen beabsichtigte. Ein irritierendes Gefühl. Sie drückte die Klinke herunter.

»Hören Sie auf, mir nachzulaufen. Versuchen Sie nicht, mich wiederzusehen. Wenn ich noch einmal mitkriege, daß Sie mich verfolgen, werde ich Sie einlochen!«

»Das werden Sie natürlich nicht tun«, behauptete er. »Niemals. Ich werde Sie wiedersehen, und ich weiß, daß Sie das auch wollen.«

Marion zuckte die Achseln und schickte sich an zu gehen. Als sie schon fast auf dem Flur stand, hielt sie inne und drehte sich, obwohl das allem widersprach, was sie gerade eingefordert hatte, noch einmal zu ihm um.

»Wie heißen Sie?«

»Sam. Ich heiße Sam.«

»Sam? Glauben Sie vielleicht, daß ich mich mit einem Spitznamen begnügen werde?«

»Das ist kein Spitzname, es ist mein Vorname. Meine Eltern sind Schweden.«

Marion hob leicht, aber energisch die Stimme.

»Sam und weiter?«

»Nielsen. Sam Nielsen. Ich bin am fünfzehnten Januar neunzehnhundertfünfundsechzig in Paris geboren.«

»Wo wohnen Sie?«

»Hier. Ich wohne hier. Sind Sie jetzt zufrieden?«

18

Der Mann an der Rezeption war mit japanischen Hotelgästen beschäftigt, so daß Marion das Mercure unbeobachtet verließ. Als sie auf der Straße ein Taxi anhalten wollte, um ins Büro zurückzukehren, hielt ein Streifenwagen direkt vor ihren Füßen. Darin saßen Lavot und Lieutenant Marie Garcia, und Marion runzelte die Stirn, während sie sich fragte, ob die beiden gesehen hatten, daß sie aus dem Hotel gekommen war. Sie hatte sofort ein schlechtes Gewissen. Als die beiden Beamten keine Anstalten machten auszusteigen, beugte sich Marion vor und gab Garcia ein Zeichen, die Scheibe herunterzukurbeln. Die junge Kollegin lächelte sie an.

»Steigen Sie ein, Chef?«

Marion meinte, eine gewisse Ironie in ihrem Lächeln zu erkennen, und wieder kostete es sie einige Mühe, ihrer Verwirrung Herr zu werden.

»Was machen Sie hier?« fragte sie, während sie Garcia bedeutete auszusteigen, um selbst Platz auf dem Beifahrersitz zu nehmen.

Lavot riß die Augen auf.

»Was wir hier machen? Wir wollten Sie abholen.«

Marion sah ihn verblüfft an. Sie verstand die Welt nicht mehr.

»Wir waren eigentlich unterwegs, um ein paar Asservate zur Staatsanwaltschaft zu bringen, aber dann hat man uns angerufen und mitgeteilt, Sie seien im Hotel Mercure und wollten abgeholt werden ... War das etwa falsch?«

»Ich ... also ...« stammelte Marion. »Warten Sie schon lange?«

»Eine gute Viertelstunde, oder, Marie?«

Lieutenant Marie Garcia auf der Rückbank murmelte eine undeutliche Antwort, Marion schnappte nach Luft. Wer hatte im Büro angerufen? Der geheimnisvolle Sam war es nicht gewesen, das hätte sie doch gemerkt, er war nicht von ihrer Seite gewichen, sie war doch noch bei klarem Verstand!

»Haben Sie etwas dagegen, wenn wir eben bei der Staatsanwaltschaft vorbeifahren?« fragte Lavot. »Das ist ja nur ein Katzensprung.«

»Machen Sie nur, aber bitte schnell.«

Was ist das für eine irre Geschichte? Ich habe niemanden rufen lassen ... Ich komme mir vielleicht blöd vor, total blöd. Und wie die Kleine mich von hinten ansieht ...

Sie hatte Garcias Blick im Seitenspiegel aufgefangen und verzichtete lieber darauf, ihn zu deuten. Lavot saß entspannt wie immer am Steuer und zwinkerte ihr komplizenhaft zu wie jemand, der über ein Versteckspiel im Bilde ist. Als Marion eine Stunde später das Kommissariat betrat, hatte sie den Eindruck, daß selbst die Polizisten am Empfang sie komisch ansahen. Wahrscheinlich war halb Lyon auf dem laufenden, daß sie einem Fremden aufs Hotelzimmer gefolgt war – und das mitten am Nachmittag. Ein harmloses

Abenteuer, aber wen interessierte das schon. Tatsächlich waren die Polizisten damit beschäftigt, die Ereignisse im Hof zu verfolgen, wo mehrere Beamte versuchten, zwei Verrückte fortzuschaffen, die es sich auf dem Asphalt bequem gemacht hatten.

Marion entschloß sich zu einem Abstecher auf die Toilette im Erdgeschoß, um sich zu vergewissern, daß sie nicht anders aussah als sonst. Aus dem Spiegel blickte ihr eine junge Frau mit hellem Teint entgegen, ihre Augen waren müde und den Haaren könnte ein baldiger Friseurbesuch nicht schaden.

Was ist denn bloß los mit mir? Als ob das der richtige Moment wäre, um über einen Friseurbesuch nachzudenken!

Als sie sich mit den Händen übers Gesicht fuhr, um den verschmierten Kajalstrich unter den Augen abzuwischen, fühlte sie sich schlagartig ins Hotel Mercure zurückversetzt. Sie schnupperte an ihren Fingern und glaubte einen Herrenduft zu riechen, den sie vage kannte.

Das ist Sams Aftershave! Dabei habe ich ihn gar nicht angefaßt!

Sie wusch sich gründlich die Hände und trocknete sie sorgfältig ab.

»Sam!« murmelte sie unwillig vor sich hin, während sie weiter in den Spiegel über dem Waschbecken starrte. »Was soll das für ein Vorname sein! Sam Nielsen … Daß ich nicht lache!«

Ein vages Angstgefühl stieg in ihr hoch, als sie an ihre Begegnung mit ihm zurückdachte, an die Leichtigkeit, mit der sie ihm gefolgt war, und an ihre Verwirrung, um nicht zu sagen Erregung unter seinem begehrlichen Blick. Sie ließ ihre Gedanken schweifen, während sie durch das Fenster der Toilette in die dicken, finsteren Wolken starrte, die den Himmel über Lyon hartnäckig verdunkelten.

Dann fielen ihr Lavot und Garcia wieder ein, wie sie vor

dem Hotel aufgetaucht waren, eine Situation, die sie als äußerst kompromittierend empfunden hatte.

Sie stürmte die beiden Stockwerke zur Leitstelle hoch und betrat außer Atem den großen Raum. Am Bedienungspult saßen zwei Beamte, die pausenlos Nachrichten entgegennahmen, die von Kollegen im Einsatz gesendet wurden. Sie brauchte keine Fragen zu stellen.

»Ah, Chef!« rief Boubet aus, der jüngere der beiden, ein kleiner, braunhaariger Mann mit einem Schnurrbärtchen, das so schmal und so schief war, daß man sich fragte, ob er womöglich selbst Hand angelegt hatte. »Sie sind zurück!«

Ja, Boubet, sieht ganz so aus.

»Alles in Ordnung?«

»Alles bestens«, versicherte Boubet. »Ich habe Capitaine Lunis allerdings nicht erreichen können, er hat auf meine Anrufe nicht reagiert. Sind Sie ohne ihn klargekommen?«

Aha! Schon wieder eine interessante Neuigkeit. Wie soll ich darauf antworten?

Glücklicherweise war Boubet ein redseliger Mensch.

»Als Sie durchgegeben haben, daß er Sie im Mercure abholen soll, habe ich's zuerst im Observationswagen versucht, aber da saß ein anderes Team, er hat ja abends zusammen mit Lavot seine Schicht, ist mir danach wieder eingefallen. Außerdem hätten Sie bestimmt niemanden zu sich gerufen, der gerade im Einsatz ist, stimmt's? Ich hab ihn angefunkt, aber er hat nicht geantwortet. Tut mir leid, Chef, das war wohl dringend, oder?«

Sein vorwitziger Seitenblick hatte fast etwas Unverschämtes. Marion mußte sich arg zusammenreißen, um nicht aus der Haut zu fahren.

Jetzt glaubt er, ich hätte Léo angerufen, damit er zu mir ins Hotel kommt! Ich träume wohl …

»Hören Sie mal, Boubet!«

»Ja, Chef!«

Marions Stimme hatte einen strengen, fast drohenden Klang angenommen. Boubet sah plötzlich aus wie ein Schuljunge, der ahnt, daß sich etwas über ihm zusammenbraut.

»Haben Sie unser Gespräch aufgenommen?«

»Jawohl.«

»Ich möchte es hören!«

Boubet beugte sich über das Pult und überflog die Liste der Nachrichten, die eingegangen waren, seit er um zwölf seinen Dienst angetreten hatte. Er fand, was er suchte, stand auf und machte sich an den Tonbandgeräten zu schaffen. Er bediente mehrere Tasten, spulte vor und zurück und drückte schließlich auf Play. Eine Frauenstimme füllte den Raum. Der andere Beamte, durch seinen Kopfhörer von der Welt abgeschnitten, beachtete die beiden nicht.

»Guten Tag, hier spricht Kommissarin Marion. Kontaktieren Sie Capitaine Lunis und sagen Sie ihm, daß er zu mir ins Hotel Mercure am Pont Pasteur kommen soll, in einer Viertelstunde. Danke.«

Boubet kam nicht dazu, den Mund aufzutun, denn Marion befahl ihm sofort per Handzeichen, das Ganze zu wiederholen. Der Beamte spulte zum Beginn der Nachricht zurück und drückte erneut auf Play. Wieder ertönte die Stimme, die eindeutig einer älteren Frau gehörte und vom Rauchen und Alkoholkonsum gezeichnet und etwas belegt war.

»Ist das die Art, wie ich mich normalerweise bei Ihnen melde? ›Guten Tag, hier spricht Kommissarin Marion‹?«

Boubet schüttelte verstört den Kopf.

»Haben Sie meine Stimme erkannt?«

»Nein, ich habe mich im übrigen auch gefragt …«

»Was, Boubet? Sie haben sich gefragt, ob die Chefin nicht ein bißchen zuviel getrunken hat …«

»Aber nicht doch, Chef! Nein, ich hätte mir doch niemals erlaubt ...«

»Und warum haben Sie dann den Befehl ausgeführt?«

»Aber Sie haben doch nach Capitaine Lunis gefragt, na ja ...«

Ich ordne an, daß man mir meinen Geliebten auf ein Hotelzimmer schickt, wo ich ihn ungeduldig erwarte, und der gute Boubet findet das völlig normal ... Zum Teufel, wer kann mir so einen hinterhältigen Streich gespielt haben? Wer wußte, daß ich in diesem Hotel war?

»Haben Sie die Nummer von dieser Frau?«

Boubet kehrte eilig an seinen Bildschirm zurück, auf dem die Informationen über alle eingegangenen Anrufe abrufbar waren. Er nannte eine Nummer im Ortsbereich von Lyon.

»Das überprüfe ich, Chef! Sie können sich auf mich verlassen!«

»Das hoffe ich. Ich denke, daß Sie in einer Telefonzelle landen werden. Ich habe Sie nicht angerufen, Boubet! Jemand hat Sie reingelegt! Das nächste Mal fragen Sie nach den Kennwörtern, wenn Sie auch nur den leisesten Zweifel haben. Und nach einer Rückrufnummer. Ich meine, Sie verstehen doch was von Ihrem Job, oder?«

19

Als Marion im vierten Stock, in dem sich ihre Abteilung befand, den Flur entlangging, an dessen Ende ihr Büro lag, spürte sie, daß auch hier irgend etwas nicht stimmte. Obwohl es in der Abteilung gewohnt lebhaft zuging – man plauderte, Schreibmaschinen ratterten –, fühlte sie sich unwohl.

Sie betrat ihr Refugium, in dem das Chaos von Tag zu Tag bedrohlichere Formen annahm, zog ihren Blouson aus, warf ihn auf einen Stuhl, auf dem sich schon hohe Papier- und Aktenberge türmten, ließ sich auf ihren schwarzen Ledersessel fallen und vergrub den Kopf in den Händen.

»Alles in Ordnung?« Talon hatte offenbar schon auf sie gewartet.

»Ja, ja, ich habe bloß ziemliche Kopfschmerzen.«

Das war richtig, sie hatte eine hartnäckige Migräne, aber als Entschuldigung reichte das nicht. Marion mußte sich eingestehen, daß das, was hier in der vierten Etage im Kriminalkommissariat nicht stimmte, sie selbst war. Sie war fix und fertig nach einer durchwachten Nacht, die sie und Léo sich mit aufreibenden Diskussionen um die Ohren geschlagen hatten, und allmählich entglitt ihr die Kontrolle über die Ereignisse.

»Und Sie?« fragte sie, um überhaupt etwas zu sagen. »Ihre Großmutter?«

Aber der Beamte ignorierte die Frage. Er hatte sein Sieben-Tage-Regenwetter-Gesicht aufgesetzt, das er gern zur Schau trug, wenn es Kritik und Vorwürfe hagelte.

»Ich habe mich schon gefragt, wo Sie abgeblieben sind.«

Marion fixierte ihn, als hätte sie ihn erst jetzt wirklich wahrgenommen. Ihre Pupillen verengten sich. Sie neigte den Kopf zur Seite.

»Wie bitte? Können Sie das wiederholen?«

Talon versuchte schnellstens zurückzurudern.

»Ich wollte nur erst mit Ihnen reden … Ich habe mitbekommen, wie sich Lavot und Garcia darüber ausgelassen haben, wie Sie wohl Ihre Nachmittage verbringen …«

Er wirkte verlegen und mißmutig.

»Und was haben Sie damit zu schaffen?« fragte Marion barsch. »Im übrigen hat mir jemand einen üblen Streich gespielt, und ich würde gern wissen, wer das war. Außerdem habe ich einen Pager, falls Sie das vergessen haben.«

»Warum erzählt Lavot dann so etwas?«

»Ich habe mich mit einem Informanten getroffen. Sind Sie jetzt zufrieden? Seit wann geht Sie das eigentlich etwas an, ich kann ja wohl tun und lassen, was ich will! Ist das alles, was Sie mir sagen wollten?«

Talon ließ sich von Marions Aggressivität nicht täuschen. Er kannte sie gut genug, um zu wissen, daß sie alles andere als stolz auf sich war und einen Schutzwall errichtet hatte. Was genau sie dahinter verbarg, durchschaute er noch nicht.

»Doktor Marsal hat angerufen. Er hat Ihnen eine Nachricht hinterlassen. Er wirkte ein bißchen verärgert, anscheinend waren Sie nicht besonders freundlich zu ihm.«

»Er hat *Sie* angerufen, um sich über meine mangelnde Freundlichkeit zu beschweren?«

Talon zog mit unbewegter Miene einen Zettel aus der Hosentasche und rückte die Brille auf seiner Nase zurecht.

»Den genetischen Fingerabdruck hat er nicht ermitteln können, aber er hat die Blutgruppe: A Rhesus positiv. Die Gruppe, die es am häufigsten gibt. Dann noch ein interessanter Hinweis: Die Tatsache, daß er die Blutgruppe ermitteln konnte, deutet darauf hin, daß ›er‹ vom Typ ›Ausscheider‹ ist. Ich zitiere wortwörtlich, was Doktor Marsal mir gesagt hat, und gebe zu, nicht das geringste verstanden zu haben. Darf ich wissen, um welchen Fall es hier geht?«

Marion richtete sich in ihrem Sessel auf. Dr. Marsal, den sie um Diskretion, wenn nicht sogar Geheimhaltung gebeten hatte, hatte einfach mit Talon darüber gesprochen. Weil sie ihm den Hörer hingeknallt hatte? Oder weil er sich dafür rächen wollte, daß Marion ihm nicht verraten hatte, wofür sie seine Erkenntnisse brauchte?

»Nein«, sagte sie leise. »Das dürfen Sie nicht wissen.«

»Ich nehme an, eine Privatangelegenheit?«

»Talon, bitte. Ich muß Ihnen nicht alles sagen.«

»Sicher.« Er kniff die Lippen zusammen, um seinen Ärger zu verbergen. »Ich habe noch einen Anruf für Sie entgegengenommen, vor einer Stunde.«

»Hier, in meinem Büro?«

Er nickte. Marion sah ihn scharf an, und ihre dunklen Augen funkelten schon wieder ironisch.

»Sie überwachen mein Büro und mein Telefon? Das ist aber lieb von Ihnen. Ich dachte, Sie seien auch so schon völlig überlastet.«

»Das bin ich auch, aber manchmal tue ich trotzdem jemandem einen Gefallen.«

Er legte den Zettel vor sie hin, auf dem er die Anrufe notiert hatte. Unter der Notiz, die den Gerichtsmediziner betraf, las Marion: »Lisette Lemaire. Wegen Nina zurückrufen.«

Fünf Worte, die sie trafen wie ein Faustschlag ins Gesicht.

Ninas Großmutter hatte angerufen, hier im Büro! Die alte Dame, die sehr schüchtern war und noch nicht bereit, Marion wirklich als die Mutter ihrer Enkelin zu betrachten, vermied es normalerweise, von sich aus anzurufen. Meistens wartete sie darauf, daß Marion sich meldete und ihr berichtete, wie es dem Kind ging. Was für ein dringender Grund mochte sie dazu bewegt haben, Marion an ihrem Arbeitsplatz zu behelligen?

Sie runzelte die Stirn.

»Sonst hat sie nichts gesagt?«

Sie war dabei, die Nummer der alten Dame zu wählen. Sie warf Talon, der sich noch nicht vom Fleck gerührt hatte, einen besorgten Blick zu, während in einem kleinen Häuschen im Departement Isère das Telefon klingelte. Der Beamte wirkte verlegen.

»Ich glaube, daß Sie noch bei den Kollegen vorbeischauen sollten.«

Es hatte sich eingebürgert, daß Marion mindestens einmal am Tag eine Runde durch alle Büros drehte. Dieser Kontakt war notwendig für die einzelnen Teams, weil er sie zwang, sich immer wieder den jeweiligen Stand ihrer Ermittlungen vor Augen zu halten, notwendig aber auch für Marion, die Anweisungen erteilen, über Einsätze und geeignete Maßnahmen entscheiden mußte. Außerdem war es für sie die einzige Möglichkeit, die Stimmung unter ihren Leuten einzuschätzen und Verärgerung oder sich anbahnende Proteste im Keim zu ersticken.

»Die Jungs haben seit mehreren Tagen nichts von Ihnen gehört, wenn man mal von dem Umtrunk neulich absieht. Die brauchen dringend Rücksprache wegen der laufenden Fälle.«

Er blickte zu Boden, und Marion begriff, daß die laufenden Fälle ein Vorwand waren. Talon wollte ihr durch die Blume zu verstehen geben, daß ihre Truppe mal wieder an Weltschmerz litt. Gerade als sie ihn fragen wollte, ob Léo schon aufgetaucht sei, nahm in Grenoble, wo Nina ihre Ferien verbrachte, Lisette Lemaire den Hörer ab. Marion bedeutete dem Beamten, sie allein zu lassen.

»Guten Tag, Madame Lemaire … Ich bin's, ja …«

Lisette war am Apparat, im Hintergrund hörte Marion das Geplapper von Nina, die wahrscheinlich am Rockzipfel ihrer Großmutter zog, um der Mama in spe als erste von ihren kleinen Abenteuern zu berichten. Marion spürte, wie ihr die Tränen kamen, sie atmete tief durch.

»Ja, ja, mein Schatz, ich bin's. Ich hör dir zu …«

20

Auf Talons Initiative hin hatten sich fast alle Mitarbeiter des Kriminalkommissariats im größten Büro der vierten Etage zusammengefunden. Es gab nicht genug Stühle für alle, und so hatten sich die Männer auf Tischkanten gesetzt oder stehend an eine Wand gelehnt. Lavot hatte sich nicht, wie er es sonst so gern tat, laut schwadronierend unter die Neulinge gemischt, sondern eine etwas abschätzige Miene aufgesetzt, wobei er den Blicken seiner Chefin auswich.

Der Vorwurf in Person, dachte Marion.

Trotz ihrer Überraschung hatte sie mit einem schnellen Blick die Situation erfaßt. Léo entdeckte sie nicht, was ihr durchaus gelegen kam. Inzwischen fürchtete sie seine Gegenwart im Büro, denn sie wußte nie, welche Haltung sie ihm gegenüber an den Tag legen sollte. Sie quälte sich mit ihren Zweifeln und litt unter dem Gefühl, daß Léo ihr nicht alles sagte, daß sie nicht wußte, was er ihr verschwieg und daß alles viel einfacher hätte sein können, wenn er nur bereit wäre, mit ihr zusammenzuarbeiten.

Außerdem drückte ihr das Gespräch mit Lisette Lemaire auf die Seele. Nina hatte seit dem Vortag Fieber, der Arzt hatte zwar nur eine beginnende Grippe, also nichts Schlimmes feststellen können, aber das Kind nahm fast keine Nahrung mehr zu sich.

»Sie ist traurig«, hatte Lisette gesagt. »Ich glaube, sie hat Heimweh. Sie fehlen ihr.«

Marion war sich nicht klar darüber, ob Ninas Großmutter ehrlich war oder ob sie sich einfach nur überschätzt hatte, sich mit dem Kind überfordert fühlte und nun erwartete, daß das Mädchen gleich wieder abgeholt würde. Marion war standhaft geblieben, denn sie empfand dies als einen Epressungsversuch von Nina, den die alte Dame unbewußt unterstützte, womit sie gewiß auch den Mutterinstinkt der jungen Kommissarin auf die Probe stellen wollte.

Aber das war nicht das eigentlich Besorgniserregende gewesen. Lisette Lemaire hatte Besuch von einer Frau vom Jugendamt bekommen, die den Auftrag hatte, Ninas Verhalten nach zwei Monaten Zusammenleben mit Marion zu überprüfen. Sie hatte das Kind müde und erschöpft vorgefunden, durch den neuen Lebensrhythmus aus dem Gleichgewicht gebracht und viel zu aufgewühlt durch die Räuber-und-Gendarm-Geschichten, die Marion ihr erzählte.

»Aber das ist doch nichts Neues für sie«, hatte Marion dagegengehalten. »Ihr Vater war auch Polizist ...«

»Ihr Vater, aber nicht ihre Mutter ...«

In Lisettes Stimme hatte ein kaum verhüllter Vorwurf mitgeschwungen.

Wieder eine, die findet, daß es widernatürlich für eine Frau ist, diesen Beruf auszuüben.

»Und ich kann Ihnen auch gleich sagen«, hatte sie hinzugefügt, »daß das Jugendamt weitere Nachforschungen über Ihr Privatleben anstellt. Die Dame hat mich darüber ausgefragt ...«

Marion war empört gewesen.

»Regen Sie sich nicht auf«, hatte Ninas Großmutter sie beruhigt. »Ich habe gesagt, daß ich Ihren Partner vom Sehen her kenne ... Wie heißt er noch gleich? Ach ja, Léo ... Aber Sie sollten wissen, daß sie sehr hartnäckig war ... Ich weiß nicht, warum, aber für das Jugendamt stellt dieser Mann offenbar ein Problem dar.«

Also auch für mich ... Was soll das alles bedeuten? Warum ist plötzlich alles so kompliziert?

»Fangen wir an«, sagte sie und wandte sich Talon zu.

Der Beamte hatte seinen geöffneten Laptop vor sich und wartete auf ihre Anweisungen. Seit einigen Monaten fungierte

Talon, der sich beim amerikanischen FBI das entsprechende Rüstzeug erworben hatte, als Marions persönlicher Assistent, der die Arbeit der einzelnen Teams koordinierte. Er begleitete Marion auf Schritt und Tritt und hatte wie sie Einblick in alle Fälle, die das Kriminalkommissariat zu lösen hatte.

Er gab für jedes Team einen kurzen Überblick über den Stand der Ermittlungen und zählte die Informationen auf, die seit der letzten Besprechung dazugekommen waren. Marion hakte nach, befragte die Polizisten, die sich um den jeweiligen Fall kümmerten, und gab Anweisungen, was die weitere Vorgehensweise betraf.

»Und die neuesten Fälle?« fragte sie.

Talon sah von seinem Macintosh auf.

»Wollen Sie nicht, daß wir erst über die Vergewaltigungen reden?«

Marion warf ihm einen vernichtenden Blick zu. Sie stützte beide Hände auf den Rand des Schreibtischs, an dem sie saß, und starrte ihn an.

»Zunächst einmal möchte ich festhalten, daß es sich nicht um Vergewaltigungen handelt, wie sie im Strafgesetzbuch definiert sind. Sagen wir also, daß es ganz spezielle Fälle sind, um die ich mich bis auf weiteres persönlich kümmere.«

»Wie Sie wollen«, murmelte der Assistent. Es wurde still im Raum.

Marion hielt den auf sie gerichteten Blicken stand. Talon tippte auf seiner Tastatur herum, während in der ersten Reihe Lavot das Standbein wechselte und dabei so tief aufseufzte, daß die Haare der neben ihm sitzenden Garcia flatterten.

»Neun auf der Richterskala«, murmelte die junge Kollegin.

»Klappe!« schimpfte Lavot.

Talon ergriff wieder das Wort, nachdem Marion mit einer Handbewegung um Ruhe gebeten hatte.

»In dieser Woche ein neuer Fall. Vorsätzliche Tötung mit einer Schußwaffe, Opfer: Patrick Longe.«

In knappen Sätzen faßte er die wichtigsten Details zusammen.

»Wir sind fast allen Hinweisen nachgegangen, die wir im Moment zur Verfügung haben. Sie alle kennen das *Chambre Rouge*, nehme ich an ...«

»Ich nicht!« warf eine der beiden Neuen unvorsichtigerweise ein.

»Wir können ja mal zusammen hingehen, Süße«, feixte Lavot. »Du wirst sehen, danach bist du eine richtige Frau ...«

»Arschloch!« stieß die junge Polizistin hervor, ohne sich aus der Fassung bringen zu lassen. »Wenn ich mal in so einen Schuppen gehe, dann bestimmt nicht mit dir.«

»Ruhe, bitte!« fuhr Marion dazwischen. »Machen Sie weiter, Talon. Wo waren wir stehengeblieben?«

»Drei Hauptzeugen sind vernommen worden: zunächst die Inhaberin des Lokals, Raymonde Legras. Ihre Aussagen haben die Ermittlungen kaum vorangebracht.«

»Finden Sie?« rief Marion aus. »Patrick Longe ist mit einem Mann gekommen, das ist doch allerhand ...«

»Ich wußte gar nicht, daß warme Brüder da reindürfen«, bemerkte Lavot abschätzig.

Marion zog die Schultern hoch.

»Madame Raymonde hat hetero- und homosexuelle Paare unter ihren Gästen, aber in der Regel mischen sie sich nicht, wenn ich das mal so sagen darf. Jeder ist bei ihr willkommen, außer Prostituierte, im Prinzip zumindest, denn wir haben feststellen können, daß es manchmal Ausnahmen gibt, über die ich unsere Spezialisten informieren werde.«

Marion schwieg wieder, und Talon fuhr mit seinem Bericht fort.

»Ich wollte damit sagen, daß diese Dame möglicherweise

mehr weiß, als sie zugegeben hat. Sie hat uns keine genaue Personenbeschreibung des zweiten Mannes gegeben. Dabei hat sie Longe auf dem Foto problemlos wiedererkannt, obwohl sie ihn, wie sie uns selbst versicherte, noch nie zuvor in ihrem Etablissement empfangen hat. Sie hat nicht in wünschenswerter Weise kooperiert. In dem schwarzen Zimmer im zweiten Stock, in das sich die beiden Männer zurückgezogen hatten, gibt es, soweit ich das sehen konnte, keine Kameras. Ich habe Lavot und Garcia darum gebeten, eine Liste der Gäste aufzustellen, die am Dienstag abend anwesend waren.«

»Sie können sich nicht vorstellen, wie kompliziert das ist«, sagte Lavot mit einem vielsagenden Blick.

Natürlich konnte sich Marion vorstellen, daß sich besagte Dame mit Händen und Füßen dagegen wehrte, die Identität ihrer Stammgäste preiszugeben. So eine Affäre, die mit polizeilichen Ermittlungen einherging, war alles andere als werbewirksam und insofern eine wirtschaftliche Katastrophe, durch die sie vorübergehend einen Großteil ihrer Einkünfte einbüßte. Es würde Monate dauern, das Vertrauen ihrer Gäste zurückzugewinnen.

Marion wandte sich zu Lavot und Garcia.

»Wenn's sein muß, sorgen Sie dafür, daß sie Schiß kriegt. Wir könnten zum Beispiel nächsten Dienstag, wenn der Laden rappelvoll ist, kommen und die Personalien aller Gäste überprüfen.«

Ihr Vorschlag wurde mit höhnischem Gelächter aufgenommen.

»Der Nachbar des Lokals heißt Eugène Camembert«, nahm Talon den Faden wieder auf, als die Kommentare verstummt waren. »Ich kann auch nichts dafür, er heißt wirklich so«, fügte er hinzu, als wiederum Gelächter aufkam. »Er ist ein alteingesessener Lyoner, wahrscheinlich ein Vertreter des verarmten Großbürgertums. Er hat Longe gegen zwei Uhr morgens rauskommen sehen. Ein paar Sekunden später hat er zwei Schüsse gehört. Gesehen hat er nichts, die Szene hat sich in einer kleinen Seitenstraße abgespielt. Das einzige, was ihm unmittelbar nach den Schüssen aufgefallen ist, war das Geräusch eines Motors, und er geht davon aus, daß es sich um ein Auto handelte.«

Lavot konnte es sich nicht verkneifen, seinen Senf dazuzugeben: »Er hat natürlich die Marke, die Farbe und das Kennzeichen verraten!«

Marion warf Talon einen fragenden Blick zu.

»Nein, das nun auch wieder nicht«, brummelte der Beamte. »Er glaubt, daß es ein großer Wagen war, aber ich bin mir nicht sicher, ob er da nicht ein bißchen was dazuerfindet, um sich interessant zu machen. Das ist alles, was diesen Zeugen betrifft. In der Straße, in der Longe niedergeschossen wurde, gibt es fast nur Geschäfte und Büros, nachts ist alles dicht. Es gibt keine einzige Bar und nur am anderen Ende der Straße ein Wohnhaus. Die Bewohner dort haben geschlafen oder waren nicht da. Es gibt auch keinen Taxistand in der Nähe, und Penner gibt es in diesem Stadtteil schon gar nicht.«

Da hat er gute Arbeit geleistet, dachte Marion.

»Und der Vater des Opfers?«

»Den habe ich heute nachmittag vernommen. Er hatte seinen Sohn seit mehreren Jahren nicht mehr gesehen. Sie kamen nicht gut miteinander aus. Der alte Longe, Lucien heißt er, ist seit zwanzig Jahren Witwer, er lebt allein, ein richtiger Eigenbrötler. Ich mußte eine Viertelstunde mit ihm verhandeln, ehe er mich überhaupt in seine Bude reingelassen hat. Keine Frau, kein Hund. Nur ein Beo, der ein Höllenspektakel veranstaltet hat.«

»Warum das Zerwürfnis zwischen Vater und Sohn?«

»Konnte ich nicht herausfinden. Das muß lange zurückliegen.«

»Wußte er, daß sein Sohn homosexuell war?«

Talon zögerte verlegen und warf Lavot einen kurzen Blick zu. Aber der studierte gerade einen Taschenkalender und hörte gar nicht hin.

»Ich habe ihn nicht danach gefragt«, gab Talon zu. »Das werde ich nachholen. Jedenfalls war der Sohn, drei Tage bevor man ihn umgelegt hat, bei ihm aufgetaucht. Er scheint nach Lyon gekommen zu sein, um jemanden zu treffen oder zu suchen. Der Alte weiß weder wen noch warum. Anscheinend ging es um einen Typen, der mit ihm bei der Armee war.«

»Suchen? Sie meinen, um ihn irgendwohin mitzunehmen?«

Talon verzog den Mund.

»Nein, das habe ich nicht so verstanden. Er war wohl eher gekommen, weil er versuchen wollte, diesen Typen aufzugreifen.«

»Der Alte weiß nicht, worum es ging?«

»Absolut nicht. Er hatte seit Jahren nicht mehr mit seinem Sohn geredet.«

»Warum hat er ihm erlaubt, bei ihm zu wohnen, wenn die beiden zerstritten waren?«

Die Frage kam von Lavots Nachbarin. Talon wandte sich ihr zu.

»Der alte Longe ist sehr krank. Darmkrebs. Sein Sohn hatte ihm geschrieben, daß er nach Lyon kommen und ihn gern sehen würde. Da hat der Alte ja gesagt. Zumindest erzählte er mir das so. Mir erscheint das plausibel. Ich habe den Brief dem Vernehmungsprotokoll angefügt. Lucien Longe hat mir auch die Reisetasche seines Sohnes ausgehändigt. Ich habe alles genau unter die Lupe genommen, aber nichts Besonderes gefunden, auch nicht in dem Zimmer, in dem er geschlafen hat. Hier sind die Berichte.«

Talon hielt inne und schien zu zögern. Aber niemand reagierte, bis Marion schließlich die Stille brach.

»Welchen Eindruck haben Sie nach diesen Gesprächen, Talon?«

»Eine Hypothese: Longe hat keine verhängnisvolle Zufallsbegegnung gehabt. Er ist nach Lyon gekommen, um einen Typen zu treffen, den er gesucht und gefunden hat. Mit diesem Menschen ist er ins *Chambre Rouge* gegangen, und anschließend ist er von ihm abgeknallt worden.«

»Dann hätte der andere das Etablissement vor ihm verlassen?«

»Ja, das denke ich. Leider war Eugène Camembert nicht die ganze Nacht auf seinem Posten und hat nicht alle Leute kommen und gehen sehen.«

Er machte eine Pause, hüstelte.

»Longe war seit Jahren nicht mehr nach Lyon gekommen, es könnte sein, daß diese Geschichte in seine Zeit beim Militär zurückreicht. Ich denke, aus Gründen der Zeitersparnis wäre ein Abstecher nach Landau nicht verkehrt.«

Marion richtete sich auf, streckte die Arme nach hinten und ließ ihre Wirbel knacken.

»Alles klar, Talon. Ich bitte den Untersuchungsrichter um ein internationales Rechtshilfeersuchen. Wer möchte mit auf die Reise gehen?«

Die Männer und Frauen sahen sich betreten an. Die Aufforderung, nach Deutschland zu reisen, rief alles andere als begeisterte Reaktionen hervor.

Unglaublich, was für Stubenhocker die Bullen von heute sind. Ich bin mir sicher, die denken jetzt nur an das Wochenende, das dabei draufgehen würde, daran, was ihre Frau sagen wird, an den Jungen, der zum Fußball oder Judo gebracht werden will ... Vor zehn Jahren hätten sie sich darum geprügelt, mitkommen zu dürfen.

Gerade als sie ihre Frage wiederholen und sich dann zwei Beamte ausgucken wollte, ertönte hinter ihr eine klare, deutliche Stimme.

»Ich melde mich freiwillig.«

Marion fuhr herum. Léo stand auf der Schwelle der halboffenen Tür. Sauber, glattrasiert und in frischen Kleidern. Alle Blicke wanderten zwischen ihm und Marion hin und her, und man lauerte darauf, wie sie reagieren würde.

Jetzt bloß nicht die Nerven verlieren, darauf warten die doch nur alle.

»Ich melde mich freiwillig«, wiederholte Léo ruhig in die bleierne Stille hinein. »Ich kenne Landau und das dort stationierte Regiment.«

Marion blickte den versammelten Beamten nacheinander fest in die Augen, immer noch hoffend, einer von ihnen würde aufstehen und irgend etwas sagen, am besten: »Ich bin bereit mitzufahren.« Aber sie reagierten nicht, sondern starrten auf ihre Schuhe, sahen zur rissigen Decke hoch oder warfen Marion von der Seite lauernde Blicke zu. Léo zündete sich eine Zigarette an, inhalierte und blies den Rauch langsam aus.

»Irgendwelche Einwände?«

Seine Frage klang neutral, professionell, ohne den geringsten Anflug von Ironie oder Provokation.

»Keine Einwände!« sagte Marion mit einem gezwungenen Lächeln.

21

Marion starrte mit hängenden Schultern auf die große Antenne, die auf dem Dach der Kripo in den schmutzig grauen Himmel ragte und mahnte sich zur Ruhe.

Plötzlich spürte sie, daß jemand hinter ihr stand – wahrscheinlich war es Léo, der sich mit ihr aussprechen oder sich Anweisungen holen wollte. Sie wartete angespannt ab, während ein stechender Migräneschmerz ihre Schläfen durchzuckte.

Talon räusperte sich.

»Sie hatten nach mir gefragt, Chef?«

Marion drehte sich mit einem Ruck um und blickte ihn verständnislos an. Sie schien so geistesabwesend, daß Talon unwillkürlich lächeln mußte.

»Worüber lachen Sie?«

»Ach, nichts, entschuldigen Sie! Das ist ein nervöser Tick von mir … Es gibt da noch eine Sache, die ich vor den anderen nicht zur Sprache bringen wollte.«

»Hören Sie, Talon, ich möchte, daß Sie in Zukunft nicht mehr derartige Initiativen ergreifen, ohne sich vorher mit mir kurzzuschließen. Sie hatten mich lediglich gebeten, in den einzelnen Büros vorbeizuschauen und mit den Teams zu sprechen. Auf so eine lächerliche Großveranstaltung war ich nicht gefaßt. Ich könnte fast zu dem Schluß kommen, daß Sie mich vorführen wollten.«

»Absolut nicht! Ich dachte, es sei eine gute Idee.«

»Okay, dann will ich Ihnen mal glauben, aber es war keine gute Idee …«

»Kann es sein, daß Sie nicht ganz auf dem Posten sind? Gibt's irgendein Problem?«

»Nein, Talon, alles in Ordnung, wirklich.«

Doch er ließ nicht locker.

»Ich wollte Ihnen sagen, Chef ... Ich meine, Sie können mir vertrauen. Und ich möchte Sie warnen.«

Er schob seine Brille hoch und strich die ohnehin schon glattgekämmten Haare an seinem Hinterkopf noch glatter. Marion musterte ihn mißtrauisch. Verlegen startete er einen zweiten Versuch: »Sie kennen meine Meinung.«

»Ja, und Sie können es sich sparen, sie mir noch einmal zu unterbreiten. Sie mögen Capitaine Lunis nicht, und Sie mißtrauen ihm.«

»Das habe ich nicht gesagt«, protestierte Talon. »Ich mißtraue ihm nicht, da täuschen Sie sich. Es stimmt, daß ich ihn nicht besonders mag, wir sind einfach zu verschieden, aber er hat nicht das psychologische Profil eines Vergewaltigers.«

»Warum sagen Sie das? Was ist plötzlich los mit Ihnen?«

»Chef, ich bitte Sie ... Ich habe auf der Brücke die gleichen Dinge gesehen wie Sie, und ich habe für Sie Diane Menu vorgeladen. Ich weiß, was ihrer Freundin Carole Véron widerfahren ist.«

»Tatsächlich? Und daraus schließen Sie ...«

»Es ist völlig klar, daß Sie sich fragen, ob Léo Lunis nicht irgendwie in diese Serie von Verbrechen verstrickt ist. Ich glaube aber, daß Sie sich zu sehr von Ihren Gefühlen leiten lassen.«

»Liebe macht blind ... Talon, bitte verschonen Sie mich mit solchen Allgemeinplätzen!«

»Sie dürften inzwischen wissen, daß es nicht meine Art ist, mich in private Angelegenheiten einzumischen.«

»Sie sind aber gerade dabei.«

Der Beamte deutete ein verkrampftes Lächeln an.

»Gerade mir würde es schlecht anstehen, Moralpredigten zu halten ... Nein, ich wollte nur sagen, daß Ihre Schuldgefühle wegen der privaten Natur Ihres Verhältnisses zu Lunis dazu führen könnten, daß Sie nicht objektiv über ihn urteilen. Sie haben doch uns allen gegenüber ein schlechtes Gewissen, weil einfach manches nicht mehr so reibungslos läuft wie vorher, und nun wollen Sie unbewußt ihn oder Sie beide dafür verantwortlich machen.«

Er hielt inne und wartete auf das Gewitter, das sich über ihm entladen würde.

»Fahren Sie fort, Doktor Freud!« murmelte Marion nur.

Talon verscheuchte eine unsichtbare Fliege vor seinen Brillengläsern, ohne Marions ironischer Bemerkung Beachtung zu schenken.

»Ich finde, daß die Indizien, die Sie auf die Spur eines mysteriösen Vergewaltigers, vielleicht sogar Mörders namens Léo gebracht haben, zu offensichtlich sind. Könnte es nicht sein, daß irgend jemand versucht, Ihnen zu schaden, oder ihm?«

»Was schlagen Sie vor?«

»Vorerst nichts Konkretes. Sie sollten vor allen Dingen den nötigen Abstand bewahren und die Indizien hinterfragen. Aber seien Sie weiterhin wachsam, vielleicht liege ich ja auch völlig falsch.«

Marion verschränkte die Arme und starrte auf einen Punkt in der Ferne, weit hinter Talon, dessen Worte die Schmerzen in ihrem verspannten Rücken schlagartig gelindert hatten.

»Danke, Talon.«

»Ich bin nicht in Ihrer Lage, das macht mich unbefangener.«

»Ich werde mich bemühen, Ihrem Rat zu folgen. Und jetzt verraten Sie mir doch bitte, womit Sie da die ganze Zeit herumspielen?«

Neugierig deutete Marion auf das zerknitterte Stück Papier in seiner Hand, das durch eine allzu scharfe Faltkante fast in zwei Teile zerfallen war. Talon breitete sein Mitbringsel daraufhin sorgfältig vor ihr aus: ein Zeitungsartikel, der in zwei Spalten über den Tod von Julie Rouvres berichtete.

»Das habe ich bei Patrick Longes Papieren gefunden.«

»Glauben Sie, daß er die junge Frau gekannt hat?«

»Ziemlich unwahrscheinlich. Aber lesen Sie bitte mal bis zum Schluß!«

Den vierzig Zeilen, in denen der Tod der jungen Studentin und Aushilfskellnerin geschildert wurde, folgte ein fett gedruckter Absatz: »Kommissarin Marion und ihr Team, erweitert durch einen neuen Kollegen, Capitaine Léo Lunis, haben die Ermittlungen aufgenommen.«

Tatsächlich erinnerte sie sich daran, im Gespräch mit einem Journalisten vom *Progrès* erwähnt zu haben, daß Léo nun die Aufgaben von Capdevil erfüllte, der sich nach Paris hatte versetzen lassen, um dort an vergangene Leidenschaften anzuknüpfen: die Malerei und eine völlig exzentrische Geliebte. Léos Name war mit schwarzem Kugelschreiber und Lineal unterstrichen worden.

»Das gibt's doch gar nicht!«

Sie dachte einen Augenblick lang konzentriert nach, ehe sie sich wieder an Talon wandte.

»Ich habe das Gefühl, mich im Kreis zu drehen … Warum hatte Longe diesen Artikel im Gepäck? Wegen Julie oder wegen Léo?«

Nervös betastete sie das Papier, als könnte durch die Berührung ein Wunder geschehen.

»Diese Frage sollte man Lunis stellen, schließlich ist sein Name unterstrichen worden«, bemerkte Talon vorsichtig nach einem längeren Schweigen. »Mir wäre lieb, wenn Sie das übernehmen würden.«

»Keine Sorge, das werde ich. Was ist mit der Vernehmung der Bauarbeiter?«

»Die haben alle ein betonfestes Alibi.«

»Schon klar!« Marion mußte grinsen.

»Das amüsiert Sie?«

»Nein, nicht wirklich, ich mußte nur über das betonfeste Alibi schmunzeln … Sie haben einfach einen Sinn für treffende Formulierungen! Und der Busfahrer und die anderen Fahrgäste?«

Talon nahm die Brille ab und suchte in seiner Jacke nach einem Taschentuch.

»Den Busfahrer habe ich eben vernommen, er hat bis ein Uhr morgens gearbeitet, ebenfalls ein wasserdichtes Alibi. Und die Gespräche mit den Fahrgästen haben nichts ergeben, nicht den geringsten Hinweis.«

Er fing an, seine Brillengläser zu polieren und sah dabei aus seinen kurzsichtigen Augen immer wieder zu Marion auf, die steif hinter ihrem Schreibtisch saß.

»Den Zeugen zufolge ist Julie allein in den Bus gestiegen, an ihrer Haltestelle allein wieder ausgestiegen, und niemand hat dort auf sie gewartet.«

»Warum sagen Sie mir das in diesem Ton?«

»Ich weiß von Lavot, daß Sie seinen und Lunis' Dienstplan für diesen Abend überprüft haben. Lunis hat Ihnen die Wahrheit gesagt.«

»Das ist einfach unglaublich!« empörte sich Marion. »Spionieren Sie mir nach, oder was? Im übrigen möchte ich Sie darauf hinweisen, daß es völlig gleich ist, ob Julie allein in diesem Bus saß oder nicht. Ihr Vergewaltiger oder Partner – nennen Sie ihn, wie Sie wollen – kann auch woanders auf sie gewartet haben.«

Talon setzte die Brille wieder auf, faltete das Taschentuch zusammen und stopfte es in seine Jackentasche.

»Natürlich, Chef, natürlich.«

Marion griff nach ihrem Blouson und zog ihn sich mit fahrigen Bewegungen über. Sie mußte raus, frische Luft schnappen, durchatmen. Im Rausgehen drückte sie Talon den Artikel aus dem *Progrès* in die Hand.

»Hier, nehmen Sie das wieder an sich. Léo Lunis will nach Landau fahren, dann soll er das auch tun, aber nicht allein. Sie begleiten ihn.«

22

Marion hatte Léo nicht finden können, bevor sie das Polizeipräsidium verließ. Kein Mensch war mehr in den Büros, der Gewahrsamsdienst lag brach, was Marion beunruhigte, denn sie betrachtete es als ein Zeichen dafür, daß in ihrem Kommissariat definitiv etwas in die Schieflage geraten war. Die Jungs gingen nicht mehr an die Front, zeigten keinen Mumm mehr, weil sie offenbar nur noch wenig Lust hatten, für sie zu arbeiten. Das Arbeitsverhältnis zwischen ihr und den Männern war viel zu persönlich geworden, sie reagierten auf jede Störung. Automatisch machte sie ihre Beziehung zu Léo – in diesem Punkt hatte Talon absolut recht, auch wenn sie lieber gestorben wäre, als das zuzugeben – für die Probleme im Büro verantwortlich.

Ein ungutes Gefühl drängte sie in verschiedene Bars, die Léo während der ersten schwermütigen Wochen in Lyon häufig aufgesucht hatte. Marion war sofort fasziniert von diesem Mann gewesen, den eine geheimnisvolle, abgründige Vergangenheit qualvoll umzutreiben schien. Je mehr er sich zurückzog, desto mehr wollte sie ihn. Er weckte ihren Beschützerinstinkt, den Wunsch, ihn unter ihre Fittiche zu nehmen und seine Lebenslust aufzurütteln. Irgendwann hatte er kapituliert, doch blieb er vorsichtig und mißtrauisch wie ein scheues Tier, das zu lange in der freien Wildnis gelebt hat. Anfangs war er nicht einmal in der Lage gewesen, mit ihr zu schlafen. Jedesmal, wenn es darum ging, zur Tat zu schreiten, wurde er von einer unerklärlichen, panischen Angst erfaßt. Marion glaubte, daß er den Tod seiner geliebten Frau noch nicht verwunden hatte und durch diese Phase erst hindurch mußte, um eine andere körperlich lieben zu können. Obwohl sie unglaublich viel Zeit darauf verwendet hatte, ihn die Freude an seinem eigenen Körper wiederentdecken zu lassen, war es ihr nicht gelungen, ihn aus der Reserve zu locken.

Nach einer langen, ernüchternden Tour durch die Stadt strandete Marion schließlich im *Cintra.* Nirgends eine Spur von Léo. Julio servierte Marion einen Kaffee und warf ihr dabei neugierig fragende Blicke zu.

»Eigentlich will ich mich in sowas gar nicht einmischen, es ist ja nicht mein Bier, aber ...«

Marion beugte sich tief über ihre Tasse, sie wußte, was jetzt kommen würde.

»Stimmt, Julio, ist wirklich nicht dein Bier. Laß es einfach.«

Der Barkeeper protestierte: »Du weißt doch gar nicht, was ich sagen wollte. Deine Jungs sind alle darüber auf dem laufenden, daß du mit Lunis ...«

»Ja, und? Verdammt noch mal! Was ich außerhalb der Bürozeiten tue, geht niemanden etwas an, auch dich nicht!«

Marion hatte den Zeigefinger auf ihn gerichtet und saß kerzengerade auf ihrem Hocker. Sie leerte ihren Kaffee in einem Zug und schleuderte einen zerknitterten Geldschein auf den Tresen.

»Nun reg dich mal wieder ab, Kommissarin. Ich wollte dich nur wissen lassen, daß ein Typ hinter Lunis her ist.«

»Was für ein Typ?«

»Kein Stammgast. Seit ungefähr einer Woche kommt er regelmäßig hierher. Ein braunhaariger, schweigsamer Mann. Ich kenne ihn nicht.«

»Hat er eine blaue Jacke und eine Narbe, ungefähr hier?« Marion deutete auf ihre rechte Schläfe.

Ich muß verrückt geworden sein … Warum denke ich sofort an diesen Sam?

»Nein«, sagte Julio. »Ist mir zumindest nicht aufgefallen. Hätte ich besser meine Klappe gehalten?«

Marion winkte ab und steuerte schon auf die Tür zu. Julio sah ihr verwundert nach.

»Ist schon gut, Julio. Mach dir keine Gedanken.«

Dann kam sie doch noch mal zurück und lehnte sich über die Theke.

»Es war absolut richtig, mir davon zu erzählen, und in Zukunft gibst du alle Hinweise, die Lunis betreffen, an mich weiter, okay? An niemand anderen! Ist er heute abend eigentlich hier aufgetaucht?«

»Lunis? Seit einer Ewigkeit schon nicht mehr. Hast du ihm etwa Hausverbot erteilt?«

Marion durchbohrte ihn mit einem finsteren Blick, worauf Julio hastig die Taktik änderte.

»Nein, nein, heute abend war niemand da. Auch der Typ ist seit zwei Tagen nicht mehr gekommen. Ich glaube eh, daß wir den nicht so bald wiedersehen!«

Julio breitete die aktuelle Ausgabe des *Progrès* vor Marion aus, aufgeschlagen auf der Seite, wo über den Tod von Patrick Longe in der Nähe des *Chambre Rouge* berichtet wurde.

»Vor Gericht würde ich's nicht beschwören, aber der Typ, der Lunis sucht, hat verdammte Ähnlichkeit mit dem Toten hier, er mag vielleicht einen Tick jünger aussehen.«

23

Nachdem Marion das *Cintra* verlassen hatte, ging sie mit leichten, geschmeidigen Schritten auf ihren Wagen zu, fast lautlos, die Hände in den Taschen ihres Blousons vergraben, mit wachem Blick und gespitzten Ohren. Die stinkenden Abgase der Autos, die trotz der späten Stunde noch in großer Zahl unterwegs waren, stachen ihr in die Nase. Sie hatte das Gefühl, daß etwas Feindseliges sie umgab, und die Gewißheit, belauert zu werden. Ehe sie in ihren schwarzen Wagen stieg, den sie mit eingeschaltetem Standlicht in der zweiten Reihe vor der Bar geparkt hatte, blickte sie sich aufmerksam in alle Richtungen um. Der frische Wind, der diesen trostlosen Mai noch immer in seinen Fängen hielt, hatte die Straßen leergefegt und die Menschen in die Kneipen getrieben. Marion entdeckte weit und breit nichts Auffälliges, trotzdem gelang es ihr nicht, sich einzureden, daß ihr ungutes Gefühl nur von ihrem deprimierten Zustand herrührte. Sie schaltete das Autoradio ein, ließ energisch den Motor an und fuhr, nachdem sie in der Einbahnstraße gewendet und dreißig Meter gegen die Fahrtrichtung zurückgelegt hatte, rasch davon. Léo war nicht im *Cintra*, aber irgendwo mußte er ja sein. Sie würde ihn schon finden, und wenn die ganze Nacht dabei draufgehen würde. Es war ausgeschlossen, daß er nach Landau fuhr, ohne daß sie ihn wiedergesehen und er ihr ein paar Dinge erklärt hätte. Nach dem Gespräch mit Julio erschien ihr das um so dringlicher.

Als Marion schließlich heimfuhr, hatte sie nichts erreicht. Es herrschte völlige Dunkelheit im Haus, doch die Tür war nicht abgeschlossen, und durch die Fenster und Wände drangen die Klänge des *Requiem* von Fauré. Ein Stück, das Léo besonders gern hörte, wenn er in Weltuntergangsstimmung war, und das seinen Zustand in der Regel nicht verbesserte. Marions Puls schlug schneller. Sie öffnete leise die Tür, und schlich, mit der Waffe in der Hand, durch den Flur. Auf der Schwelle zum Wohnzimmer hielt sie inne, bis ihre Augen sich an die Dunkelheit gewöhnt hatten. Dann sah sie ihn, er saß mit nacktem Oberkörper auf dem Sofa, hatte seine Beine auf dem niedrigen Couchtisch abgelegt, die Augen geschlossen. Plötzlich streckte er ihr die flache Hand entgegen. Er konnte sie unmöglich gehört haben, dazu war die Musik zu laut und sie selbst zu leise gewesen. Offenbar hatte er gespürt, daß sie sich in seiner Nähe befand, hatte die unmerkliche Luftbewegung wahrgenommen, die ihr Kommen ausgelöst hatte. Sie ging zu ihm hin und lehnte sich an ihn. Mit einem dumpfen Geräusch fiel ihre Waffe auf den Holzboden. Léos nackter Arm legte sich um sie, sie preßte ihr Gesicht an seine Brust, um seinen Geruch einzuatmen. Ein seltsames Déjà-vu-Erlebnis machte ihre Hoffnung, all die quälenden Fragen für einen Augenblick ausblenden zu können, sofort zunichte. Léo sagte kein Wort, drückte sie nur fest an sich, wie zur Vergewisserung, daß sie wirklich da war, greifbar und lebendig. Sie ließ es geschehen, während sie fieberhaft versuchte herauszufinden, woran der Duft sie erinnerte, der an Léo haftete: eine Mischung aus Jasmin, Geißblatt und Zigaretten.

Er bemerkte ihre plötzliche Anspannung und Verwirrung, als sie sich aus seiner Umarmung löste und kerzengerade aufrichtete, um auf den Anrufbeantworter zu starren. Null. Auf dem Display leuchtete eine rote Null. Und wenn sie richtig informiert war, bedeutete eine Null »kein Anruf«. Der Quälgeist hatte an diesem Abend also nicht angerufen.

»Was ist los?« fragte Léo flüsternd.

Marion antwortete nicht.

Das ist alles zu schön, um wahr zu sein …

Warum hatte er nicht mehr angerufen? Verkündete die Null, die im Halbdunkel des Zimmers rot schimmerte, das Ende eines schlechten Scherzes oder etwas völlig anderes? Sie beobachtete Léo verstohlen von der Seite. Er hatte offenbar vor, bis in alle Ewigkeit wie ein gefällter Baum dazuliegen. Und wenn nun er der anonyme Anrufer wäre? Vielleicht steckt er ja mit anderen unter einer Decke ... Andererseits, warum sollte er?

Na bitte, jetzt fange ich schon wieder damit an! Hier sitzt er, ganz lieb und entspannt ... Sicher, es gibt ein paar Dinge, für die er mir noch eine Erklärung schuldig ist, aber das ist noch lange kein Grund, ihm alle Schandtaten dieser Welt anzuhängen.

Die letzten Takte des *Requiem* verhallten in der nächtlichen Stille. Die ernste, pathetische Musik hatte Marion ganz und gar nicht beruhigt, sondern, im Gegenteil, wieder in Fahrt gebracht. Vielleicht war es auch die gelöste, merkwürdig gelassene Haltung von Léo, die ihr aufstieß, denn sie erwartete Erklärungen, Entschuldigungen, jedenfalls irgendeine Reaktion. Eine andere Reaktion.

Er selbst eröffnete schließlich das Feuer.

»Bist du noch sauer auf mich?«

»Sauer? Ich verstehe dich nicht mehr, Léo, aber ich bin doch nicht sauer. Und du? Hast du gefunden, was du gesucht hast ... oder besser: *wen* du gesucht hast? Wo warst du den ganzen Tag?«

Léo rührte sich nicht, eine ganze Ewigkeit lang.

Lieber Gott, schenk mir Geduld!

»Kanntest du Patrick Longe?« fragte sie unvermittelt, als sie sein Schweigen und seine Lethargie satt hatte.

Léo verkrampfte sich, genauso wie Marion einige Minuten zuvor, und sie merkte, daß sie ihn bewußt angegriffen hatte, um ihm weh zu tun.

»Marion, nicht heute abend, ich will mich heute abend nicht mit dir streiten«, murmelte er und richtete sich schwerfällig auf.

»Er hat dich in der ganzen Stadt gesucht, er ist sogar ins *Cintra* gekommen.«

»Marion, wir sind beide erledigt. Morgen muß ich früh aufstehen. Ich wünsche mir eine ruhige Nacht, bei dir. Da.«

Er deutete auf die Kuhle zwischen ihren Brüsten. Sie wich zurück.

»Léo, es ist ja wohl nicht zuviel verlangt, daß du mir meine Frage beantwortest.«

Léo erhob sich, und seine große Gestalt verschluckte das wenige Licht, das von draußen ins Wohnzimmer drang. Wortlos ging er zum Flur, an dessen Ende als heller Fleck die weißgestrichene Treppe zu erkennen war. Niedergedrückt stieg er die Stufen hoch zum Schlafzimmer.

»Léo, du kannst dich nicht immer so davonstehlen! Erklär es mir bitte, ein für allemal! Was hat er mit dir zu tun und was mit Julie?«

Marion hatte fast geschrien. Léo stockte.

»Mit Julie? Mit Julie Rouvres?«

»Natürlich! Oder wie viele Julies kennst du?«

Er wirbelte herum und stand mit einem Satz vor ihr. Er nahm sie in seine Arme und drückte sie so fest an sich, daß ihr die Luft wegblieb.

»Marion, Marion, hör auf! Ich habe dir die Wahrheit über Julie gesagt. Über alles andere kann ich nicht mit dir reden, noch nicht. Du mußt mir vertrauen. Ich bitte dich inständig darum!«

»Was hast du mit diesen ganzen Geschichten zu tun, Léo? Ich muß es wissen.«

Marions Stimme klang erstickt, Léos Klammergriff nahm ihr den Atem. Sie war kurz davor, in Tränen auszubrechen.

»Ich werde dir alles sagen, das schwöre ich dir, aber nicht jetzt, Marion. Hab keine Angst. Du brauchst keine Angst zu haben.«

»Du steckst also doch mit drin? Ist jemand hinter dir her? Fährst du deshalb nach Deutschland?«

»Ich habe meinen Militärdienst dort geleistet.«

»Dieser Typ, Patrick Longe, muß dich gekannt haben, schließlich hat er dich überall in Lyon gesucht. Glaubst du, daß er der anonyme Anrufer war? Und daß jetzt Ruhe ist, weil er umgebracht wurde? Was wollte er mir denn bloß zu verstehen geben, Léo ...?«

Léo schüttelte müde den Kopf.

»Ich will dich aus der ganzen Sache raushalten.«

»Damit bin ich nicht einverstanden. Ich bin direkt betroffen, die ganze Stadt ist betroffen. Es gibt offizielle Ermittlungen, du mußt mir sagen, was du weißt. Und außerdem dachte ich, daß man sich nichts verschweigt, wenn man ein Paar ist.«

Léo lockerte seine Umklammerung und streichelte sanft und nachdenklich über ihren Rücken.

»Wir haben alle unsere kleinen Geheimnisse ... Du doch auch, oder etwa nicht?«

Auf einen Schlag wich alles Blut aus Marions Gesicht.

»Was willst du damit sagen?« stammelte sie mit belegter Stimme.

»Nichts, mein Schatz, nichts ... Komm, wir gehen schlafen.«

24

Marion wachte nicht auf, als Léo am nächsten Morgen das Haus verließ. Nachdem sie es aufgegeben hatte, Fragen zu stellen, auf die sie doch keine Antwort bekommen würde, war sie irgendwann eingeschlafen, fest an Léo geschmiegt, der sie mit seinem warmen Körper umfing, ohne auch nur den geringsten sexuellen Annäherungsversuch zu unternehmen. Allerdings hatte sie ihn auch nicht dazu ermutigt, und es war sicher besser so. Beiden stand nicht der Sinn nach Erotik, und die bangen Fragen, mit denen sich Marion herumschlug, schienen eine geradezu narkotisierende Wirkung auf sie zu haben.

Léo hatte Marion keine Nachricht hinterlassen, nichts, bis auf einen überquellenden Aschenbecher. Sie schloß daraus, daß er vermutlich nicht hatte einschlafen können und aufgestanden war, um bis zum Morgengrauen Kette zu rauchen.

Um viertel vor acht verkündete ihr Talon, der beschlossen hatte, Marion um diese Uhrzeit wecken zu dürfen, mit trauriger Stimme, daß er Léo nicht nach Deutschland begleiten könne. Seine Großmutter war in der Nacht ins Koma gefallen, und er wollte die letzten Stunden, die dieser Frau, die ihn großgezogen hatte, verblieben, an ihrer Seite verbringen. Ein Autounfall hatte ihr die Tochter und den Schwiegersohn genommen, und sie hatte dem Drang, den beiden ins Grab zu folgen, wohl nur widerstanden, weil es ihren Enkel gab. Bei dieser Gelegenheit erfuhr Marion, daß Talon seit dreißig Jahren Waise war, und sie fragte sich, warum sie nicht früher gemerkt hatte, daß sein selbstbewußtes Auftreten, das manchmal an Selbstgefälligkeit grenzte, eine Traurigkeit und Verlorenheit kaschierte, die ihr selbst nur allzu vertraut war.

So hatte man beschlossen, daß Lavot anstelle von Talon nach Landau fahren würde, was diesem ganz und gar nicht paßte. Auch Lavot, der sich ein wenig von Marion zurückzog, seit ihm das Schicksal doch noch eine Familie in den Schoß gelegt hatte, hegte nicht gerade freundschaftliche Gefühle für Léo. In seinen Augen war Léo zwischen Marion und ihre Männer getreten, seinetwegen war die Atmosphäre umgeschlagen. Aber sie wußte, daß Lavot nicht nur loyal war, sondern gegebenenfalls auch den besseren Leibwächter für Léo abgeben würde als Talon. Zumindest das war ihr klar geworden: Léo war der Dreh- und Angelpunkt der Bedrohung, die sich über ihr zusammenbraute, einer Bedrohung, deren Ausmaß sie noch nicht abschätzen konnte.

25

Nachdem sich ihre engsten Mitarbeiter in alle Winde zerstreut hatten, lief Marion eine Weile ziellos in ihrem Haus umher, unschlüssig, wie sie nun weiter vorgehen sollte. Nach einem warmen Bad und einem Liter schwarzen Kaffee gab sie im Büro Bescheid, daß sie nicht mehr vorbeikommen würde. Boubet half an diesem Morgen aus und berichtete, daß die Frau, die sich tags zuvor am Telefon für Marion ausgegeben hatte, tatsächlich von einer Telefonzelle zwanzig Meter neben dem Eingang des Hotel Mercure angerufen hatte. Die Unbekannte hatte wahrscheinlich alles genau beobachtet: Wie Marion Sam in dieses Hotel gefolgt war und wie sie es einige Zeit später wieder verlassen hatte.

Vielleicht war es ja die kleine Garcia, in stillem Einvernehmen mit Lavot? Ach was, das ist doch absurd! Aus welchem Grund sollten sie mir so einen Streich spielen? Alle wissen, daß Léo bei mir wohnt, da gibt es nichts mehr zu enthüllen, da kann man höchstens noch wütend sein oder die Nase rümpfen …

Sie bedankte sich bei dem etwas verlegenen Boubet und erinnerte ihn daran, daß sie über den Pager stets erreichbar sei. Dann versuchte sie mit ein paar Atemübungen ihre schlechte Laune abzuschütteln. Sie fühlte sich leer und traurig, eine Stimmung, die dem kalten, diesigen Wetter entsprach. Schließlich räumte sie das ganze Haus auf, sammelte die in allen Zimmern verstreuten Kleider von Léo ein und schimpfte über seine Schlampigkeit, über die sie sonst mit einer gewissen Rührung hinwegsah.

Als sie aus dem Schlafzimmer trat, zog es sie plötzlich in Ninas Zimmer. Sie setzte sich auf die Kante des Bettchens, auf dem die rotweiß karierte Daunendecke mit den Windmühlen lag, und betrachtete die Einrichtung des Zimmers, die ohne das Kind etwas von einer kalten künstlichen Kulisse hatte. Sie hätte sich gewünscht, Nina wäre da, würde sich kreischend von Léo durch den Flur scheuchen lassen und sich hinter der Kommode verstecken, wo ihr Schatten sie sofort verriet. Ja, Nina müßte wiederkommen, damit sich die vergangenen Tage in Luft auflösten und alles wieder seinen gewohnten Gang nehmen konnte. Es beruhigte sie, sich Ninas Lachen und ihre weichen Mäuseküßchen vorzustellen.

Ihr fielen plötzlich die Worte von Lisette Lemaire ein, was den Träumereien ein jähes Ende setzte. Das Jugendamt hatte also die Nachforschungen über sie wieder aufgenommen und nicht nur das, neuerdings interessierte man sich auch noch für Léo. Warum kamen diese Leute plötzlich auf Fragen zurück, die im Grunde geklärt waren? Wahrscheinlich würde es noch Wochen dauern, bis der letzte offizielle Stempel unter die Adoptionsurkunde gesetzt war. Unfaßbar, daß ein blöder Bürokrat eine solche Macht über ihre Liebe zu Nina hatte!

»Das werden wir ja sehen!« rief Marion aus, während sie einen Schlafanzug faltete, der noch auf dem Teppichboden lag, passend zu den Pantoffeln, ein rosaweißer Pyjama mit Häschen darauf, der nach Milch, Seife und Schlaf roch.

Im Erdgeschoß entdeckte sie Léos grauen Pullover unter einem Sofakissen. Als sie ihr Gesicht darin vergrub, stellte sie fest, daß der Geruch, den die Wolle verströmte, sie seltsam erregte. Léo war allergisch gegen die meisten Bestandteile der im Handel erhältlichen Eau de Toilettes und bestellte seins bei einem kleinen Hersteller, der sozusagen nach Maß arbeitete, wie man es von Schneidern oder Schuhfabrikanten kennt. Während sie den Duft einatmete, kam ihr ein absurder Gedanke. Sie griff nach dem Telefonhörer und wählte die Nummer von *Cats and Dogs*, wo Carole Véron nun vermutlich wieder ihrer Beschäftigung nachging.

Um kurz nach zehn, als sie das Haus wieder halbwegs auf Vordermann gebracht, den Wäschetrockner in Gang gesetzt und eine Portion Müsli gefrühstückt hatte, probierte sie zum zehntenmal jemanden beim Jugendamt zu erreichen – seit einer geschlagenen Stunde war dort besetzt. Schließlich hatte sie einen mürrischen Mann von der Zentrale an der Strippe, der ihr mitteilte, daß Madame Leroi, die sich um Ninas Fall kümmerte, in Urlaub sei. Marion bedankte sich verwirrt für die Auskunft. Madame Leroi war eine überzeugte Beamtin, die mit Sicherheit nicht daran dachte, in ihrer Freizeit irgendwelche Nachforschungen voranzutreiben; damit hätte sie einen suspekten Eifer an den Tag gelegt, den ihre Vorgesetzten womöglich mißverstanden hätten oder, was noch schlimmer wäre, an den sie sich hätten gewöhnen können. Wenn die Frau, die Lisette Lemaire einen Besuch abgestattet hatte, nicht Madame Leroi war, wer war sie dann? Wer war diese Frau, die die Dreistigkeit besessen hatte, bei Ninas Großmutter aufzukreuzen und mit der Kleinen zu reden, sie vielleicht sogar anzufassen?

Marion wurde vor Angst heiß und kalt.

Das Telefon klingelte lange ins Leere bei Lisette Lemaire. Marion wartete fünf Minuten, dann versuchte sie es noch einmal, wieder vergeblich. Mit jedem Versuch wurde sie panischer, und als Lisette eine Stunde später endlich abnahm, mußte sie sich extrem zusammenreißen, um die Großmutter nicht anzubrüllen und ihr vorzuhalten, daß sie eine Stunde lang durch die Hölle gegangen war: Nina mit einer Lungenentzündung im Krankenhaus, von einem Mordkommando entführt, Lisette von denselben Verbrechern niedergemetzelt oder im Keller eingesperrt oder bestenfalls vielleicht gerade dabei, die Leute von der Kripo zusammenzutrommeln ... Doch Lisette war lediglich mit Nina einkaufen gegangen, und Marions Nerven lagen so blank, daß sie beinahe in Tränen ausgebrochen wäre.

»Alles läuft bestens«, berichtete die Großmutter fast fröhlich. »Sie hat kein Fieber mehr, und heute morgen hat sie richtig gefuttert.«

»Sagen Sie, Madame Lemaire ...«

»Nennen Sie mich doch bitte auch Omi, so wie Nina«, schlug die alte Dame vor, sie war offenbar wirklich in Hochform.

»Wenn Sie möchten ... Sagen Sie, die Dame vom Jugendamt, die bei Ihnen war, können Sie die beschreiben?«

»Natürlich!« versicherte Lisette. »Warum, ist irgend etwas nicht in Ordnung?«

»Nein, nein. Ich will nur sichergehen, daß es tatsächlich die Person war, die mit Ninas Fall betraut ist ...«

Lisette Lemaire zeichnete ein Porträt, das wohl auf die Hälfte der weiblichen Einwohnerschaft von Grenoble und Umgebung zutraf: »Eine Frau mittleren Alters, ziemlich geschmacklos gekleidet – Sie wissen schon, was ich meine, sie trug einen Rock, der genauso unförmig war wie sie selbst, und hatte leicht ergraute Haare, viel zu lang für ihr Alter. Aber sie war korrekt und sehr professionell.«

Marion wurde bewußt, daß sie sich Janine Leroi noch nie richtig angesehen hatte. Sie konzentrierte sich, bis sie schließlich das Bild einer kleinen, blondgelockten Frau, höchstens fünfunddreißig, vor sich hatte.

»Hat sie ihren Namen gesagt?«

»Natürlich: Janine Leroi. Warum?«

»Wo ist Nina?«

»Sie spielt draußen, heute ist so schönes Wetter ...«

»Holen Sie sie rein!«

Marion zwang sich, ruhig zu bleiben. Im übrigen gab es keinen – noch keinen – Grund zur Panik. Aber ihr Magen hatte sich derart verkrampft, daß sie nicht mal mehr vom Sofa aufstehen konnte. Auch Lisette Lemaire hatte ihre Heiterkeit abgelegt.

»Aber was ist denn los?«

»Nina hatte doch gestern neununddreißig Fieber ... Und ich würde gern mit ihr sprechen, können Sie sie ans Telefon rufen? Sie soll nicht mehr rausgehen, und bitte bleiben Sie in ihrer Nähe!«

26

Marion schlug den Kragen hoch und zog fröstelnd die Haustür hinter sich zu. Der Wind war abgeflaut, aber ein feiner Nieselregen verwischte die Umrisse der Häuser und ließ die Bürgersteige schimmern, als seien sie auf Hochglanz poliert. Mit leisem Rauschen fuhr ein Auto vorbei, und das war auch so ziemlich das einzige Lebenszeichen in diesem ausgestorbenen Stadtteil. Für einen kurzen Moment bedauerte sie wieder, ihre Wohnung in der lebhaften Innenstadt, mit all den Geschäften ringsum, der Brasserie, wo sie morgens Zeitung lesend ihren ersten Kaffee getrunken hatte, aufgegeben zu haben. Sie durchquerte ihr Vorgärtchen, warf einen flüchtigen Blick auf das Unkraut, das langsam zu sprießen begann, und dachte mit Schaudern daran, daß sie bald den

Rasen mähen und Sommerblumen pflanzen mußte, Rosen und Dahlien, wie ihre Nachbarn. Sie versuchte, sich Léo bei der Gartenarbeit vorzustellen und überlegte schmunzelnd, ob er wohl eine Petunie von einer Kartoffelpflanze unterscheiden konnte.

Gerade als sie die Wagentür öffnete, sendete der Pager sein vertrautes Signal. Marion zog ihn aus der Tasche ihres blauen Regenmantels und rechnete mit einem Anruf aus dem Büro. Seltsamerweise kam sie gar nicht auf den Gedanken, daß es vielleicht einen neuen Fall gab, sondern machte sich auf weiteren Schlamassel in Sachen Léo Lunis gefaßt – womöglich hatte er einen Unfall gehabt. Aber die Nummer auf dem Display war ihr völlig unbekannt. Sie wählte sie von ihrem Autotelefon aus, dem einzigen Zugeständnis an die moderne Technik, das man ihr hatte abringen können. Mit freundlicher Unterstützung von Paul Quercy kämpften die Techniker schon seit langem darum, die Kommissarin mit einem Handy ausrüsten zu dürfen, doch Marion hatte sich bislang erfolgreich dagegen gewehrt.

Als sie die rauhe Stimme am anderen Ende der Leitung hörte, schnürte sich ihr sofort die Kehle zu.

»Guten Tag, schöne Frau!«

Obwohl sie sich erst einmal in einem Hotel mit ihm unterhalten hatte, kam ihr diese Stimme sehr vertraut vor. Die Frage, die sich normalerweise aufgedrängt hätte, stellte sie sich gar nicht erst: Wie hatte er ihre Pager-Nummer herausgefunden?

»Wo sind Sie?« sagte Marion. »Was wollen Sie?«

»Ich denke an Sie, ich denke unentwegt an Sie …«

Marion fragte sich, ob sie richtig gehört hatte.

Der hat nicht alle Tassen im Schrank, was für ein Spinner … Ich lege am besten einfach auf.

»Hören Sie mit diesem Affentheater auf!« keifte sie stattdessen in den Hörer.

Sam lachte leise.

»Ich kann nicht ... Ich möchte Sie sehen, mit Ihnen reden. Sie fehlen mir. Ich fehle Ihnen auch, das weiß ich. Ich rufe später noch mal an ...«

Er legte auf. Marion starrte ungläubig auf das Autotelefon, spürte, wie ihr Herz gegen die Rippen schlug.

Was bildet der sich eigentlich ein?

Sie dachte nach. Was empfand sie eigentlich? Wut war es nicht, nur eine gewisse Verärgerung. Sam war inzwischen schon fast ein alter Bekannter. »Ich kenne Sie«, hatte er gesagt, und instinktiv wußte Marion, daß er damit die Wahrheit sagte.

Mit gerunzelter Stirn starrte sie auf einen unsichtbaren Punkt in der Ferne. Ihr Pager lag auf dem Beifahrersitz. Sie griff danach, um ihn wieder am Gürtel zu befestigen. Auf dem Display standen noch die zehn Ziffern von Sams Rufnummer, sie notierte sie auf dem Block, der am Armaturenbrett hing, dann löschte sie die Nachricht.

27

»Das trifft sich gut, daß Sie gekommen sind, Madame Marion! Ich wollte ohnehin mit Ihnen sprechen. Was ist denn los?«

Bloß nicht lachen ... Madame Marion!

Die Leiterin der Adoptionsstelle im Jugendamt und Vorgesetzte von Janine Leroi, eine streng wirkende Frau um die Fünfzig, musterte Marion, den Kopf zur Seite geneigt wie ein Huhn.

Marion erläuterte ihre Zweifel an dem Besuch von Janine Leroi bei Lisette, und die Frau konnte nur bestätigen, daß keiner ihrer Untergebenen – und schon gar nicht Janine

Leroi – im Urlaub über irgendwelchen Akten brütete. Wenn die zuständigen Beamten nicht da waren, lag alles brach, von wenigen Ausnahmen abgesehen, in denen meist der Abteilungsleiter selbst tätig wurde.

»Außerdem verbringt Madame Leroi ihre Ferien in der Türkei. Da hat Ihnen jemand einen Streich gespielt.«

Einen Streich! Wer soll in Grenoble einen derart absurden Schabernack inszenieren? Wer kennt Lisette Lemaire überhaupt? Und wer weiß, daß Nina meine Adoptivtochter ist?

»Das ist möglich«, brachte sie tonlos vor.

»Vielleicht hat es etwas mit Ihrem Beruf zu tun?« vermutete die Frau und blickte Marion dabei vielsagend an. »Ein Racheakt?«

Worauf habe ich mich da nur eingelassen? Jetzt bloß nicht in Panik geraten. Die belauert mich eh schon wie eine Schlange den Frosch, den sie vertilgen will ... Wenn sie sieht, daß ich Schiß habe, nimmt sie mir Nina auf der Stelle wieder weg ...

»Nein, das glaube ich nicht. Sie haben recht, es muß sich um einen blöden Scherz handeln.«

Sie gab sich größte Mühe, ein verkrampftes Lächeln in ihr abgespanntes und bestimmt aschfahles Gesicht zu zaubern.

»Dann möchte ich meinerseits noch etwas mit Ihnen besprechen«, erwiderte die Leiterin der Adoptionsstelle kühl. »Ich war eigentlich davon ausgegangen, daß Sie vorhatten zu heiraten. Oder habe ich da etwas falsch verstanden? Sie sollten außerdem einen Fragebogen mit Angaben über Ihren ... Verlobten ausfüllen.«

Marion hätte fast losgelacht. Verlobung, Hochzeit ... Léo im Smoking, sie selbst im weißen Kleid. Ulkige Vorstellung.

»Ich habe den Fragebogen nicht vergessen, Sie werden ihn bekommen. Was die Hochzeit betrifft, haben wir noch keinen Termin festgelegt, aber Sie haben mir selbst gesagt, daß das keine Bedingung ist.«

»Das ist richtig, zumal der Fall der kleinen Nina Joual sehr speziell ist. Außerdem ist Ihr Antrag eingegangen, als Sie noch keine Heiratsabsichten hatten. Aber es wäre natürlich besser für die Kleine, sich in einer, sagen wir eher traditionellen Familienstruktur wiederzufinden, in der sie regelmäßig mit ihren Geschwistern zusammenkommen könnte.«

»Nina sieht ihre Geschwister ausgesprochen regelmäßig. Ich fahre zweimal im Monat mit ihr nach Bourges. Und auch ihre Großmutter kann sie besuchen, wann immer sie will.«

Die Beamtin wedelte beschwichtigend mit der Hand.

»Ich weiß, ich weiß. Das sollte kein Vorwurf sein, Sie geben dem Kind alles, was es braucht. Wissen Sie, was mir Sorgen bereitet, ist eigentlich Ihr Verlobter ...«

Sofort war Marion wieder in Alarmstimmung. Nina befand sich in Gefahr, und diese Frau wollte sich über Léos Leben ausbreiten. Sie mußte schleunigst raus aus diesem Büro und so schnell wie möglich nach Grenoble fahren. Aber der unheilvolle Gesichtsausdruck der Beamtin verriet, daß sie ganz und gar nicht die Absicht hatte, von Marion abzulassen.

Marion rutschte auf dem Stuhl hin und her und beugte sich vor. Ein stechender Schmerz durchzuckte sie in Magenhöhe und nahm ihr fast den Atem. Mit verzerrtem Gesicht hielt sie sich die Hand an den Bauch. Marsal hatte sie schon oft als »Verdauungs-Neurotikerin« bezeichnet, denn immer wenn sie unter starkem Streß stand oder einer heftigen seelischen Belastung ausgesetzt war, lag sie erst einmal mit einer ordentlichen Magen-Darm-Entzündung flach.

»Sind Sie krank?« erkundigte sich die Frau und fuhr fort, ohne eine Antwort abzuwarten. »Was wir über ihn in Erfahrung bringen, ist ziemlich besorgniserregend.«

»Was soll das heißen?«

Marion litt, und das merkte auch ihr Gegenüber. Ein Anflug von Mitgefühl huschte über das Gesicht der Frau.

»Soweit ich weiß, kennen Sie ihn noch nicht sehr lange. Haben Sie Erkundigungen über ihn eingezogen?«

Das wird ja immer besser … Hätte ich vielleicht einen Blick ins Vorstrafenregister werfen sollen, oder wie?

»Sind Sie verheiratet, Madame?« fragte Marion mit ruhiger Stimme.

»Ja, aber ich verstehe nicht, was …«

»Haben Sie vor Ihrer Hochzeit Nachforschungen über Ihren Verlobten angestellt?«

»Nein, natürlich nicht …«

Marion neigte den Kopf zur Seite und sah der Beamtin fest in die Augen.

»Sie haben recht«, murmelte sie mit gesenktem Blick. »Da habe ich wohl etwas übers Ziel hinausgeschossen. Entschuldigung.«

Marion winkte ab.

»Diese besorgniserregenden … Informationen … das sagten Sie doch, oder? Ich würde ja gern wissen, woher Sie die haben. Aus welchen Quellen? Anonym?«

Die Frau wischte verlegen mit der flachen Hand über ihre Schreibunterlage, ohne aufzublicken.

»Dachte ich's mir doch«, schimpfte Marion. »Es ist immer dasselbe … Und was erzählt dieser anonyme Briefschreiber? Warten Sie, lassen Sie mich raten! Es hat bestimmt etwas mit Sex zu tun. Mein … Verlobter ist homosexuell? Sexbesessen? Ein Swinger? Oder vielleicht sogar pädophil?«

In dem schwarz möblierten Büro herrschte eine unerträgliche, trockene Hitze, und es roch nach Staub. Die Frau zuckte zusammen, Schweißtropfen perlten auf ihrer Stirn.

»Ich bitte Sie!«

»Ich habe richtig geraten, stimmt's? Pädophil!«

»Nur keine Aufregung, Madame Marion. Das ist reines Gerede, aber wir sind verpflichtet, nichts außer acht zu lassen. Ich bin für die Kinder verantwortlich, bis die Adoption rechtskräftig ist …«

»Die Kinder!« rief Marion aus. »Jetzt schieben Sie die Kinder vor, dabei tun Sie das doch alles nur, damit sie selbst bloß keinen Ärger bekommen. Sicher, ich verstehe, Sie sind Beamtin und haben nichts davon, wenn Sie ein Risiko eingehen, und sei es auch noch so klein. Aber passen Sie auf, daß Sie sich im Fall von Monsieur Lunis nicht täuschen!«

Marion drehte sich auf dem Absatz um. Als sie das Zimmer schon fast ohne einen Abschiedsgruß verlassen hatte, wandte sie sich doch noch einmal an die Frau.

»Und nennen Sie mich bitte nicht mehr Madame Marion, das kann ich auf den Tod nicht ausstehen!«

Die Leiterin der Adoptionsstelle erhob sich mit zusammengekniffenen Lippen von ihrem Stuhl. Als Marion ihr wieder den Rücken zukehrte, herrschte sie die junge Kommissarin mit scharfer Stimme an:

»Madame Marion, warten Sie, ich bin noch nicht fertig! Daß Sie's gleich wissen … Ninas Akte wird bis auf weiteres zurückgestellt …«

Marion erstarrte.

»Was soll das heißen?«

»Wenn Sie Ihre Situation und die Ihres Lebensgefährten bis nach den Ferien nicht aufgeklärt haben, kommt Nina fürs erste in ein Kinderheim.«

Auf einen Schlag wich alles Blut aus Marions Gesicht, mit unsicheren Schritten ging sie wieder auf die Beamtin zu.

»Soll das ein Witz sein?«

»Nein, denn ich nehme es mit der Sicherheit der mir anvertrauten Kinder sehr ernst. Sie haben zehn Tage Zeit. Ich werde von meiner Seite die Haltbarkeit der erhobenen

Vorwürfe überprüfen, und ich verspreche Ihnen, daß ich dabei mit der nötigen Objektivität vorgehen werde, auch wenn Sie mir das nicht glauben.«

»Sie wissen genau, daß es sich hier um böse Verleumdungen handelt.« Marion wäre der Frau am liebsten an die Gurgel gegangen. »Sie haben nicht das Recht, mit dem Leben der Kinder zu spielen.«

»Zehn Tage«, wiederholte die Beamtin und nahm wieder Platz. »Und keinen Tag länger.«

28

Marion hielt das Lenkrad ihres Dienstwagens umklammert. Völlig kopflos war sie Richtung Grenoble losgebrettert, hätte dabei beinahe einen Fußgänger überfahren und einen Bus gerammt. Der dichte Regen behinderte den Verkehr, so daß sie immer wieder abbremsen mußte, bis sie den Autobahnzubringer erreichte. Als sie sich auf der Autobahn einfädelte, fiel es ihr plötzlich wie Schuppen von den Augen. Die Anrufe bei ihr zu Hause und im Büro, der Besuch der falschen Jugendamtsvertreterin, die anonymen Briefe an die Adoptionsstelle, das alles hing miteinander zusammen, war aufeinander abgestimmt. Ein Mensch oder eine Gruppe von Menschen verfolgte sie, spionierte ihr nach, hatte es auf sie, auf ihr ganzes Leben abgesehen. Vielleicht fuhren sie sogar in diesem Augenblick hinter ihr her. Sie mußte anhalten, um nachzudenken, ehe sie überstürzt das Falsche tat. Als sie den Wagen auf dem Seitenstreifen zum Stehen gebracht hatte, warf sie einen Blick in den Rückspiegel, dann in die beiden Seitenspiegel. Nichts Auffälliges, kein Auto, das hinter ihr hergefahren wäre, aber wie sollte einem andererseits zur Hauptverkehrszeit auch irgend etwas auffallen? Ihr Blick fiel auf ein Schild, das die Richtung zum Krankenhaus Grange-Rouge anzeigte. Sie dachte an Talon, der wahrscheinlich gerade am Bett seiner alten, erschöpften Großmutter saß und auf ihren letzten Atemzug wartete. Sie begann über den Sinn und Unsinn des Lebens nachzugrübeln und darüber, wie ein winziges Sandkörnchen im Getriebe unserer Existenz Dinge, die wir für unumstößlich hielten, eine völlig andere Wendung nehmen lassen konnte. Schließlich gab sie sich einen Ruck und versuchte, Talon über seinen Pager zu kontaktieren.

Mit gesenktem Kopf rührte Talon in seinem Kaffee, etwas blaß, aber ruhig, fast so, als wäre er ein wenig erleichtert. Marion war in der Krankenhauscafeteria zu ihm gestoßen.

»Sie ist gestorben, vor einer Stunde«, brach er sein Schweigen.

Marion hatte die Hände um ihre Tasse gelegt, frierend und krank vor Angst.

»Das tut mir leid … Ich hätte Sie nicht anrufen dürfen.«

»Doch, doch, ganz im Gegenteil. Außerdem ist es besser für sie, daß sie gestorben ist, sie hat zu sehr gelitten.«

So sehr er sich auch um Selbstbeherrschung bemühte, kamen ihm doch die Tränen, und er nahm rasch die Brille ab, um sie mit einem weißen Taschentuch zu putzen. Normalerweise amüsierte sich Marion über die Angewohnheit ihres Kollegen, aber in diesem Moment sprach ein solcher Schmerz daraus, daß ihr nicht nach lachen zumute war. Sie streckte die Hand aus und berührte mit einer tröstenden, mütterlichen Geste sein Gesicht.

Aber Talon hatte sich schon wieder gefangen. Er schob Marions Hand vorsichtig zurück.

»Danke, Chef, es geht schon wieder«, versicherte er. »Lassen wir die Toten in Frieden ruhen. Die Lebenden brauchen uns. Was ist passiert?«

Marion beobachtete ihn aufmerksam. War sie vielleicht dabei, einen großen Fehler zu begehen? Talon hatte als erster die Möglichkeit in Betracht gezogen, daß jemand ihr gegenüber böse Absichten hegte. Ihr und auch Léo gegenüber. Jetzt schien der Täter sogar Nina in seine Pläne einzubeziehen. Konnte sie Talon vertrauen? Wie hatte er erraten oder woher wußte er, daß jemand ihnen schaden wollte? War es nicht vorstellbar, daß ...?

Du leidest unter Verfolgungswahn ... Im übrigen hast du keine Wahl, außer ihm gibt's niemanden ...

»Talon, ich muß Sie um einen großen Gefallen bitten.«

Eine halbe Stunde später überquerte Marion den Hof des Krankenhauses auf dem Weg zu ihrem Auto, das sie auf dem halbkreisförmigen Vorplatz abgestellt hatte. Ein Parkwächter kreiste um ihren Wagen wie eine Fliege um ein verdorbenes Stück Fleisch. Sie schenkte ihm ein strahlendes Lächeln, als er Anstalten machte, sein Protokollheft zu zücken.

»Ist der von Ihnen?« knurrte er, sichtlich bemüht, an der jungen Kommissarin vorbeizusehen. »Ich muß Sie gebührenpflichtig verwarnen, Sie stehen auf den Taxi-Plätzen.«

Marion zog ihren Dienstausweis hervor und hielt ihm das Papier unter die Nase, wobei sie weiter lächelte, als fände sie die ganze Sache äußerst erheiternd.

»Kein Problem«, sagte sie, als sie in Richtung gerichtsmedizinisches Institut startete. »Und lassen Sie sich ruhig Zeit, ich brauche noch mindestens eine Stunde.«

Auch Talon verließ das Krankenhaus, allerdings auf diskreterem Weg durchs Kellergeschoß, nachdem er seine tote Großmutter ein letztes Mal geküßt und in die Obhut der

Spezialisten gegeben hatte, die sich um alles weitere kümmern würden.

Er kam in einer Seitenstraße heraus, die von monoton aneinandergereihten Arbeiterhäuschen mit kleinen Vorgärten gesäumt war, welche sich glichen wie ein Ei dem anderen. Die Bürgersteige waren von den Autos der Krankenhausangestellten und Besucher zugeparkt. Talon ging mitten auf der Fahrbahn und drehte sich an der Straßenecke sicherheitshalber noch einmal um. Nicht weit entfernt zankten sich Kinder, und ein Hund beschnüffelte gierig die Spuren, die ein Artgenosse auf einem Mäuerchen hinterlassen hatte. Talon setzte seinen Weg fort, machte in einer Brasserie halt, wo er Zigaretten kaufte – die er nicht rauchen würde, weil er nie rauchte – und dann die Toilette aufsuchte. Am Ende des Gangs, der dorthin führte, trat er durch eine halbgeöffnete Tür auf einen Parkplatz und fand sich auf dem Boulevard wieder, der an der anderen Seite des Krankenhauses entlangführte. Er warf die unangebrochene Zigarettenpackung in einen Gully, schlug den Kragen hoch, weil ihm der Regen kalt in den Nacken nieselte, und legte einen Schritt zu.

29

Marcel, der Assistent des Gerichtsmediziners Marsal, polierte mit einem dicken Schwamm eifrig die Arbeitsflächen und Tische aus Edelstahl auf Hochglanz. Als er sah, daß Marion sein Reich betrat, verdoppelte er vor lauter Freude seine Anstrengungen und beugte sich noch tiefer über die blank geriebenen Flächen, um sicherzugehen, daß ihm keine Stelle entgangen war. Nachdem er sie murmelnd begrüßt hatte, verschwand er auch schon wieder hastig im Flur. Marion konnte Marsal nirgendwo entdecken, weder in den

Nachbarräumen noch in seinem gläsernen Büro, das ihm rund um die Uhr eine unverbaubare Aussicht auf seine geliebten Leichen bot.

Gerade als sie zum Leichenschauhaus aufbrechen wollte, um dort nach ihm zu suchen, kehrte Marcel zurück. Er schob einen Rollwagen vor sich her, der mit einer weißen Plastikplane bedeckt war; darunter zeichneten sich die Umrisse eines Körpers ab.

Geschickt schlug der Assistent die Plane zurück, und zum Vorschein kam die Leiche eines alten Mannes. Marion wußte, daß er das absichtlich tat, denn er war bestens informiert darüber, daß dieses makabere Treiben, an dem nicht nur er, sondern auch Marsal und Talon Gefallen zu finden schienen, bei ihr nichts als Ekel hervorrief. Sie konnte nicht umhin, kurz zu dem Toten herüberzuschielen, und sofort wurde ihr übel: Der große, korpulente Mann hatte kein Gesicht mehr, der klaffende Rumpf war stellenweise bis auf die Knochen zernagt.

»Den haben die Ratten gefressen«, verkündete Marcel, dem weder Marions Blick noch ihre Reaktion entgangen war. »Ein Obdachloser. Können Sie mir vielleicht helfen, ihn auf den Tisch zu hieven? Ist ein ziemlicher Brocken …«

Marion wich empört zurück. Sie konnte diesen Obduktionen einfach nichts abgewinnen, und es kam überhaupt nicht in Frage, daß sie sich auch noch selbst an irgendwelchen Toten vergriff.

»Ist Doktor Marsal nicht da?« brachte sie mit heiserer Stimme und leichtem Würgen hervor.

»Im Labor.« Marcel deutete mit einer ausholenden Kopfbewegung zu der Tür, durch die er den angenagten Leichnam hereingeschoben hatte. Als er sich anschickte, Marion zu begleiten, winkte sie rasch ab.

»Danke, ich kenne den Weg.«

Sie mußte durch einen Flur gehen, an einem weiteren Rollwagen vorbei, auf dem eine weitere Leiche darauf wartete, von Marsal und seinem Assistenten aufgeschnitten zu werden. Dann ging es durch die beiden Seziersäle, an deren Wänden mehrere Vitrinen eine Sammlung eingeschlagener Schädel, Knochen und Brustbeine zur Schau stellten, die durch diverse Projektile zerfetzt worden waren – nicht zu vergessen die mit Formol gefüllten Gläser, in denen sich aus früheren Autopsien gewonnenes Anschauungsmaterial befand. Der Weg führte anschließend an den durchnumerierten Kühlfächern vorbei, in denen Marcel seine Leichenvorräte lagerte. Zu guter Letzt führte ein breiter Gang zu einem Labor, in dem nicht nur toxikologische und biologische Untersuchungen, sondern auch alle DNA-Analysen durchgeführt wurden.

Die Wände, die im Leichenschauhaus vergilbt waren, leuchteten hier in strahlendem Weiß, die Büros waren hell und einladend, und anstelle der grauen, abgewetzten Plastikfliesen in den Seziersälen, unter denen schon der Beton durchschimmerte, lag in diesen Räumen blauer Teppichboden aus. Auch in der Gerichtsmedizin verbannte man die Toten am liebsten in die untersten Kellergeschosse.

Als Marion das Labor betrat, lief Marsal geschäftig hinter einer gläsernen Trennwand hin und her. Er befand sich in Gesellschaft eines Mannes, der wie er ganz in Weiß gekleidet und mit Handschuhen, Mundschutz und Haube ausgerüstet war.

Eine Helferin steuerte eilig auf Marion zu, um sie aufzuhalten, doch Dr. Marsal willigte mit einem kurzen Nicken ein, die Kommissarin zu empfangen. Dann zeigte er auf die Wanduhr, hob die linke Hand und spreizte seine fünf Finger. Der andere Arzt hatte nicht von dem Gerät aufgesehen, in dem er gerade mehrere Reagenzgläser befestigte und das wie eine Zentrifuge aussah. In einer Ecke des Raums thronte ein riesiger Gefrierschrank, dessen Display in leuchtend grünen Zahlen -40° C anzeigte.

Um ihrer Ungeduld Herr zu werden, begann Marion eine große Anschlagtafel zu studieren, die eine ganze Wand des Raumes einnahm, an dessen anderem Ende die Helferin wieder Platz genommen hatte. Etwa die Hälfte der Tafel war mit Fotografien bedeckt, vergrößerten Aufnahmen von Zellen, wie sie sich unter dem Elektronenmikroskop darstellten. Daneben hingen zahlreiche Merkblätter mit Empfehlungen im Zusammenhang mit einer DNA-Analyse: Anweisungen zur Sicherung und Aufbewahrung von Tatortspuren sowie Hinweise darauf, wofür man sie verwenden konnte. Zeichnungen veranschaulichten die verschiedenen Verfahren, wobei das neueste – die DNA-Analyse mit Hilfe der PCR-Methode, der Polymerasekettenreaktion – in besonders detaillierter Weise hervorgehoben wurde.

Dr. Marsals Stimme ließ Marion zusammenzucken. Die fünf Minuten waren vergangen, sie hatte ihn nicht kommen hören.

»Diese Methode hat erhebliche Vorteile«, sagte er in dem schulmeisterlichen, etwas gönnerhaften Ton, den er seinen Studenten gegenüber anschlug. »Eine Polymerasekettenreaktion kann schon mit einer äußerst geringen Menge an DNA durchgeführt werden, und es ist egal, ob sie frisch ist oder alt und auf was für einem Spurenträger sie gefunden wurde. Selbst mit minimalen Mengen kann man wahre Wunder vollbringen.«

Er drehte sich zu der gläsernen Trennwand um und deutete auf den Arzt, der sich immer noch über seine Reagenzgläser beugte.

»Mein Kollege und Freund, Doktor Ampuis, braucht nur zwanzig Epithelzellen, um zu verwertbaren Ergebnissen zu kommen. Ich hoffe, Sie können halbwegs ermessen, was für eine Leistung das ist!«

Marion beteuerte ihre Bewunderung, gab jedoch unverhohlen zu, daß diese offenbar revolutionären Techniken ihr Begriffsvermögen bei weitem überstiegen.

»Mich interessiert vor allem, inwiefern DNA-Analysen bei polizeilichen Ermittlungen eingesetzt werden können«, sagte sie und tat so, als sähe sie das empörte, leicht verächtliche Funkeln in Marsals Augen nicht. »Und was das betrifft ...«

»Ich sehe schon, Sie gehen sehr pragmatisch an die Dinge heran.«

»Sie etwa nicht?«

»Ich sorge auch dafür, daß meine grauen Zellen dem medizinischen und wissenschaftlichen Fortschritt dienen.«

»Bravo, Doc! Aber wissen Sie, ich bin ja nur eine einfache Polizistin und versuche zu verstehen, wie es sein kann, daß Ihre Polymerasekettenreaktion solche Wunder vollbringt und Sie es trotzdem nicht geschafft haben ...«

»Ich sagte es Ihnen doch schon«, fiel Marsal ihr unwirsch ins Wort. »Ihr Spurenträger war verunreinigt. Genau hier liegt nämlich der große Schwachpunkt dieser ausgesprochen empfindlichen Analysemethode: Wenn die Probe mit anderem DNA-Material vermischt ist, gibt es kein eindeutiges Resultat mehr. Im vorliegenden Fall war es wohl Ihre, denn wenn ich das richtig verstanden habe, haben Sie den Zigarettenstummel selbst aufgelesen. Bei der Sicherung derartiger Spuren müssen extreme Vorsichtsmaßnahmen ergriffen werden, und nehmen Sie es mir nicht übel, aber in diesem Fall ist dahingehend offenbar überhaupt nichts passiert.«

»Ja, mag sein, daß ich mich ungeschickt angestellt habe ...«

»Warum haben Sie das eigentlich selbst gemacht? Sie

haben doch Ihre Spezialisten von der Spurensicherung, wenn ich mich nicht täusche. Diese Leute haben entsprechende Geräte, die von Doktor Ampuis speziell für solche Zwecke entwickelt worden sind ... Ach so ... ich verstehe ...«

Marion verzog das Gesicht, und plötzlich fiel Marsal auf, wie blaß sie war, wie erschöpft sie wirkte.

»Das nimmt sie ja alles ganz schön mit, was?« Er beugte sich zu ihr vor.

Er bedeutete der Helferin, die sich, wenn auch tief über ihre Unterlagen gebeugt, kein Wort des Gesprächs entgehen ließ, daß sie zwei Tassen Kaffee bringen möge. Die Frau erhob sich ohne große Begeisterung. Kaum daß sie den Raum verlassen hatte, ermutigte Marsal Marion noch einmal, sich ihm anzuvertrauen.

Sein Zorn schien wie weggeblasen zu sein. Die widerspenstigen Haare standen wie immer in alle Richtungen von seinem birnenförmigen Kopf ab, und er schwitzte in diesem völlig überheizten Raum. Marion zögerte, doch dann vergaß sie ihre Vorsicht. Sie mußte mit jemandem sprechen, sich ihre Angst von der Seele reden.

»Hm«, seufzte Marsal, als sie fertig war. »Dann handelt es sich also nicht einmal um offizielle Ermittlungen, sondern um eine Privatangelegenheit. Sie haben aber wirklich kein Glück mit Ihren Kerlen ...«

Marion zuckte zusammen und sah ihn gekränkt an. Marsal machte eine entschuldigende Handbewegung und begann nachzudenken.

»Gut, was können wir also tun?« Er fixierte einen Punkt in der Ferne. »Habe ich Ihnen gesagt, daß es mir immerhin gelungen ist, die Blutgruppe zu bestimmen?«

»Sie haben es Talon gesagt. Und ...«

»Sie haben mir den Hörer hingeknallt, und ich konnte schließlich nicht ahnen, was für einen intimen Hintergrund die ganze Sache hatte. Zumindest haben wir eine Chance, Ihr Freund Léo ist ein ›Ausscheider‹. Sie wissen vielleicht, daß …«

»Ja, ich weiß«, unterbrach ihn Marion ungeduldig und genervt, Marsal hielt sie offenbar für eine Vollidiotin. »Bei achtzig Prozent der Menschen«, leierte sie wie eine Schülerin herunter, »kann man die Blutgruppe über den Speichel, das Sperma und alle sonstigen Sekrete bestimmen, die der Organismus ausscheidet, von daher auch die Bezeichnung …«

»Bravo! Mit Hilfe des Absorptions-Elutions-Verfahrens kann man die Phänotypen A, B, O, AB bestimmen. Die Bestimmung des Lewis-Faktors gibt dann Aufschluß darüber, ob jemand ›Ausscheider‹ ist oder nicht. Um Speichelspuren sichtbar zu machen, bedient man sich einer Farbreaktion des Hauptbestandteils vom Speichel: Ptyalin reagiert, wenn es mit Stärke in Verbindung kommt …«

Marion unterdrückte ein Gähnen.

»Langweile ich Sie? Ihr Freund Léo, von dem, wenn ich das richtig verstanden habe, der Zigarettenstummel stammt, ist A positiv.« Als Marion nicht reagierte, fuhr er fort: »Aber darüber hinaus … Was erwarten Sie von mir? Ich kann Ampuis nicht darum bitten, das Ganze noch einmal zu machen, jede Analyse kostet um die zehntausend Francs, in schwierigen Fällen das doppelte … Und es ist ja nicht nur so, daß er kein Geld dafür bekommt, er könnte sogar in ernsthafte Schwierigkeiten geraten. Sie wissen selbst, daß die Justiz diese Dinge sehr genau kontrolliert. Die Genforschung wird ja vom Gesetzgeber …«

»Ich weiß«, fiel Marion ihm ins Wort und versuchte, sich nicht aufzuregen. »Aber Sie erinnern sich doch daran, daß ich Sie gebeten hatte, die DNA auf dem Zigarettenstummel mit der DNA zu vergleichen, die über das Sperma auf der Leiche von Julie Rouvres ermittelt wurde.«

»Wir haben keine DNA …« erwiderte Marsal energisch.

Die Helferin von Dr. Ampuis kehrte mit einem Tablett in den Händen zurück. Mit etwas verkniffener Miene reichte sie Marion und Marsal die Tassen, als hinter ihr die Tür zu der Glaskammer aufging und Dr. Ampuis den Raum betrat. Der beleibte, jovial wirkende Mann um die Fünfzig, auf dessen rundem Kopf sich bereits eine Glatze ankündigte, zog Mundschutz und Handschuhe aus und warf sie in einen Mülleimer.

»Ich bin wirklich beeindruckt«, versicherte Marion und deutete auf die vergrößerten Mikroskopaufnahmen an der Wand. »Das sind ganz erstaunliche Bilder …«

»Jean«, unterbrach Marsal, »du hast eine Akte, die mich interessiert …«

Dr. Ampuis fixierte abwechselnd seinen Kollegen, für den er große Sympathie zu hegen schien, und die hübsche, blonde Frau, die ihm noch nicht vorgestellt worden war, die aber, das spürte er sofort, Marsals höchste Wertschätzung genoß.

»Kommissarin Marion«, fuhr Marsal, der die Gedanken seines Freundes erraten hatte, rasch fort, »hat ein kleines Problem …«

Jean Ampuis legte eine Hand auf Marsals Schulter und deutete auf einen Aktenschrank hinter seinem Rücken, dessen Rolltür geschlossen war. Dann verneigte er sich kurz vor Marion, nahm die Tasse, die die Helferin ihm entgegenstreckte, und hakte die Frau unter.

»Kommen Sie, Marie-Laure, wir machen einen kleinen Spaziergang, ich muß mir die Beine ein wenig vertreten.«

Es dauerte nur ein paar Sekunden, und Marsal hatte den Schrank geöffnet, das auf dem oberen Regalbrett liegende Verzeichnis studiert und die Akte in Sachen Julie Rouvres gefunden. Marion sah ihm mit wild klopfendem Herzen zu.

Als er sich schließlich umdrehte, verzog er verärgert die dünnen Lippen.

»In der Akte steht nichts über die Blutgruppe.«

»Was bedeutet das?«

»Entweder ist der Mann, der das Gesicht dieser armen jungen Frau mit Sperma beschmiert hat, kein ›Ausscheider‹ und man hat vergessen, das explizit zu vermerken, oder man hat gar nicht versucht, die Blutgruppe über das Sperma zu bestimmen.«

»Wie ist das möglich?«

Marsal stemmte die Hände in die Hüften.

»Alles ist möglich, vor allem seit es die DNA-Analyse gibt. Der genetische Fingerabdruck gilt als Wunderwaffe, so daß man darüber alles andere vernachlässigt …«

»Dann bin ich also keinen Schritt weiter?«

»Nein, leider nicht, Kommissarin Marion, leider … Suchen Sie weiter, das scheint Ihr Schicksal zu sein!«

Zitternd vor Kälte hastete Marion im Regen über den gepflasterten Platz. Der Druck, den sie seit einigen Tagen in der Magengegend spürte, hatte nicht nachgelassen. Geknickt hatte sie das Krankenhauslabor verlassen, sie trat auf der Stelle. Sie brauchte Léos genetischen Fingerabdruck, sie mußte diese Analyse durchführen lassen, unbedingt.

Auf der Windschutzscheibe ihres Wagens klebte ein Strafzettel, der Parkwächter lauerte schon mit verschränkten Armen auf ihre Rückkehr. Sie ignorierte ihn einfach, stieg ein und stellte den Scheibenwischer an. Der Strafzettel flatterte davon und landete nach einigen anmutigen Drehungen in der Abflußrinne zwischen Bordstein und Fahrbahn.

Marion kam sich genauso gebeutelt vor wie dieses durchnäßte Stück Papier. Dabei hatte sie schon häufiger erlebt, daß Ermittlungen aufgrund von mangelnden Indizien, unglücklichen Zufällen oder Schlampereien nicht vorankamen. Plötzlich konnte sie verstehen, was die Opfer oder ihre Familien empfanden, wenn ein Verfahren ins Stocken geriet, wenn sich überlastete Polizeibeamte oder Staatsanwälte, die schon anderen Verbrechern hinterherjagten, nicht einmal mehr die Mühe machten, sie anzurufen. Wozu auch? Sie konnten ihnen doch nichts Neues berichten. Wir halten Sie auf dem laufenden, gute Frau. Die Ermittlungsergebnisse werden Ihnen allerdings nur mitgeteilt, wenn der Täter aufgegriffen wird. Und was macht man in der Zwischenzeit? Beten? Zum Himmel aufschauen und in den Wolken die Zukunft lesen? Oder geht man zum Seelenklempner? Am Ende zur Wahrsagerin?

Hör auf, du bist doch selbst Bulle, du hast alle Möglichkeiten. Tu was und hör auf zu jammern!

Sie dachte an Nina und an das Jugendamt, und der Himmel erschien ihr plötzlich noch finsterer als er ohnehin schon war.

Ein Blick aufs Armaturenbrett, und sie wußte, daß es zwei Uhr war. Talon war vielleicht schon in Grenoble angekommen, zumindest dürfte er es nicht mehr weit haben. Sie stellte den Langstreckenkanal des Funkgeräts ein, ein Rauschen und diverse Störgeräusche durchbrachen die Stille. Sie hatte den Finger schon auf den Sendeknopf gelegt, als sie sich eines besseren besann. Talon und sie waren übereingekommen, erst dann wieder Kontakt aufzunehmen, wenn Nina sich an einem sicheren Ort befand. Sie wußte besser als jeder andere, daß der Polizeifunk nicht hundertprozentig verläßlich war. Selbst wenn die Nachrichten kodiert waren, gab es immer wieder Schlitzohren, die es schafften, sie abzufangen und zu entschlüsseln.

Für den Moment gab es nur eines zu tun: sich in Geduld fassen und auf möglichst konstruktive Weise die Zeit totschlagen. Die Leiterin des Jugendamts hatte es ja gesagt: Es blieben ihr nur zehn Tage, um die Fäden zu entwirren, zehn Tage, um in Léos Leben herumzustöbern und sich Klarheit zu verschaffen.

30

Léos Akte war dünn, mehr als dünn: In einem gelben Schnellhefter befand sich eine Personenstandsurkunde, an die ein Paßfoto geheftet war. Marion betrachtete Léos finstere Schwarzweiß-Miene. Bedrückt streichelte sie über das glänzende Bild.

Darunter lag ein blaßgrünes Papier, das seine Dienstzeit beim Militär bescheinigte. Marion las, daß er in Landau bei der Fernmeldetruppe, 44. Regiment, gedient hatte und mit dem Dienstgrad eines Stabsunteroffiziers entlassen worden war. Überrascht entnahm sie dem Dokument weiterhin, daß seine Eltern unbekannt waren und er als Waisenkind seine Schulzeit in verschiedenen Militärschulen verbracht hatte, zunächst in La Flèche, später in Agen.

In einem anderen, blauen Hefter fand Marion sämtliche Beurteilungen, die seine Laufbahn bei der Polizei bis zur Pariser Kripo, der letzten Station vor seiner Versetzung nach Lyon, dokumentierten. Die entsprechenden Bescheide, darunter auch jener, der ihn nach Lyon in Marions Abteilung geführt hatte und wie die anderen in kühlem Beamtenjargon verfaßt war, stapelten sich ebenfalls in diesem Hefter. Die Beurteilungen seiner direkten Vorgesetzten waren durchweg positiv, nur die letzte war äußerst knapp, wie Marion verwundert feststellte. Unter der Rubrik »Zuverlässigkeit« stand überhaupt nichts. Das Ganze endete mit der lapidaren Feststellung: »Léo Lunis wird ins Kriminalkommissariat von Lyon versetzt«. Der letzte Hefter enthielt diverse

Empfehlungsschreiben und Briefe, die voll des Lobes waren, aber auch solche, in denen von Verweisen und Strafen die Rede war. Mehrere Berichte, die von seinen Chefs unterzeichnet waren, zeugten davon, daß er zahlreiche heikle und schwierige Fälle hatte lösen können, auch wenn nebenbei immer wieder bemerkt wurde, daß der Wagemut von Capitaine Lunis bisweilen zu überaus riskanten Aktionen führte. Eine Verletzung während eines Einsatzes hatte seine Beförderung zum Capitaine beschleunigt. Doch dann war es mit den Lobreden plötzlich vorbei. Irgend etwas war vorgefallen. Man hatte die Akte gesäubert, und Marion fragte sich, welche mysteriösen Umstände in Léos Leben als Erklärung dienen konnten. Ratlos griff sie nach dem großen, festen Umschlag, um die drei Hefter wieder hineinzuschieben, denen sie doch die eine oder andere wertvolle Information hatte entnehmen können. Warum war sie nicht früher auf diese Idee gekommen?

Was mich interessierte, waren der Mensch und der Mann und nicht seine Vergangenheit. Ich wollte ihn so sehr …

Longe. Patrick Longe. Sie stützte die Unterarme auf ihren Schreibtisch, und ließ, während sie nachdachte, ihren Blick durch das Büro schweifen, über die vollgestopften Regale und das Stierkampf-Poster, das sie von einer schwierigen Mission in Südfrankreich mitgebracht hatte. Wenn Léo und er sich kennengelernt hatten, konnte das nur in Landau, im 44. Regiment passiert sein. Warum hatte Léo ihr dieses »Detail« verschwiegen? Sie dachte an die Tage vor Longes Ermordung zurück und versuchte Hinweise zu finden, die Léos Schweigen erklären konnten. Hatte er, als er auf seine und Marions kleinen Geheimnisse anspielte, an Longe gedacht? Und wenn Patrick Longe der Mann war, den Léo suchte, steckte er dann auch hinter den anonymen Anrufen, die vielleicht deshalb so abrupt aufgehört hatten, weil der

Urheber ermordet worden war? Marion überlegte, wer mehr über das Ganze wissen konnte. Abgesehen von Léo selbst, war da noch der alte Lucien Longe, der womöglich besser Bescheid wußte, als er zugab, und natürlich Madame Legras, die den Hauptfeldwebel Patrick Longe noch kurz vor seinem Tod gesehen hatte. Hauptfeldwebel Patrick Longe ... Marion zog erneut die drei Hefter aus dem Umschlag, überflog nochmals alle Unterlagen und nahm schließlich die Personenstandsurkunde heraus. Vorsichtig löste sie das Paßfoto von dem Dokument und steckte es in ihre Blousontasche.

Als sie alles wieder in den Umschlag schieben wollte, nahm sie einen leichten Widerstand wahr und ein Geräusch von Papier, das zerknittert. Marion schaute in den Umschlag hinein und zog einen zerknüllten Zettel heraus. Es handelte sich um ein hochoffizielles Schreiben, das nichts anderes war als eine Vorladung vor das Pariser Disziplinargericht. Gleichzeitig verkündete der Brief eine durch diese Instanz bereits getroffene Entscheidung: die Zwangsversetzung nach Lyon, vorbehaltlich der Ergebnisse des Ermittlungsverfahrens.

»Scheiße!« fluchte Marion, während sie mit zitternden Händen das zerknitterte Papier glattstrich.

Was ist denn das schon wieder für ein Mist? Was für ein Ermittlungsverfahren? Warum hat er mir nichts davon gesagt? Genau das meinte die Tante vom Jugendamt wahrscheinlich. Der Mann ist gerichtlich verfolgt worden! Womöglich wegen Pädophilie! Und alle außer mir wissen anscheinend darüber Bescheid!

Ihr Magen fühlte sich plötzlich wie mit Blei gefüllt an, ihr wurde schlecht. Bilder kamen hoch: Léo, wie er konzentriert mit Nina und ihrer Puppe spielt ... Nina in seinen Armen, ihr kleiner Körper in seinen großen Händen.

Nein, das kann nicht sein. Ich will das nicht! Was für ein Alptraum!

Sie schlug die Hände vors Gesicht und versuchte mit aller Kraft zu verdrängen, was ihr die Leiterin der Adoptionsstelle eingeflüstert hatte ... Daß Léo ein Vergewaltiger sein sollte, war ja schon ... aber Kinder ... bitte, doch keine Kinder! Eine Eheschließung ist besser für Nina, eine richtige Familie ... Ihr rauschten die Ohren, wirre, sich überlagernde Stimmen stürmten auf sie ein.

Ich muß es wissen.

Es kam natürlich überhaupt nicht in Frage, daß Marion bei ihren Vorgesetzten Alarm schlug, schon gar nicht bei Quercy. Sie würde nicht heulend in seinem Büro sitzen und sich von ihm sagen lassen, daß sie durch die Beziehung zu einem ihrer Jungs nicht nur ein ungeschriebenes Kripo-Gesetz gebrochen, sondern sich zudem jemanden an Land gezogen hatte, der einiges auf dem Kerbholz hatte. Sie konnte sich schon vorstellen, welche Wellen das in der Kripo schlagen würde.

Sie drehte und wendete das Papier, das Léo schweigend unter Anklage stellte.

»Das Disziplinargericht in Paris ...« Sie dachte laut nach. »Ich muß doch jemanden kennen, der da was für mich rauskriegen kann ...«

Sie vertiefte sich in das Verzeichnis der einzelnen Dienststellen der Pariser Polizei und stolperte schließlich über den Namen des Mannes, den sie brauchte: Kommissar Vincent, der inzwischen in die Verwaltung des Polizeipräsidiums gewechselt war. Sie war ihm vor einigen Jahren bei einer Computerfortbildung begegnet, woran er sich sofort erinnerte, als sie ihn an der Strippe hatte. Als einzige weibliche Teilnehmerin hatte Marion damals alle Aufmerksamkeit auf sich gezogen.

»Weißt du noch, was du mir damals gesagt hast? ›Am Anfang einer Fortbildung würdigen die Typen die anwesenden

Frauen keines Blickes, wenn die Woche dann um ist, stehen sie plötzlich alle Schlange!‹ Erinnerst du dich?«

»Natürlich.« Marion ließ sich von der guten Laune ihres Kollegen anstecken. »Das konnte ich aber auch nur dir sagen, weil du der einzige warst, der mich nicht angebaggert hat.«

Er lachte übermütig.

»Ich hatte gerade geheiratet, meine Frau war schwanger, und das einzige, was mich auf dieser Fortbildung interessierte, waren die Computer ... Aber ich konnte die Jungs schon verstehen, du bist eine klasse Frau.« Da Marion auf diese Bemerkung nicht einging, fand Vincent wieder zu einem ernsthafteren Ton zurück. »Ich kümmere mich um deine Akte und ruf dich zurück.«

Nach dem Gespräch kramte Marion in ihren Erinnerungen, aber sie kam beim besten Willen nicht mehr darauf, wie Vincent aussah. Sie seufzte, dann hörte sie ein zaghaftes Klopfen an der Tür.

Lieutenant Garcia trat ins Büro und ließ ihren Blick prüfend durch den Raum schweifen, hin und her gerissen zwischen Respekt – immerhin war sie in das Büro ihrer Chefin, ins Allerheiligste also, vorgedrungen – und Mißfallen angesichts des unsäglichen Chaos, das darin herrschte. Marion klappte die Unterlagen zum Thema Léo Lunis mit einer raschen Handbewegung zu und stützte beide Ellbogen darauf.

»Was gibt's, Garcia?«

Marion sprach die Frauen ihres Teams ebenso wie die Männer mit dem Familiennamen an. Es gab keinen Grund, hier einen Unterschied zu machen. Obwohl gerade diese junge, zerbrechlich wirkende Polizistin mit den riesigen Augen und einem Revolver, der viel zu groß an ihr wirkte, ihrem mädchenhaften Vornamen Marie alle Ehre machte.

»Capitaine Lunis hat aus Deutschland angerufen«, sagte die junge Frau in einem Ton, der Marion in Alarmbereitschaft versetzte.

»Wann?«

»Vor etwa einer Stunde.«

»Und Sie haben mich nicht kontaktiert?«

»Er hat gesagt, es gäbe nichts Wichtiges zu melden. Er ist um kurz vor zwölf angekommen, und jetzt ist er in der Kaserne und ...«

»*Er*?«

»Ja, Lavot ist wohl krank. Er scheint sich ständig zu übergeben. Léo ... ich meine Lunis vermutet, daß er sich eine Magen-Darm-Grippe gefangen hat, und hat ihn gleich im dortigen Krankenrevier abgeliefert.«

Marion nahm diese Neuigkeit mit großem Unbehagen zur Kenntnis. Langsam beschlich sie das Gefühl, daß es das Schicksal mit ihr und allen Leuten in ihrer näheren Umgebung einfach nicht gut meinte.

»Warum hat er nicht mich angerufen?«

»Sie waren nicht da, Chef.«

»Und warum Sie? Warum nicht Ihren Teamleiter?«

»Wir arbeiten in derselben Gruppe«, entgegnete Garcia schon mit nicht mehr ganz so viel Respekt. »Und wir sind befreundet.«

Das klang fast ein bißchen provokativ, so, als wollte sie sagen: Na, Alte, was sagst du dazu?

Da sich die Miene der Chefin verfinstert hatte, ruderte Marie Garcia dann aber doch lieber schnell zurück.

»Eine rein berufliche Beziehung natürlich, Chef. Er hilft mir bei der Aktenführung. Dieser Papierkram ist einfach nicht mein Ding. Und außerdem heirate ich in drei Monaten, insofern ...«

Insofern was? Als ob es das nicht alles schon gegeben hätte ...

Diese Heiratsgeschichten beruhigen mich überhaupt nicht, wenn ich ihre strammen Brüste und den knackigen Teenagerhintern sehe ... Sie ist zehn Jahre jünger als ich!

»Schon gut.«

Marion beendete das Gespräch abrupt. Als Marie Garcia die Tür erreicht hatte, drehte sie sich kurz um, als wollte sie sich vergewissern, welche Wirkung ihr eng anliegendes Polohemd und ihr wohlgeformter Hintern, den eine Stretch-Jeans voll zur Geltung brachte, auf ihre Chefin hatten. Aber Marion, die in ihrem roten, mit Spitze besetzten T-Shirt nicht minder sexy war – auch wenn sie das selbst vielleicht nicht wahrhaben wollte –, sah die junge Polizistin gar nicht an, sondern erkundigte sich abschließend in barschem Ton: »Hat er eine Telefonnummer hinterlassen?«

»Ja, die von der Kaserne ...«

Marion streckte die Hand aus.

»Na, dann geben Sie sie mir bitte!«

Lieutenant Garcia wühlte in ihrer Tasche und zog einen doppelt gefalteten Zettel hervor, den sie Marion reichte. Oben stand eine Telefonnummer mit der Vorwahl von Deutschland. Direkt darunter eine andere, Lyoner Nummer, gefolgt von einer Adresse. Marion runzelte die Stirn.

»Ich verstehe nicht ...«

»Ach ja, tut mir leid«, sagte Marie Garcia und schlug sich mit der Hand vor den Mund. »Das ist die Information, um die Sie die Techniker heute mittag gebeten hatten. Es handelt sich wohl um eine Telefonzelle, die Adresse steht dabei.«

»Danke«, murmelte Marion, als die junge Frau ihr Büro verließ.

Fassungslos starrte sie auf den Zettel und fragte sich, was das nun wieder zu bedeuten hatte. Die Adresse, die auf dem Papier stand, war ihre eigene! Der Apparat, von dem aus Sam am Vormittag angerufen hatte, befand sich in der Telefonzelle direkt vor ihrem Haus.

Marion zögerte lange, ehe sie einen Entschluß faßte. Es war nicht von der Hand zu weisen, daß der geheimnisvolle Sam allmählich lästig wurde. Bislang hatte sie ihn für einen merkwürdigen, aber keinesfalls gefährlichen und vor allem sehr attraktiven Mann gehalten, und es verwirrte sie, daß ihre latente Erregung sich so hartnäckig hielt. Er war bestimmt einer von diesen Männern, die Marion kannten, weil sie sie einmal in einer Zeitung, in den Fernsehnachrichten oder am Schauplatz eines Verbrechens gesehen hatten. Ihr waren schon häufig solche Typen untergekommen, die auf Polizistinnen flogen, die sie sich grundsätzlich in knappem Rock mit einem Revolver im Strumpfband vorstellten. Sie träumten davon, während sie ihre Ehefrauen vögelten. Ein direkter Kontakt war eher selten, aber bei einigen Erotomanen konnte es schon passieren. Wenn sie einem zu nahe kamen, mußte man reagieren.

Ich kann ja wohl mein Haus nicht bewachen lassen, bloß weil ich von einem Typen verfolgt werde. Im übrigen versteckt er sich gar nicht, und ich bin durchaus in der Lage, mich selbst zu verteidigen …

Plötzlich mußte sie wieder an Nina denken. Marion war vielleicht in der Lage, sich selbst zu verteidigen, aber Nina mit Sicherheit nicht. Aus einer spontanen Eingebung heraus griff sie zum Hörer.

Den Chef der Gendarmerie-Brigade, die für ihren Stadtteil zuständig war, kannte Marion gut. Sie hatten sich im Zusammenhang mit einem Fall kennen- und schätzen gelernt, was ja nicht unbedingt häufig vorkam. Seine Heiterkeit entsprach seinem Äußeren: groß, kräftig gebaut, immer in Topform.

»Was kann ich für Sie tun, Kommissarin Marion?«

»In meiner Nachbarschaft sind ein paar Typen aufgefallen, die sich in der Nähe der Schule und im angrenzenden Wohngebiet herumtreiben, anscheinend vor allem in meiner Straße. Ist Ihnen irgend etwas gemeldet worden?«

»Absolut nichts. Was könnten das für Typen sein? Einbrecher? Dealer?«

»Oh, ich habe keine Ahnung und bin mir nicht mal sicher, ob es wirklich Grund zur Sorge gibt. Aber da Sie für die Gegend zuständig sind, wollte ich Ihnen auf jeden Fall Bescheid sagen.«

Sie gab dem Polizisten eine Beschreibung von Sam, und er versprach ihr, eine Streife loszuschicken, um der Sache nachzugehen und die Gegend unauffällig zu überwachen. Während Marion sich bei ihm bedankte, beglückwünschte sie sich selbst zu dieser Lösung: Sie brauchte wegen eines wahrscheinlich völlig harmlosen, liebeskranken Typen nicht ihre eigenen Leute in Alarmbereitschaft zu versetzen, und trotzdem würde man dank dieser kleinen Lüge ein Auge auf ihr Haus haben.

31

Carole Véron empfing Marion zwar nicht mit offenen Armen, aber wenigstens mutete sie ihr diesmal nicht die Gegenwart eines verzogenen Luxushündchens zu. Ihr Arbeitstag war beendet, und nachdem sie sich kategorisch geweigert hatte, Marion ins Polizeipräsidium zu begleiten, folgte sie der Kommissarin schließlich in einen Teesalon. Die junge Frau schien alles andere als begeistert zu sein, hielt sich aber mit Feindseligkeiten zurück.

Nachdem sie in einem ruhigen Eckchen Platz genommen hatten, gaben sie ihre Bestellung auf, Carole einen heißen

Kakao und Marion einen Tee mit Milch. Sie verzichteten auf den Kuchen, den ihnen eine greise Kellnerin, die genauso antiquiert war wie die Inneneinrichtung aus den dreißiger Jahren, auf einem nicht minder altmodischen vergoldeten Teewagen präsentierte. Marion machte sich nicht viel aus Süßem, aber das begehrliche Funkeln in Caroles Augen sprach Bände.

»Ich muß auf meine schlanke Linie achten«, erklärte sie ungefragt. »Darüber läßt die Chefin nicht mit sich reden, wir müssen alle einmal pro Monat auf die Waage.«

»Und das lassen Sie sich gefallen?« Marion stellte sich die Reaktion ihrer Jungs vor, wenn sie derartiges verlangen würde und hätte fast laut losgelacht.

Bei denen müßte man eher die Gamma-Gt kontrollieren. Eine Frechheit, und die Mädels machen das auch noch mit ... Sowas will mir einfach nicht in den Kopf.

»Ich habe zwei Jahre gesucht, bis ich den Job hatte, dabei habe ich immerhin bis zum Vordiplom Jura studiert«, rechtfertigte sich Carole. »Ich bekomme den gesetzlich festgelegten Mindestlohn ... Na ja, besser als gar nichts. Ich bin achtundzwanzig und wohne immer noch bei meinen Eltern ... Tja, so ist das.«

Als die dampfenden Tassen gebracht wurden, griff Carole nach ihrem Löffel, um den dicken, mit Kakaopulver bestäubten Schaum abzuschöpfen. Mit halbgeschlossenen Augen ließ sie es sich schmecken.

»Mademoiselle Véron«, setzte Marion an, ohne von ihrem Tee zu kosten, der erst abkühlen sollte, »ich muß Ihnen noch ein paar Fragen stellen. Sie müssen mir helfen, jedes Detail ist wichtig.«

Carole Vérons Miene verriet, daß sie auf das Schlimmste gefaßt war, womit sie instinktiv richtiglag. Trotzdem zuckte sie zusammen, als Marion zur Sache kam, schreckte vom

Tisch zurück, als ginge von ihrem Kakao plötzlich eine große Gefahr aus. Empört starrte sie die Kommissarin an.

»Glauben Sie vielleicht, ich hatte ein Maßband dabei? Jetzt übertreiben Sie aber wirklich! Daran erinnere ich mich nicht ...«

»Versuchen Sie's! Konzentrieren Sie sich!«

Carole beugte sich vor und zischte geradezu aggressiv: »Sind Sie pervers, oder was? Brauchen Sie das, um ...«

»Ich habe einen Verdächtigen«, fiel Marion ihr scharf ins Wort. »Beschreiben Sie mir seinen Penis. War er kurz oder lang? Dick oder dünn?«

»Ich bitte Sie ... Ich weiß es nicht mehr. Zeigen Sie mir lieber Ihren Verdächtigen!«

»Das kann ich nicht. Strengen Sie sich ein bißchen an, es ist sehr wichtig.«

Beinahe hätte sie »für mich« gesagt, konnte es sich aber gerade noch verkneifen. Ein dunkler Schatten legte sich auf Carole Vérons Gesicht; schaudernd verschränkte sie die Arme vor der Brust und schloß die Augen, um sich zu konzentrieren. Schließlich gab sie eine Beschreibung, die auf Léo wie auf jeden zweiten Bewohner der Stadt zugetroffen hätte. Marion schwieg einen Moment, ohne Carole aus den Augen zu lassen, dann wurde ihr selbst die Absurdität ihrer Frage bewußt. Was sollte sie mit einer Beschreibung anfangen, die sowieso extrem subjektiv war? Was bei der einen Frau unter normal lief, würde eine andere als riesig einstufen. Sie mußte an eine wissenschaftliche Beweisführung zu diesem Thema denken, mit der Marsal sie einmal verblüfft hatte.

»Große Penisse«, hatte er gesagt, »sind auf das Cox-Gen zurückzuführen. Es verursacht eine überproportionale Entwicklung der Extremitäten, Auswüchse und Protuberanzen. Vermutlich rührt hierher die Vorstellung, daß große Nasen,

Füße oder Daumen bei einem Mann Rückschlüsse auf die Größe seines Geschlechtsteils erlauben.«

Sie sah den Pathologen mit seinen struppigen Haaren wieder vor sich und unterdrückte ein Grinsen.

»Sie haben recht«, sagte sie leise. »Meine Frage war dumm. Ich bitte Sie um Entschuldigung. Trotzdem danke, daß Sie versucht haben, eine Antwort zu geben.« Sie fühlte sich genötigt, eine Rechtfertigung hinterherzuschieben. »Eigentlich wollte ich hören, ob Ihnen irgendeine Anomalie aufgefallen ist, irgend etwas Ungewöhnliches ...«

»Oh, ich verstehe. Nein, da war nichts ... Na ja, ich meine nichts, was mir aufgefallen wäre.«

Ihr Mund war halb geöffnet, während sie sich an etwas sehr Präzises zu erinnern schien.

»Ja?« ermunterte sie Marion. »Ist das, was Sie empfunden haben, die Sache, die Ihnen aufgefallen ist?«

»Wenn Sie so wollen«, flüsterte Carole. »Ist das alles?«

»Nein ...«

»Aber ...« protestierte die junge Frau. »Sie sind wirklich unglaublich. Ich habe Ihnen doch alles gesagt.«

»Sein Geruch ...«

»Ich habe diese Frage beim letzten Mal schon beantwortet.«

»Ich möchte Ihnen etwas zeigen.«

Marion machte ein wenig Platz auf dem Marmortischchen, um eine Plastiktüte daraufzulegen, die sie mitgebracht hatte. Sie öffnete die Tüte, zog einen feinen Wollpullover heraus und reichte ihn Carole.

»Hier, nehmen Sie«, sagte Marion. »Erkennen Sie diesen Geruch wieder?«

Widerwillig und mit spitzen Fingern griff die junge Frau nach dem Kleidungsstück, als könnte sie sich eine ansteckende Krankheit einfangen. Sie hielt es in einiger Entfernung an ihr Gesicht und zog schon im Vorfeld angewidert die schmale Nase kraus. Als sie dann aber aus nächster Nähe daran schnupperte, geschah plötzlich etwas Erstaunliches: Sie vergrub ihr Gesicht in dem Pullover und sog den Duft geradezu in sich ein. Marion hielt die Luft an, ließ ihr Zeit, die Bilder und Empfindungen, die in ihrem Unterbewußtsein vergraben waren, wieder hochkommen zu lassen. Schließlich schlug Carole gedankenverloren die Augen auf. Sie waren traurig, als hätte sich ein Schleier darübergelegt.

»Komisch«, murmelte sie. »Für einen Moment war ich wieder in dieser Tiefgarage …«

Sie fuhr zusammen.

»Aber dann …«

Sie griff wieder nach dem Pullover, hielt ihn erneut an ihre Nase und herrschte Marion an: »Wer ist dieser Verdächtige? Wem gehört dieser Pullover?«

»Immer mit der Ruhe! Ein Verdächtiger ist kein Täter. Ich kann Ihnen noch nichts sagen. Ein Ermittlungsverfahren ist wie ein Puzzle, das man mit viel Geduld zusammenfügt. Manchmal glaubt man, man hätte das fehlende Teilchen gefunden, es scheint genau zu passen, man denkt, daß man nur noch ein bißchen nachhelfen muß, und schon begeht man einen Fehler.«

Marion versuchte vor allem, sich selbst zu beruhigen. Diese Geschichte war ein einziges Wechselbad der Gefühle. Eine furchtbare Angst und Mutlosigkeit nahm von ihr Besitz: Wenn Carole Véron Léos ungewöhnliches Parfum erkannt hatte …

Das durchdringende Piepen ihres Pagers riß sie aus ihren Grübeleien. Sie merkte, daß sie leicht zitterte, als sie das Gerät aus der Tasche zog. Sie hatte inzwischen vor diesem Piepen, das jedesmal für einen neuen Schlamassel sorgte, einen regelrechten Horror.

»Mercure 420. Sam.«

Marion brauchte einen Moment, um die Nachricht auf dem kleinen, grün schimmernden Display zu verstehen. Carole löffelte derweil trübsinnig den Rest ihres kalt gewordenen Kakaos aus der Tasse. Marion konnte einen leisen Ausruf nicht unterdrücken.

Sam! Er erwartet mich im Hotel Mercure, Zimmer 420 … Ach du lieber Himmel!

»Aber komisch ist das schon«, fing Carole Véron wieder an. »Ich frage mich …«

»Wie bitte?« Marion schreckte auf. »Was haben Sie gesagt?«

»Nichts, mir ist gerade eingefallen, an wen mich dieses Parfum erinnert, ich meine, abgesehen von dem Kerl in der Tiefgarage! Darauf war ich noch gar nicht gekommen …«

Marion, immer noch verwirrt durch Sams Mitteilung, beobachtete die junge Frau, der sie seit mehreren Tagen keine Ruhe ließ, und begriff, daß Carole zwar um den heißen Brei herumredete, aber eigentlich darauf brannte, mit der Sprache herauszurücken. Sie hatte von Anfang an genau gewußt, mit wem sie es in der Tiefgarage zu tun hatte. Marion gab der Kellnerin ein Zeichen und begann sich ihre Jacke überzuziehen.

»An wen?« fragte sie unwillig.

»An Capitaine Lunis, Léo …«

Marion hielt wie vom Blitz getroffen inne, ihr war so, als täte sich die Erde unter ihren Füßen auf. Sie wollte den Namen wiederholen, doch sie war wie gelähmt und außerstande, ein Wort hervorzubringen.

»Kennen Sie ihn?« fragte Carole mit einem sonderbaren Klang in ihrer Stimme.

Marion gelang es, zu nicken.

»Und Sie, woher kennen Sie ihn?« fragte sie unsicher.

»Er wohnt bei mir in der Nähe. Ich habe ihn kennengelernt, als er eingezogen ist. Einmal hat er mich zu einem Kaffee eingeladen. Er ...«

Sie brach ab, doch ihre Stimme und das plötzliche Leuchten in ihrem Gesicht sagten mehr als tausend Worte darüber, wie sehr ihr dieser Capitaine gefallen hatte. Mit schmerzerfülltem Blick sah sie zur Decke hoch.

»Ich fand ihn gutaussehend, intelligent ...«

»Sind Sie verliebt in ihn?«

»Na ja, Am Anfang dachte ich, daß er und ich ... aber ...«

»Ich bitte Sie, sprechen Sie doch Ihre Sätze zu Ende!«

»Er war gebunden.«

Ach, nee ... Ob er trotzdem erst noch mit ihr geschlafen hat? Traust du dich, sie das zu fragen?

»Hatten Sie intime Beziehungen?«

Carole schüttelte heftig den Kopf.

»Nein, ich sagte doch, nein! Hatten wir nicht, bis ...«

Marions Mund füllte sich mit Gallenflüssigkeit, sie schluckte.

»Glauben Sie, daß er Sie vergewaltigt hat?«

Carole zögerte, während sie noch immer zu der lackierten Decke hochstarrte, in deren glänzender Oberfläche sich die Behänge der Kristalleuchter widerspiegelten. Ihre Augen wurden feucht.

»Während es passiert ist, habe ich das geglaubt, ja. Deshalb habe ich auch ...«

»Lust empfunden?«

Sie nickte und blickte Marion verzweifelt an. Wieder hatte Marion das Gefühl, als zöge ihr jemand den Boden unter den Füßen weg, und sie schnappte nach Luft.

»Und jetzt, was denken Sie jetzt?« murmelte sie.

»Ich weiß nicht mehr, was ich denken soll ...«

Was kommt denn jetzt noch?

»Gestern?« brachte Marion hervor.

»Ja, ich bin ihm vor der Haustür begegnet, ich hatte ja frei. Komisch war, daß er mir genau dieselben Fragen gestellt hat wie Sie, als Sie das erste Mal in den Hundesalon gekommen sind. Er wollte wissen, ob der Mann in der Tiefgarage etwas gesagt hat, und was er gesagt hat, wie seine Stimme klang ... ob ich mich an irgend etwas Besonderes erinnere. Es fiel mir schwer, ihm zu antworten, weil ich ja an ihn gedacht hatte und ...«

Die Frau muß total bescheuert sein. Da hat sie den Mann vor der Nase, von dem sie glaubt, daß er sie mißbraucht hat, und was macht sie? ...

»Sagen Sie«, unterbrach Marion sie plötzlich, »haben Sie mit ihm auch über das Datum Ihrer Vergewaltigung gesprochen?«

»Ja.«

Marion atmete tief durch.

»Wer hat die Frage angesprochen?«

»Er.«

»Warum?«

»Er wollte sich vergewissern, ob ich es wirklich genau wußte.«

»Und war das der Fall?«

»Nein, ich hatte danach eine Art Filmriß ... Ich war mir nicht mehr sicher, ob es am einunddreißigsten März oder am ersten April passiert ist ... Aber es muß wohl am ersten April gewesen sein.«

»Das wissen Sie ganz bestimmt?«

Carole Véron schüttelte den Kopf. Marion ließ nicht locker.

»Warum sagen Sie dann, daß es am ersten April war?«

»Capitaine Lunis hat mich daran erinnert. Er wußte es

wohl noch, weil da irgendein besonderes Ereignis war, ich weiß auch nicht mehr, was, und weil wir uns morgens über den Weg gelaufen waren, in der Tiefgarage. Komisch, ich hatte gedacht, es sei einen Tag früher passiert …«

Ninas Geburtstag … Wie praktisch … Nur daß Carole selbst sich absolut nicht sicher ist.

»Wissen Sie noch, ob Sie mir bei unserem ersten Gespräch erzählt haben, daß Sie sich mit dem Datum nicht mehr sicher sind?«

»Nein, aber das würde mich wundern. Und wenn Sie mich danach gefragt hätten, hätten wir genau dieselbe Diskussion geführt wie jetzt.«

Genau. Und ich glaube, daß Capitaine Lunis seine Position, Caroles Verwirrung und die Gefühle, die sie ihm entgegenbringt, ausgenutzt hat, um ihrer Erinnerung auf die Sprünge zu helfen.

»Warum haben Sie bei unserem letzten Treffen behauptet, daß Sie niemanden kennen, der Léo heißt?«

Marion kannte die Antwort auf diese Frage schon: Carole Véron hatte niemals die Absicht gehabt, Anzeige zu erstatten, sie war ihrer Freundin Diane in die Falle gegangen. Mit ihrem Schweigen versuchte sie jemanden zu schützen – Léo natürlich.

»Hat er gemerkt, daß Sie ihn verdächtigen?«

Carole zuckte geistesabwesend die Schultern.

»Ich weiß nicht … Er war sehr reserviert. Er ist gegangen, ohne mir irgend etwas zu sagen … Nichts, außer daß ich unser Gespräch für mich behalten soll.«

»Warum haben Sie ihn verraten?«

»Warum hat er mich nicht haben wollen? Warum hat er mir *das* angetan?«

Auf einmal war es mit Carole Vérons Selbstbeherrschung vorbei, und der ganze Kummer, den sie seit Wochen in sich hineingefressen hatte, brach aus ihr heraus. Marion ließ es peinlich berührt geschehen, während sich an den Nachbartischen zahlreiche hochanständige Damen fragten, was sie wohl gesagt oder getan haben mochte, daß dieses junge Mädchen plötzlich derart die Fassung verlor.

»Jetzt beruhigen Sie sich doch!« raunte Marion der laut schluchzenden und schluckenden Carole zu.

»Ich weiß einfach nicht mehr weiter. Wenn er es wirklich war, hat er etwas Abscheuliches getan. Aber wenn er es nicht war …«

»Aber er war es nicht, Carole, es war nicht Capitaine Lunis … Da bin ich mir ganz sicher!« behauptete Marion ohne Überzeugung, um der Szene ein Ende zu setzen.

Caroles Schluchzen wurde noch lauter, und sie sank an Marions Schulter; ihre Tränen benetzten den Lederblouson der Kommissarin.

O Gott, ich hasse solche Situationen. Jetzt habe ich schon wieder etwas Falsches gesagt. Wahrscheinlich wäre das Gegenteil richtig gewesen.

»Hören Sie, Carole, das wird schon wieder … Ich sagte Ihnen doch, daß er es nicht war!«

»Aber verstehen Sie denn nicht … Ich wollte ja, daß er es war, das wäre mir doch ein Trost gewesen. Ich habe ihn geliebt, verstehen Sie? Ich liebe ihn, und er liebt mich nicht, er wird mich nie lieben …«

32

Im Auto ließ Marion ihrem Zorn freien Lauf.

»Du kriegst von mir auch noch ein paar kleine Geheimnisse zu hören«, tobte sie, während sie die Uferstraße entlangraste. »Du wirst mich schon noch kennenlernen … Idiot! Horchst mich über meine Ermittlungen aus und funkst mir dann dazwischen, um dein eigenes Ding durchzuziehen, wie? Was ist das für ein mieser Plan, Léo? ›Vertrau mir, Marion!‹ Daß ich nicht lache! Vertrauen ... Das würde dir so passen! Aber du wirst schon sehen, sobald du zurückkommst, machst du den Speicheltest. Dann kommt die Gegenüberstellung mit Carole, die wird schon irgendwann auspacken. Wir haben doch alle unsere kleinen Geheimnisse! Würde mich nicht wundern, wenn das Jugendamt doch recht hätte ...«

Sie dachte kurz an Nina, die jetzt, mit Talon als Leibwächter, hoffentlich in Sicherheit war. Der Schraubstock um ihren Brustkorb zog sich noch enger zu, sie versuchte, tief durchzuatmen.

Sie jagte am Hotel Mercure vorbei, ohne es eines Blickes zu würdigen. Mit quietschenden Reifen nahm sie die nächste Kurve und fand sich in einer Straße wieder, die auf beiden Seiten selbst in zweiter Reihe zugeparkt war. Mit den vielen kleinen Geschäften, deren Verkaufsstände in der warmen Jahreszeit auf die Bürgersteige verlagert wurden, erinnerte diese Einkaufsstraße an das bunte Treiben auf einem Markt. Marion fluchte laut. Sie hatte sich völlig gedankenlos in dieses Chaos hineinmanövriert, und jetzt saß sie fest. Sie umklammerte das Lenkrad und zwang sich, die Ruhe zu bewahren.

Sie hatte Carole Véron in völlig aufgelöstem Zustand in ein Taxi gesetzt und ihr versprochen, sie nicht ihrem Schicksal zu überlassen. Die junge Frau hatte panische Angst vor einer Gegenüberstellung mit Léo oder einem anderen Verdächtigen, aber Marion hatte sie beruhigt: Solange nicht in aller Form Anzeige erstattet wurde, würde sie nichts unternehmen. Das Wichtigste war, daß Carole sich ihrer Sache sicher war, daß sie wieder zu sich fand, nachdachte, zum Arzt ging ... Sie hatte sich große Mühe gegeben, besänftigend auf die junge Frau – und auf sich selbst – einzuwirken.

»Und dann dieser andere Kerl, der mich wie ein Callgirl in sein Hotelzimmer bestellt! Für wen hält der mich eigentlich?«

Ein neuer Wutanfall jagte ihren Blutdruck in die Höhe, und unter den erstaunten Blicken der Passanten, die sich zwischen den Autos durchschlängelten, schimpfte sie weiter laut vor sich hin. Zornig drückte sie mit aller Kraft auf die Hupe, was sofort von ein, zwei Autofahrern hinter ihr und schließlich von der ganzen Schlange, die inzwischen bis zur Rhone reichte, nachgeahmt wurde. Daß Sam sie auf diese Weise zu sich zitierte, brachte sie in Rage. Dabei hätte sie, nachdem sie sich von Carole Véron verabschiedet hatte, seiner Aufforderung fast Folge geleistet. Wäre in großen Sprüngen die Treppe hinaufgeeilt, hätte die Tür aufgestoßen und … Sie zuckte zusammen. Was hätte sie dann getan? Ihre Wut auf Léo an ihm ausgelassen? Den unverschämten Kerl auf die nächste Polizeiwache geschleppt? Oder wäre sie auf sein Bett gesunken, um sich von ihm trösten zu lassen und in seinen liebestrunkenen Augen zu lesen, daß sie endlich einmal alles für einen Mann bedeutete?

Nein, nein und nochmals nein! Ich liebe Léo …

Entnervt über die Untätigkeit der anderen Autofahrer und die nicht absehbare Auflösung dieses Staus, kurbelte sie die Scheibe herunter, befestigte das mobile Blaulicht auf dem Dach und schaltete das Martinshorn ein. Das ohrenbetäubende Schrillen der Sirene vertrieb innerhalb weniger Sekunden nicht nur Marions ganzen Streß, sondern auch die Autos, die ihr den Weg versperrt hatten.

33

In der vierten Etage des Polizeipräsidiums war nur noch das kleine Büro von Talon, das gleich neben dem von Marion lag, erleuchtet. Es war erst kurz nach sieben und schon niemand mehr da. Marions Pessimismus der letzten Tage drohte wieder überhandzunehmen, als ihr einfiel, daß sie etwas von einem Fußballspiel im Gerland-Stadion aufgeschnappt hatte. Lyon gegen Bordeaux. An solchen Tagen wurde in den Büros – außer in klaren Fällen von höherer Gewalt – schon um sechs Uhr alles stehen- und liegengelassen. Die Mädels nutzten das aus, um zum Friseur zu gehen oder in den Supermarkt.

Auch in der ersten Etage hatten sich die Reihen schon erheblich gelichtet. Die wachhabenden Polizisten hatten im Maschinenraum ein Fernsehgerät angeschlossen, um das Spiel wenigstens aus der Ferne mitzuverfolgen. Als Marion einen guten Abend wünschte, wurde sie entsprechend kaum beachtet.

Wie vorherzusehen, hatten ihre Nachforschungen nichts ergeben: In den Computerkarteien der Kripo gab es keinen Sam Nielsen. Das mußte nicht unbedingt heißen, daß Sam gelogen hatte, aber sie würde in den Datenbänken anderer Verwaltungsstellen nachforschen, wofür es an diesem Abend allerdings schon zu spät war.

Marion trat aus dem dunklen Gang ins Licht. Talon hatte sie kommen hören und war aufgestanden. Neben ihm auf dem Schreibtisch lag ein dicker Ordner, aus dem eine Ermittlungsakte quoll, die er noch einmal durchsehen wollte, bevor er sie an die Staatsanwaltschaft weiterleiten konnte.

»Gut, daß Sie mich angefunkt haben«, sagte Marion. »Ich war im Maschinenraum.«

Talon war seit halb sechs zurück und hatte damit gerechnet, eine vor Angst um Nina völlig aufgelöste Marion vorzufinden. Als er schwieg, bohrte die Kommissarin ungeduldig nach.

»Und?«

»Auftrag erledigt«, sagte er und deutete ein Lächeln an.

Ein Knarren draußen im Gang ließ Marion zusammenfahren. Mit einem Satz war sie wieder an der Tür und sah sich um. Das Licht ging an, und eine Putzfrau tauchte auf, mit Schrubber, Eimer und Aufnehmer bewaffnet.

»Kommen Sie«, sagte sie zu Talon. »Wir sollten uns woanders unterhalten. Ich bin mißtrauisch, bestimmt gibt es hier irgendwo Mikrophone.«

Mein Verfolgungswahn nimmt langsam bedrohliche Formen an … Und Léo, den habe ich total vergessen. Scheiße, ich sollte ihn zurückrufen …

»Warten Sie eine Minute!« rief sie, als Talon sich schon den Regenmantel überzog. »Ich muß noch kurz in Deutschland anrufen.«

Aus den Tiefen ihrer Jackentasche zog sie den Zettel hervor, den ihr Lieutenant Marie Garcia gegeben hatte, und wählte die Nummer. Eine Minute lang ließ sie es klingeln, vergeblich. Talon sah ihr schweigend zu.

»Komisch, eine Kaserne, in der niemand ans Telefon geht. Ich versuch's später noch mal. Los, gehen wir!«

Talon steuerte auf die Tür zu und blieb plötzlich ohne Vorwarnung stehen. Marion stolperte gegen ihn.

»Sagen Sie doch was!« schimpfte sie.

»Tut mir leid«, antwortete der Beamte verwirrt. »Fast hätte ich es vergessen: Vor einer Stunde hat ein Kollege aus Paris angerufen, ein Kommissar Vincent …«

Das Adrenalin rauschte wie ein Hochwasser führender Fluß durch Marions Schlagadern. Sie sah auf die Uhr.

»Mist, schon halb acht, er ist bestimmt nicht mehr im Büro.«

»Er hat gesagt, daß er auf Ihre Rückkehr warten würde. Ich weiß nicht ...«

Das Ende des Satzes bekam Marion schon nicht mehr mit. Sie stürzte in ihr Büro und schlug die Tür hinter sich zu. Resigniert legte Talon den Regenmantel ab und vertiefte sich wieder in seine Akte.

»Danke, daß du auf mich gewartet hast«, sagte Marion, bemüht, ihrer Stimme einen unaufgeregten, professionellen Klang zu verleihen. »Hast du was gefunden?«

Kommissar Vincent war die Anspannung, die sich hinter dieser harmlosen Frage verbarg, nicht entgangen, und auch ihm gelang es nicht, seine Befangenheit ganz zu überspielen.

»Ja«, sagte er.

Das Schweigen, das seiner Antwort folgte, war beklemmend. Marion ergriff als erste wieder das Wort.

»Ist es so schlimm?«

»Ja, schon ... Obwohl ich dir leider nicht besonders viel sagen kann. Lunis ist Vollwaise und wurde seinerzeit vom Jugendamt betreut, aber ich glaube, das weißt du auch schon. Er hat eine militärische Ausbildung absolviert, erst Kadettenanstalt, dann die Unteroffiziersschule. Nach dem Militärdienst verpflichtete er sich ... Er war ein guter Polizist, ein sehr guter sogar, bis zum Tod seiner Frau.«

Marion lief es kalt den Rücken herunter, gleichzeitig brach ihr der Schweiß aus. Sie zog ihre Lederjacke aus und setzte sich, auf das Schlimmste gefaßt.

»Seine Frau war eine Kollegin, wußtest du das?«

»Nein ... nein ...« stammelte Marion. »Kommissarin?«

»Nein, Lieutenant wie er. Sie ist vor zwei Jahren gestorben ...«

»Ja, bei einem Unfall, das weiß ich.«

Am anderen Ende der Leitung trat wieder Schweigen ein. Dann fragte Kommissar Vincent: »Hat er dir das gesagt?«

»Ja. Wieso, stimmt was nicht, Vincent?«

»Sie ist ermordet worden, Marion. Ermordet.«

Marion packte die nackte Angst.

»Über die näheren Umstände ist mir nichts bekannt«, fuhr Vincent fort. »Die Sache liegt zwei Jahre zurück, und ich war zu dieser Zeit nicht in Paris. Eine ganz üble Geschichte. Lunis ist extrem unter Druck gesetzt worden. Rausgekommen ist dabei aber nichts.«

»Was soll das heißen?«

»Er ist verdächtigt worden. Monatelang war er der Hauptverdächtige.«

»Ist das der Grund, warum man ihn vors Disziplinargericht gestellt hat?«

»Oh, nein. Er stand damals so unter Druck, daß er irgendwann die Nerven verloren hat und auf einen Kollegen von der Kripo und den Untersuchungsrichter losgegangen ist. Der Kollege hat die Sache fallenlassen, aber der Richter hat Anzeige erstattet. Das Strafverfahren läuft noch. Er wird bestimmt verurteilt.«

Das wird ja immer besser ... Und von all dem hat er mir nichts gesagt. Er hat sich von mir verführen lassen, hat gesagt, daß er mich liebt, daß er für immer mit mir zusammensein will. Er hat mich benutzt, wollte sich nur in Sicherheit bringen. Léo ist ein Mörder ...

»Marion?« fragte Vincent besorgt. »Bist du noch dran?«

»Ja, ja. Kannst du mir mehr über die Sache mit seiner Frau sagen? Über die Rolle, die er dabei gespielt hat?«

»Leider nicht. Die Untersuchung ist noch nicht abgeschlossen, und ich habe die Akte nie gesehen. Ein heikler

Fall, der gut unter Verschluß gehalten wird, deshalb hast du auch nichts darüber gefunden.«

»Vincent, eins muß ich noch wissen. Hast du irgendwo in seiner Akte Hinweise auf eine Vergewaltigung oder ein Vergehen an Kindern gefunden?«

Marion schaffte es nur mit größter Mühe, diese Frage zu stellen. Sie hatte das Gefühl, neben sich zu stehen und sich selbst zuzuhören. Sie konnte nicht die Frau dieses Mannes sein, über den sie seit einigen Minuten redeten und der Vincent dazu veranlaßte, vor Verblüffung ein leises Pfeifen von sich zu geben.

»Sag mal, das klingt ja wie aus einem Thriller …«

»Ich bitte dich, Vincent. Ich muß das wirklich wissen. Lunis ist …«

»Dein Kerl, ich weiß, das hast du mir ja gesagt. Niemals mit einem aus der eigenen Truppe, Marion …«

»Das ist jetzt wirklich nicht der geeignete Moment …«

Vincent dachte kurz nach.

»Ich habe nichts dergleichen gesehen, aber, wie gesagt, ich habe keinen Zugang zu allen Informationen. Um die Ermordung seiner Frau hat sich die Kripo gekümmert, und sollte Lunis noch andere Leichen im Keller haben, werden die es wohl wissen. Die entsprechenden Akten müssen sie noch haben. Der Chef ist ein guter Freund von mir, ich könnte ihn ansprechen, wenn du willst. Aber dafür müßtest du nach Paris kommen …«

»Danke, Vincent, das ist wirklich nett von dir. Aber ich kümmere mich lieber selbst darum. Und ich rufe dich an, sobald ich da bin, versprochen.«

»Talon, wie sieht eigentlich ein Pädophiler aus?«

Der Beamte sah sie überrascht an und runzelte die Stirn.

»Ich weiß nicht, ich habe noch nie mit solchen Fällen zu tun gehabt«, sagte er ernst. »Aber Sie, Chef, Sie haben doch selbst mal in einem Kommissariat gearbeitet, das sich mit solchen Dingen befaßt hat.«

»Ja, eben, und jedesmal, wenn ich so einen Typen vor mir hatte, dachte ich: kein Wunder. Verstehen Sie?«

Er nickte und fragte sich, worauf sie hinauswollte.

»Es kommt mir so vor, als hätte mir jemand den Boden unter den Füßen weggezogen«, sagte sie, während Talon den Motor ihres Peugeots anließ.

Angesichts des Zustands, in dem Marion aus ihrem Büro gekommen war, hatte er die Dinge in die Hand genommen und sich ungefragt ans Lenkrad gesetzt.

»Ich habe keinen blassen Schimmer, wovon Sie reden«, erwiderte er vorwurfsvoll. »Sie erzählen mir ja nichts mehr …«

Marion sah ihn nachdenklich an, sie zögerte.

Du bist Talons Vorgesetzte. Du kannst ihm nicht alles sagen. Wie sollt ihr danach miteinander umgehen? Und überhaupt, welche Rolle spielt er eigentlich in der ganzen Sache? Dieser unverständliche Haß auf Léo …

»Das wäre auch nicht klug.«

»Dann vertrauen Sie sich dem Chef an. Sie können sich doch nicht weiter so quälen und sich in Gefahr bringen …«

Schweigend verfiel sie ins Grübeln und schien das Für und Wider abzuwägen. Mit Paul Quercy reden, ihm erzählen, was los war, ihn um Hilfe bitten und um ein weitsichtiges Urteil, klar, das wäre vernünftig. Er steckte in der Sache nicht so drin wie sie, er hätte den nötigen Abstand, und wenn es tatsächlich darauf hinauslief, daß es bezüglich Léo schwerwiegende Entscheidungen zu treffen gab, dann war es besser, Paul Quercy würde sie treffen.

»Sie haben recht«, seufzte sie mit einem Blick auf ihre Uhr. »Ich gehe zu ihm. Abends ist er sowieso immer bis neun oder zehn im Büro.«

Talon setzte den Blinker und hielt am Straßenrand an, hundert Meter hinter dem Polizeipräsidium. Dabei schien er sich zu fragen, ob Marion eigentlich wußte, was sie wollte.

»Sie sollten sich lieber vergewissern, ob er noch da ist, in seinem Büro war alles dunkel, als wir gegangen sind.«

Eine Minute später wußte Marion Bescheid. Paul Quercy war für einen Tag nach Korsika gefahren. Er würde erst am nächsten Abend zurückkommen. Verwirrt legte sie auf, während Talon den Wagen wieder anrollen ließ.

»Léo Lunis ist das Problem, oder?«

»Warum sagen Sie das?«

»Wir kennen doch alle seine Geschichte.«

Marion klammerte sich an ihrem Sitz fest, während das Funkgerät eine Nachricht ausspuckte, die sie sich mechanisch anhörte.

»Alle? Alle, nur ich nicht! Warum haben Sie mir nichts davon gesagt, Talon? Das ist verantwortungslos und kriminell!«

»Ich dachte, sie wüßten es! Die Sache hat bei uns immerhin einiges Aufsehen erregt. Und außerdem wollten Sie doch sowieso nichts hören! Wenn es um Lunis ging, kam man doch gar nicht an Sie ran, Sie waren ja wie benebelt ... Sie hätten mich als Lügner beschimpft, und die anderen auch.«

»Als Sie mir gestern sagten, daß das Ganze eine abgekartete Sache sein könnte, da haben Sie also gelogen? Sie sind im Grunde vom Gegenteil überzeugt.«

»Absolut nicht. Ich stehe hinter dem, was ich gesagt habe, aber mir fehlen die Anhaltspunkte. Erlauben Sie mir, daß ich Ihnen helfe, Chef! Sie können so nicht weitermachen!«

»Da habe ich mich selbst reingeritten, jetzt muß ich auch sehen, wie ich selbst wieder rauskomme«, gab Marion trotzig zur Antwort.

Der sonderbare, etwas heisere Klang ihrer Stimme deutete allerdings darauf hin, daß sie Talons Hilfe nicht glattweg ausschlug. Falls wirklich alles schiefging, würde sie sie annehmen, aber erst dann.

»Hat ansonsten alles geklappt … ich meine …?«

Sie traute sich nicht mehr, Ninas oder Lisettes Namen in den Mund zu nehmen. Angespannt ließ sie ihren Blick durch die Straßen schweifen, in die Talon einbog, und drehte sich unentwegt um, als wollte sie sichergehen, daß ihnen niemand folgte.

»Es ist schrecklich, aber ich habe das Gefühl, als würden alle Telefone, die ich benutze, angezapft und als wären überall Wanzen angebracht, im Büro, bei mir zu Hause, überall.«

»Da kann ich Sie beruhigen«, behauptete Talon. »Zumindest in Grenoble bei der Großmutter habe ich alles kontrolliert und nichts gefunden. Und wenn es doch so wäre, würde das bedeuten, daß Sie es mit einer Riesenorganisation zu tun haben, die über enorme technische Möglichkeiten verfügt, und davon würden wir früher oder später etwas Wind bekommen.«

»Ja, aber trotzdem, es gibt da jemanden, der über jeden Schritt, den ich tue, unterrichtet ist.«

»Das ist Ihr subjektiver Eindruck, Chef.«

Während Talon lediglich versuchte, beschwichtigend auf sie einzuwirken, fühlte Marion sich von ihm in Frage gestellt.

»Talon, ist Ihnen so etwas schon mal passiert?«

Er zuckte die Achseln.

»Nein, aber ich kann Sie verstehen, Sie fühlen sich verfolgt und gehetzt, das sind eigentlich typische Merkmale einer manisch-depressiven Störung.«

Marion hob mit einer ohnmächtigen Geste die Hände.

»Ich leide an Verfolgungswahn, ich bin manisch-depressiv, ich habe Halluzinationen, ich höre Stimmen. Ich sollte mich vielleicht gleich in die Psychiatrie einweisen lassen.«

Talon spürte, wie verzweifelt sie war, und kam noch einmal auf das Thema Grenoble zurück.

»Ninas Omi hat übrigens gut mitgespielt, obwohl sie mich gar nicht kannte. Sie wird so tun, als wäre Nina noch immer bei ihr in Grenoble.«

»Hatte sie keine Angst?«

»Um die Kleine schon, doch, natürlich. Aber ich habe ihr versichert, daß Nina keine Gefahr droht.«

Marion sah ihn kurz an, ehe sie wieder ihren Blick auf den Seitenspiegel heftete.

»Und Nina?«

»Wir haben alles so gemacht, wie Sie es mir aufgetragen haben, das Ganze also als Spiel aufgezogen. Richtig verstanden hat sie's nicht ... Ich denke, Sie erklären ihr am besten alles selbst. Nina wartet auf Sie.«

»Gut, fahren wir hin, aber passen Sie auf.«

Auf der Avenue Berthelot erstrahlte ein riesiger Baumarkt im blinkenden Licht unzähliger Leuchtreklamen. Talon brachte den Wagen vor dem Geschäft zum Stehen.

»Los, gehen Sie!« sagte er zu Marion. »Ich rühre mich eine Stunde lang nicht vom Fleck.«

Er deutete auf den gigantischen Laden, vor dem sich in Einzelteile zerlegte Tore, Schubkarren, Zementsäcke und Bruchsteine stapelten.

»Heute abend ist länger auf, wir haben jede Menge Zeit. Und wenn uns wirklich irgendein Idiot verfolgt hat, wird er hier auf seine Kosten kommen.«

Marion ging in aller Ruhe an den Zäunen und Toren vorbei und betrat den breiten Mittelgang des Geschäfts. Sie sah sich die Badezimmerabteilung an, die Armaturen und Lampen und blieb dann längere Zeit vor den Tapeten stehen.

Die mit den gelben und beigefarbenen Streifen ist hübsch ... Und die da, oh, kleine Häschen für Nina! Schau bloß gut hin, du Arschloch, wenn du hier irgendwo auf der Lauer liegst...

Sie sah sich in alle Richtungen um, als suchte sie in dem Wirrwarr von Artikeln nach einer bestimmten Sache. Die Kunden in ihrer Nähe – der Laden war ziemlich gut besucht – kamen ihr einer normaler vor als der andere.

Dann entdeckte sie, was sie gesucht hatte: eine grüne Leuchtanzeige, die den Weg zum Notausgang wies. Sie trat hinter einen großen Stapel aus Parkettbrettern und verschwand in den Lagerräumen.

Auf der anderen Seite der breiten, wenig befahrenen Straße, hinter den Lastwagen, die mit neuen Lieferungen für das Warenlager eingetroffen waren, erblickte Marion das dreistöckige Wohnhaus, in dem Lavot mit seiner Familie lebte. In der obersten Etage waren alle Fenster erleuchtet, und Marion wurde es warm ums Herz. Die Straße war menschenleer, aber aus Vorsicht machte sie noch einen langen Umweg, ehe sie das Haus der Lavots betrat.

Mathilde, eine hübsche, blonde Frau mit klaren, offenen Augen, hatte sie kaum begrüßt, da kam schon ein kleiner Wirbelsturm angesaust und fiel ihr um den Hals.

»Mama!« rief Nina.

Aufgewühlt schloß Marion das Kind in die Arme, so fest, daß Nina kaum noch Luft bekam.

35

Marion bahnte sich einen Weg durch das *Cintra*, in dem in letzter Zeit immer mehr Tische immer dichter beieinander standen. Seit dem vergangenen Winter war das Lokal aus mysteriösen Gründen Anlaufstelle für ein ziemlich junges In-Publikum, das vorzugsweise abends kam. Die Musik war lauter geworden, entsprechend hatte sich der gesamte Geräuschpegel erhöht, was eine Atmosphäre schuf, die nicht mehr zu den leisen, gedämpften Gesprächen einlud, die Marion hier gern mit ihren Jungs führte. Man brauchte außerdem keine hellseherischen Fähigkeiten zu besitzen, um zu merken, daß sich in dem Laden auch in anderer Hinsicht ein neuer Trend abzeichnete: Vermutlich hatten Drogen Einlaß gefunden, zusammen mit einigen Typen, die Marion nicht unbekannt waren.

»Immer noch nichts!« Sie ließ sich auf einen Sessel fallen. »Diesmal kam eine Ansage, von wegen die Rufnummer hätte sich geändert! Das ist ja wohl mehr als komisch, die haben doch nicht ausgerechnet heute die Nummer dieser verdammten Kaserne geändert, bloß um mich zu ärgern!«

»Vielleicht hat Marie Garcia sie falsch notiert«, überlegte Talon. »Wir könnten die Kollegen von der Leitstelle bitten, sich mal zu erkundigen, aber damit warten wir lieber bis morgen früh, sonst gelten die beiden gleich als vermißt. Haben Sie es mal auf Léos Pager versucht?«

»Der reagiert nicht, kein Empfang.«

Und ich wollte ihn heute abend sprechen, ihm sagen, was ich auf dem Herzen habe, ihn bitten zurückzukommen …

Julio trat an ihren niedrigen Tisch und stellte zwei Teller mit je einem Sandwich und einem Besteck darauf ab. Marion sah ihn fragend an, worauf Julio mit dem Kinn auf Talon deutete.

»Sie müssen was essen«, sagte der. »Sie sind käseweiß, und mit leerem Magen kämpft es sich schlecht.«

»Ich bin beeindruckt«, erwiderte Marion anerkennend. »Sie kümmern sich um mich wie ein Vater.«

Talon nahm sein Sandwich und biß herzhaft hinein, worauf Marion halb gerührt, halb ironisch bemerkte: »Man könnte eher meinen, Ihnen knurrt der Magen. Ich habe keinen Hunger.«

Sie schob den Teller von sich und trank in einem Zug ihren inzwischen lauwarmen Kaffee aus.

»Sie und Ihr Kaffee! Sie täten besser daran, etwas zu essen«, murrte Talon. »Wie geht es Nina?«

»Sie ist hellauf begeistert! Mathilde Lavot ist eine unheimlich nette Frau und die beiden Kleinen – zum Anbeißen süß. Ich weiß gar nicht, wie ich mich bei Ihnen allen bedanken soll.«

»Vielleicht mit einer kleinen Beförderung, nächstes Jahr«, erwiderte Talon mit verschmitzter Miene.

Marion lächelte, sie begann sich langsam zu entspannen und wäre in dem gemütlichen Ledersessel am liebsten ein bißchen eingenickt.

»Fahren Sie jetzt nach Hause?« fragte sie, ohne Talons Anspielung auf seine Karriere aufzugreifen.

Er nickte.

»Das sollten Sie auch tun, es war ein anstrengender Tag«, fügte er hinzu.

Marion konnte ihm nur zustimmen. Bilder stiegen in ihr hoch, Léo, Carole Véron, Sam ... Talon beobachtete sie kauend.

»Sie sehen so aus, als hätten Sie gerade eine Erscheinung gehabt«, sagte er, nachdem er seinen Bissen heruntergeschluckt hatte.

Ganz schön scharfsichtig, dieser Talon.

»Alles in Ordnung, Chef?«

»Ja, ja, Talon, es geht schon … Ich habe nur keine Lust, zu mir nach Hause zu fahren, außerdem bin ich gezwungen, meine Tochter zu verstecken, und mein Lebensgefährte ist von der Bildfläche verschwunden. Ansonsten ist alles bestens.«

»Das muß an der Tageszeit liegen«, meinte Talon. »Da bläst man leicht Trübsal. Alles wird düster und kompliziert. Ich trage morgen meine alte Großmutter zu Grabe …«

»Ich werde an Sie denken, aber ich kann nicht kommen. Ich muß nach Paris.«

Talon hob den Kopf.

»Ich erkläre es Ihnen später«, fügte Marion hinzu. »Meine Reise ist mehr oder weniger inoffiziell. Wenn mich also jemand sucht …«

Das Stirnrunzeln des Beamten und sein verdrießliches Gesicht deuteten darauf hin, daß er ihr Vorgehen mißbilligte, auch wenn er nichts über die Hintergründe wußte.

»Ich gebe Ihnen Rückendeckung«, versprach er nichtsdestotrotz. »Ich werde sagen …«

»Ich vertraue Ihnen. Ach, apropos Vertrauen …«

Abrupt hielt sie inne, ein leiser Zweifel beschlich sie plötzlich, ein Mißtrauen, das sich immer wieder ungefragt in ihr regte. Sie tastete in ihrer Jackentasche nach Léos Foto, und fast hätte sie es hervorgezogen, um es Talon zu geben.

Du hast ihm zwar Nina anvertraut, den wichtigsten Menschen in deinem Leben, aber das Vertrauen hat doch seine Grenzen. Erkundungen über Léo mußt du schon selbst anstellen.

»Sie wollten etwas sagen?«

»Ich wollte sagen: Vertrauen ist ein wertvolles Gut, mit dem man verantwortungsvoll umgehen sollte.«

Sie stand auf. Talon folgte ihr. Vor dem *Cintra* trennten

sie sich, doch als Marion ihren Wagen schon fast erreicht hatte, drehte sie sich noch einmal zu ihrem Kollegen um, der regungslos am Rand des Bürgersteigs verharrte. Sie machte kehrt. Ihr Gesicht war wieder klar und wie von innen erleuchtet.

»Ich werde Ihnen etwas sagen, Talon«, flüsterte sie. »Das Tollste und Wichtigste, das es überhaupt gibt. Heute abend hat Nina zum erstenmal Mama zu mir gesagt …«

Worauf sie sich rasch entfernte. Gerührt wartete Talon, bis sie in ihren Wagen gestiegen war, und trat dann selbst den Rückweg zu seiner Wohnung an, die nur zwei Straßenzüge entfernt lag.

Er sah noch, daß Marion, anstatt links abzubiegen, um heimwärts zu fahren, nach rechts in Richtung Innenstadt davonrauschte.

36

Im *Chambre Rouge* schien es hoch herzugehen. Nachdem Marion eine ganze Weile mit dem Gorilla am Eingang verhandelt hatte, zückte sie schließlich ihren Dienstausweis und verlangte nach Raymonde Legras, während vor ihr ein Pärchen, das schon Einlaß gefunden hatte, immer noch darauf wartete, hochgehen zu dürfen. Die Frau starrte unentwegt zu Boden wie eine verzweifelte Spießbürgerin, die sich von ihrem Mann ins Bordell hat schleifen lassen, um seine unsittlichen Begierden zu befriedigen. Der Mann, der äußerlich entspannt wirkte, ließ ein paar Geldstücke in seiner Hosentasche klimpern, was eine gewisse Ungeduld verriet. Zweimal hatte er es schon geschafft, Marion leicht zu berühren, wahrscheinlich um einen Eindruck davon zu gewinnen, welche Freuden von ihr zu erwarten waren. Er beugte sich zu seiner Begleiterin vor und flüsterte ihr etwas ins Ohr.

Die Frau hob den Kopf, und das Leuchten in ihren Augen, als ihr Blick auf Marion fiel, verriet, daß ihr ganzes Verhalten nur Getue war. In zehn Minuten würde sich die Frau die Maske vom Gesicht reißen und sich völlig entfesselt von jedem, der wollte, berühren, befummeln und vögeln lassen, bereit, es ihm unter den entzückten Blicken ihres Mannes hundertfach zu vergelten.

Marion schauderte vor Ekel, als der Mann sie wieder streifte, und ihre Alarmbereitschaft stieg. Raymonde Legras, die jetzt hektisch und mit besorgter Miene aufgetaucht war, erlöste den ungeduldigen Gesellen. Sie schob das Pärchen hastig zur Treppe, was den Mann nicht daran hinderte, auf der dritten Stufe stehenzubleiben und sich voller Bedauern nach Marion umzusehen.

Raymonde Legras war nicht wiederzuerkennen. In ihrem langen, roten, hautengen Kleid, das bis zu den Oberschenkeln geschlitzt war, den Stilettos, dem Make-up und dem straff zurückgekämmten Haar, das von einem ebenfalls roten Netz zusammengehalten wurde, glitzerte und funkelte sie wie ein Weihnachtsbaum.

Die Arbeitskleidung ist wie eine Uniform, sie verändert alles. Jetzt könnte man sie fast als schön bezeichnen …

Fast schön, ja, wenn sie nicht diese kalte Ausstrahlung einer Geschäftsfrau hätte, deren Business sich unter der Gürtellinie abspielt. Raymonde Legras war sichtlich beunruhigt über Marions Erscheinen eine Viertelstunde nach Öffnung ihres Etablissements. Wenigstens war die Kommissarin allein, was sie als gutes Omen deutete. Sie blieb trotzdem reserviert: Vielleicht wartete ja draußen eine ganze Polizeihorde, die auf ein Zeichen von Marion bei ihr einfallen würde.

Kurz darauf fand sich die junge Kommissarin in Madame Legras' tadellosem Büro wieder, das nach Bohnerwachs und getrockneten Blütenblättern duftete. Wortlos kramte sie in ihrer Tasche, fand das schwarzweiße Paßfoto und reichte es ihrem Gegenüber.

Auf dem Bild starrte Léos schönes, finsteres Gesicht ins Objektiv. Die Frau in Rot, die – wie Marion im grellen Licht der Bürolampe noch deutlicher erkennen konnte – in ihrem Gesicht die Spuren eines verlebten Lebens hinter einer dicken Make-up-Fassade hatte verschwinden lassen, warf einen kurzen Blick auf das Bild.

»Noch nie gesehen.«

Sie lügt. Ihr linkes Auge zuckt unmerklich, ebenso wie ihr Mundwinkel, wenn sie aufgeregt ist. Das ist mir beim letzten Mal schon aufgefallen.

»Sehen Sie genauer hin. Und lügen Sie nicht!«

Raymonde Legras tat, als konzentrierte sie sich. Sie befand sich ganz offensichtlich in einem inneren Konflikt.

»Seien Sie vorsichtig«, drohte Marion, um ihr die Entscheidung zu erleichtern. »Ich bin heute abend absolut nicht zu Scherzen aufgelegt … Ich stelle Ihnen also noch einmal die Frage: Kennen Sie diesen Mann?«

Raymonde Legras brauchte nicht lange, um sich zu entscheiden. Sie hatte keinerlei Interesse daran, sich diese entschlossene Frau zum Feind zu machen, der sie durchaus zutraute, sie auf der Stelle einzulochen, ihr Etablissement zu schließen, sie zu vernichten. Sie nickte.

Marion schluckte, vor ihr tat sich ein schwindelerregender Abgrund auf.

»Ist das der Mann, der mit Patrick Longe hier war … mit dem Toten?«

Wieder ein stummes, theatralisches Nicken.

Tja, jetzt weißt du's. Seit sechs Monaten vögelst du mit einem Schwulen, der wahrscheinlich auch noch ein Mörder ist. Und vermutlich ist das noch nicht alles …

»Warum haben Sie gelogen? Warum haben Sie mir nicht früher davon erzählt?«

»Das hatte er von mir verlangt. Er ist doch ein Kollege von Ihnen, oder? Ich dachte, es wäre richtig, ihm zu gehorchen, aber letztlich bin ich ihm ja nichts schuldig. Machen Sie das unter sich aus.«

»Jetzt hören Sie mal zu, Madame«, erwiderte Marion, die es einfach nicht fassen konnte. »Es geht hier um einen Mord. Daß Sie mir diese Information vorenthalten haben, ist mehr als eine Falschaussage, das ist Beihilfe zur Tötung.«

»Na, jetzt übertreiben Sie mal nicht! Weil er diesen Mann getroffen hat, hat er ihn noch lange nicht umgebracht.«

»Woher wollen Sie das wissen?«

»Er war noch oben, als der andere abgeknallt wurde. Er saß bei mir, wir haben noch ein Gläschen getrunken. Als man uns sagte, draußen würde es Krawall mit einem Gast geben, habe ich sofort zugemacht und die letzten Gäste durch den Hof rausgelassen. Ihn auch. Das ist alles.«

Marion konnte wieder etwas leichter atmen. Ein Schwuler also, aber kein Mörder.

»Hatten Sie ihn vorher schon mal gesehen?«

»Capitaine Lunis? Zwei- oder dreimal, aber er kam schon länger nicht mehr.«

Wie soll ich ihr die nächste Frage stellen, ohne den Eindruck zu erwecken, daß ich eine von Eifersucht zerfressene Frau bin, die wissen will, wie oft ihr Mann sie betrogen hat?

Raymonde Legras wartete nicht auf Marions Frage. Sie fügte von sich aus hinzu, daß Léo Lunis bei ihr niemals Sex hatte, mit niemandem sondern nur kam, um die Zeit totzuschlagen und zu trinken, wobei letzteres wohl das Wichtigste für ihn war.

»Ich brauche jetzt auch einen Schluck«, sagte Marion.

Wenig später hielt sie ein Glas Whisky in der Hand, zu

dem Raymonde Legras sie großzügig einlud, und gerade als sie voller Erleichterung darüber, doch noch mit einem blauen Auge davongekommen zu sein, zum ersten Schluck ansetzte, meldete sich ihr Pager, was sie gleich wieder in Panik versetzte.

»Mercure 420 Sam.«

Jetzt verschlug es ihr wirklich die Sprache. Um elf Uhr abends wagte er es, ihr nochmals auf die Pelle zu rücken! Der Zorn und die Erregung schnürten ihr die Kehle zu, ihre Hände zitterten, als sie das Glas wieder an die Lippen hielt.

Das gibt's doch nicht! Der ist ja besessen! Diesmal werde ich ihm sagen, was ich davon halte.

»Ich muß weg«, sagte sie zu Raymonde Legras, während sie sich von ihrem roten Samthocker erhob. »Wir sehen uns wieder. Bleiben Sie hier in der Gegend.«

Die Besitzerin des Etablissements zuckte mit den Schultern. Marion nahm sie gar nicht mehr wahr, genausowenig wie die drei Männer, die an sie herangetreten waren.

»Wo soll ich schon groß hingehen?« fragte sie zurück.

Aber Marion stürzte bereits die Treppe hinab und hörte die Worte der Frau in Rot nicht mehr.

Die blau lackierten Wände reflektierten für einen Augenblick, wie Marion mit fliegendem Haar und Zornesröte im Gesicht vorbeistürmte. Schön war sie und so aufgewühlt, daß sie zögerte, an die nur angelehnte Tür des Hotelzimmers zu klopfen. Vorsichtig stieß sie sie ein Stück auf und blieb im Türspalt stehen.

Er wandte ihr den Rücken zu. Mit nacktem Oberkörper, ein weißes Hotelhandtuch um die Hüften geschlungen, saß er auf dem Bettrand und betrachtete die glitzernde, in graues Licht gehüllte Stadt. Er bewegte sich nicht, reagierte nicht auf Marions Kommen, das ihm nicht entgangen sein konnte.

Sie öffnete den Mund, um Luft zu holen, und konnte trotz ihrer Überraschung nicht umhin, seinen schlanken, muskulösen Oberkörper eingehend zu betrachten. Sie tat das völlig emotionslos, nur ihr Zorn war durch Sams Ruhe und die Begierde, die er bei aller äußeren Gelassenheit ausstrahlte, auf einmal wie ausgelöscht.

Sie sagte streng, aber ohne die Stimme zu heben: »Ich möchte eins klarstellen: Zwischen uns ist nichts und wird auch nichts sein. Sie werden deshalb aufhören, mich zu bedrängen, und als erstes …«

Polizei, Ihre Papiere, bitte! Los, mach schon, deshalb bist du doch gekommen –

Ohne sich zu rühren, fragte Sam sanft: »Was wollen Sie noch wissen, Frau Kommissarin?«

Vor Verblüffung wußte Marion keine Antwort. Mechanisch griff sie nach ihrer Waffe unter dem linken Arm, als Sam sich langsam erhob und zu ihr umdrehte.

»Haben Sie keine Angst vor mir?«

»Ich? Soll das ein Witz sein?«

»Dann hatten Sie also Lust, mich zu sehen?«

»Ganz bestimmt nicht!«

»Warum sind Sie dann gekommen?«

Da hat er recht! Was mache ich hier eigentlich?

Er kam zwei Schritte auf sie zu, sie zwang sich, ihm ins Gesicht zu starren, um ihn nicht unwillkürlich von Kopf bis Fuß zu mustern. Bloß nicht auf diesen wohlgeformten Körper schauen, der sie verwirrte und dessen Wärme sie spürte.

»Warum verfolgen Sie mich? Warum bis zu mir nach Hause?«

Der autoritäre, schneidende Klang, den sie ihrer Stimme anfangs gegeben hatte, war verschwunden. Sie hörte sich wie durch einen Wattebausch hindurch reden. Er kam noch einen Schritt näher.

»Warum? Ja, warum? Tja, das ist die entscheidende Frage … Ich will sie dir beantworten: Du bist nicht glücklich, und ich kann dich glücklich machen, ich will dich lieben, will dir wahre Liebe schenken. Du hast nicht den richtigen Mann, du wirst mit ihm niemals glücklich werden. Aber mit mir …«

Nicht den richtigen Mann! Und er hat auch noch recht. Léo, dieser Lügner und Vergewaltiger … Aber er hier, ist er vielleicht der Mann, den ich brauche?

Sie wünschte sich, daß er seine Hand nach ihr ausstreckte und sie berührte. Als er ihre Hand tatsächlich nahm, zuckte Marion zusammen, ihr war so, als stächen Tausende von Nadeln in ihre Haut.

»Fassen Sie mich nicht an!«

Sie wich zurück und lehnte sich mit dem Rücken an die Tür.

Léo ist ein Lügner, ein Schuft und ein Verräter. Ich hasse ihn.

Tränen brannten unter ihren Lidern, Tränen der Enttäuschung, der Wut und des Ekels. Sie schloß die Augen. Ach, könnte sie sich doch einfach gehenlassen, sich trösten lassen von diesem Mann, der sie so begehrte, seit Tagen, Wochen, ja vielleicht Monaten!

Und plötzlich hörte sie ihre eigenen Worte, die wie ein klagender Aufschrei, wie ein Flehen aus ihr herausbrachen: »Komm her zu mir, Sam, komm.«

Sam ließ sich nicht lange bitten. Als er Marion berührte, explodierte etwas in ihrem Kopf, und ihr ganzer Körper entflammte. Für einen kurzen Moment rang sie nach Luft, dann ließ sie sich davontragen wie jemand, der dem Tod ins Auge blickt.

37

Gegen sieben Uhr morgens wurde Talon durch das Klingeln des Telefons geweckt.

Tags zuvor hatte er seine Woche im Bereitschaftsdienst beendet, und da seine Großmutter gestorben war, brauchte er nun auch keine nächtlichen Anrufe mehr zu befürchten, die ihn über das Fortschreiten ihres körperlichen Verfalls in Kenntnis setzten. Talon ahnte deshalb, daß es sich hier nur um einen neuen Schlamassel noch unbekannten Ausmaßes handeln konnte, was Lisette Lemaires angstverzerrte Stimme sofort bestätigte.

»Ich kann Edwige nicht erreichen, ich meine … Marion, wenn Sie so wollen. Sie ist weder zu Hause noch im Büro.«

»Ja, sie ist unterwegs«, sagte Talon, der sofort in Alarmbereitschaft versetzt war. »Was ist los?«

»Ich habe mir erlaubt, die Nummer zu wählen, die Sie mir neulich gegeben haben …«

Am liebsten hätte er sie angebrüllt, endlich zur Sache zu kommen. Mit ein bißchen Glück – ältere Leute machten ja manchmal aus einer Mücke einen Elefanten – würde er vielleicht doch noch ein Stündchen Schlaf bekommen.

Lisette Lemaire flüsterte weiter: »Draußen ist eine Frau, die Mitarbeiterin vom Jugendamt. Dieselbe, die schon einmal hier war … Sie sagt, daß sie Nina abholen will.«

Talon wäre beinahe vor Schreck der Hörer aus der Hand gefallen. Marion hatte recht gehabt! Es gab wirklich ein Problem, und was für eins. Nina befand sich in Gefahr. Und die alte Dame auch.

»Verdammt noch mal!« fluchte er, der eigentlich nie fluchte. »Lassen Sie sie nicht rein. Lassen Sie sie warten. Sagen Sie ihr, daß Sie Nina erst fertig machen müssen. Oder etwas anderes, denken Sie sich irgendwas aus! Und bleiben Sie vor allem ruhig! Ich benachrichtige die Kollegen in Ihrem Bezirk. Die werden sich um diese Frau kümmern. Und bitte keine Panik, verstanden, Madame Lemaire?«

»Dann ist die Frau gar keine Mitarbeiterin des Jugendamts?« stöhnte die alte Dame.

»Ich weiß es nicht, vielleicht schon, aber wir müssen auf Nummer sicher gehen. Seien Sie vorsichtig, und schließen Sie Ihre Tür ab.«

»Das habe ich schon gemacht, ich hätte die Frau sowieso nicht reingelassen.«

»Sehr gut, halten Sie die Ohren steif, Madame!«

Talon alarmierte rasch das Kommissariat in Grenoble und versuchte dabei, nicht an Ninas Großmutter zu denken, die jetzt ganz allein in ihrer Wohnung saß, einer Gefahr ausgesetzt, von der er nicht wußte, wie groß sie war.

Dann warf er sich, ganz gegen seine Gewohnheit, die erstbesten Klamotten über und hastete, ohne sich zu kämmen oder einen Kaffee zu trinken, zu seinem Auto. Als er die ersten Hochhäuser von Bron und die Auffahrt zur Autobahn nach Grenoble erblickte, rief er Marion an.

38

Marion saß mit geschlossenen Augen im Großraumabteil des TGV, eine aufgeschlagene *Libération* auf dem Schoß. Vor zehn Minuten hatte sie mit Talon gesprochen, und das, was er ihr in einem um Sachlichkeit bemühten Ton erzählt hatte, bestärkte sie darin, daß sie den richtigen Riecher gehabt hatte, als sie Nina von ihrer Großmutter wegbringen ließ. Talon raste jetzt Richtung Grenoble, und Marion machte sich leise Vorwürfe, daß sie den Gegner unterschätzt und Lisette Lemaire nicht ebenfalls in Sicherheit gebracht hatte.

O Gott! Hoffentlich stößt ihr nicht meinetwegen ein Unglück zu!

Sie stellte sich vor, wie sich die Einsatzwagen der Polizei vor dem kleinen Häuschen sammelten, wie Lisette, hinter den seitlich gerafften Gardinen versteckt, schon ungeduldig nach ihren Rettern spähte und plötzlich von einem bedrohlichen Schatten aus dem Hinterhalt überrascht wurde.

»Sie müssen diese Frau finden!« hatte sie Talon mit vor Angst heiserer Stimme befohlen. »Und sie zum Reden bringen! Sie ist der Schlüssel zu der ganzen Geschichte ...«

Marion fuhr mit einem leisen Aufschrei hoch, als ihre Stirn gegen die Rücklehne des Vordersitzes prallte. Sie mußte tatsächlich eingenickt sein. Als sie sich umsah, stellte sie fest, daß der Zug fast leer war, und beschloß, in der Bar einen Kaffee zu trinken, um gegen die Übelkeit anzukämpfen, die zwischen ihrem Magen und ihrem ausgetrockneten Mund hin- und herpendelte.

Schwankend erhob sie sich, erschöpft und so zerschlagen wie nach einem Marathon oder einem Karate-Wettkampf.

So fühlt man sich also nach einer Nacht mit dem Teufel. Oje mine!

Eine Nacht ohne Ruhepausen, nur ein kurzes Durchatmen hier und da, ehe sie und Sam wie von Sinnen zum nächsten Höhepunkt stürmten, fernab vom lärmenden Getümmel der Welt. Die Erinnerung daran, aber auch die Schuldgefühle, daß sie sich derart hatte gehenlassen, zogen ihr die Eingeweide zusammen.

Sie versuchte, gegen ihr schlechtes Gewissen anzukämpfen, indem sie an Léos Lügen dachte. Nach ihrem Besuch im *Chambre Rouge* hatte ihr Boubet, der den nächtlichen Wachdienst bestritt, bestätigt, daß Léo immer noch nicht angerufen hatte und daß es unter der deutschen Telefonnummer im übrigen gar keinen Anschluß gab. Die Nummer war seit vier Jahren weder benutzt noch an einen neuen Teilnehmer weitergegeben worden. Und wieder ließ sie ein telepathisches Gewitter auf Léo niedergehen.

Marion bewegte sich langsam und wankend wie eine alte Frau durch den Zug, mit abgespanntem Gesicht, schmerzenden Muskeln und einem leichten Stechen unterhalb des Brustbeins.

Sie dachte an Sam, der Schmerz wurde stärker, ließ sie für einen kurzen Augenblick wieder eintauchen in die Irrealität der vergangenen Nacht, in der ihr Körper auf eine Weise in Aufruhr geraten war, wie sie es nie zuvor erlebt hatte. Es war Sex gewesen, reine Chemie, mehr nicht. Ein sonderbares, irrationales Phänomen. Wie die Macht, die Sams Hände über sie gewannen, diese Hände, die so stark waren, daß ihre Berührung fast weh tat. Sam sah zur Decke hoch, auf seinen Wangen hatten sich rote Flecken gebildet, in den Augen waren kleine Blutgefäße geplatzt, und aus dem linken Mundwinkel lief ihm Speichel. Sein schweißüberströmter Körper glänzte im Halbdunkel, hinter den zugezogenen Vorhängen. Marion strich mit der Hand über seinen nassen Hals, die eingefallenen Wangen, auf denen nicht sehr dichte, aber feste Bartstoppeln wuchsen, die Stirn, die Augenbrauen. Sie spreizte die Hand, um mit Daumen und Mittelfinger die beiden Schläfengruben zu berühren. Auf der rechten Seite hatte die Narbe einen unregelmäßigen Krater gebildet, in dessen Zentrum das Knochengewebe wie eingeschmolzen erschien. Marions Finger verweilte auf dem Narbenstern, und als sie darauf drückte, fuhr Sam zusammen. Seine Augen verdrehten sich, der ganze Körper bäumte sich auf. Noch nie hatte sie bei Léo eine solche Erregung erlebt, eine so verrückte Hingabe und Leidenschaftlichkeit. Dabei war sie sich sicher, daß sie bei beiden Männern die gleiche Marion war, tendenziell sogar einfallsreicher bei Léo, der selbst immer so verhalten war, als hätte ihm jemand Zügel angelegt.

Marion betrachtete Sam, wie er aus dem Bett sprang und sich anzuziehen begann. Der Metallverschluß seines Uhrbands klackte. Eine flüchtige Erinnerung, die nicht greifbar war, durchzuckte ihr Hirn.

»Ich muß gehen«, hatte Sam gesagt.

In der Zugbar setzte sich Marion auf einen grünen Hokker. Während sie langsam auf ihren dampfenden Kaffee blies, betrachtete sie die vorüberziehende, durchnäßte Landschaft, der es nicht gelang, den Winter ganz hinter sich zu lassen. Rasch nahm sie einen heißen Schluck, um die Übelkeit zu vertreiben.

Trotz ihres schweren Kopfes traf sie eine Entscheidung: Die Sache mit Sam mußte ein Ende haben.

39

Man hatte Marion gebeten, in einem Büro am Pariser Quai des Orfèvres zu warten, einem winzigen Raum mit nackten, blaßgrünen Wänden und zwei Stühlen, die zu beiden Seiten eines Holztisches standen. Die in die Decke eingelassene Lampe und der dicke, an der Wand befestigte Metallring ließen darauf schließen, daß in diesem Zimmer die Spezialisten von der Kripo ihre Verdächtigen verhörten. Zu Marions Füßen, vier Stockwerke tiefer, floß träge die Seine dahin, von ein paar flüchtigen Sonnenstrahlen beschienen. Um das kleine Stück blauen Himmels herum türmten sich dicke, finstere Wolken und kündigten die nächsten heftigen Regenschauer an.

Die Tür ging auf, und ein Mann um die Vierzig, auffallend gut gekleidet – ein Detail, das die Kripoleute in Paris deutlich von Marions Männern unterschied – betrat den Raum.

»Guten Tag, Chef. Ich bin Commandant Jacques Brun ...«

Marion setzte sich auf einen der beiden Stühle, nun doch etwas eingeschüchtert von diesem Ort, den Kino und Kriminalromane zum Mythos gemacht hatten, und von der Art dieses Polizisten, der »Chef« zu ihr sagte, ohne sie zu kennen, einfach, weil es der Pariser Gepflogenheit entsprach.

Commandant Brun legte eine Mappe auf den Tisch, die durch einen Gurt zusammengehalten wurde. Mit einer schnellen Handbewegung öffnete er die Schnalle.

Marion hielt die Luft an, sie wußte, daß sie unerträgliche Dinge erfahren würde. Der zuständige Kommissar hatte sie gewarnt und im gleichen Atemzug darüber aufgeklärt, daß sie die Ermittlungsakte nicht allein, sondern nur unter Anleitung eines Beamten einsehen dürfe, der mit dem Vorgang vertraut sei. »Das ist kein Mißtrauen dir gegenüber, es ist nur so, daß er den Fall sehr genau kennt.«

Irgendwie war die Flüsterpropaganda auch bis hierher vorgedrungen, alle schienen um die intime Beziehung, die sie mit dem Hauptverdächtigen eingegangen war, zu wissen.

Der Beamte schob die Akte zu Marion über den Tisch.

»Hier, da steht alles drin. Ich lasse Sie erstmal lesen, wenn Sie noch Fragen haben ...«

Auf der Mappe stach in fettgedruckten Buchstaben die amtliche Bezeichnung für das Verbrechen ins Auge: VORSÄTZLICHE TÖTUNG, ERMITTLUNGEN GEGEN UNBEKANNT, und darunter der Name des Opfers: GINA LUNIS, GEBORENE GERMAIN.

Marion wurde schwindelig, sie spielte mit dem Gedanken, sich schnell wieder davonzumachen – bloß nicht die in der Mappe enthaltenen Umschläge öffnen, in denen sie, das wußte Marion besser als jeder andere, nicht nur sämtliche Protokolle, sondern auch die schonungslos sachliche Tatbestandsaufnahme, die am Tatort entstandenen Fotos und vielleicht sogar den Obduktionsbericht finden würde, den ein Pariser Marsal mit chirurgisch-kruder Genauigkeit verfaßt hatte.

Sie öffnete den ersten Umschlag, der die Fotos enthielt. Das, was ihr sofort ins Auge sprang, noch ehe sie das Gesicht des Opfers, die Position der Leiche oder die Art der Verletzungen zur Kenntnis genommen hatte, verschlug ihr den Atem: Gina Lunis war in ihrer Polizeiuniform gestorben.

Marions Hand zitterte ein wenig, was Jacques Brun nicht entging.

»Wußten Sie nichts über die Umstände von Madame Lunis' Tod?«

Sie schüttelte den Kopf.

»Gina Lunis war Lieutenant und an dem Tag, an dem sie gestorben ist, nicht im Dienst. Wir wissen bis heute nicht, warum sie das Zimmer dieses zwielichtigen Hotels in Pigalle in Uniform aufgesucht hat. Die einzige halbwegs plausible Vermutung geht in die Richtung einer Inszenierung mit sexuellem Hintergrund. Ein Spiel, das ein böses Ende genommen hat.«

Voller Entsetzen nahm Marion nun die Details der Aufnahmen wahr. Die junge Frau lag auf dem Rücken in einem zerwühlten Bett, das auf heftige Liebesspiele schließen ließ. Der Blouson ihrer Uniform gab den Blick frei auf ihre entblößten, von schwarzen Lederriemen eingefaßten Brüste. Als habe sie einen offenen, die Brustwarzen nicht bedeckenden Büstenhalter getragen, der gleichzeitig als Schulterholster diente. Aus diesem Holster ragte unübersehbar der braune Griff eines schweren 4 Zoll Manurhin-Revolvers. Und auf jeder Brust, genau über dem Warzenhof, prangte eine Einschußwunde: zwei runde, gräulich umrandete Löcher. Gina Lunis' Arme lagen mit nach oben gekehrten

Handflächen am Körper an. Der marineblaue, auf der Rückseite mit einer Gehfalte versehene Rock war bis zu ihrer schmalen Taille hochgerutscht, so daß die gespreizten Beine entblößt waren. An einem Strumpfhalter aus schwarzem Leder waren ebenfalls schwarze gemusterte Strümpfe befestigt, die an den Oberschenkeln mit einem geflochtenen Satinband abschlossen. Zwischen Schambein und Strumpfhalter war eine dritte Schußwunde zu erkennen. Die gelöste Körperhaltung der Leiche deutete darauf hin, daß der Tod ohne Gegenwehr und mit großer Wahrscheinlichkeit ohne Vorwarnung eingetreten war.

Marion blätterte durch den Satz Fotos, bis ihr schlecht wurde. Darunter befanden sich auch Nahaufnahmen der Brustwunden: Die Schüsse waren aus einer Waffe mit Schalldämpfer abgegeben worden. Andere Bilder zeigten das geschwollene, feucht glänzende Geschlecht der Frau, das, wie auch die Innenseiten der Oberschenkel und die Haut oberhalb des Schamhaars, mit Sperma bedeckt war.

Die letzten Fotos zeigten verschiedene Kopfansichten, von vorne und im Profil. Gina Lunis war eine hübsche Frau gewesen, mit einer kleinen, vorwitzigen Nase, einem vollen Mund und braunen, halblangen Haaren. Ihre geschlossenen Lider legten nahe, daß der Tod sie im Schlaf oder zumindest in einem völlig entspannten Moment ereilt hatte. Ein vierter Einschuß sah aus wie ein zusätzliches Auge auf ihrer Stirn; Blut und Hirnmasse verklebten ihr Haar. Weitere Großaufnahmen zeigten leicht irisierende Flecken, die heller waren als ihre Haut und, das ließ das letzte Bild erkennen, auch auf dem Kragen und dem rechten Revers ihrer Jacke zu finden waren.

Marions Herz tat einen Sprung, und ihre Hände begannen wieder zu zittern. Sie hob den Kopf, ihr Blick begegnete dem von Commandant Brun, und noch bevor sie eine Frage formulieren konnte, gab er ihr die Erklärung, die sie bereits erahnt hatte.

»Was Sie dort sehen, sind Spuren von Sperma. Sie waren überall zu finden: auf dem Gesicht, dem Hals, den Brüsten und im gesamten Genitalbereich.«

»Ich hatte mit zwei Fällen von sexueller Gewalt zu tun, bei denen der Täter genauso vorgegangen ist. Der Fall von Gina Lunis ist mir nicht angezeigt worden, als ich meine Daten im Computer abgeglichen habe ...«

Sie bemühte sich, einen Ton anzuschlagen, der ihren Aufruhr nicht verriet.

»Das wundert mich nicht, denn die Akte wurde noch nicht in die Datenbanken eingespeist und aufgrund der prekären Umstände ist sie auch nur unter bestimmten Voraussetzungen einsehbar.«

Womit der Commandant durchblicken ließ, daß man ihr eine besondere Gunst hatte zuteil werden lassen. Sie ignorierte die Anspielung.

»Ist das Sperma analysiert worden? Hat man den genetischen Fingerabdruck ermittelt?«

»Natürlich. Wenn man schon mal auf so gutes Material stößt, und dann auch noch in solchen Mengen ...«

Marion hakte nicht nach. Alles zu seiner Zeit. In der Akte würde diese Information mit Sicherheit irgendwo vermerkt sein, entweder im Obduktions- oder im Laborbericht.

Sie räumte die Fotos wieder weg und machte sich an die Lektüre der zusammenfassenden Zwischenberichte, die an den Untersuchungsrichter gegangen waren. Der erste Teil schilderte das Auffinden der Leiche in dem Hotelzimmer in Pigalle, das Commandant Brun bereits erwähnt hatte. Was sofort zum Kern der Sache führte, denn die Person, die Gina gefunden hatte, war niemand anders als ihr Mann, Capitaine Léo Lunis.

Komisches Gefühl, ständig seinen Namen zu lesen. Wenn ich mir nur fest in den Arm zu kneifen bräuchte, damit dieser Alptraum ein Ende hätte …

Aber der Commandant stand immer noch da und beobachtete Marion mit übereinandergelegten Händen und unbewegter Miene.

Léo war in dem Hotel eingetroffen – einem Etablissement, in dem vor allem die Prostituierten des Viertels Stammgäste waren – und hatte darauf bestanden, sich die Zimmer anzusehen. Der Inhaber hatte ihn allein hochgehen lassen, nachdem er ihm den Hauptschlüssel ausgehändigt hatte. Als Léo nach einer Stunde immer noch nicht zurück war, hatte er sich auf die Suche gemacht und ihn in der ersten Etage gefunden, zusammengekauert neben der Leiche seiner Frau. Wie so oft bei derartigen Mordfällen konnte man nicht wirklich rekonstruieren, was genau in dem Zimmer vorgefallen war, und es war darüber hinaus auch nicht gelungen, die Tatwaffe sicherzustellen. Dafür hatte man die Kleider seiner Frau, die Léo eindeutig identifiziert hatte, neben einer leeren Plastiktüte in dem kleinen Waschraum gefunden, der zu dem Zimmer gehörte.

Abgesehen von dem Sperma hatte man zahlreiche andere Indizien sichergestellt: Scham- und Kopfhaare, Textilfasern, Abdrücke von Fingern und Händen. Marion blätterte weiter, um eine Antwort auf die Frage zu finden, die ihr unter den Nägeln brannte. Wieder ergriff der Commandant ungefragt das Wort.

»Das Sperma war nicht von Lunis, falls Sie danach suchen. Es stammt von dem Mann, zu dem die aufgelesenen Scham- und Kopfhaare gehören. Man geht davon aus, daß der Tod zwischen vierzehn und fünfzehn Uhr eingetreten ist, was etwa dem Zeitpunkt entspricht, zu dem Lunis das Zimmer aufgesucht hat. Weder aus der Waffe der jungen Frau noch aus der Waffe, die Lunis an diesem Tag bei sich trug, ist ein Schuß abgegeben worden. Man hat keinerlei Hinweis darauf gefunden, daß er außer seiner Dienstwaffe eine weitere Waffe in seinem Besitz hatte, aber Sie wissen ja selbst, wie findig Polizisten sind, wenn es darum geht, sich Waffen zu beschaffen. Das können Trophäen sein oder Geschenke von irgendwelchen Gaunern … Die Ballistiker haben zumindest keinen Zweifel am Kaliber gelassen – acht Millimeter. Der Obduktionsbericht hat außerdem die Annahme bestätigt, daß der erste Schuß auf Gina Lunis ein Kopfschuß war, der in der Stirn eingeschlagen ist und sie sofort getötet hat. Die anderen Schüsse in die Brüste und den Unterleib erfolgten eine gute Viertelstunde später, die Frau muß schon tot gewesen sein, denn die Wunden haben nicht geblutet. Diese letzten drei Einschüsse waren unnötig, sie lassen an einen sadistischen oder rituellen Akt denken. Um einen Mord im Affekt kann es sich unserer Ansicht nach nicht gehandelt haben. Die Tat war geplant und wurde bei vollem Bewußtsein begangen.«

Mord … Du lieber Himmel, was für ein Horror … Jetzt verstehe ich Léos plötzliche Stimmungswechsel, die Liter von Alkohol, in denen er sich zu ersäufen versucht hat.

Marion verstand auch, warum Léo der Hauptverdächtige war, warum kein Weg an dieser Annahme vorbeiführte, egal, wie man die Sache auch drehte und wendete. Wären das Sperma und die Schamhaare von ihm gewesen, hätte man auf ein Schäferstündchen ganz besonderer Art mit bösem Ausgang geschlossen; im gegenteiligen Fall konnte man die Eifersucht eines betrogenen Ehemanns anführen. Die Tatsache, daß Léo keinerlei Bereitschaft zur Kooperation zeigte, hatte die Ermittler die zweite Hypothese favorisieren lassen. Nach einer ersten Phase der Niedergeschlagenheit hatte Léo begonnen, sich rund um die Uhr zu betrinken, was ihn praktisch nicht vernehmungsfähig machte. Schließlich hatte der Untersuchungsrichter mit einer Anklage gedroht, wozu es dann ja auch kam, nachdem Léo den Mann körperlich angegriffen hatte.

Marion sah von dem Bericht auf.

»Sind Sie der Kollege, den er geschlagen hat?«

Der Commandant nickte kurz.

»Ich konnte ihn schon verstehen«, sagte er mit einem schiefen Grinsen. »Seit Wochen hingen wir ihm auf der Pelle, Tag und Nacht …«

Das kann ich mir vorstellen, du bist wahrscheinlich schlimmer als ein Köter, dem man seinen Knochen klauen will, wenn du dich einmal festgebissen hast.

»Letztlich haben Sie ihm nichts nachweisen können, trotz Ihrer Hartnäckigkeit.«

»Wir hatten eine ganze Reihe von Vermutungen, aber keine unwiderlegbaren Beweise. Was sich am negativsten für ihn auswirkte, war sein Verhalten. Am Anfang konnten wir ihn verstehen und haben Anteil genommen, aber dann war es einfach nicht mehr hinzunehmen und geradezu selbstzerstörerisch.«

»Sie haben doch eine eigene These, oder?«

Jacques Brun zuckte elegant mit den Schultern.

»Ein Untersuchungsrichter darf vielleicht eine innere Überzeugung haben, wir nicht. Nichtsdestotrotz steht fest, daß Gina Lunis ihren Mann schon länger betrog. Den Kollegen war ihr ungewohnt aufbrausendes Verhalten aufgefallen, ihre unvorhersehbaren Reaktionen, die darauf schließen ließen, daß sie sich verliebt hatte. Dabei waren die beiden erst seit sechs Monaten verheiratet. Lunis muß das gemerkt haben, auch wenn er das Gegenteil behauptet. Schließlich ist er Polizist, und auf das, was wir gefunden haben, wird er wohl auch selbst gestoßen sein.«

»Nämlich?«

»Wir haben die Auflistung der Telefonate unter die Lupe genommen, die im Kommissariat von Gina und in der Wohnung des Ehepaars Lunis geführt worden sind. Gina Lunis hat zahlreiche Anrufe entgegengenommen, die ihrer sonstigen Lebensführung komplett widersprachen. Sie kamen alle aus Telefonzellen oder Hotels. Ein Kollege hat gesagt, daß sie mehrmals während der Dienstzeit verschwunden sei, unter dem Vorwand einer dringenden Privatangelegenheit, dabei wußte er genau, daß sie sich ...«

Er zögerte. Marion sah ihn ironisch an.

»... zum Vögeln verabredet hatte. Sie ging, um sich vögeln zu lassen. Sie können normal mit mir reden, junger Mann, ich bin nicht die Vorzimmerdame eines Wohltätigkeitsvereins!«

Wieder verzog der Commandant das Gesicht zu einem sparsamen Lächeln.

»Also gut«, lenkte er widerstrebend ein. »Dann eben vögeln ... Ich hätte lieben gesagt.«

Das glaubst du ja wohl selbst nicht, du Heuchler.

»Es liegt nahe, davon auszugehen«, fuhr Brun fort und wandte den Blick ab, »daß Lunis die gleichen Nachforschungen angestellt und schließlich erreicht hat, was er wollte: Im akuten Fall das Hotel herausfinden, in dem seine Frau abgestiegen war, um sich ... vögeln zu lassen. Als er schließlich dort aufkreuzte ...«

»... war seine Frau noch sehr beschäftigt. Er bringt sie in aller Ruhe um, setzt sich neben das Bett und wartet. Und der Mann, mit dem sie dort rumgemacht hat? Den hat er einfach seiner Wege ziehen lassen?«

»Der war mit Sicherheit schon weg. Das erklärt auch die entspannte Haltung von Gina Lunis, die nach dem Geschlechtsverkehr eingeschlafen sein muß. Eine andere These wäre die, daß er in das Zimmer gekommen ist und seine Frau tot vorgefunden hat …«

»Ah!« spottete Marion. »Ich hatte mich schon gefragt, ob Sie das wohl auch in Betracht gezogen haben. Vielleicht war der geheimnisvolle Anrufer aber auch Léo Lunis höchstselbst und …«

Nein, das ist unmöglich, das Sperma war ja nicht von Léo. Das wird er mir jetzt sofort aufs Brot schmieren.

Angesichts dieses Pariser Beamten, der ihr ein bißchen zu selbstbewußt daherkam, regte sich Marions Kampfgeist.

»Das dann wohl doch nicht«, protestierte Brun sofort. »Das Sperma von einem anderen Mann hätte er dann in einem Döschen mitgebracht, um uns in die Irre zu führen, oder wie? Verbrechen, die betrogene Ehemänner begehen, sind selten so ausgefeilt, auch wenn sie geplant sind. Aber natürlich haben wir an diese Möglichkeit gedacht, so verrückt sie auch sein mag. Ich denke, eine der beiden anderen Mutmaßungen wird zutreffen. Lunis hat sich geweigert, uns zu helfen. Wenn er mit uns zusammengearbeitet hätte, wäre es uns wahrscheinlich nicht nur gelungen, ihn von jedem Verdacht freizusprechen, sondern auch, den Täter zu verhaften.«

»Haben Sie ein Phantombild machen lassen?«

»Wir haben es versucht. Die Ergebnisse waren enttäuschend, es gab kaum Übereinstimmungen. Bei den Leuten, die im Hotel am Empfang arbeiten, kommen so viele Gäste vorbei … Es ist anzunehmen, daß die beiden getrennt gekommen sind. Und in Paris kann man in den Filialen von Hotelketten wie Ibis oder Mercure ein- und ausgehen, ohne daß irgend jemand davon Kenntnis nimmt.«

Ibis, Mercure …

»Aber das Hotel, in dem sie ermordet wurde …«

»Das war eine Ausnahme. Ich vermute, dieses Etablissement war Teil der Inszenierung, wie auch die Uniform. Das alles gehörte wahrscheinlich zum blutigen Showdown dieses Abenteuers. Einer der beiden hatte vielleicht beschlossen, die Sache zu beenden, und ich gehe davon aus, daß es nicht Gina Lunis war.«

Marion sah einen Moment lang nachdenklich vor sich hin, dann begann sie, den dicken Stapel von Vernehmungsprotokollen durchzublättern. Sie betrachtete die Computerskizzen, die auf der Grundlage von Zeugenaussagen in den Hotels angefertigt worden waren, und begriff, daß es fast genauso viele Beschreibungen gab wie Zeugen. Das Ergebnis war ein zusammengeflickter Männerkopf, der irgendwo zwischen Frankenstein und Quasimodo anzusiedeln war, wobei letzteres wohl an einer gewissen Disharmonie der Züge lag, als hätte man die eine Gesichtshälfte als irgendwie nicht passend zur anderen empfunden, es aber nicht geschafft, diesem Gefühl eine klare Form zu geben.

Gleich im Anschluß kam der Obduktionsbericht mit diversen toxikologischen und biologischen Analysen im Anhang. Marion stellte sofort fest, daß das DNA-Gutachten in dem Bericht fehlte. In einem Vermerk wurde der Leser an den Untersuchungsrichter verwiesen, an den die Ergebnisse direkt weitergeleitet worden waren.

So will es das Gesetz. Untersuchungsrichter sind als einzige ermächtigt, diese Analysen zu verwerten, aber der Commandant hat sich bestimmt eine Kopie davon besorgt – wenn er ein guter Polizist ist.

In der Mitte des Berichts, wo vom Unterleib und den Geschlechtsorganen die Rede war, sprang ihr ein kurzer Satz ins Auge. Ungläubig las Marion ihn wieder und wieder: »Die Untersuchung des Uterus und der Eierstöcke hat ergeben, daß die Frau im dritten Monat schwanger war.«

»Weiß man, von wem sie schwanger war?« fragte Marion mit sonderbar heiserer Stimme.

»Ja, von ihrem Mann. Léo Lunis.«

»Du wirkst ein bißchen angeschlagen, wie eine ausgehungerte Katze, der man eine eiskalte Dusche verpaßt hat.«

»So schlimm?«

Marion warf einen kurzen Blick in den großen Wandspiegel des Restaurants *Les Trois Marches*, das sie in Begleitung von Kommissar Vincent aufgesucht hatte. Sie hatte Wort gehalten und ihn über ihren Besuch bei der Pariser Kripo informiert, eine halbe Stunde später war er aufgetaucht, um sie zum Mittagessen einzuladen.

Er sah sie aufmerksam an.

»Du bist noch genauso schön wie früher, Marion. Wenn ich nicht schon verheiratet wäre ...«

Sie bedankte sich mit einem Augenzwinkern und wußte nun wieder, warum es ihr tags zuvor am Telefon so schwergefallen war, sich daran zu erinnern, wie er eigentlich aussah. Dieser kleine Mann mit seinen Rundungen, die er unter einem weitgeschnittenen, dunklen Anzug verbarg, seiner Glatze und der schwarzen Körperbehaarung, die aus allen Kleideröffnungen quoll, war zu unscheinbar, als daß er Spuren in ihrem Gedächtnis hinterlassen hätte. Aber seine Augen waren wie aus Samt und mit seiner Stimme hätte er bei jeder Telefonsex-Firma sofort einen Job bekommen.

»Mein Leben ist im Moment ein bißchen aus den Fugen geraten«, murmelte Marion, während der Kellner einen Kir vor ihnen abstellte. »Weißt du, es ist unglaublich, aber seit ich diese Ermittlungsakte gelesen habe, kommt es mir vor, als würde ich nicht denselben Léo Lunis kennen. Es ist so, als hätte ich es mit zwei Männern zu tun, einem Erdbewohner und einem Marsmenschen, und zwischen den beiden gibt es kaum Berührungspunkte.«

»Was mich überrascht, ist, daß du von dieser ganzen Geschichte nichts erfahren hast. Dein Kerl hat dir nichts gesagt, das finde ich unfaßbar ...«

»Und ich erst! Außerdem hätte ich in den Zeitungen etwas darüber lesen können, die Sache hat ja wohl allerhand Wirbel gemacht. Das ist alles total an mir vorbeigegangen.«

»Paris ist weit weg. und du hattest bestimmt andere Sorgen. Aber trotzdem, ein Vertrauensbeweis ist das von seiner Seite nicht gerade.«

Schweigend nippte jeder an seinem Kir. Vincent umfing sie mit seinen Blicken, als könnte er damit die Hilflosigkeit aus ihrem Gesicht vertreiben. Sie wirkte wie ein Kind, das in einer Menschenmenge verlorengegangen ist und nach seiner Mutter sucht. Anstelle der fröhlichen Marion, die stets zu Scherzen aufgelegt war, saß eine bedrückte, sorgenvolle Frau vor ihm.

»Ich habe mich gar nicht getraut, Commandant Brun danach zu fragen, ob Léo seines Wissens nach in irgendwelche Geschichten mit Minderjährigen verwickelt war ...«

Ein Kellner mit einer großen blauen Leinenschürze um die Hüften präsentierte ihnen eine riesige Tafel, auf der mit Kreide die Speisekarte geschrieben stand. Vincents Augen leuchteten gierig auf.

»Zweimal die hausgemachten Andouillettes mit Senf und Kartoffelpüree«, bestellte er, ohne sich bei Marion, die mit abwesender Miene aus dem Fenster sah, rückzuversichern. »Und eine Karaffe Côtes du Rhône, bitte.«

Er beugte sich ein wenig zu ihr vor.

»Ich habe mir die Freiheit genommen, mich für dich zu erkundigen, ich wußte, daß es deine Kräfte übersteigen würde. Da ist nichts.«

»Bist du dir sicher?«

»So sicher, wie du vor mir sitzt. Wenn es derartige Geschichten gab, sind sie nicht gerichtlich verfolgt worden, aber dann wage ich zu hoffen, daß man ihn trotzdem gefeuert hätte.«

Marion konnte wieder etwas befreiter atmen, und durch die Wirkung des Alkohols kehrte ein bißchen Farbe auf ihre Wangen zurück.

»Danke, Vincent. Ich weiß, daß eine nicht vorhandene Akte noch kein Beweis ist, aber es tut trotzdem gut. Danke.«

Vincent zuckte bescheiden mit seinen massigen Schultern.

»Was wirst du jetzt tun?«

»Was denkst du?«

»Ich hoffe doch, daß du ihn verlassen wirst!«

»Wenn es nur das wäre!«

Los, mach schon! Er wird dir helfen, er langweilt sich zu Tode und brennt darauf, dir einen Gefallen zu tun.

»Erzähl schon«, sagte Vincent und beugte sich noch weiter vor. »Wenn ich dir helfen kann …«

In seinen freundlichen, sanften Augen las sie, daß er tatsächlich nur darauf wartete.

40

Erst am Spätnachmittag begleitete Kommissar Vincent Marion zur Gare de Lyon zurück. Nach dem Mittagessen und der unglaublichen Geschichte, die sie ihm erzählt hatte, hatte er darauf bestanden, sie mit zu sich nach Hause zu nehmen.

»Keine Angst, ich habe keine unredlichen Absichten. Meine Frau verbringt mit meinen drei Kindern die Ferien in den Bergen, in drei Monaten schenkt sie mir das vierte, und ich liebe sie über alles. Und du brauchst unbedingt ein bißchen Ruhe. Ich kümmere mich um den Rest.«

Sie war am Ende ihrer Kräfte, aber ehe sie das Angebot dankbar annahm, wollte sie noch mit Talon sprechen. Er war inzwischen nach Lyon zurückgekehrt, zusammen mit Lisette Lemaire, die den Geschehnissen langsam nicht mehr gewachsen war. Die Frau vom Jugendamt, die im Morgengrauen bei ihr aufgekreuzt war, hatte sie zu Tode erschreckt und war vor dem Eintreffen der Polizei wieder verschwunden, was den Verdacht bestätigte, daß es sich um eine Betrügerin handelte. Die Polizeistreifen hatten den ganzen Bezirk und die Bahnhofsgegend umsonst durchkämmt: die Frau mit den langen grauen Haaren hatte sich im Nieselregen der Morgendämmerung in Luft aufgelöst. Marion mußte sich damit abfinden, daß ihr mit dieser Verdächtigen die einzige konkrete Spur zu ihren Verfolgern durch die Lappen gegangen war.

»Wo ist Lisette jetzt?«

»Bei mir«, hatte Talon geantwortet, als ob das selbstverständlich sei.

Vincent setzte Marion in seiner bescheidenen Vier-Zimmer-Wohnung am Rande einer Hochhaussiedlung im Osten von Paris ab. Sie war sehr klein und vollgestellt, aber äußerst gemütlich; daß hier drei quirlige Kinder wohnten, war nicht zu übersehen. Marion machte es sich auf dem Sofa im Wohnzimmer bequem und fiel kurz darauf in einen tiefen, bewußtlosen Schlaf, aus dem sie traurig wieder erwachte, als Vincent zwei Stunden später von seiner Mission zurückkehrte. Die verdrossene Miene des Beamten verhieß nichts Gutes.

»Sie ist nicht mehr unter der Adresse erreichbar, die auf der Strafanzeige steht. Meine Reise war umsonst.«

Er war quer durch die Stadt bis ins XIX. Arrondissement gefahren, um Barbara Wincenski aufzustöbern, auf deren Fall Marion zu Beginn ihrer Ermittlungen gestoßen war. Die junge Frau war an einem Dezemberabend auf dem Nachhauseweg vergewaltigt worden, es war vor ihrem Haus passiert, im Hof zwischen den Mülltonnen, und der Täter hatte sein Sperma auf ihrem Gesicht verteilt.

»Sie ist Polin und lebt seit zehn Jahren mit ihrem Mann und dem gemeinsamen Kind in Frankreich. Die Nachbarn kennen ihre neue Adresse nicht.«

Der TGV war noch nicht eingefahren, sie waren eine gute Viertelstunde zu früh, und Marion benötigte dringend einen starken Kaffee. Als sie mit mürrischem Schweigen in ihrer Tasse rührte, obwohl sie ihren Kaffee wie immer ohne Zucker trank, fragte Vincent beunruhigt: »Meinst du, es wird gehen, Marion? Soll ich dich nicht doch besser nach Lyon fahren? Weißt du, ich habe Zeit, schließlich ist meine Sippe nicht da!«

»Jetzt übertreib mal nicht! Mach dir keine Sorgen, ich werde mich schon nicht vor den Zug werfen ... Nein, ich habe nur darüber nachgedacht, wie lästig es ist, daß die DNA-Codes so streng unter Verschluß gehalten werden. Wenn ich den Untersuchungsrichter in Lyon um einen Vergleich bäte, müßte ich ihm reinen Wein einschenken ... Aber ich brauche unbedingt Gewißheit, und die würde mir der Vergleich der genetischen Fingerabdrücke geben. Ich muß einfach wissen, ob mein Geliebter ein Vergewaltiger ist, das ist ...«

»... absolut wichtig für dich, ich weiß. Ich kann mir vorstellen, daß du ziemlich in der Klemme sitzt, Marion. Aber dein Liebster steht ohnehin schon unter Mordverdacht, was machen da schon ein paar Vergewaltigungen mehr oder weniger ...«

Da seine Bemerkung Marion nicht gerade amüsierte, schob er eilig hinterher, das sei nur ein Scherz gewesen, was zur Folge hatte, daß ihre schwarzen Augen sich mit Tränen füllten. Sie warf den Kopf in den Nacken und blinzelte, um dagegen anzukämpfen, dann stand sie abrupt auf und eilte zu ihrem Zug. Vincent, der ihr an den Fersen klebte, kam sich wie ein Idiot vor. Als sie sich anschickte, in den Wagen Nummer sechs zu steigen, wühlte er in den Taschen seines Jacketts herum. Als müsse er das, was er aus Gedankenlosigkeit gesagt hatte, unverzüglich wiedergutmachen, reichte er Marion ein gefaltetes Stück Papier.

»Hier«, sagte er rasch. »Da hast du deinen genetischen Fingerabdruck. Der Typ von der Kripo konnte ihn dir nicht geben, bei mir war das einfacher, er hat ihn einfach eine Weile auf seinem Schreibtisch herumliegen lassen, während ich auf dich wartete ...«

Ohne zu zögern, schob Marion den Zettel unter ihr rotes T-Shirt, dann sprang sie in den Zug, und schon kündigte der Signalton das automatische Schließen der Türen an.

Vincent winkte und rief ihr irgend etwas hinterher, das sie schon nicht mehr hörte, aber auf seinen Lippen las sie, daß er sie ermahnte, auf sich aufzupassen.

Talon wartete am anderen Ende des Gleises, das sich nicht groß von dem unterschied, das sie in Paris hinter sich gelassen hatte. Die Nacht war hereingebrochen, es war um einige Grade kühler geworden.

Der Beamte war steif vor Kälte, und obwohl er sich alle Mühe gab, seine besorgte Miene durch ein liebenswürdiges Lächeln zu kaschieren, wußte Marion gleich, daß er ihr eine weitere Katastrophe verkünden würde.

»Ist alles in Ordnung? Sind Nina und Lisette wohlauf?«

»Beruhigen Sie sich, Chef, Sie scheinen ja mit Ihren Nerven am Ende zu sein.«

»Tun Sie mir einen Gefallen und reden Sie endlich! Was ist los?«

»Lavot ist zurück, er ist bei sich zu Hause ...«

»Lavot? Seit wann?«

»Seit heute nachmittag. Ich habe ihn noch nicht gesehen, ich war bei der Beerdigung.«

»Ach ja, stimmt ... Mein aufrichtiges Beileid.«

»Es geht schon«, versicherte Talon traurig. »Und außerdem habe ich bereits eine neue Omi gefunden ... Lisette ist bei mir, sie wollte unbedingt meine Wäsche bügeln.«

Marion äußerte ihr Unbehagen darüber, ihn so in die Wirren ihres Privatlebens hineinzuziehen, aber er winkte nur kurz ab.

Worauf wartest du also noch, nun stell ihm doch endlich die Frage. Vielleicht steht Léo ja in einer Viertelstunde vor dir, das wäre bestimmt eine ziemlich interessante Begegnung ...

Sie wagte den Sprung ins kalte Wasser erst, als der Dienstwagen, der im Halteverbot auf dem Bahnhofsvorplatz stand, in Sichtweite kam.

»Und ... Léo?«

Talon ließ sich Zeit mit seiner Antwort, unendlich viel Zeit, die er darauf verwandte, Marion erst einmal die Wagentür zu öffnen, sie einsteigen zu lassen, selbst um den Peugeot herumzugehen und sich ans Steuer zu setzen.

»Wir wissen nicht, wo er ist«, sagte er schließlich. »Er hat Lavot im Büro abgesetzt und ist gleich wieder los, angeblich, um sich umzuziehen. Als Lavot hochkam, richtete die Sekretärin ihm aus, Lunis habe gerade angerufen und sich acht Tage Urlaub genommen.«

»Wie bitte? Was denkt der sich eigentlich? Und der Auftrag, der Bericht?«

»Darüber wird Lavot mit Ihnen reden. Er wartet in seiner Wohnung auf Sie.«

Was dabei in Talons Stimme mitklang, war keine Befangenheit mehr, sondern die Ankündigung eines Gewittersturms, Windstärke zehn.

Marion sackte auf ihrem Sitz in sich zusammen. Am liebsten wäre sie einfach von der Bildfläche verschwunden und hätte eine Schlafkur gemacht.

»Ach, übrigens«, fing Talon wieder an. »Von Ihrem Kerl hat noch nie einer was gehört.«

Sie starrte ihn an, als sei er verrückt geworden. Im unsteten Schein der Straßenbeleuchtung konnte er das Unverständnis und den Argwohn in ihrem Gesicht sehen.

»Sam Nielsen. Sie hatten mich doch gebeten, Erkundigungen einzuholen, oder?«

»Ach ja, natürlich!«

»Gut, manchmal frage ich mich, ob ich nicht auch einen Sprung in der Schüssel habe ...«

Marion traute sich nicht, ihn zu fragen, was genau er mit »auch« meinte. Für einen kurzen Augenblick hatte sie Sam und seine Teufelshände vergessen. Die Erinnerung an ihre Liebesnacht ließ die Gewissensbisse wieder auflodern, während Talon bereits das Resümee seiner Nachforschungen herunterbetete, die nicht das geringste ergeben hatten.

»Er ist nicht einmal in Paris geboren, jedenfalls nicht unter dem angegebenen Namen und Datum.«

»Und von einem Wohnsitz hier in der Stadt keine Spur?«

»Negativ. Weder auf den Wählerlisten noch bei den Krankenkassen. Ich bezweifle, daß er in Lyon wohnt, wahrscheinlich wohnt er nicht einmal hier im Departement. Wenn ich Sie frage, wer der Knabe ist, sagen Sie es mir dann?«

Marion schwieg erwartungsgemäß. Talon seufzte tief und schob die Brille auf seiner Nase hoch.

»Das dachte ich mir ... Eine Sache noch: Der Chef hat heute nachmittag nach Ihnen gefragt. Er will Sie morgen früh um acht in seinem Büro sehen. Und er schien nicht gerade gut gelaunt zu sein.«

Marion verbrachte die Nacht bei den Lavots, in einem schmalen Kinderbett eng an Nina geschmiegt. Der kleine, warme Körper und der regelmäßige Atem des Kindes rührten sie zutiefst. Mit offenen Augen starrte sie in die Dunkelheit, versagte sich jede Bewegung oder Gefühlsregung, die Nina vielleicht beunruhigt und zu ihrer Verwirrung beigetragen hätte. Das Mädchen hatte so viele Fragen gestellt: Warum bin ich hier und nicht bei Omi? Warum gehen wir nicht nach Hause? Soll Mathilde auch meine Mama werden? Willst du mich nicht mehr? Warum bleibst du nicht bei mir?

Marion hatte sich bemüht, ihre eigene Verzweiflung und Angst zu verdrängen und Nina ein paar Erklärungen gegeben, die das Mädchen verstehen konnte. Sie hatte ihr versichert, daß sie sie über alles liebte, und ihr geschworen, daß nur sie ihre Mama sein würde und niemand anders. Schließlich hatte sie versprochen, bei ihr zu schlafen, und allmählich war Nina zur Ruhe gekommen.

Was nun Lavot betraf, der infolge seiner Magen-Darm-Attacke noch etwas blaß war, so hatte ihn nichts aus seiner Stinklaune herausholen können.

»Magen-Darm-Entzündung, so ein Schwachsinn!« hatte er geschimpft, nachdem seine Frau Mathilde mit den drei Kindern außer Hörweite war. »Dieser Typ ist ein unausstehlicher Mistkerl ...«

Marion hatte es nicht für erforderlich gehalten, ihn zu fragen, wen er meinte. Angespannt wartete sie darauf, was jetzt kommen würde.

»Er hat mir ein Brechmittel untergejubelt, da bin ich mir sicher. In der Autobahnraststätte, während ich auf dem Klo war. Ich hatte gleich den Eindruck, daß der Kaffee irgendwie komisch schmeckte. Wir sind dann weitergefahren und mußten sofort wieder anhalten. Wie 'ne Leiche auf Urlaub habe ich mich gefühlt. Ich weiß nicht, vielleicht wollte der mich sogar vergiften!«

»Na, das sind aber schlimme Beschuldigungen. Warum hätte er so etwas tun sollen?«

»Warum? Ich werde Ihnen sagen, warum … Der Kerl hat nicht alle Tassen im Schrank! Und er hat Dinge auf dem Gewissen, die müssen finsterer sein als das da.«

Er deutete auf das dunkle Fenster, in dem sich seine gestikulierende Silhouette widerspiegelte.

»Ich weiß nicht, was er verheimlicht, aber mit Sicherheit nichts Gutes. Daß ich mit ihm nach Deutschland fahren sollte, paßte ihm jedenfalls überhaupt nicht in den Kram. Er hat mich rausgekickt.«

Obwohl die Sache klar auf der Hand lag, konnte Marion es immer noch nicht recht glauben.

»Das hat weder Hand noch Fuß, Lavot! Ich hätte doch auch jemand anderen nach Deutschland schicken können.«

»Das glauben *Sie*, aber die Gefahr bestand effektiv nicht.« Lavot grinste.

»Ich verstehe nicht.«

»Schon bevor Talon sein Treffen organisiert hat, wußten doch alle, daß jemand nach Landau fahren würde, und Lunis hat gleich angekündigt, das er das machen wollte. Keiner hat aufgemuckt, kapieren Sie's jetzt, Chef?«

»Nein.«

»Keiner wollte den Freund der Chefin gegen sich aufbringen.«

Marion vergrub das Gesicht in den Händen.

»Und wenn sich doch jemand freiwillig gemeldet hätte«, fuhr Lavot fort, »dann hätte er ihn auf die gleiche Weise ausgeschaltet wie mich. Er hat alles einkalkuliert. Er wäre allein gefahren und mit seinen erlogenen Informationen zurückgekommen.«

»Jetzt packen Sie schon aus, Lavot, ich flehe Sie an!«

Gleich stoße ich auf Grund, ich spür's genau. Ich habe schon Wasser in den Lungen.

»In Landau war nichts zu holen, Chef, tote Hose!«

»Aber Longe war doch Hauptfeldwebel in Landau, im Vierundvierzigsten Regiment wie Léo …«

Lavot unterbrach sie mit einem Gesichtsausdruck, wie er mitleidiger nicht hätte sein können.

»Im Vierundvierzigsten Regiment, bei der Fernmeldetruppe, richtig. Nur daß dieses Regiment sich nicht mehr in Landau befindet, sondern im Elsaß. Neunzehnhundertvierundneunzig ist es dorthin verlegt worden.«

Talon war ein Fehler unterlaufen, als er angekündigt hatte, daß die Ermittlungen sie nach Landau führen würden. Kein großer Fehler, und es war auch nicht nur seine Schuld. Er hatte Papiere von Longe gefunden, aus denen hervorging, daß der Mann Hauptfeldwebel bei der Fernmeldetruppe in Landau war, 44. Regiment. Was der Vater des Opfers, der seinen Sohn lange vor der Verlegung des Regiments aus den Augen verloren hatte, nur bestätigen konnte. Im übrigen hätten die Angaben auf den Papieren korrigiert werden müssen. Aber Talon oder Marion hätten natürlich mit der Garnison Kontakt aufnehmen sollen, ehe sie ihre Leute losschickten. Seit ein paar Wochen ging wirklich alles schief, und sogar Talon, der sonst die Gewissenhaftigkeit in Person war, hatte jetzt innerhalb von achtundvierzig Stunden seinen dritten Bock geschossen.

Und von mir reden wir besser gar nicht erst, ich laufe total neben der Spur.

Über eins wunderte sich Marion allerdings: Léo hatte gewußt, daß er in Landau nichts finden würde. Longe war nach Lyon gekommen, hatte ihn gesucht, sie hatten sich aus Gott weiß was für Gründen im *Chambre Rouge* getroffen, und

Longe war umgebracht worden. Warum? Von wem? Welches düstere Geheimnis lastete auf Léos Leben?

»Aber irgend etwas werden Sie dort doch getan haben!« rief sie aus. »Sie sind doch nicht nur hin- und wieder zurückgefahren!«

Marion wußte nicht mehr, wie ihr geschah, sie hatte einen erdigen Geschmack im Mund, und ihre Schläfen pochten.

»Jetzt tun Sie doch nicht so, Chef. Wir haben nichts gemacht, zumindest habe *ich* nichts gemacht! Er hat mich in einem Motel abgeladen. Ich war so schlapp wie ein Bettvorleger.«

Lavot wußte nicht, was Léo mit seiner Zeit angestellt hatte. Wahrscheinlich war er in die hundert Kilometer von Landau entfernte Stadt gefahren, in der sich das 44. Regiment jetzt befand.

»Aber das müssen Sie ihn schon selbst fragen. Wenn Sie ihn eines Tages mal wieder sehen …«

41

Marion trennte sich von Nina, ohne sie aufzuwecken, und weil es noch sehr früh war, begegnete ihr auch kein Mitglied der Familie Lavot auf dem Weg zur Wohnungstür. Im Treppenhaus vergewisserte sie sich, daß keine unerwünschten Zuschauer zugegen waren, und rekapitulierte noch einmal die Vorsichtsmaßnahmen, die ihr Talon am Vorabend nahegelegt hatte: durch den Keller ins Freie, dann der Umweg durch die Tapetenabteilung des Baumarkts.

Zu Hause fand sie alles so vor, wie sie es zurückgelassen hatte. Von Léo keine Spur. Sie warf einen raschen Blick in die Zimmer und stellte fest, daß alles noch an seinem Platz war, niemand hatte irgend etwas angerührt. Er war nicht gekommen. Der Anrufbeantworter zeigte eine »1« an: Kommissar Vincent erkundigte sich mit seiner warmherzigen Stimme, ob Marion gut angekommen sei. Keine Nachricht von Léo, nichts, nur die Stille des kalten, verlassenen Hauses.

Die Telefonschikanen hatten offenbar aufgehört, was der einzige Lichtblick in Marions ansonsten trostloser Situation war.

Sie zog sich um, und entschied sich intuitiv für ein betont feminines Outfit, was bei ihr die Ausnahme war. Vielleicht hoffte sie, ihren Chef damit gnädig zu stimmen und seiner schlechten Laune entgegenzuwirken.

Doch daraus wurde nichts. Der Leiter der Kripo war nicht nur verstimmt, sondern platzte beinahe vor Wut. Marion war verschwunden, hatte sich einfach eine mysteriöse Paris-Reise aufs Programm gesetzt, die nichts mit den laufenden Fällen zu tun hatte. Ihre Leute waren ebenfalls in alle Winde zerstreut, die ganze Abteilung total aus dem Ruder gelaufen. Der Bericht über die Deutschland-Mission, die fehlerhafte Vorbereitung dieser Expedition und das Fiasko, in dem sie geendet hatte, rundeten seinen Eindruck von Marions plötzlicher Inkompetenz ab.

»Ich wollte ja mit Ihnen reden, vorgestern abend«, verteidigte sie sich. »Sie waren auf Korsika.«

»Ja, und? Korsika ist zwar eine Insel, aber doch nicht das Ende der Welt, stellen Sie sich vor, es gibt dort Telefon, Fax, Internet!«

Seine Miene und seine Arroganz verrieten, daß er einen schlechten Tag hatte, und Marion, die wußte, daß sie im Unrecht war, versuchte, ihn nicht weiter zu provozieren. Aber er war noch nicht durch mit seinen Vorwürfen.

»Mir ist zu Ohren gekommen, daß das Jugendamt daran zu zweifeln beginnt, daß Sie in der Lage sind, sich um die kleine Nina zu kümmern, und was noch schlimmer ist, mir ist zu Ohren gekommen, daß Sie hin und wieder während der Dienstzeit ein kleines Schäferstündchen einlegen.«

Sie dachte an Lavot, an Garcia und die mysteriöse Frau, die in ihrem Namen bei der Kripo angerufen hatte, und fuhr zusammen.

»Wer hat Ihnen so etwas gesagt?«

»Ich bitte Sie! Meine Quellen sind natürlich vertraulich ...«

»Ihre Quellen verbreiten Lügen. Das ist ziemlich billig.«

»Das sagen Sie! Jedenfalls hatte ich Sie gewarnt. Ihre Beziehung zu Lunis ist ein Problem. Ich habe beschlossen, ihn zu versetzen. Zur Kripo in Saint-Étienne. Da ist er wenigstens weit weg. Und was Sie betrifft, hören Sie auf, Ihre Zeit mit Dingen zu verplempern, die zu nichts führen, und sehen Sie zu, daß Sie sich wieder unter Kontrolle bekommen, sonst ...«

Marion fiel ihm ins Wort.

»Sie haben mir nichts über die Vergangenheit von Léo Lunis gesagt. Ich habe eine Beziehung mit ihm angefangen und keinen Hehl daraus gemacht. Sie hätten mir das mit seiner Frau sagen müssen.«

»Sie waren nicht auf dem laufenden? Hören Sie doch auf! Die Sache ist nicht geheimgehalten worden: Vor zwei Jahren wurde über nichts anderes geredet. Da muß doch irgend etwas zu Ihnen durchgesickert sein.«

Marion hatte in ihrem Gedächtnis gekramt, nachdem Talon, Vincent und Lavot ihr bestätigt hatten, daß sie »wie alle in unserem Laden« Bescheid wußten. Sie erinnerte sich vage an die Ermordung einer jungen Frau, die Lieutenant bei der Pariser Polizei gewesen war, und daran, daß der Verdacht auf ihren Mann fiel, aber wie hätte sie das mit Léo in Verbindung bringen sollen? Die Namen hatte sie sich nicht gemerkt, und da niemand, schon gar nicht der Betroffene selbst, es für nötig befunden hatte, sie aufzuklären …

»Ich verbringe meine Zeit nicht damit, Zeitung zu lesen oder an Türen zu lauschen. Und überhaupt, wenn er unter Verdacht stand, wäre es ja wohl das mindeste gewesen, seine direkte Vorgesetzte darüber zu informieren.«

»Ihm ist nichts nachgewiesen worden. Außerdem sind Sie alt genug. Ich bin nicht Ihr Vater.«

»Es ist falsch, Capitaine Lunis zu versetzen, er ist …«

Sei still, dafür ist es noch zu früh. Du weißt doch gar nicht, was du sagen willst.

»Ja? Sprechen Sie doch bitte in ganzen Sätzen, zum Teufel!«

»Ich muß die Ermittlungen, die ich angefangen habe, zu Ende führen, und er gehört zu meinem Team.«

Sie hatte die störrische Miene aufgesetzt, die ihr Chef nur allzu gut kannte. Manchmal, wenn Marion zu weit ging, rief er ihr in Erinnerung, daß »Hartnäckigkeit eine Qualität ist, Dickköpfigkeit hingegen mit einem Tritt in den Hintern belohnt wird«.

»Ich verbiete Ihnen, auch nur irgend etwas zu tun, worüber ich nicht in vollem Umfang informiert bin und wofür Sie keine präzisen Anweisungen erhalten haben. Alles übrige interessiert mich nicht.«

»Ich glaube nicht, daß ich auf halbem Weg stehenbleiben werde, Monsieur. Geben Sie mir noch zwei Tage.«

»Keinesfalls! Und wenn Sie sich widersetzen, werden Sie dafür geradestehen.«

»Ich bin bereit, meine Kündigung einzureichen.«

Der Kripochef stieß ein ungläubiges Lachen aus.

»Ihre Kündigung! Wir sind hier nicht beim Film, Kommissarin Marion. Und Sie sollten für Lunis nicht Ihr ganzes Leben über den Haufen werfen. Kein Mann ist das wert.«

»Und woher wissen ausgerechnet Sie das?« fragte Marion provokativ.

»Lassen Sie mich in Ruhe mit Ihren unnützen Theorien über Liebe und große Gefühle. Für Männer geht es sowieso immer nur um Sex, sonst nichts. Hören Sie also auf herumzuspinnen, kümmern Sie sich um das Kind, das Sie haben wollten, und sorgen Sie dafür, daß Ihre Leute wieder ordentlich arbeiten. Sie sind eine gute Polizistin, ich werde nicht zulassen, daß Sie sich wegen einer derart bescheuerten Geschichte selbst zugrunde richten. Und um gleich Nägel mit Köpfen zu machen, schicken Sie Lunis zu mir, ich habe ein Wörtchen mit ihm zu reden und muß seine Versetzung in die Wege leiten.«

Marion senkte den Kopf. Paul Quercy ging um seinen Schreibtisch herum und baute sich vor ihr auf. Mit dem Zeigefinger hob er ihr Kinn.

»Sie wissen nicht, wo er ist, stimmt's?«

Seine Stimme klang nicht mehr verärgert. Marion versuchte seinem Blick auszuweichen, in den sich zu gleichen Teilen Freundschaft und Mißbilligung mischten.

»Ich werde ihn wiederfinden«, versicherte sie.

»Das rate ich Ihnen auch, denn sonst gebe ich gleich heute abend eine Suchmeldung heraus. Ich brauche Ihnen nicht zu sagen, welche Folgen das für Sie beide hätte. Los jetzt, an die Arbeit!«

Sie gehorchte und ging mit schleppenden Schritten zur Tür.

»Und vergessen Sie nicht, daß Sie mich morgen zur Zeremonie beim Präfekten begleiten!« rief ihr Paul Quercy noch hinterher.

Mist, diesen Mummenschanz hatte ich ganz vergessen!

»Muß das unbedingt sein?«

»Absolut!«

42

Als Marion auf den Gang in der vierten Etage trat, wurde sie von der vertrauten morgendlichen Geräuschkulisse empfangen: Geldstücke fielen klappernd in Kaffeeautomaten, heiße Getränke gluckerten in Becher, man hörte das Lachen der Frauen und den bellenden Husten der Kettenraucher. Im letzten Büro klapperte Yvettes Schreibmaschine gegen das nervige Kreischen eines Bohrers an, der auf der anderen Seite der Wand sein Unwesen trieb.

»Was ist denn hier los? Wird irgendwo renoviert?«

»Die Kollegen vom Kommissariat für Betrugsdelikte haben eine Durchsuchungsmaßnahme bei einem Gerichtsvollzieher gestartet und sind wohl immer noch mit dem Öffnen der Tür beschäftigt.«

Yvette hatte ihre Erklärung ungewohnt barsch vorgebracht und dabei noch heftiger gelispelt, als sie es sonst schon tat. Sie beugte sich wieder über ihre Schreibmaschine, tippte drei Wörter, fluchte. Marion war so unvorsichtig, sie zu fragen, was denn eigentlich los sei, worauf Yvette sofort mit kreischender Stimme und mit Tränen in ihren knallblau umrandeten Augen loslegte.

»Ich habe die Nase voll, voll und nochmals voll! Ich will in eine andere Abteilung wechseln.«

Na, na, na … Jetzt kriegt die mir auch noch ihre Krise. Ob das wieder Toutoune war, dieser Idiot?«

»Ihr Mann? Hat er wieder wegen der Arbeitszeiten gemeckert? Hören Sie, Yvette, Sie müssen abends nicht so lange bleiben …«

Die Sekretärin wölbte ihren üppigen Busen und drehte sich halb zu Marion um, die einen kurzen Moment lang sicher war, die Frau würde ihr gleich an die Kehle springen. Toutoune ertrug es nicht, daß seine Gattin abends arbeitete, aber diesmal hatte er mit Yvettes Kummer offensichtlich nichts zu tun.

»Auf den pfeife ich!« polterte sie wie zur Bestätigung. »Der soll erst mal selbst arbeiten, ehe er mir Strafpredigten hält. Außerdem bin ich lieber hier, als den ganzen Tag seine Visage zu sehen ...«

»Was liegt denn dann an?« fragte Marion, während sie das dicke Verzeichnis durchsah, in dem Yvette den Postein- und -ausgang handschriftlich eintrug, obwohl es dafür ein entsprechendes Computerprogramm gab. Sie habe kein Vertrauen in diese Maschinen, verkündete die Sekretärin immer wieder.

Marions Blick fiel auf die Spalte »Posteingang«, wo stand: »Fall Longe. Projektilauswertung.«

»Er hat mich als verkniffene Alte bezeichnet, die es wohl mal wieder nötig hätte.«

»Wer? Ihr Mann?«

Marion hatte nur das Ende des Satzes mitbekommen und die Frage aus reiner Höflichkeit gestellt. Yvettes Gemütsverfassung war ihr an diesem Morgen ziemlich egal.

»Nein!« rief die Sekretärin aus und spuckte Gift und Galle. »Monsieur Lunis! So ein Rüpel! So ein widerlicher Kerl!«

Klar doch, sie hat ihn ja noch nie ausstehen können. Sie ist eifersüchtig, sobald ich mich mal gut mit jemandem verstehe, sobald ich mal richtig durchatme ... Sie mag mich nur, wenn ich deprimiert bin oder krank, dann kann sie mich besser bemuttern.

Yvette schluchzte auf und schlug sich die Hände vors Gesicht.

»Und Monsieur Lavot hat mich auch noch angeschnauzt ...«

Ah, da haben wir's ja ... Natürlich, ihr geliebter Lavot, das hätte ich mir denken können.

Yvette hegte eine heftige Leidenschaft für Lavot, der ihre

Gefühle nicht erwiderte. Zumindest nicht so, wie sie es sich gewünscht hätte. Denn Lavot – dafür hätte Marion ihre Hand ins Feuer gelegt – hatte ihr mit Sicherheit hier und da eine kleine Aufmerksamkeit angedeihen lassen. So wie er es eigentlich bei allen gern tat, ganz beiläufig, wie unter guten Kumpeln. Yvette träumte von etwas anderem.

»Wo ist das Ergebnis der ballistischen Untersuchung?« fragte Marion, um das Thema zu wechseln.

Yvette warf ihr einen gekränkten Blick zu. Ihre Lippen zitterten, und sie schniefte laut, während sie ihre blau getuschten Wimpern mit einem Papiertaschentuch abtupfte.

»Auf Ihrem Schreibtisch«, sagte sie schroff.

Dann atmete sie so tief ein, daß ihr ganzer Pullover bebte, in dem sie voller Stolz ihre beachtliche Oberweite vor sich her trug.

»Aber wissen Sie was?« rief sie aus, als Marion ihr schon den Rücken zukehrte. »Monsieur Lavot ist vielleicht nicht verliebt in mich, aber wenigstens muß ich ihn mit niemandem hier teilen!«

Die Anspielung erreichte Marion an der Tür.

Immer schön ruhig bleiben. Jetzt frag sie bloß nicht, wen oder was sie damit gemeint hat. Das würde ihr so passen.

Während sie den Weg in ihr Büro fortsetzte, rauschte ihr das Blut in den Ohren. Yvette hatte ihre Schmährede gehalten, ihr Gift verspritzt. Aus Rache, weil sie selbst litt. Dennoch schoß Marion ein Name durch den Kopf und das Bild eines hübschen kleinen Hinterns in einer eng anliegenden Jeans, als sie sich auf ihrem ledernen Schreibtischstuhl niederließ, nachdem sie den Papierstapel, der dort aus Versehen gelandet war, weggeräumt hatte.

Oben auf dem Stapel lag die Auswertung der kriminaltechnischen Geschoßuntersuchung zum Fall Longe, die Marion sofort zu lesen begann. Die Tatsache, daß am Tatort keine Patronenhülsen gefunden worden waren, deutete auf einen Revolver hin. Da die aus der Leiche entfernten Geschosse sechs Züge aufwiesen, konnte man davon ausgehen, daß es sich um einen speziell für die Polizei entwickelten Manurhin-Revolver, Kaliber 38, handelte: Der Lauf dieser Waffe hat grundsätzlich sechs »Züge« und »Felder« genannte Einkerbungen und Erhebungen, die der Kugel ihre Drehung verleihen. Unter dem Makroskop waren diese Spuren, die die Tatwaffe beim Abschuß auf den Projektilen hinterlassen hatte, genau vermessen und fotografiert worden. Vielleicht würde man in den Datenbanken auf einen früheren Fall stoßen, bei dem die Spuren auf der Munition identisch waren. Die ersten auf Lyon und Umgebung beschränkten Ermittlungen hatten nichts ergeben, was einen Vergleich nahegelegt hätte, und der Bericht endete mit dem Hinweis, daß man die Nachforschungen vielleicht auf das gesamte Land ausweiten müsse. Da dies eine zeitaufwendige, arbeitsintensive Recherche mit ungewissem Ausgang war, würde sie der Spezialist nur auf ausdrücklichen Wunsch des Untersuchungsrichters in Angriff nehmen.

In Marions Kopf machte es klick. Ein Vergleich mit früheren Fällen.

Nein, nein, jetzt hör aber auf. Du bist ja völlig auf ihn fixiert. Was soll es schon für eine Verbindung geben zwischen dem Fall Longe und ...?

Doch es gab natürlich eine Verbindung zwischen dem Fall Longe und der Ermordung von Gina Lunis vor zwei Jahren: Léo.

Und wieder kam Marion zu dem Schluß, daß der einzige Mensch, den sie in Paris um einen derartigen Gefallen bitten konnte, Vincent war. Sie erreichte ihn an seinem Schreibtisch.

»Fax mir die Sachen rüber, ich kümmere mich darum«,

seufzte der Kommissar, ohne mit weiteren Kommentaren seine Zeit zu vergeuden.

Was als nächstes zu tun war, lag klar auf der Hand, denn seit Kommissar Vincent Marion den kostbaren genetischen Code von Léo ausgehändigt hatte, dachte sie an nichts anderes mehr. Im Geist sah sie den zerzausten Kopf von Doktor Marsal vor sich, und, obwohl ihr die Vorstellung, was dieses mit Zahlen bedeckte Stück Papier für sie bedeuten könnte, einen Stich versetzte, zögerte sie keine Sekunde. Zu ihrer großen Erleichterung ließ sich Marsal nicht allzu lange bitten. Schließlich ging es ja nur noch darum, bereits ausgewertete Daten miteinander zu vergleichen. Das war kinderleicht für seinen Kollegen Ampuis und würde keinen Centime kosten.

»Schicken Sie's mir per Fax, dann verpasse ich zwar eine Gelegenheit, Sie zu sehen, aber dafür gewinnen Sie Zeit.«

Das Faxgerät, das Marion benutzte, stand in Yvettes Büro, und die Sekretärin, die aufgehört hatte, ihre Schreibmaschine zu traktieren, war jetzt damit beschäftigt, Zeitung zu lesen. Es bereitete ihr ein unsägliches Vergnügen, morgens die Presse zu »entjungfern«: die Streifbänder von den Tageszeitungen zu reißen und die Klarsichtfolien von den Zeitschriften, beim Herumblättern die ersten Fingerabdrücke darauf zu hinterlassen und im Beisein von Marion die neusten Meldungen zu verlesen. »Haben Sie gesehen, wie die Ihren Namen verhunzt haben …« ließ sie dann beiläufig fallen. Oder den Dienstgrad. Für die Zeitungsmacher und ihre Leser machte es keinen großen Unterschied, ob jemand ein einfacher Polizeibeamter oder Hauptkommissar war.

Sie drängte sich zwischen das Faxgerät und ihre Chefin.

»Ich mach das schon für Sie.«

»Lassen Sie mich in Ruhe«, knurrte Marion, der Yvettes gluckenhaftes Verhalten gehörig auf die Nerven ging. »Das werde ich noch allein schaffen.«

»Ist ja schon gut …«

Beleidigt setzte sich Yvette wieder hin. Die Zeitung bekam ihre Laune zu spüren, bis sie sie wieder aus der Hand legte und auf den Rücken von Marion starrte, die über das Faxgerät gebeugt die Bedienungsanleitung studierte. Die Sekretärin räusperte sich, dann gab sie sich einen Ruck.

»Wenn Sie wissen wollen …«

Der hinterhältig-zufriedene Ton ließ Marion aufmerken. Sie hielt inne, obwohl gerade der Piepton erklang, der sie dazu aufforderte, ihr Blatt ins Gerät zu schieben.

»Yvette, ich habe das Gefühl, daß Sie drauf und dran sind, eine Gehässigkeit von sich zu geben.«

»Er hat sich Urlaub genommen, und sie auch … Sie hat angerufen und gesagt, sie sei krank. Wer's glaubt, wird selig!«

»Wer soll das sein, er und sie?«

Dabei hatte ich mir fest vorgenommen, diese elende Frage nicht zu stellen. Jetzt ist es doch passiert, wie kann man nur so bescheuert sein! Jetzt freut sie sich, diese blöde Kuh.

»Tun Sie doch nicht so, als würden Sie mich nicht verstehen! Ich spreche von Monsieur Lunis und Lieutenant Marie Garcia.«

43

Wenig später traf Talon ein und verbarrikadierte sich sofort mit Marion in deren Büro. Der Beamte hatte schlecht geschlafen, nachdem er sich seinen Fehler hatte eingestehen müssen. Nicht mitzubekommen, daß ein ganzes Regiment vier Jahre zuvor verlegt worden war, empfand er als einen unverzeihlichen Schnitzer, wenn man zwei Leute zu Ermittlungen dort hinschickte.

»Das hätte ich überprüfen müssen. Ich hätte vorher Kontakt mit denen aufnehmen sollen, was mir der Untersuchungsrichter im übrigen nahegelegt hatte ... Dafür gibt es keine Entschuldigung.«

Marion beruhigte ihn.

»Ist schon gut, Talon, das kann jedem mal passieren, Sie sind ja auch nur ein Mensch.«

»Trotzdem, ich schäme mich regelrecht.«

»Okay, aber jetzt hören Sie auf, sich zu geißeln! Das war zwar ein Fehler, und auch ich habe meine Abreibung gekriegt, aber wir werden das Kind schon schaukeln. Was ist denn los mit Ihnen?«

Talon sah schlimm aus. Er war bleich und zog zum zweitenmal sein Taschentuch hervor, nahm die Brille ab, putzte verbissen die Gläser und hielt sie anschließend gegen das Licht, um sicherzugehen, daß er jedes noch so kleine Staubkörnchen entfernt hatte.

»Eine kleine Macke haben Sie ja schon, mein lieber Talon!« seufzte Marion.

»Bitte?«

»Eine kleine Macke eben ... Ihre Brille, Ihre Putzerei ...« fügte sie hinzu, als Talon sie weiterhin verständnislos anstarrte.

Seine Miene wurde noch finsterer.

»Longe war nicht mehr in Landau, okay, aber wissen Sie, was das Schlimmste ist? Er war überhaupt nicht mehr bei der Armee. Und das bedeutet, daß ich nicht nur eine kleine Macke habe, sondern von allen guten Geistern verlassen bin.«

Der Vater des Opfers, Lucien Longe, hatte natürlich Krach geschlagen, als Talon am frühen Morgen nochmals bei ihm aufgetaucht war. Der Beo nutzte die Gelegenheit, um sich nach Herzenslust heiser zu schreien, worauf der Alte ihn schließlich in die Toilette verbannt hatte, um dem Radau ein Ende zu machen.

»Was wollt ihr Bullen denn noch von mir?« hatte er gefragt.

Er war immer schon Kommunist gewesen und war es geblieben, allergisch gegen Polizisten und Pfarrer, feindselig gegenüber dem Militär. Doch Talon spürte, daß sich hinter den klischeehaften Reden des schwer atmenden Alten viel Leid und Kummer verbargen. Talon hatte alles auf eine Karte gesetzt, als er Longe senior gegenüber behauptete, daß er ihn angelogen habe, daß sein Sohn sehr wohl hin und wieder von sich habe hören lassen.

»Das war reiner Bluff«, erklärte Talon Marion. »Ich habe sofort gemerkt, daß er krank vor Kummer war. Plötzlich ganz allein, den eigenen Tod vor Augen ... Irgendwann hat er dann doch noch ausgepackt.«

Marion mußte schlucken.

»Patrick Longe hat die Armee kurz vor der Verlegung seines Regiments verlassen. Er hatte seinem Vater Bescheid gesagt und ihn gleichzeitig gebeten, mit niemandem darüber zu reden.«

»Zum Beispiel mit der Polizei ...«

»Zum Beispiel! Das fiel dem Alten nicht schwer, er ist ein Dickschädel. In all den Jahren hatte sein Sohn weiter in Landau gelebt und dort eine Postfach-Adresse behalten. Lucien Longe weiß auch nicht genau, was er dort machte, sein Sohn schrieb ihm ziemlich selten. Er weiß nur, daß Patrick von der Armee eine Pension bekam und seinem Vater jeden Monat Geld schickte. Immer von einem anderen Ort. Der Alte hat das Gefühl, daß er versuchte, möglichst anonym zu bleiben.«

»Warum?«

»Keine Ahnung. Aber es geht noch weiter.«

Talon hielt inne. Marion vermutete schon, daß er wieder sein Taschentuch zücken würde, aber er begnügte sich diesmal damit, die Hände tief in den Hosentaschen zu vergraben.

»Und zwar?« fragte sie ungeduldig.

»Der Alte hatte gestern abend schon einmal Besuch bekommen. Wahrscheinlich können Sie sich denken, von wem ...«

»Léo Lunis?«

»Genau. Am späten Abend.«

»Ist das sicher?«

»Hundertprozentig. Ich habe ihm ein Foto von Léo gezeigt.«

Marion hatte nicht die Kraft, Talon zu fragen, warum er ein Foto von Léo mit sich herumtrug.

Frag ihn nicht, sonst wirst du noch erfahren, daß er auch mit Talon geschlafen hat.

»Was wollte er?«

»Im großen und ganzen dasselbe wie ich. Ich habe das Gefühl, daß Longe nach Lyon gekommen ist, um ihn zu treffen. Sie nicht?«

»Doch.«

Marions Stimme war kaum noch zu hören.

»Und das ist noch immer nicht alles«, fuhr Talon fort, während er angespannt und etwas betreten auf dem Stuhl herumrutschte, auf dem er sich inzwischen niedergelassen hatte. »Als ich den alten Longe über die Vergangenheit und die Freunde seines Sohnes ausgefragt habe, hat er noch einen Namen genannt ...«

Was jetzt kam, überraschte Marion nicht mehr. Im übrigen hätte man ihr verkünden können, daß Léo Lunis die als Mann verkleidete Königin von England sei, sie hätte es, ohne mit der Wimper zu zucken, zur Kenntnis genommen. Nichts konnte sie mehr erstaunen. Weder, daß Léo und Longe gemeinsam die Militärschule in La Flèche besucht hatten, noch, daß sie nach Abschluß ihrer militärischen Ausbildung im Spezialgebiet Nachrichtenwesen zunächst in Saarburg beim 40. Regiment und anschließend in Landau beim 44. Regiment gelandet waren – in beiden Fällen bei der Fernmeldetruppe. Dort verfügte man über hochentwickelte Instrumente, mit denen es möglich war, Satelliten zu überwachen und gegebenenfalls zu zerstören. Léo Lunis und Patrick Longe waren unzertrennlich gewesen, und der Alte war überzeugt davon, daß der Kontakt nicht abgerissen war.

»Aber gestern abend hat er ihn nicht wiedererkannt?« wunderte sich Marion.

»Die Frage habe ich ihm natürlich auch gestellt! Er hatte ihn wohl nur auf Fotos gesehen. Fotos von jungen Männern in Kampfanzügen.«

Marion riß die Augen auf.

»Sollte das Ganze vielleicht etwas mit Spionage zu tun haben?«

»Möglich wäre es. Ich glaube, es ist an der Zeit, die Leute bei der Armee zu kontaktieren, und das meine ich ernst.«

»Gut«, stimmte Marion nach kurzem Nachdenken zu. »Das werde ich tun.«

»Und wo Sie schon dabei sind, Chef, versuchen Sie doch auch, etwas über einen gewissen Mas herauszufinden. Der alte Longe hat mir gesagt, er sei damals ein weiterer Freund seines Sohnes gewesen.«

Gegen elf Uhr war Marion immer noch nicht viel weiter. Vincent hatte nicht zurückgerufen, und die Anfragen an das Verteidigungsministerium waren zwar rausgegangen, aber in den Behörden mahlen die Mühlen ja bekanntlich langsam. Frühestens am Spätnachmittag war mit einer Antwort zu rechnen, und das war schon optimistisch gedacht.

Talon schnüffelte derweil bei den anderen militärischen Einrichtungen herum, die der alte Longe erwähnt hatte, in der Hoffnung, irgendwelches Archivmaterial, Akten oder andere Dinge aufzustöbern, die vielleicht die eine oder andere Antwort auf Marions Fragen liefern würden.

Lavot war bei Nina und seiner Familie geblieben, um auf alle aufzupassen.

Dreimal hatte Marion der Leiterin der Adoptionsstelle im Jugendamt ausrichten lassen, sie sei wegen Ermittlungen außer Haus, aber sie rechnete ständig damit, daß die Frau im Polizeipräsidium aufkreuzte. Es war bestimmt nicht unbemerkt geblieben, daß Lisette und Nina verschwunden waren, und bei dieser Frau, die aus hartem Holz geschnitzt war, mußte man auf alles gefaßt sein.

Von Léo gab es natürlich kein Lebenszeichen.

Marie Garcia hatte sich im Gegensatz zu dem, was Yvette, diese Schlange, behauptet hatte, nicht freigenommen. Sie hatte sogar über ihren Gruppenleiter um ein Treffen mit Marion gebeten, was der mit der Bemerkung weitergeleitet hatte, die junge Frau sei offensichtlich in keinem guten Zustand.

Tatsächlich rechnete Marion sofort mit dem Schlimmsten, als Marie Garcia bei ihr auftauchte, bleich, abgespannt und mit tiefen Ringen unter den Augen, als hätte sie eine Woche lang durchgefeiert. Sie lehnte den Stuhl ab, den Marion ihr anbot, obwohl sie den Eindruck machte, als würde sie jeden Moment zusammenbrechen. Nervös faltete und knetete sie ihre Hände, fuhr sich durchs Haar und fing an, Strähnen um ihre Finger zu wickeln, wie Kinder es tun, ehe sie daumenlutschend einschlafen. Marion stand auf, ging um ihren chaotischen Schreibtisch herum und lehnte sich mit verschränkten Armen an die Tischkante.

»Ich höre«, sagte sie mit heiserer Stimme.

Eine Mischung aus Ekel, Empörung und totaler Verzweiflung trieb Marion in den Raum der Einsatzleitstelle, wo sie Paul Quercy zuvorkam und den Befehl gab, eine unverschlüsselte Nachricht an alle Polizeidienststellen der Stadt sowie an alle Kommissariate und Brigaden der Gendarmerie im gesamten Departement durchzugeben – eine Suchmeldung mit der Personenbeschreibung von Léo Lunis und einer Auflistung aller Orte und Adressen, an denen er möglicherweise anzutreffen war. Einschließlich der Adresse ihres gemeinsamen, nunmehr verlassenen Zuhauses, vor dem sie plötzlich einen regelrechten Horror hatte. Auch ihre eigenen Leute hatte sie mobilisiert, offiziell galt es, einen Kollegen wiederzufinden, der sich in Gefahr befand, was hoffentlich die Motivation erhöhte.

Dich mach ich kalt, du Dreckskerl! Die Handschellen leg ich dir höchstpersönlich an, darauf kannst du Gift nehmen.

Diesmal brauchte sie auf ein Wunder gar nicht erst zu hoffen. Die Fakten lagen klar auf der Hand, es gab nichts mehr daran zu rütteln: Léo war ein Vergewaltiger.

Marie Garcia hatte vor Scham, Verzweiflung und Kummer gezittert und geweint. Trotz ihrer Heiratspläne war sie in Léo verliebt, man mußte schon blind sein, um das nicht zu sehen. Sie hatte ihn am Vorabend, nach seiner Rückkehr aus Deutschland, bei sich aufgenommen, voller Begeisterung und stolz darauf, daß er gerade bei ihr Zuflucht suchte. Sie war glücklich gewesen, ihn Marion ausspannen zu können, sie wollte ihn bloß ein bißchen für sich haben, ein ganz kleines bißchen. In der Nacht hatte er sie trotz aller Annäherungsversuche ihrerseits und trotz der Verwirrung, die ihr zierlicher, makelloser Körper bei ihm auslöste, nicht ein einziges Mal berührt. Marion hatte sich entsetzt angehört, wie die junge Frau die langen Stunden beschrieb, in denen sie ihn zu verführen versucht hatte. Im Vergleich dazu war der orientalische Schleiertanz eine geradezu kindische Veranstaltung. Aber es hatte zu nichts geführt. Nicht einmal zu einem Kuß. Am nächsten Morgen war er verschwunden. Doch als sie später den Müll herunterbrachte, hatte er sie im Keller des Hauses von hinten gepackt und gegen einen großen Müllkontainer gepreßt.

Woher wußte sie, daß er es war, wenn sie ihn gar nicht gesehen hatte? Die Hände, das Parfum, die Stimme. »Sag meinen Namen, sag: Léo, ich liebe dich, sag es …« Und dann das Finale mit den spermanassen Fingern auf ihrem Gesicht. Danach nichts mehr, nur noch Leere, totale Stille. Sie hatte überall gesucht, aber er war geflohen, ohne eine Spur zu hinterlassen, nur das Sperma, wie eine stumme Provokation.

»Hatten Sie und Capitaine Lunis vorher …?«

Marion wäre auf der Stelle tot umgefallen, wenn die junge Frau diese Frage mit ja beantwortet hätte. Wie oft? hätte sie nachgefragt, um sich selbst weh zu tun. Bei Ihnen oder bei ihm, in seiner tollen Junggesellenbude, in die er mich nie mitnehmen wollte? Aber Garcia hatte nein gesagt. Genauso kategorisch, wie sie sich einer ärztlichen Untersuchung verweigert hatte – sie habe sowieso schon mindestens eine Stunde unter der Dusche gestanden. Sie weigerte sich, Anzeige zu erstatten. Nein, sie würde sich nicht zum Gespött der Leute machen. Sie würde allein damit fertig werden. Sie war eine junge, unerfahrene Polizistin, aber sie würde es schaffen.

Warum hatte sie es Marion dann überhaupt erzählt?

»Ich will, daß er seine Strafe bekommt. Und ich will, daß er sie von Ihnen bekommt.«

45

Marion preßte die verschränkten, vor Anspannung schmerzenden Arme fest an ihre Brust. Ein leichtes Schwindelgefühl erinnerte sie daran, daß sie nichts gegessen hatte, seit sie mit leerem Magen Lavots Wohnung verlassen hatte. Schon am Abend zuvor hatte sie nicht mehr als ein Spiegelei heruntergewürgt. Die Kollegen waren zur Mittagszeit ausgeflogen, sie selbst hatte alle Angebote, etwas essen zu gehen, ausgeschlagen, weil sie sich nicht in der Lage sah, irgend etwas zu sich zu nehmen. Unaufhörlich lief sie zwischen Fenster und Tür hin und her, denn das tatenlose Herumsitzen zerrte an ihren Nerven.

Ich kann nicht länger hier herumstehen und auf das Debakel warten.

Es gab keinen Zweifel daran, daß die Situation früher oder später eskalieren würde. Léo würde wieder auftauchen. Sie würde ihn dazu bringen müssen, endlich auszupacken. Sie mußte ihn bestrafen, wie Marie Garcia gesagt hatte. Bestrafen. Aber wie? Welche Strafe könnte sie ihm auferlegen, wenn nicht die, aus seinem Leben zu verschwinden? Aber würde sie selbst es schaffen, ihn aus ihrem Leben zu streichen?

Um überhaupt etwas zu tun, zog sie sich ihre Jacke über und ging zur Einsatzleitstelle hinunter. Paul Quercy saß hinter einem Bedienungspult mit dem Rücken zur Tür, wie ein böses Omen. Geräuschlos trat sie an ihn heran, aber er spürte, daß sie da war.

»Gucken Sie sich diese Bekloppten an!« sagte er kopfschüttelnd und rückte ein Stück zur Seite, damit Marion auch etwas sehen konnte.

Auf dem Monitor, vor dem der Kripochef saß, konnte man in Schwarzweiß eine unglaubliche Szene verfolgen, die eine Kamera mitschnitt: Zwei Männer, ausgerüstet und angeseilt wie Bergsteiger, erklommen gerade das turmartige Hochhaus, das mitten im Geschäftsviertel La Part-Dieu emporragte. Sie waren schon mindestens fünf Stockwerke hochgeklettert, und am Fuß des Gebäudes, das an einen überdimensionalen Bleistift erinnerte, hatten sich mehrere Polizei- und Feuerwehrfahrzeuge versammelt.

»Denen fällt immer wieder etwas Neues ein, um die Leute zu nerven«, fügte Paul Quercy hinzu, während Marion weiter schwieg.

Er wandte sich zu ihr um. Unter seinem Ellbogen lag Léos Suchmeldung.

»Glauben Sie nicht, daß es an der Zeit ist, mir die Wahrheit zu sagen?«

»Ich werde ihn finden«, flüsterte sie. »Es ist meine Aufgabe, ihn zu finden.«

»Und Sie glauben, daß ich dabei Däumchen drehe und Sie mal machen lasse? Ich habe Leute zu Ihrem Haus und zu Lavots Wohnung geschickt … Sie können das nicht allein durchziehen.«

Marion wich zurück. Wenn Paul Quercy Lavots Wohnung bewachen ließ, dann tat er das wegen Nina. Der Kripochef hatte ihre Gedanken erraten.

»Wenn ich gewartet hätte, bis Sie mir Bericht erstatten … Sie wissen doch gar nicht mehr, was Sie tun.«

»Lassen Sie mich einen letzten Versuch unternehmen …«

Paul Quercy zögerte einen kurzen Moment, dann sagte er: »Gut. Aber wenn Sie ihn finden, rufen Sie mich an. Machen Sie nichts im Alleingang. Das ist ein Befehl!«

46

Als sie den heruntergekommenen Altbau betrat, schlug ihr ein Geruch nach Fritieröl und Lauchsuppe entgegen. Im Dachgeschoß hatte man die ehemaligen Dienstmädchenzimmer mit einem Minimum an Komfort ausgestattet, um sie dann als »Appartments« vermieten zu können. Die Schrägen waren hier oben so extrem, daß man gebückt gehen mußte, und die Simse vor den Fenstern voller Taubendreck. Lautes Gurren übertönte denn auch das Rauschen des Verkehrs. Léos Bude lag am Ende des schmalen Gangs. Ein weißer Umschlag war halb unter der Tür durchgeschoben worden, und als Marion sich bückte, um ihn aufzuheben, stellte sie fest, daß er nicht zugeklebt war. Sie drehte ihn um, öffnete ihn einen Spalt und sah, daß es sich um ein polizeiliches Schreiben handelte. Eine Vorladung! Marion unterdrückte ein Lächeln, obwohl sich ihr Magen anfühlte wie mit Blei gefüllt.

Als Reaktion auf Marions Suchmeldung hatten die Kollegen Léo höflich aufgefordert, sich in die Höhle des Löwen zu begeben!

Wen wundert es, daß die Bullen niemanden mehr verhaften!

Sie klopfte dreimal mit pochendem Herzen an. Als nichts geschah, drückte sie die Klinke herunter. Die Tür schwang auf und gab den Blick frei auf einen engen, in fahles Licht getauchten Raum. Sie war noch nie in diesem winzigen, mit einem Doppelbett und einem Stuhl möblierten Zimmer gewesen. Ein zur Seite geschobener Vorhang gab den Blick frei auf einen Wandschrank, in dem einige wenige Kleidungsstücke herumlagen. Die Kochecke, die durch einen Paravent aus unbehandeltem Holz von der blau gekachelten Dusche getrennt war, schien noch nie benutzt worden zu sein. Marion stand regungslos mitten in diesem Zimmer, das so trist war wie eine Mönchszelle, und nahm alles in Augenschein, um vielleicht einen Hinweis darauf zu finden, daß Léo dagewesen war. Es war ein Pokerspiel, für das Paul Quercy ihr vorübergehend sein Einverständnis gegeben hatte. Wenn Léo keinen Ort mehr hatte, an dem er Zuflucht suchen konnte, war er vielleicht hierhergekommen. Der Duft seines eigentümlichen Parfums hing in der Luft, durch die offene Dachgaube sah man Wolken am trüben Himmel vorüberziehen.

Gerade als sie enttäuscht und mit leeren Händen umkehren wollte, hörte sie an der Tür ein leises Knarren, das sie erstarren ließ. Dann ein leichter, kaum wahrnehmbarer Lufthauch in ihrem Rücken, das Geräusch von Schuhsohlen auf dem grünen Linoleum ... Marion hätte beinahe aufgeschrien, als sie den Türriegel klappern hörte. Plötzlich spürte sie den Atem eines Menschen ganz nah hinter sich. Ihre kurzen, widerspenstigen Nackenhärchen stellten sich auf, ihre Beine zitterten.

»Léo?« stieß sie keuchend hervor.

Arme umfingen sie, sie schloß so fest sie konnte die Augen. Er preßte sie mit aller Kraft an sich, sie spürte seine Erregung, er hielt ihre Brüste gefangen in zwei Händen, die sie nicht anzusehen wagte. Mit einemmal überkam sie der Wunsch, sich einfach fallenzulassen. Sein Mund küßte über ihr rechtes Ohr, biß ihr ins Ohrläppchen. Er roch nach Tabak und keuchte atemlos: »Marion, Marion ...«

Die Hände glitten von ihren Brüsten über den Bauch hinunter zu den Schenkeln. Ihr kurzer Rock rutschte hoch, Marion schauderte und begann zu schwanken. Die Finger des Mannes strichen über ihren Slip aus schwarzer Spitze, Marion unterdrückte einen Aufschrei, der sich in ein Stöhnen verwandelte. Der Mann preßte sie noch fester an sich, als wollte er sie in einen Rausch der Sinne mitreißen. Marion hätte sich am liebsten umgedreht, um dem Ganzen ein Ende zu bereiten. Aber wie, mit Beinen wie aus Watte?

Und wenn es nicht Léo war?

Mit leisem Flüstern ergriff der Mann wieder das Wort.

»Ich liebe dich … Ich liebe dich … Sag, daß du mich auch liebst … Sag: Ich liebe dich!«

Auf einen Schlag war alles vorbei. Marion ließ sich zu Boden fallen, sprang auf und drehte sich um. Vor ihr stand Léo, erschöpft und unrasiert.

»Machst du's so mit den anderen?« zischte Marion. »Ich gebe zu, daß es funktionieren kann. Ich wäre fast drauf reingefallen!«

Léo lachte leise. Er musterte sie von Kopf bis Fuß, und sein Blick war zärtlich, voller Liebe und Bewunderung.

»Komm, setz dich«, sagte er und griff nach ihrer Hand. »Wir müssen reden.«

Marion wich einen Schritt zurück und riß ihre Hand los. Léo setzte sich aufs Bett, müde stützte er den Kopf auf die Hände. Sie sah zur Tür, um die Entfernung abzuschätzen, machte einen Satz und griff dabei nach ihrer Waffe. An der Tür wirbelte sie herum, den Manurhin-Revolver auf Léo gerichtet.

»Wir werden reden, aber nicht hier! Ich nehme dich fest, du wirst dich in Anwesenheit des Chefs äußern!«

»Marion«, seufzte Léo, »hör auf! Ich bin kein Mörder und kein Vergewaltiger. Pack das Ding wieder ein!«

Sie zögerte. Léo sah ihr geradewegs in die Augen, er war am Ende. Sie ließ den Revolver sinken.

»Woher will ich wissen, daß du mir diesmal die Wahrheit sagst und mir nicht wieder neue Lügen auftischst?«

»Marion, nichts von dem, was du mir unterstellst, habe ich getan. Das war ein anderer. An meiner Stelle.«

Ach so, ich habe also die Ehre mit einem doppelten Ich, oder was?

»Ein anderer?« fragte sie ironisch. »Du meinst, du leidest an einer Persönlichkeitsspaltung? Doktor Jekyll und Mister Hyde in einem? Und in Vollmondnächten wachsen dir lange Zähne und Haare?«

»Ich meine es ernst, Marion. Wenn ich sage ›ein anderer‹, dann soll das heißen: ein anderer Mensch.«

»Über den du mir nichts sagen kannst oder willst. Das Spielchen kenne ich schon, Léo!«

»Ein Typ, mit dem ich bei der Armee war …«

Da haben wir's! Du wolltest ja unbedingt die Wahrheit hören … Wenn hier einer Angst hat, dann du selbst. Deine Hand zittert ja.

Sie verbarg ihre Hände, die sie kaum noch unter Kontrolle hatte, hinter dem Rücken, im selben Moment begann ein Nerv über ihrem linken Augenlid wie wild zu zucken. Léo warf den Kopf in den Nacken und sah zur Decke hoch.

»Marion, ich will kein Mitleid erheischen, aber ich habe nie Eltern um mich gehabt, ich kenne die Kälte von Schlafsälen, Bestrafungen und einsame Verzweiflung. Früh, sehr früh schon hat mich die ganze Welt angeekelt, und ich habe mich danach gesehnt, irgendwo in Geborgenheit zu sterben. Sicher, es gab immer kurze Verschnaufpausen in der einen oder anderen Pflegefamilie, flüchtige Momente voller Herzlichkeit, die mich wieder an so etwas wie Glück glauben ließen, und doch so vergänglich waren. Plötzlich, auf einen

Schlag, ist alles wieder vorbei. Besser, man läßt sich gar nicht erst auf irgend etwas ein, vermeidet Nähe und Vertrauen.«

»Warum hast du nie darüber geredet?«

»Wozu? Deine und meine Geschichte sind sich so ähnlich, wir hätten unsere Abende damit verbracht, gemeinsam über unsere verpfuschte Kindheit zu jammern. In jeder Phase meines Lebens hat jemand anderes für mich Entscheidungen getroffen. *Man* hatte beschlossen, daß ich Berufssoldat werden sollte. Also wechselte ich flugs den Schlafsaal und die Freunde … und das alles in einem Alter, in dem man eh nicht weiß, wo man selbst steht.«

»Patrick Longe …«

Marion tat der Rücken weh, sie verlagerte ihr Gewicht auf den anderen Fuß, dann steckte sie die Waffe wieder ins Holster.

»Longe war ein Freund.« Léo blickte Marion aus seinen blauen Augen, die plötzlich transparent wirkten, fest an. »Mein bester Freund, sonst nichts.«

»Jetzt komm aber! Und das Treffen im *Chambre Rouge*? Habt ihr das nur gemacht, weil es solchen Spaß macht, mal eben zweitausend Francs hinzublättern?«

»Zwischen ihm und mir ist nie was gewesen, weder im *Chambre Rouge* noch anderswo. Wir brauchten nur einen ruhigen Ort, um zu reden.«

»Über Mas?«

Léo zuckte zusammen, als hätte ihn eine Kugel getroffen.

»Woher weißt du das?«

»Ich bin Bulle, Léo. Ihr hattet was, Mas und du, ist es das?«

Eis, ich bin ein Eisblock, und gleich werde ich auseinanderplatzen und mich in tausend Splittern auf diesem ekelhaften Linoleumboden verteilen.

»Nicht wirklich«, antwortete Léo, nachdem er einen

Moment nachgedacht hatte. »Das waren Spielchen unter Jugendlichen, die nichts zu bedeuten hatten. Was soll man auch tun, wenn man nur Jungs um sich hat und sich, wie alle Jungs, sowohl zum einen wie zum anderen Geschlecht hingezogen fühlt? Man vergißt das alles, wenn man älter wird, wenn die Mädchen endlich erreichbar werden, läßt sozusagen die Kindheit hinter sich. Mas wollte seine Kindheit aber nicht hinter sich lassen … Ein merkwürdiger Mensch, aus naturwissenschaftlicher Sicht geradezu ein Monstrum. Er berührt dich, und schon hebst du ab. Ich kapierte das damals nicht, es machte mir angst, weil ich eigentlich nicht auf Männer stand … Hör auf zu grinsen, es stimmt, er war meine einzige Erfahrung.«

»Du hattest nie wieder einen anderen Mann?«

»Nein, nie!«

»Dann bist du jemand, der seine Homosexualität verdrängt hat und deshalb Frauen vergewaltigt …«

»Marion!« rief Léo aus. »Ich kann es nicht ertragen, daß du mich nach wie vor für diese Vergewaltigungen verantwortlich machst!«

»Aber du tust doch alles, um den Verdacht auf dich zu lenken! Du hast mir verheimlicht, daß du Julie Rouvres kanntest. Und Carole Véron! Jetzt behauptest du wahrscheinlich …«

»Ich konnte dir nichts sagen«, fiel ihr Léo ins Wort. »Du hattest schon deine Zweifel, was Julie betraf, wenn ich dir dann noch gesagt hätte, daß ich Carole kenne, hättest du mich eingesperrt, ohne mich auch nur anzuhören. Ich mußte selbst herausfinden, was los war. Und dabei brauchte ich einen Vorsprung vor dir, nur so hatte ich überhaupt eine Chance, ihn aufzuspüren.«

Marion neigte den Kopf zur Seite und verschränkte die Arme.

»Und Marie Garcia? Ist die etwa auch von deinem Doppelgänger vergewaltigt worden?«

Léo wurde leichenblaß und richtete sich auf. Er murmelte eine unverständliche Frage vor sich hin. Unerbittlich ging Marion ins Detail.

»Im Keller ihres Wohnhauses, an den Mülltonnen, erinnerst du dich nicht? Nachdem du die Nacht bei ihr verbracht hast. Am frühen Morgen, klammheimlich ...«

»Ich wußte nicht ...« stammelte Léo entgeistert. »Das war ich nicht, Marion, ich schwöre dir ...«

Jetzt bring bloß nicht wieder Nina ins Spiel!

Aber Léo war in diesem Moment weit davon entfernt, an Nina zu denken.

»Also, Léo?« fragte Marion erregt. »Ich höre. Erklär mir diese Vergewaltigungen, die dein Stellvertreter begangen hat.«

Léo starrte ihr lange, unendlich lange in die Augen, dann erhob er sich mühsam und kam auf sie zu, bis er ganz nah vor ihr stand. Er packte sie an den Schultern und schob sie behutsam zum Bett, wo sie Platz nehmen sollte. Er selbst setzte sich vorsichtig auf den Stuhl vor ihr, die Hände zwischen den Knien gefaltet.

»Für mich war die Sache mit Mas nie etwas Ernstes gewesen. Ich habe ihn eine Zeitlang mit mir spielen lassen, so wie er selbst mit anderen gespielt hat. Es war unglaublich, es war kaum auszuhalten, aber es hat immer funktioniert. Am Anfang ist man empört, und dann ist es wie mit dem Trinken, die Scham kommt immer erst hinterher. Ich habe ein paarmal versucht zu widerstehen, aber es hat nicht geklappt, er war wie eine Droge. Als ich die Armee verlassen habe, war ich mir sicher, daß ich alles vergessen würde, und so kam es dann auch. Der Haken war nur, daß Mas mich geliebt hat und daß seine Liebe absolut war. Ich weiß, es klingt absurd, wie von einem anderen Stern. Mir selbst ist es schwergefallen, das einzusehen, aber es ist so, es gibt keine andere Erklärung. Ich bin zur Polizei gegangen und habe den Kontakt zur Armee abgebrochen. In Paris habe ich Gina kennengelernt, wir haben geheiratet. Und …«

Léos Stimme versagte. Mit zitternder Unterlippe versuchte er, sich wieder zu fangen. Auch Marion wurde bleich.

»Er hat doch nicht etwa …?«

Er schüttelte ohne große Überzeugung den Kopf.

»Ich weiß es nicht«, sagte er leise. »Ich habe mich erkundigt, er hatte einen schweren Unfall und war noch im Krankenhaus.«

»Wenn er es nicht war, wer dann?«

»Ich weiß es nicht, Marion, ich weiß es nicht. Ich war es nicht, das schwöre ich dir.«

»Du hast dich ziemlich schlecht verteidigt.«

»Ich war tot, es war so, als wäre ich mit ihr gestorben, als läge ich mit ihr im Grab. Mit ihrem Kind, unserem Kind …«

»Warum hast du mir nichts davon erzählt? Daß ich aus Polizeiakten und durch Fotos von deiner Geschichte erfahren mußte, hat mir so weh getan, Léo …«

»Ich konnte nicht«, flüsterte Léo mit Tränen in den Augen. »Der Schmerz war zu groß. Schlimmer als alles auf der Welt. Ich weiß nicht, wie ich es geschafft habe, mir nicht die Kugel zu geben, hundertmal habe ich es tun wollen, hundertmal habe ich meine Waffe schließlich wieder ins Holster gesteckt. Ich habe sogar ein Disziplinarverfahren angehängt bekommen, wegen diesem Arschloch von Untersuchungsrichter. Louvet heißt der Typ, bei dem tut's mir leid, daß ich nicht … Aber was soll's. Ich hätte ihn umlegen können, das hätte auch nichts geändert. Und dann, am Weihnachtsabend, bist du gekommen, wie ein Geschenk des Himmels. Nach und nach habe ich meine Ängste ablegen und das Unheil vergessen können, von dem ich mich wie von einem Schatten begleitet fühlte. Ich hatte mich in dich verliebt, ich liebe dich, Marion, dich und natürlich auch Nina, den kleinen Sonnenschein ... Und plötzlich kamst du mir mit diesen Vergewaltigungen, wolltest mich permanent ins Kreuzverhör nehmen. Irgendwas war komisch an der Sache, ich hatte das Gefühl, daß jemand mich benutzen wollte. Ich habe angefangen zu suchen. Zufällig hielt sich genau zu diesem Zeitpunkt Patrick Longe in Lyon auf. Er hatte irgendwie erfahren, daß ich hierher versetzt worden war, und sein Vater ...«

Marion gab ihm durch ein Nicken zu verstehen, daß sie Bescheid wußte.

»Kurzum, er hat einen Besuch bei seinem Vater genutzt, um wieder Kontakt mit mir aufzunehmen. Er hatte gehört, daß Mas aufgetaucht war und mich suchte. Da wußte ich dann, was los war: Mas hatte mich bereits gefunden und verfolgte mich.«

»Warum?«

Léo fuhr mit der Hand durch die Luft.

»Was weiß ich? Longe hat erzählt, daß man Mas irgendwann in eine geschlossene Anstalt eingewiesen hatte. Ihm muß wohl eine Sicherung durchgebrannt sein, der Mann ist verrückt, Marion. Als Longe mir das alles berichtete, gab es keinen Zweifel mehr, daß er in der Nähe war.«

»Du wußtest, daß er gefährlich ist und hast nichts getan!« empörte sich Marion. »Du hast zugelassen, daß er dich in die Enge trieb. Und daß er Longe umbrachte, denn das hat er doch getan, oder? Er hat ihn umgebracht!«

Léo wich der Frage aus.

»Er wollte mich«, sagte er nur.

»Und die Kaserne? Landau? Warum die ganze Inszenierung? Lavot behauptet, daß du ihn halb vergiftet hast!«

»Das stimmt nicht, Marion, Lavot ist krank geworden, ein komischer Zufall, das gebe ich zu.«

Er lügt. Ich möchte ihm ja glauben, aber ich weiß, daß er lügt. Er wollte nicht, daß Lavot etwas über seine frühere Homosexualität herausfindet.

»Aber warum bist du überhaupt hingefahren? Du mußtest doch wissen, daß das Regiment verlegt worden ist. Es war schließlich dein ehemaliges Regiment.«

»Um diesen Irren von dir und von Nina fernzuhalten. Um ihn von den Frauen in meinem Umfeld fernzuhalten und auch von den Jungs, ihm war ja alles recht. Ich wollte ihn weglocken, weit weg, und …«

»… ihn dann dort umbringen, wo die Geschichte angefangen hatte und deiner Meinung nach auch ihr Ende finden sollte!«

»Blödsinn, ich wollte ihn doch nicht umbringen! Ich mußte herausfinden, warum er hinter mir her war. Ich war mir sicher, daß er mir folgen würde, seit Monaten tat er doch nichts anderes. Aber ich habe mich geirrt, er hat nicht angebissen.«

Léo schwieg bedrückt. Marion beugte sich zu ihm vor und griff nach seinen Händen.

»Wo ist er?«

»Ich habe keine Ahnung. Überall und nirgendwo. Eine Weile dachte ich, er sei in deine Nähe gekommen. Ich hatte Angst. Marion, ich habe solche Angst.«

Marion stand schwankend auf, wie jemand, der getrunken hat. Ihr Zorn und ihre Enttäuschung waren wie weggeblasen, sie hatte einen einzigen Wunsch: ihn in die Arme schließen und ihm sagen, daß sie an seiner Seite stand und ihn über alles liebte. Sie nahm seinen Kopf in beide Hände, spürte sein dichtes Haar unter ihren Fingern, während sein Dreitagebart an ihrem Bauch piekste. Zwei Tränen fielen naß auf ihre Bluse, Léos Arme umschlangen ihre Hüften. Dann kam wie ein Dolchstoß die Erinnerung an ihre Nacht mit Sam zurück.

Der Geruch und das Parfum von Léo, der sich an sie klammerte wie an einen Rettungsring, weinend den Kopf an ihre Brust preßte und immer wieder »Ich liebe dich« stammelte, versetzte sie unvermittelt in ein anonymes Hotelzimmer zurück.

»Léo«, stieß sie hastig hervor, »ich muß dir auch etwas sagen…«

»Nein, Marion.« Léo schluckte. »Sag nichts, ich will nicht …«

»Ich liebe dich, ich bin verrückt nach dir, ich habe noch nie jemanden so geliebt wie dich. Stärker kann ich nicht lieben, das ist unmöglich, aber …«

»Sag nichts, ich flehe dich an, sag nichts, ich will es nicht wissen.«

»Ich habe mit einem anderen Mann geschlafen, Léo. Nur ein einziges Mal, ich war sauer und gekränkt und ratlos, wußte mir nicht mehr zu helfen, und er war einfach da …«

Léo stand auf und drückte sie fest an sich. Er vergrub sein Gesicht in ihrem Nacken und stammelte leidenschaftliche Liebesschwüre. Dann trug er sie zum Bett. Mit ungeduldigen Bewegungen zogen sie sich aus. Das war nicht der Léo, den Marion kannte, dieser Mann hier war ein leidenschaftlicher, glühender Liebhaber, der sie mit sich in andere Sphären riß.

Marion war schon wieder angezogen, als sie über Léos nackten Körper streichelte. Er zuckte leise stöhnend zusammen, und wieder und wieder fragte sie sich, warum sie auf das, was sie gerade mit ihm erlebt hatte, so lange warten mußte. Wahrscheinlich hatte Léo erst sämtliche Schutzdämme einreißen müssen, um diese Ekstase mit ihr zu teilen, von der ihr Sam einen Vorgeschmack gegeben hatte … Die bloße Erinnerung daran tat weh. Léo lag noch immer auf dem Bauch, er schien

Lichtjahre entfernt zu sein, Marion spürte, daß die Angst ihn schon wieder beschlich.

Es ist noch nicht vorbei. Nichts ist vorbei.

»Und Nina?« fragte Léo mit erstickter Stimme. »Geht es ihr gut? Du hast sie doch nicht in Grenoble gelassen, oder?«

»Nein, natürlich nicht, sie ist bei Lavot …«

Sie biß sich auf die Lippen.

Zu spät, jetzt hast du's gesagt, aber du hast gerade mit ihm geschlafen, was willst du eigentlich? Vertrauen oder kein Vertrauen?

Sie dachte kurz darüber nach, wie es jetzt weitergehen würde, und fragte sich, wie sie Léo dazu bringen konnte, sie zu Paul Quercy zu begleiten.

Unter ihren Kleidern, die in einem ungeordneten Haufen auf dem grünen Linoleumboden lagen, war das gedämpfte Piepen des Pagers zu hören.

Ich warte auf dich. Sam.

»Das ist *er*, oder?«

Léo hatte sich aufgerichtet und fixierte das Display, das Marion gar nicht erst vor ihm zu verbergen suchte.

»Von wem sprichst du?«

»Das weißt du ganz genau, Marion. Nicht nötig, mir etwas vorzumachen.«

»Das tue ich nicht«, erwiderte sie tonlos. Léo streckte die Hand aus, streichelte über ihre Wange und spielte mit ihren zerzausten Locken.

»Komm schon, du weißt doch genau, was ich meine. Dein One-Night-Stand ist Samuel Mas … Sam.«

47

Die kurze Euphorie war verflogen. Es hatte lange gedauert, bis bei Marion der Groschen gefallen war. Wahrscheinlich hatte sie es einfach nicht begreifen wollen. Léo hatte es von Anfang an gewußt. Noch ehe sie Sams Drängen nachgab, wußte er, daß sie mit ihm schlafen würde. Und daß er nichts tun würde, um es zu verhindern. Sie hatte den Zeitpunkt verpaßt, die Frage nach dem Warum und Wieso zu stellen. Was war wirklich zwischen Léo und Sam vorgefallen? Dabei war die Antwort zum Greifen nahe gewesen.

Während sie die fast leere Avenue Berthelot entlangraste, wurde ihr plötzlich heiß. Sie mußte wieder an Léos unerwartete Leidenschaft denken, die sie bis zu diesem Tag nur mit seinem Doppelgänger erlebt hatte, einem Schatten, einem Phantom. Sie schlug mit der Faust aufs Lenkrad.

Léo hat den Duft des anderen an mir gerochen, Sams Pheromone!

Er hatte seine Blockade überwunden, weil er an den anderen dachte. Nicht sie, Marion, hatte ihn erregt, sondern Sam! Sie wischte sich mit dem Handrücken die Tränen aus den Augen und bog in die Uferstraße ein. Hundert Meter weiter spiegelte sich das Hotel Mercure in der dunklen Strömung der Rhone.

»Ich werde dich begleiten«, hatte Léo gesagt.

»Ich will nicht, daß du dich da einmischst, ich will nicht, daß du ihn dir vorknöpfst.«

»Bist du verliebt in ihn?«

»Du Idiot! Willst du ins Gefängnis gehen?«

Sie hatten einen Kompromiß geschlossen: Léo blieb in der Nähe, hielt sich aber versteckt. Derweil würde Marion auf ganz legalem Weg ihre Rechnung mit diesem mickrigen Kerl begleichen. Sie hatte keine Angst mehr vor ihm.

»Ich werde ihn verhaften und einlochen.«

»Nimm dich in acht!« hatte Léo sie gewarnt. »Er ist gefährlich.«

Als sie den Eingangsbereich des Hotels betrat, wurde sie gleich von einem Angestellten an der Rezeption angesprochen.

»Monsieur Nielsen hat Ihnen eine Nachricht hinterlassen, Madame.«

Monsieur Nielsen!

Sie nahm das Blatt Papier mit dem Briefkopf des Hotels entgegen. Die Handschrift darauf war abgehackt, unsicher und beinahe unleserlich: »Kann nicht warten. Ich melde mich später oder morgen. Sam.«

Sie drehte das Blatt in den Händen und fragte sich, was dieses Spielchen nun wieder zu bedeuten hatte. Eine Bewegung am anderen Ende der Eingangshalle ließ sie aufmerken. Sie hatte den Eindruck, daß jemand sie erblickt und abrupt kehrtgemacht hatte. Marion trat zwei Schritte zurück und konnte gerade noch die Silhouette einer Frau sehen, die sich mit eiligen Schritten Richtung Treppenhaus entfernte. Für einen kurzen Moment reflektierten die Spiegel, die den Eingang zur Bar und zum Restaurant umrahmten, das Bild einer Frau mit grauem, im Nacken zusammengebundenem Haar, einer undefinierbaren Figur und abgetragenen Kleidern. Es gab keinen Zweifel: Diese Frau war Sams Frau, oder zumindest die Frau, die sie vor der Oper in Begleitung von Sam gesehen hatte. Sofort mußte sie an Léos Schilderungen denken, an sein Geständnis und an all das, was sie selbst über Sam wußte. Ihr wurde übel. Wenn das die Frau von Sam war, dann war sie auch seine Komplizin, und man konnte jede Wette eingehen, daß sie versucht hatte, an Nina heranzukommen und sie zu entführen.

Marion stürzte zur Treppe. Doch als sie die Tiefgarage erreichte, war die Frau verschwunden.

Nach fünfzehnminütiger, erfolgloser Suche tauchte Marion wieder an der Rezeption auf. Diesmal wurde sie von einem Mann um die Vierzig in Anzug und Kravatte erwartet, der steif vor der Empfangstheke stand.

»Darf ich fragen, was dieses Herumgerenne soll?«

Marion machte sich nicht die Mühe, ihm eine Antwort zu geben, sondern zog wortlos ihren Dienstausweis aus der Innentasche ihres Regenmantels und hielt ihn den beiden Männern unter die Nase.

»Kommissarin Marion, Kripo. Und Sie?«

»Joël Jolibois, ich bin der Direktor dieses Hotels.«

»Wie viele Ausgänge hat die Tiefgarage?«

»Eine Ausfahrt für die Autos und einen Notausgang für Fußgänger, der zum Hinterhof führt.«

»Ist das alles?«

Der Direktor zuckte verärgert die Schultern. Der junge Mann von der Rezeption versuchte einen Witz anzubringen.

»Es gibt noch einen Belüftungsschacht, ganz hinten …«

Der Direktor warf ihm einen vernichtenden Blick zu.

»Kennen Sie die Frau?« fragte Marion den Rezeptionsangestellten.

»Madame Nielsen?«

Er wirkte so überrascht, als hätte ihn Marion gefragt, ob der Mann mit dem mürrischen Gesicht vor ihm sein Chef sei. Letzterer schaltete sich nun auch wieder ein.

»Madame Nielsen und ihr Bruder sind Hotelgäste. Sie wohnen hier.«

»Sie *wohnen* hier?«

Marions Überraschung verunsicherte Jolibois. Er sah sich um.

»Ja, sicher, hier. Im Hotel Mercure, Pont Pasteur.«

»Sie meinen, die beiden wohnen ständig im Hotel? Und ich habe …«

»Nicht ständig, regelmäßig«, korrigierte sie der Hoteldirektor. »Seit sechs Monaten. Sie kommen und gehen, aber wir haben sie oft hier, ja. Das ist doch nicht verboten, soweit ich weiß?«

Marion winkte ab, entnervt über diesen Mann, der ihre Überraschung ausnutzte und immer unfreundlicher wurde. Warum hatte sie nicht verstanden, was Sam gemeint hatte, als er sagte, daß er »hier« wohnte? »Hier« hatte für Marion bedeutet »in dieser Stadt, in Lyon«.

»Welches Zimmer?«

Marion wußte die Antwort schon. Jolibois warf seinem Angestellten einen fragenden Blick zu.

»Zimmer 420. Ich dachte, das wüßten Sie!«

Aus dem sonderbaren Gesichtsausdruck des jungen Mannes schloß Marion, daß er sie jedesmal, wenn sie an ihm vorbeigerauscht war, genau beobachtet hatte, obwohl diese Leute doch angeblich nichts sehen, nichts hören …

»Der Schlüssel hängt nicht am Brett«, sagte der Hoteldirektor. »Sie müssen oben sein.«

»Sie sind nicht da«, widersprach der junge Mann. »Madame Nielsen muß den Schlüssel mitgenommen haben.«

Marion war schon unterwegs zum Aufzug.

»Ich nehme an, Sie haben einen Zweitschlüssel. Oder einen Hauptschlüssel.«

»Aber … Was haben Sie denn vor?«

Der Direktor hatte sich stocksteif vor ihr aufgebaut, die Hände in den Taschen seines zweireihigen Jacketts.

Marion drehte sich zu dem jungen Angestellten um, der wie angewurzelt hinter seiner Empfangstheke stand und sich nicht rührte, obwohl seit über einer Minute das Telefon klingelte.

»Und Sie sagen mir Bescheid, falls einer der beiden hier aufkreuzt, in Ordnung?«

»Und ich bitte Sie«, fügte Jolibois hinzu, »gehen Sie doch endlich ans Telefon!«

In dem Zimmer herrschte ein Chaos, als hätte eine Horde Wildschweine darin gewütet. Das Bett mit seinen zerknüllten Laken und der achtlos hingeworfenen Tagesdecke sah aus wie ein Schlachtfeld. Marion trat näher und entdeckte voller Ekel Unmengen von hellen, glänzenden Flecken auf Decke und Laken.

Verdammt, wo mag diese Pseudoschwester wohl gewesen sein, während ich hier mit Sam ...? Im Badezimmer versteckt? Im Kleiderschrank? Bestimmt hat sie sich nicht das geringste entgehen lassen!

Männer- und Frauenkleider lagen durcheinander auf den beiden Sesseln, die passend zum Teppichboden, zur Tagesdecke und zu den Vorhängen mit einem gelb-blau gemusterten Stoff bezogen waren. Als Marion die blaue Jacke und das weiße Lacoste-Hemd von Sam erkannte, schnürte es ihr die Kehle zu. Sonst war nichts zu sehen, nur Zahnbürsten und ein paar alltägliche Toilettenartikel im Badezimmer, dessen Tür weit aufstand. Marion ging auf den Wandschrank zu und stieß die zwei Schiebetüren auf.

»Aber ...« blökte Jolibois im Türrahmen. »Sie haben doch gesagt ...«

»Ich habe einen Durchsuchungsbefehl«, log Marion. »Und wenn es Ihnen unangenehm ist, dann gucken Sie halt woanders hin, ich werde sagen, daß Sie nicht dabei waren.«

Eine große, marineblaue Reisetasche aus Leinen lag leer auf dem Boden. An den Bügeln hing kein Kleidungsstück, aber in den Schubladen fand Marion, was sie suchte. In der ersten Schublade ein Nachtsichtgerät und daneben eine professionelle Nikon-Kamera und zwei zylindrische Lederetuis mit Objektiven darin. Keine Waffe, dafür aber ganz hinten in der Schublade eine leere Patronenschachtel.

Na bitte, er besitzt garantiert eine Waffe!

Eine Schublade tiefer stapelten sich Dutzende von Fotos. Ungläubig, mit heißen Wangen und Herzklopfen blätterte Marion durch den Stapel Schwarzweißbilder, auf denen ihr Leben en détail dokumentiert war. Fotos von ihr mit ihren Jungs: Talon auf der Autobahnbrücke, Lavot neben ihrem Auto, wie er sich die Sonnenbrille auf die Stirn schiebt oder sich vor dem Hotel Mercure an Lieutenant Marie Garcia heranmacht. Dann wieder sie selbst mit Nina und Lisette Lemaire. Diese Aufnahmen mußten an dem Tag enstanden sein, an dem Nina zu ihrer Großmutter gefahren war. Es folgten Fotos von ihr, nackt im Wohnzimmer, neben dem Telefon auf dem Boden sitzend, das Gesicht in Léos Pullover vergraben. Fotos von Léo, Dutzende, Aberdutzende. Léo allein auf der Straße, vor der Pizzeria, mit Carole Véron auf dem Bürgersteig der Rue Voltaire, mit Marion eng umschlungen im Wohnzimmer, auf der Türschwelle … Léo, Léo und nochmals Léo – die Obsession eines Fotografen, wie sie pathologischer nicht sein konnte!

Marion stopfte die Bilder, zusammen mit dem Fotoapparat, in die Reisetasche. Der Hoteldirektor war bleich vor Zorn.

»Was machen Sie da? Dazu haben Sie nicht das Recht!«

»Natürlich habe ich das, und ich rate Ihnen, mir nicht weiter auf die Nerven zu gehen. Sonst lasse ich das ganze Hotel auf den Kopf stellen. Diese Leute sind gefährliche Verbrecher. Haben Sie Kinder?«

Jolibois nickte mit rollenden, weit aufgerissenen Augen.

»Dann bringen Sie sie in Sicherheit.«

»Was wollen Sie damit sagen?«

»Genau das, was ich gesagt habe. Und sagen Sie Ihrem Angestellten, daß er mich sofort anrufen soll, wenn dieses Paar wieder auftaucht. Ich werde unten meine Nummer hinterlassen.«

Als sie wieder in ihren Wagen stieg, trat Léo aus dem Schatten eines Lieferwagens, der drei Meter neben dem Hoteleingang parkte. Er setzte sich auf den Beifahrersitz.

»Und?«

»Die beiden sind ausgeflogen, zumindest vorläufig.«

»Welche beiden?«

»Samuel Mas ist mit einer Frau zusammen, um die Fünfzig, angeblich seine Schwester. Sagt dir das irgendwas?«

Léo runzelte die Stirn und betastete zerstreut Marions Funkgerät.

»Absolut nichts. Soweit ich mich erinnere, hatte er, wie ich, keine Familie. Diese Frau ist bestimmt nicht seine Schwester ...«

»Nein, er schläft mit ihr ...«

»Oh«, lachte Léo höhnisch, »das muß für ihn kein Hinderungsgrund sein ... Ich bleibe hier. Irgendwann werden sie schon wieder auftauchen. Haben sie oben noch Sachen?«

Marion zog eine Grimasse.

»Ja. Ich schicke dir Verstärkung und rufe Quercy an. Die Sache gefällt mir nicht, das nimmt langsam zu große Ausmaße an.«

»Marion, bitte! Ich komme allein zurecht. Wenn sie wieder auftauchen, rufe ich dich an, ich mache nichts ohne dich, in Ordnung?« Léos Stimme klang beklommen. »Und was Quercy betrifft, warte bis morgen ...«

»Nein, Léo, die Sache ist zu ernst.«

»Willst du, daß sich die ganze Kripo auf die Schenkel klopft? Dein Lover – ein Schwuler, genau wie deine kurzfristige Affäre! Ich sehe schon Lavots grinsende Visage vor mir, und Talons niedergeschmetterte Miene, dieser Heuchler …«

Marion umklammerte das Lenkrad und ließ erschöpft ihre Stirn darauf sinken. Dann sah sie Léo verzweifelt an.

»Wen willst du eigentlich schützen, Léo?«

»Verdammt noch mal, Marion!«

»Ich weiß es nicht mehr, verstehst du? Ich habe das Gefühl, daß du mir immer noch nicht alles gesagt hast, daß du mir das Wichtigste über dich und Sam verheimlichst.«

Léo lehnte sich seufzend gegen die Beifahrertür. Aus seinen Augen sprach Liebe, aber da war auch ein Funkeln, das Marion nicht kannte.

»Marion, mach, was du willst. Ruf Quercy und seine Armada herbei, wenn du meinst, das es besser so ist. Aber dann …«

Marion musterte ihn kurz.

»Okay, okay, ist ja schon gut!« sagte sie. »Du bleibst hier, aber du machst nichts ohne mich. Ich fahre kurz ins Büro, dann sehe ich nach Nina und komme zurück. Ich bleibe lieber hier bei dir.«

»Wie du willst. Ich warte im Hotelzimmer, das ist besser, da kann ich die beiden nicht verpassen.«

Wieder gingen sie an der Rezeption vorbei, wo ihnen Jolibois, der sich immer noch nicht vom Fleck gerührt hatte, mißtrauisch und besorgt nachsah.

Im Zimmer räumte Léo einen der beiden Sessel frei, um sich hinzusetzen, und Marion beugte sich zu ihm herab, um ihm einen Kuß auf die Lippen zu hauchen.

»Paß bloß auf! Er ist wahrscheinlich bewaffnet«, flüsterte sie besorgt.

»Keine Angst! Du solltest dich ein bißchen ausruhen und bei Nina bleiben.«

Marion schüttelte ihre Locken, und Léo ließ es dabei bewenden.

»Ich verspreche dir, bei Lavot anzurufen, sobald sie aufkreuzen«, sagte er. »Und geh heute abend bloß nicht nach Hause!«

Marion war schon unterwegs zur Tür. Sie drehte sich zu ihm um.

»Ich muß noch mal nach Hause und meine Uniform holen. Quercy hat mich dazu ausersehen, ihn morgen als Repräsentantin der Polizeikommissare in die Präfektur zu begleiten, du weißt schon, die Feierlichkeiten zum achten Mai ...«

Léo fuhr in der Dunkelheit zusammen.

»Hör mal, ich bin schließlich Polizistin, ich habe eine Waffe, und überhaupt. Dieser Dreckskerl macht mir keine angst. Und wenn es dich beruhigt: Talon wird mich begleiten, wenn ich nach Hause fahre.«

Léo war aufgestanden, kam auf sie zu und packte sie fest an den Handgelenken.

»Marion, paß gut auf dich auf, er ist gefährlich.«

Seine Augen waren dunkel geworden, fast so schwarz wie die von Marion. Sie spürte, wie sich ein Druck auf ihre Brust legte. Mit merkwürdig gebrochener Stimme murmelte sie: »Ist dir eigentlich klar, Léo, was ich gemacht habe? Ich schäme mich so, du kannst dir gar nicht vorstellen, wie sehr ich ...«

Er legte einen Finger auf ihre Lippen, dann küßte er sie lange.

»Psst, damit fangen wir jetzt nicht wieder an. Mach, daß du wegkommst, schnell!«

48

»Es ist kurz nach acht, Chef. Wenn Sie die Kleine noch sehen wollen ...«

Marion fuhr hoch aus einem Dämmerschlaf. Sie sah sich um in diesem Raum, den sie früher, vor diesen ganzen Ereignissen, einmal als Büro bezeichnet hatte. Sie konnte sich nicht vorstellen, in ihrem Refugium je wieder Ordnung zu schaffen. Ihr fehlte ja schon die Kraft, aufzustehen und hinauszugehen. Sie hätte ihren Kopf am liebsten auf die hölzerne Tischplatte gelegt und weitergeschlafen, wenn die Ärgernisse, die draußen auf sie warteten, nicht gewesen wären. Sie schüttelte sich.

»Ja, Talon, ja.«

Den einen Ellbogen auf den Schreibtisch und das Kinn auf die Hand gestützt, sah sie ihn nachdenklich an.

»Talon, sind Sie so lieb und holen mir einen Kaffee?«

Der Beamte starrte sie unschlüssig an. Sein Haar war zerzaust, und er hatte seltsame Schatten im Gesicht. Bartstoppeln waren das nicht, ihm wuchs so gut wie kein Bart, seine Wangen waren glatt wie die eines Babys. Marion mußte lachen, und Talons griesgrämige Miene trieb ihr erst recht die Tränen in die Augen.

»Entschuldigen Sie!« sagte sie schließlich und wischte sich mit dem Ärmel übers Gesicht. »Sie sind ganz schwarz, da ...«

Talon rieb sich ungeschickt über die Wangen und erwiderte grimmig: »Ich habe Yvettes Schreibmaschine repariert, ich muß mich ja hier um alles kümmern. Ich bin kein Bulle mehr, ich bin ein Faktotum. Ich würde gern mal wissen, was daran so komisch ist!«

»Ärgern Sie sich nicht! Es hat mir gutgetan zu lachen, einfach so, ohne Grund. Gehen Sie sich das Gesicht waschen, und vergessen Sie den Kaffee nicht! Keine Sorge, es wird schon nicht zur Gewohnheit.«

Talon verließ den Raum, und sofort spürte Marion wieder den Schraubstock, in den ihr Magen eingespannt war.

Léo hatte sich noch nicht gemeldet, und Marion wurde den Gedanken nicht los, daß er sie sowieso nicht anrufen würde, auch wenn Sam und seine geheimnisvolle Schwester ihm tatsächlich im Hotel in die Hände fallen sollten. Marion glaubte keine Sekunde daran, obwohl sie immer weniger auf ihre Intuition vertraute und im Grunde nach wie vor nicht wußte, von wem sie eigentlich manipuliert wurde. Sam hatte sie angerufen, um sie ins Mercure zu locken. Léo wartete auf Sam. Und wenn Sam in Wahrheit Léo herbeilocken wollte? Sie legte die Hände an ihre pochenden Schläfen und dachte darüber nach, daß sie Paul Quercy die Wahrheit hätte sagen sollen, anstatt das dumme Versprechen einzuhalten, das sie Léo gegeben hatte, bloß weil sie ein schlechtes Gewissen hatte, ihn betrogen zu haben.

Ihr Blick fiel auf ein Fax, auf dem ein Anspitzer in Form eines Hundes stand, ein kleiner, fürchterlich kitschiger Terrier, dessen aufgerichteter Schwanz dazu diente, die Stifte zu halten. Zerstreut nahm sie den Gegenstand in die Hand, drehte und wendete ihn, während die gedruckten Worte auf dem Papier sich langsam einen Weg in ihr Gehirn bahnten. Es war Kommissar Vincents Antwort auf die Fragen, die sie ihm tags zuvor gestellt hatte. Er mußte sich ganz schön rangehalten haben, um so schnell an die Ergebnisse der Geschoßuntersuchung im Fall Gina Lunis gekommen zu sein. Sie las das Urteil der Spezialisten vom Erkennungsdienst.

»Die Züge auf den Projektilen, die auf das Opfer Gina Lunis (Bild 1) abgeschossen wurden, sind direkt mit den Zügen auf den Projektilen verglichen worden, die aus der

Leiche von Patrick Longe (Bild 2) entfernt wurden. Das Ergebnis ist positiv. Es besteht Grund zur Annahme, daß in beiden Mordfällen dieselbe Tatwaffe benutzt wurde.«

Die Formulierungen in dem Bericht waren vorsichtig, aber Vincent hatte am Telefon kein Blatt vor den Mund genommen: Dieselbe Waffe hatte zur Ausführung eines Mordes in Paris und eines weiteren Mordes in Lyon gedient, mit einem zeitlichen Abstand von zwei Jahren und zwei Opfern, deren einziges bisher bekanntes Verbindungsglied Léo Lunis hieß. Léo, der Ginas Leiche gefunden und unmittelbar vor Patrick Longes Tod zwei Stunden mit selbigem verbracht hatte.

Außerdem drehten sich Kommissar Vincents Ermittlungen in Paris um Barbara Wincenski – die Polin, die sechs Monate zuvor im Hof ihres Hauses vergewaltigt und mit Sperma beschmiert worden war und in der Zwischenzeit den Wohnort gewechselt hatte. Vincent hatte sie doch noch aufgespürt.

Die Frau lebte außerhalb von Paris, in Creil, wo sie in einer Klinik als Stationshilfe arbeitete. Schon in Paris hatte ihr das Putzen als Broterwerb gedient, und sie hatte in Polizeikreisen eine unerwartete Kundschaft gefunden: Sie arbeitete damals für eine Kommissarin und zwei weitere Polizeibeamtinnen.

»Gina Lunis?« hatte Marion gefragt.

»Volltreffer! Barbara Wincenskis Stimme hat gezittert, als sie auf Ginas Mann zu sprechen kam, obwohl …«

»… er sie vergewaltigt hat?«

»Ja, ich meine … Sie hatte damals Anzeige gegen Unbekannt erstattet, weil ihr Mann darauf drängte, aber es scheint eine große Überwindung für sie gewesen zu sein.«

Marion spielte weiter mit dem kleinen, schwarzen Hundeanspitzer, der in ihren Händen Purzelbäume und dreifache Saltos schlug.

Was treibt Talon nur so lange?

Unter Vincents Fax lagen die Auskünfte, die das Verteidigungsministerium ihr gnädigerweise erteilt hatte. Man konnte Marion beruhigen: Weder Lunis noch Longe waren in irgendeinen Fall von Verrat oder Spionage verwickelt, obwohl die Versuchung durch ihre Arbeit in einem extrem sensiblen Bereich hätte groß sein können. Longes militärische Laufbahn erstreckte sich über einen längeren Zeitraum als die von Lunis, der abrupt ausgeschieden war, um bei der Polizei sein Glück zu versuchen. Beide Männer hatten eine solide Ausbildung absolviert und korrekte Beurteilungen erhalten. Allerdings existierte eine Akte, die im Zentralarchiv der Armee abgelegt worden war.

Eine Akte im Zentralarchiv! Um solche Unterlagen einzusehen, brauchte man eine besondere Befugnis, aber Talon hatte einen Freund – welche Art von Freund, wußte Marion nicht genau –, auf den er manchmal zurückgriff, wenn es um kleinere Gefälligkeiten ging. Seine Antwort auf Talons Anfrage hatte er anonym auf einem weißen Blatt verfaßt, das unter dem Fax lag.

Unter der Aktennummer 3365/1992 wurde in telegraphischem Stil Léo Lunis' militärische Laufbahn rekapituliert. Darin fand sich ein Verweis auf zwei weitere Akten mit den Nummer 3366 und 3367, die eng mit Léos Fall verknüpft waren. Die erste Akte war die von Patrick Longe, die andere die von Samuel Mas. Die Kurzform von Samuel und Mas als Anagramm ergaben »Sam«. Aber das wußte sie ja schon.

In der Ferne schlug eine Tür, und vom Hof drangen erregte Stimmen hoch. Eine Frau schimpfte in schrillen Tönen, dann hallten laute Schritte und erneutes Gezeter durch die immer kältere Nacht.

Steif und mit schmerzenden Gliedern wie nach einem Marathonlauf stand Marion auf und dehnte ihre verspannten Muskeln.

Irgendwo im vierten Stock waren Schritte zu hören. Talon würde zurückkommen. Er hatte die Informationen auf dem Blatt gelesen – auch wenn er das Gegenteil behauptete, wußte sie, daß er alles gelesen hatte. Sie war zwar von seiner Loyalität ihr gegenüber fest überzeugt, trotzdem widerstrebte es ihr, sich ihm ganz und gar zu offenbaren. Sie hatte keine Ahnung, wie die Geschichte weitergehen würde, aber wenigstens kannte sie jetzt die beiden Protagonisten: Léo und Sam. Und dazwischen sie, Marion. In welcher Rolle eigentlich? Sie wußte es nicht.

Talon hatte also gelesen, daß Lunis, Longe und Mas seit der Militärschule in La Flèche ein unzertrennliches Trio gewesen waren. Dieselben Schulen, dieselben Klassen, dieselben Aufnahmeprüfungen, dieselben Abschlußprüfungen. Und dann dieselbe Abkommandierung nach Saarburg. Longe verschlug es von da aus nach Landau, wohin auch Lunis sechs Monate später versetzt wurde. Mas folgte ihnen bald, nachdem er sämtlichen Vorgesetzten, die seinem Wunsch skeptisch gegenüberstanden, immer wieder auf die Füße getreten war. Er galt als instabil, jähzornig und gewalttätig.

In Landau machte Mas wiederholt auf sich aufmerksam: Agressivität, Schlägereien, Alkoholexzesse. In dieser Zeit kam es im Regiment zu mehreren bis dato nicht aufgeklärten Vorfällen. Neben einigen relativ harmlosen Ereignissen – Handgreiflichkeiten und Vergewaltigungen! – wird das Verschwinden von zwei jungen Einberufenen gemeldet. Daß all diese Vorkommnisse in den Akten 3365, 66 und 67 Erwähnung fanden, lag darin begründet, daß die drei Männer jeder auf seine Weise betroffen waren. Léo Lunis, weil die beiden verschwundenen Männer unter seiner Befehlsgewalt standen, Mas, weil es Grund zur Annahme gab, daß er »enge« Beziehungen zu ihnen pflegte, und Longe, weil er ein Busenfreund der beiden anderen war und jeden freien Moment mit ihnen verbrachte.

1992, in dem Jahr, in dem der zweite Einberufene als vermißt gemeldet wurde, hatte Lunis die Segel gestrichen und an der Aufnahmeprüfung für den Polizeidienst teilgenommen. Die Informationen aus seiner Akte waren anscheinend geheimgehalten worden, denn sonst hätte die Polizei ihn wohl kaum eingestellt.

Am 30. Mai 1992 scheidet Lunis endgültig aus der Armee aus. Während des feierlichen Aufmarschs in Waffen, der ihm zu Ehren vor dem gesamten Regiment veranstaltet wird, tritt plötzlich eine sonderbare Kreatur in Erscheinung, bis zur Unkenntlichkeit geschminkt, in Lederstiefeln, die bis zu den Oberschenkeln reichen, schwankend, vermutlich betrunken oder mit Drogen vollgepumpt. Es handelt sich um Mas, der sich verkleidet hat und bewaffnet ist. Vor den versammelten Männern, die wie versteinert sind, geht er auf Lunis zu und richtet seine Pistole auf ihn, eine Mac 50. Die Soldaten um Lunis herum versuchen einzugreifen, aber Mas richtet die Waffe blitzartig gegen sich selbst und schießt sich eine Kugel in den Kopf. Eine Kugel in die rechte Schläfe, ein Stern.

Warum hast du mir auch das verheimlicht, Léo? Mas hatte einen schweren Unfall erlitten. Du hattest ihn aus den Augen verloren! Was du nicht sagst!

Endlich tauchte Talon wieder auf, in der Hand hielt er eine Flasche.

»Der Kaffeeautomat ist kaputt, der Hausmeister hat mir einen Cognac ›geliehen‹. Ein Camus, der scheint gut zu sein.«

»Okay, dann also einen Cognac, aber nur einen ganz kleinen …«

Natürlich hatte Talon alles gelesen. Aber von den drei

Männern kannte er nur Léo und Longe, letzteren auch nur vom Sehen – er war ihm einmal bei Marsal begegnet, als er bereits auf einem kalten Metalltisch lag. Über Mas alias Sam wußte er so gut wie nichts, nur seinen langen Leidensweg hatte er nachvollzogen. Nachdem Mas zunächst in ein deutsches Krankenhaus eingewiesen worden war, wurde er – immer noch im Koma – nach Paris verlegt. Inoperabel. Die Kugel steckte in seinem Hirn, wo sie wahrscheinlich immer noch war. Als Mitglied der französischen Armee wurde Mas in Militärkrankenhäusern behandelt und dann, als er völlig unerwartet aus dem Koma erwachte, genauestens beobachtet. Seine Spur endete in einer psychiatrischen Klinik, in der er nach einer endlosen Genesungszeit in diversen Therapiezentren gelandet war. Aus den Unterlagen ging weder hervor, was ihm dort widerfahren war, noch warum man ihn schließlich in eine geschlossene Anstalt eingewiesen hatte. Unter dem Stichwort »Sonstiges« hatte Talon mit Sicherheit ebenfalls gelesen, daß Mas eindeutig als Homosexueller eingestuft wurde, während man bei den beiden anderen nur eine gewisse Neigung vermutete.

Marion sah Talon an, der sich nach dem Motto »Einmal ist keinmal« in Sachen Cognac seiner Chefin angeschlossen hatte, und hob das Glas. Auch Talon tat eine kleine Stärkung bestimmt gut.

Dabei weiß er noch nicht mal alles. Wenn er wüßte, daß seine verehrte Chefin mit einem verrückten Homosexuellen geschlafen hat, einem Typen, der im wahrsten Sinne des Wortes einen Sprung in der Schüssel hat, dann würde er auf der Stelle tot umfallen.

Ein heftiger, krampfartiger Schmerz in der Herzgegend ließ Marion zusammenzucken. Sie schluckte den starken Cognac herunter, der im Hals brannte, mußte husten, nahm noch einen Schluck. Bloß nicht an das denken, was noch kommt, das Nachspiel, Sam, Léo … Wo hielt sich Sam wohl heute abend versteckt?

Sie stand abrupt auf, dabei ergoß sich der halbe Inhalt ihres Glases über ihr weißes T-Shirt. Das Klingeln des Telefons unterbrach ihr lautstarkes Fluchen.

»Scheiße«, knurrte sie und griff mit der Gewißheit, Léos Stimme zu hören, zum Hörer.

Doch das lässige Timbre, das ihr entgegenschlug, stammte unverkennbar von Lavot.

»Wem haben Sie gesagt, daß Nina bei mir ist?« fiel er sofort, ohne auch nur hallo zu sagen, über Marion her.

Der Ohnmacht nahe, sank Marion wieder auf ihren Stuhl.

»Was ist los? Wo ist Nina?«

»Nur keine Panik, es geht ihr gut. Aber Sie, Chef, Sie hören noch von mir!«

»Was soll das heißen? Jetzt sagen Sie schon, was ist los?«

»Er hat um achtzehn Uhr dreißig angerufen. Er wollte wissen, ob Nina da sei. Mathilde ist ans Telefon gegangen.«

»Von wem reden Sie?«

»Ich hoffe, das soll ein Witz sein, Chef! Lunis. Lunis hat angerufen.«

»Wie können Sie sich da so sicher sein? Kennt Ihre Frau ihn?«

»Nein, aber ich bin ja nicht von gestern. Ich hatte mein Tonbandgerät ans Telefon angeschlossen. Ich habe seine Stimme erkannt, da gibt's nicht den leisesten Zweifel. Wenn Sie wollen, spiele ich's Ihnen vor …«

»Weiter?«

»Eine Stunde später hat er noch mal angerufen. Mathilde war gerade dabei, die Kleinen zu baden. Ich war auf dem Klo … Ich darf ja wohl auch mal aufs Klo gehen, oder?«

»Ich habe doch gar nichts gesagt! Ich fürchte, ich weiß, was jetzt kommt … Nina hat den Hörer abgenommen!«

»Aber bestimmt nicht deshalb, weil wir ihr keine klaren Anweisungen gegeben hätten …«

»Und dann?«

»Er hat ihr einen unsäglichen Schwachsinn erzählt: ›Ich komme dich abholen, wir machen zusammen mit Marion eine große Reise, wir werden nie wieder zurückkommen. Mach dich fertig!‹ Kaum daß sie aufgelegt hat, fängt sie auch schon an zu packen, total aufgeregt. Der hat nicht alle Tassen im Schrank, dieser Typ.«

Alles Blut war aus Marions Gesicht gewichen, sie merkte, daß ihre eiskalten Hände zitterten.

»Lavot, das war nicht Lunis, das weiß ich.«

»Und ich weiß, daß er es war …«

»Egal, jedenfalls müssen wir Nina in Sicherheit bringen. Und Ihre Familie auch.«

Sie wandte sich zu Talon.

»Nehmen Sie Kontakt zu den Beamten vor Lavots Haus auf. Sie sollen jeden überprüfen, der dort auftaucht. Männer, Frauen, jeden. Und sagen Sie ihnen, wenn Léo aufkreuzt, sollen Sie ihn verhaften«, fügte sie verzweifelt hinzu.

»Was ist denn eigentlich los?« rief Talon aus, der von dem Gespräch zwischen Marion und Lavot nur die Hälfte mitbekommen hatte.

»Lavot«, fuhr die Kommissarin hastig fort. »Haben Sie mich gehört? Sie müssen sich in Sicherheit bringen.«

»Ich hab nicht drauf gewartet, daß Sie mir das sagen, Chef, ich bin schon am Bahnhof.«

»Was?«

»Ich bringe Mathilde und die Kleinen an einen ruhigen Ort, bis sich alles wieder eingerenkt hat. Aber das ist natürlich top secret … Ich lasse wieder von mir hören. Haben Sie keine Angst, der kriegt uns nicht!«

»Er ist es nicht!« versicherte Marion erneut, sie hatte immer noch eine krächzende Stimme von dem Alkohol, an dem sie sich verschluckt hatte. »Sie haben doch einen ISDN-Anschluß, haben Sie die Nummer des Anrufers notiert?«

»Nicht nur das, ich habe sie identifiziert.«

Er nannte ihr zehn Ziffern und schwieg dann, damit seine Worte ihre Wirkung entfalten konnten.

»Das ist die Nummer vom Hotel Mercure, Pont Pasteur. Das kennen Sie doch, oder?«

Der Hoteldirektor war gerade dabei, in Begleitung seiner Ehefrau im großen Speisesaal das Abendessen einzunehmen, als der Sturm losbrach: Mit einem Dutzend Männern fiel Marion in das Hotel ein, um alle Zimmer, die Küche, die Büro- und sonstigen Räume wie Nebengebäude zu durchsuchen. Ehe der Direktor protestieren konnte, ließ die Polizeimeute schon die Türen öffnen, ungeachtet der verärgerten Gäste, die zähneknirschend alles über sich ergehen ließen. Es war genau 20 Uhr 50, Marion hatte nur eine Viertelstunde gebraucht, um ihre Truppe zusammenzutrommeln, was zeigte, daß ihre Männer so fest zu ihr hielten wie wohl nie zuvor.

Marion eilte sofort in den vierten Stock. Die Tür von Zimmer 420 war nicht abgeschlossen und der Raum leer. Alles sah genau so aus, wie sie es, mit Léo im Sessel, zurückgelassen hatte. Sie rannte die Treppe hinunter ins Erdgeschoß und fand sich, ohne den verdatterten Hotelangestellten nach seiner Meinung zu fragen, hinter der Theke der Rezeption wieder.

»Die Liste der Telefonnummern, die von den Zimmern aus angewählt worden sind!« befahl sie knapp.

Auf der Computerliste standen einige Nummern, aber so sehr sie auch suchte, die Anrufe, die bei Lavot eingegangen waren, schienen weder von Zimmer 420 noch von anderen

Zimmern aus getätigt worden zu sein. Ratlos blickte Marion auf den Bildschirm. Es erleichterte sie, daß tatsächlich alles danach aussah, als sei Léo nicht der Mann gewesen, der mit Nina telefoniert hatte.

»Von wo aus kann man noch telefonieren?« fragte sie den Hoteldirektor, der wie ein aufgeregtes Insekt durch die Eingangshalle schwirrte.

»Na, von überall aus«, sagte er mit einer ausholenden Handbewegung. »Zum Beispiel von meinem Büro aus, wenn Sie so wollen ...«

»Gibt es eine Nummer, die nicht über die Zentrale läuft?«

Jolibois, der offensichtlich überfordert war, starrte sie an. Die Antwort gab der junge Mann von der Rezeption.

»Ja, die Kabine hat eine andere Nummer.«

»Und wo ist die?«

Er deutete auf eine Wandvertiefung hinter einer Grünpflanze.

»Bei den Toiletten gibt es noch einen Apparat, der an den in der Kabine gekoppelt ist, und außerdem einen weiteren im Kellergeschoß, am Eingang zur Tiefgarage. Die drei Geräte haben dieselbe Nummer. Soll ich sie Ihnen geben?«

Die Überprüfung der Nummer war überflüssig. Es war natürlich dieselbe, die Lavots Display angezeigt hatte, und da Sam im Erdgeschoß nicht gesehen worden war, hatte er wahrscheinlich das Telefon im Kellergeschoß benutzt, das sich zwischen einem Geräteraum und der Tür zur Tiefgarage befand. Offenbar hatte er seine Stimme verstellt, so daß Lavot ihn für Léo hielt.

Eine Stunde später kehrten die Beamten nach und nach in die Eingangshalle des Hotels zurück. Man mußte sich den Tatsachen beugen. Sam Nielsen und seine Schwester waren unauffindbar. Bedrückt wies Marion ihre Leute an, noch eine letzte Runde zu drehen. Sie war überzeugt davon, daß sich

Sam oder seine »Schwester« noch in dem Hotel aufgehalten hatten, als sie Léo dort zurückließ. Wahrscheinlich hatten sie sich im Kellergeschoß versteckt. Vielleicht in dem Geräteraum gleich neben der Telefonkabine, zwischen Rasenmäher und Werkzeugkasten?

Wie hatten sie herausbekommen, wo sich Nina befand? Ob sie Marion gefolgt waren, obwohl sie doch so vorsichtig gewesen war? Und warum hatten sie Nina angerufen und ihr diesen ganzen Mist erzählt? Warum, wenn nicht aus blanker Provokation, um Angst zu schüren und die Leute dazu zu bringen, etwas zu tun, das Haus zu verlassen, Nina der Gefahr auszusetzen ...

Marion blockte ab, um nicht in Panik zu geraten. Sie bereute es, daß sie Léo nachgegeben und damit gewartet hatte, Quercy zu alarmieren. Jetzt war alles sonnenklar: Wenn Sam Léo so gut kannte, daß er ihn perfekt imitieren und offenbar völlig in seine Haut schlüpfen konnte, dann hatte er wahrscheinlich auch Marion lange genug ausspioniert, um sich bestens in sie hineinversetzen und ihre Reaktionen vorhersagen zu können. Sie stellte sich vor, wie sich das Paar in einem dunklen Eckchen auf die Lauer gelegt hatte, um Lavot und Nina abzupassen, und betete zu Gott, daß sie angesichts des Polizeiaufgebots darauf verzichtet hatten, sie in ihre Gewalt zu bringen. Während sie wie versteinert hinter der Theke der Rezeption stand und sich fragte, was sie jetzt tun sollte, vibrierte der Pager an ihrem Bauch. Sie riß ihn sich förmlich vom Gürtel, um die Nachricht zu lesen. Das Flimmern vor ihren Augen war so stark, daß sie nur mit Mühe die Nummer des gerichtsmedizinischen Instituts erkennen konnte – als es ihr endlich gelungen war, geriet sie vollends in Panik. Wenn der Gerichtsmediziner sie um zehn Uhr abends kontaktierte, tat er das gewiß nicht, um ihr eine gute Nacht zu wünschen. Sie stellte sich das Schlimmste vor: Léo auf einem Obduktionstisch, oder Sam, oder beide, nachdem sie sich in einer finsteren Seitenstraße gegenseitig Kugeln in den Kopf gejagt hatten. Mit unsicheren Schritten ging sie auf das Telefon hinter der Grünpflanze zu.

»Ich hoffe, ich habe Sie nicht geweckt?« erkundigte sich Marsal besorgt. »Ich weiß, daß es spät ist, aber ich hab's nicht schneller geschafft und dachte mir, daß Sie es am liebsten gleich wissen wollen ... Sie hören sich so komisch an. Ist alles in Ordnung?«

Wenigstens hatte er nicht den Ton angeschlagen, in dem er normalerweise schlechte Nachrichten verkündete. Im Gegenteil.

»Ich hoffe, ich kann Ihnen eine kleine Freude bereiten. Der Vergleich ist negativ ausgefallen.«

Marion stand da, sprachlos. Die Müdigkeit und das Gefühlschaos in ihrem Inneren führten dazu, daß sie lange brauchte, um zu schalten. Endlich begriff sie, was der Doc ihr sagen wollte: Léos genetischer Code entsprach nicht dem genetischen Code von Julie Rouvres' Vergewaltiger. Ihr Herz tanzte vor Freude und Erleichterung, während sie sich stammelnd bei dem Gerichtsarzt bedankte.

Léo, mein Liebster, verzeih mir ... Du hast die Wahrheit gesagt, und ich habe dir nicht vertraut. Du bist kein Vergewaltiger, der andere hatte dafür gesorgt, daß wir das annehmen mußten.

Die Schlußfolgerung lag auf der Hand: wenn Léo diese Frauen nicht vergewaltigt hatte, konnte es nur Sam gewesen sein!

»Verdammt noch mal«, fluchte Marion laut, »ich bin so dämlich gewesen!«

Sie wandte sich zu den anderen um, das Gesicht bleich vor Anspannung. Die Männer betrachteten sie schweigend, Talon in ihrer Mitte. Marie Garcia lehnte an der Theke der Rezeption und starrte sie an. Marion nahm mechanisch zur Kenntnis, daß sie sich nicht geschminkt und auf ihre figurbetonte Kleidung verzichtet hatte. Sie lächelte ihr zu, ein armseliges Lächeln, das für die Untaten eines anderen um Entschuldigung bat.

Talon trat einen Schritt auf Marion zu: Léo reagierte nicht auf das im Dreiminutentakt wiederholte Anfunken seines Pagers. Beim letzten Kontrollgang hatte man in der Tiefgarage des Hotels den Dienstwagen von Capitaine Lunis gefunden, abgeschlossen, mit ausgeschaltetem Funkgerät. Es gab nichts mehr daran zu rütteln, Léo war verschwunden. Léo war bei Sam, in seiner Gewalt, in Lebensgefahr.

49

Die Zeremonie neigte sich dem Ende zu. Geläut, dann das Hissen der Fahnen. Musik. Paul Quercy, der Leiter der Kripo, war in Zivil gekommen, und Marions Verärgerung darüber war immer noch nicht verraucht: Er hatte sie genötigt, zur Feier des Tages die Uniform anzulegen, und er selbst …

»Kommen Sie!« befahl er, als es Marion der auseinanderstrebenden Menge gleichtun und sich davonmachen wollte.

Sie warf ihm einen beunruhigten Blick zu, während er auf die Empfangszimmer der Präfektur zusteuerte.

»Der Präfekt lädt zu einem Umtrunk ein, sowas kommt nicht alle Tage vor, das können Sie mir glauben. Man könnte meinen, er stürze sich in den persönlichen finanziellen Ruin, wenn er mal einen ausgibt!«

»Also, eigentlich habe ich keine …«

»Jetzt hören Sie aber mal auf mit Ihrem Gejammer! Entspannen Sie sich, nur fünf Minuten. Auf fünf Minuten kommt es jetzt auch nicht mehr an. Und überhaupt, danach gehen wir beide noch essen! Das wird Ihnen guttun, Sie werden sehen, ich werde Ihnen Ihre Leichenbittermiene schon austreiben ...«

Die Nacht war ohne Neuigkeiten zu Ende gegangen, weder von Sam noch von Léo. Kein Anruf, kein Lebenszeichen. Nina war mit den Lavots und einem halben Dutzend bis an die Zähne bewaffneter Leibwächter – darauf hatte Quercy großen Wert gelegt – zu einem geheimgehaltenen Ziel aufgebrochen. Nicht einmal Marion wußte Bescheid, und keineswegs beruhigt hatte sie eingewilligt, die Nacht in Zimmer 420 zu verbringen. Zuvor war der Raum genauestens unter die Lupe genommen worden, und man hatte alle Gegenstände sichergestellt, die per Laboranalyse vielleicht den Beweis dafür liefern würden, daß Sam tatsächlich der Vergewaltiger war.

Dann hatte man sechs Männer als Wachtposten zwischen Kellergeschoß und den übrigen Stockwerken verteilt. Nichts hatte sich gerührt, nicht einmal Jolibois, der Hoteldirektor, der mit zornig funkelnden Augen hinter der Rezeption verharrte. Den Beobachtungsposten rings um das Hotel und vor Talons Wohnung, wo sich Lisette Lemaire übergangsweise einquartiert hatte, war nicht das geringste aufgefallen. Auch die Polizeistreifen waren unverrichteter Dinge zurückgekehrt, trotzdem war Marion ständig darauf gefaßt, über eine Schlägerei, einen Schußwechsel, eine Leiche oder auch zwei informiert zu werden.

»Ich muß mich erst umziehen«, sagte sie zu Quercy. »In dem Aufzug gehe ich nicht essen. Außerdem ...«

»Mir gefallen Sie sehr gut in diesem Aufzug ... Im übrigen ist das ein Befehl. Besser? Nein? Egal.«

Während Marion schneller ging, um mit ihrem Chef Schritt zu halten, fielen ihr plötzlich dessen hängende Schultern auf, die Tränensäcke und die tiefen Schatten unter den Augen. Als sie dann auch noch bemerkte, daß sein Jackett so eng wie eine Wurstpelle saß, konnte sie sich ein Grinsen nicht verkneifen. Er drehte sich abrupt um und blieb stehen, um ihr ins Gesicht zu sehen.

»Ja, ich habe zugenommen. Ich habe nicht mehr in meine Uniform gepaßt, Hose und Jacke gehen nicht mehr zu. Und?«

»Aber ich habe doch gar nichts gesagt, Monsieur Quercy …«

Trotz des bleischweren Gewichts, das ihr auf den Magen drückte, mußte Marion über Paul Quercys mißmutigen Gesichtsausdruck lachen. Eine kurze Atempause, die sie für ein paar Sekunden vergessen ließ, daß ihr das Wasser bis zum Hals stand. Nachdem Léo nicht wieder aufgetaucht war, hatte sie Quercy alles gebeichtet, ihn um Hilfe und um seinen väterlichen Rat gebeten. Er hatte ihr zwar versprochen, diskret zu bleiben, was einige Details der Affäre betraf, aber eins war für den Kripochef klar: Léo Lunis saß in der Klemme. Er konnte nicht abschätzen, wie bedrohlich die Situation war, aber er ahnte nichts Gutes.

Er stemmte die Arme in die Seiten und ging weiter, Marion folgte ihm, wobei sie fieberhaft nach einer Möglichkeit suchte, sich dem Umtrunk beim Präfekten zu entziehen.

Als ihr Pager piepte, wäre sie fast gestolpert. Mit klopfendem Herzen las sie die Nummer auf dem Display. Unbekannt. Quercy runzelte die Stirn.

»Wenn das ein Trick ist, um sich eine lästige Pflicht vom Hals zu schaffen – das funktioniert bei mir nicht. Wenn es Lunis oder der andere Irre ist, dann passen Sie auf …«

»Ich muß telefonieren«, sagte sie und blickte sich suchend um.

»Los, los, hier!« Quercy reichte ihr sein Handy, das

Marion unwillig entgegennahm. Er deutete mit dem Zeigefinger auf sie.

»Morgen verpasse ich Ihnen ein Handy. Schluß mit der Diskussion. Ich bin es satt, daß Sie immer aus der Reihe tanzen.«

Sie entfernte sich ein wenig und wählte die Nummer. Ihr Herz schlug wie wild, während das Gesicht von Quercy, der sie von der Seite beobachtete, vor ihren Augen zu flimmern begann.

Allmächtiger, bitte mach, daß es Léo ist! Ich flehe dich an!

Sam klang beängstigend ruhig, fast unbeteiligt, aber sehr entschlossen. Marion kehrte dem strengen, forschenden Blick ihres Chefs den Rücken zu, und verzog ihre Lippen zu einem künstlichen Lächeln.

»Guten Tag, schöne Frau …«

»Wo ist Léo?« rief sie mit erstickter Stimme, die Hand vor dem Mund.

»Welcher Léo? Ich kenne keinen Léo …«

»Sie lügen! Ich will wissen …«

»Ich bin in Eile«, unterbrach Sam sie boshaft. »Ich will dich in deiner schönen blauen Uniform sehen, sofort. Ich erwarte dich auf der Insel.«

»Auf der Insel! Welcher Insel?«

»Auf der Insel der Gehörnten … So nennst du sie doch? Und keine Tricks. Laß deine Armee zu Hause, denk an Léo.«

»Aber …« stammelte sie noch, als Sam die Verbindung schon längst unterbrochen hatte.

Langsam, wie in Trance, drehte sie sich um. Sie mußte Quercy gegenübertreten, ihm sagen, daß Sam … Was hatte Sam eben gesagt? Keine Tricks. Denk an Léo … Er wußte also, wo Léo war. Er hatte ihn entführt, vielleicht sogar umgebracht! Oder sie waren zusammen …

Wenn ich es Quercy sage, wird er unsere ganzen Leute zu-

sammentrommeln. Wenn ich allein hingehe, was riskiere ich dann schon? Ich bin bewaffnet.

Paul Quercy bekam von ihrem Zwiespalt nichts mit. Zwanzig Meter weiter schritt er langsam in Begleitung des Landgerichtspräsidenten von dannen, der ihm lebhaft gestikulierend eine Geschichte erzählte und seinen Arm dabei umklammert hielt. Mehrere Menschen hatten sich schon zwischen die beiden Männer und Marion geschoben. Das seitlich am Hof der Präfektur verlaufende Gitter mit seinem offenen Törchen war nicht weit. Ein paar schnelle Schritte nur, und schon stand sie davor. Ohne sich umzudrehen und ohne die Gala-Uniform des Wächters eines Blickes zu würdigen, trat sie hindurch. Als sie nicht mehr in Paul Quercys Sichtweite war und sicher, daß er sie nicht mehr einholen konnte, rannte sie zu dem Taxistand vor dem majestätischen Eingang der Präfektur, wo zahlreiche Gäste Schlange standen, um Einlaß zu finden.

Erst als sie im Taxi saß, merkte sie, daß sie das Handy ihres Chefs noch in der Hand hielt.

50

Marion wies den Taxifahrer an, vor der Brücke zu halten. Der Angestellte der Firma *Les Taxis Lyonnais* stellte sich nicht gleich die Frage, warum sich eine junge Frau in Parade-Uniform, offenbar eine Polizeikommissarin, bei einem Wetter, das jeden rechtschaffenen Bürger davon abhielt, auch nur einen Fuß vor die Tür zu setzen, zu dieser unwirtlichen Insel bringen ließ. Was ihn ärgerte, war die Tatsache, daß er seinen Rückweg antrat, ohne das Geld für die Fahrt einkassiert zu haben. Denn diese Frau war doch tatsächlich ohne einen Pfennig in der Tasche unterwegs, hatte nur ein Handy dabei, vielleicht auch eine Waffe, er war sich nicht sicher. Er mußte ihr wohl oder übel glauben, daß man ihm im Polizeipräsidium sein Geld geben würde, aber insgeheim betete er zum Himmel, daß sie wirklich das war, wofür sie sich ausgab, und keine Hochstaplerin auf dem Weg zum Maskenball.

»Jetzt fahren Sie schon!« rief Marion, als sie sah, daß der Taxifahrer Anstalten machte, Wurzeln zu schlagen.

Widerwillig legte der Mann den ersten Gang ein und wendete. Hundert Meter weiter bekam er Gewissensbisse. Die junge Frau – bezaubernd übrigens mit ihrem kleinen Dreispitz auf dem Kopf – hatte einen aufgeregten Eindruck gemacht. Zweimal hatte sie ihn aufgefordert, Gas zu geben, auf die Gefahr hin, daß er über eine rote Ampel fuhr oder die erlaubte Höchstgeschwindigkeit überschritt, und das mit einem Bullen auf dem Rücksitz. Er wollte schon anhalten, da fielen ihm die Gerüchte, die sich um diese Insel rankten, wieder ein. Irgendwer hatte ihm erzählt, daß sich dort verheiratete Leute mit ihren heimlichen Liebschaften vergnügten ... Warum suchte eine Polizeikommissarin in Uniform diesen Ort auf? Nicht um zu arbeiten, soviel war klar. Um zweifelhaften Vergnügungen nachzugehen? Das konnte er sich nicht vorstellen.

Irgendwas stimmte da nicht, er würde bestimmt Geld verlieren, und sein Chef, der ihn sowieso auf dem Kieker hatte, würde ihn feuern. Er fragte sich, ob er nicht doch besser umkehren sollte. Er fuhr langsamer, und gerade als er den Wagen zum Stehen brachte, um nochmals zu wenden, kam ihm ein anderes Auto entgegen, fuhr vorbei und hielt ein Stück weiter an. Im Rückspiegel sah er einen großen Kerl mit kurzen, dunklen Haaren aussteigen und rasch davongehen. Da war er ja, der Liebhaber. Zumal sich dieser Mann im Gegensatz zu der uniformierten Frau, die weggerannt war, ohne sich auch nur ein einziges Mal umzudrehen, zu verstecken schien. Er blickte immer wieder um sich, schien auf der Hut zu sein und suchte den Schutz der Bäume.

Der Himmel war schwarz, bald würde es wie aus Eimern regnen. Die Geschichte gefiel dem Taxifahrer nicht, gleichzeitig ließ ihn sein Mut im Stich. Was die beiden dort treiben würden, ging ihn nichts an, und es gab keinerlei Grund für ihn, umzukehren und sich womöglich noch als Voyeur beschimpfen zu lassen. Das einfachste war wohl, er vergewisserte sich, ob die Frau wirklich Polizeikommissarin war, und zwar dort, wo sie ihn wegen des Geldes hingeschickt hatte. Langsam fuhr er davon und griff nach dem Mikrophon seines Funkgeräts.

51

Als Marion das spitz zulaufende Ende der Insel sehen konnte, klatschten die ersten Tropfen auf den grasbewachsenen, ohnehin schon aufgeweichten Weg. Ihre Schuhe waren bald durchnäßt, und die Feuchtigkeit kroch unter der marineblauen Tuchhose kalt an ihren Beinen hoch. Der Anlegeponton schwankte im aufgepeitschten Wasser, dicke Tropfen prasselten auf das Holz. Hastig zog sie die Jacke ihrer Uniform aus, um ihren Kopf zu bedecken. Ihr Hut fiel dabei in eine Pfütze.

Scheiße, das hatte mir gerade noch gefehlt!

Sie hob den Dreispitz wieder auf, schüttelte ein paar nasse Grashalme ab und rannte weiter, ohne auf den hochspritzenden Schlamm zu achten. Die weiße Uniformbluse klebte an ihrem Oberkörper, so daß sich der weiße Stoff ihres Spitzen-BHs exakt abzeichnete. Als erstes wollte sie den Teil der Insel inspizieren, wo sie Sam zum erstenmal begegnet war, ohne ihn zu erkennen, dann zum anderen Ende laufen, wo ein Angelverein einen zehn Meter langen Steg hatte bauen lassen, die das sumpfige Ufer überragte.

Etwa drei Meter vom Ufer entfernt, zwischen Spazierweg und Ponton, entdeckte sie einen von Efeu überwucherten Steinbau und trat vorsichtig näher. »Partisanenbunker« nannten ihn die Anwohner, da er im Zweiten Weltkrieg verschiedenen Widerstandsgruppen als Versteck gedient hatte. Marion konnte zwischen den dichten Efeuranken, von denen einige so dick wie Baumstämme waren, keinen Eingang erkennen. An die massive Steinwand gepreßt, sah sie um sich und tastete dabei instinktiv nach ihrer Waffe, die da in ihrem Hosengürtel steckte.

Von Sam keine Spur. Der Anlegesteg war leer, weit und breit keine Menschenseele. Angesichts dieses sintflutartigen Regens hatte sich kein Pärchen hinausgewagt, und plötzlich spürte Marion mit jeder Faser die Feindseligkeit dieses Ortes. Sie zitterte am ganzen Körper.

Sie fuhr mit der Hand über ihr Gesicht, in dem bestimmt schon die ganze Wimperntusche verschmiert war. Sie mußte an Quercy denken, der wahrscheinlich vor Wut kochte. Mit einemmal kam sie sich nicht mehr so allein vor, sie hatte doch ein Handy! Was sie beim Empfang in der Präfektur unterlassen hatte, nämlich ihren Chef zu informieren, konnte sie also nachholen – trotz der Bedrohung durch Sam. Der Gedanke an den Mann mit der sternförmigen Narbe jagte ihren Puls in die Höhe, und wie schon so oft hatte sie das Gefühl, beobachtet zu werden.

Sie trat drei Schritte vor, um sich zu zeigen.

Sieh her, du Arschloch, ich bin gekommen.

Dann ging sie um den steinernen Unterstand herum, schutzsuchend vor dem Regen, der jetzt einen dichten Vorhang bildete, durch den man kaum noch die Wasseroberfläche erkennen konnte. Es mußte einen Eingang geben, und wenn sich jemand auf der Insel versteckt hielt – Sam oder Léo oder alle beide –, dann konnte es nur hier sein.

Schließlich fand Marion eine fast waagerechte Falltür, um die herum allerhand Abfall und Steine lagen und von Unkraut überwuchert wurden. Die dicke, verrostete Metallplatte stand weit auf, ein klaffendes, schwarzes, feuchtes Loch, das in die Tiefe führte. Mit fieberhafter Aufregung beugte sich Marion vor, um einen Blick ins Innere zu werfen. Nichts geschah. Niemand sprang ihr an die Gurgel, kein böses Tier griff sie an. Es war so finster wie in einem Tunnel, und während sie wartete, daß sich ihre Augen an die Dunkelheit gewöhnten, schlug ihr der Geruch nach feuchter Erde, Schimmel und kaltem Zigarettenrauch entgegen. Nach einer Weile konnte sie am anderen Ende der Höhle etwas Längliches auf dem Boden erkennen – wahrscheinlich eine Matratze oder eine Decke – außerdem lagen leere, schimmernde Glasflaschen, Konserven- und Bierdosen verstreut herum, was darauf hindeutete, daß dieser einst von Widerstandskämpfern genutzte Unterschlupf heute für weniger rühmliche Aktivitäten herhalten mußte. Offensichtlich war diese feuchte Kammer im Moment jedoch menschenleer.

Der Regen wurde noch heftiger und prasselte zischend, wie heiße Öltropfen, auf die Efeublätter. Marion war kurz davor, die Fassung zu verlieren und fragte sich, was sie jetzt tun sollte: in das ekelerregende Loch hineinsteigen, um sich unterzustellen, oder die Beine in die Hand nehmen und so schnell wie möglich ins Polizeipräsidium zurückkehren? In diesem Moment leuchtete das Display von Paul Quercys Handy auf, während gleichzeitig hinter der Schutzhütte ein anderes Geräusch das Plätschern des Regens übertönte. Ein Schaben, ein Rascheln, ganz in ihrer Nähe. Marion fuhr herum, halb blind durch das Wasser, das ihr von den Haarspitzen in die Augen tropfte.

Aus dem Gebüsch löste sich eine Silhouette, und den Bruchteil einer Sekunde später preßte Léo Marion an sich.

»Ah!« schrie sie unwillkürlich auf.

»Psst«, flüsterte Léo ihr ins Ohr. »Sag nichts! Komm!« Er zog sie rasch mit sich zu dem Unterstand, dessen Eingang durch dicke Steine versperrt war, über die sie klettern mußten.

»Léo«, sagte sie mit klappernden Zähnen, »wo warst du?« Er war genauso durchnäßt wie sie, und mit dem dunklen Bart, der sein Gesicht bedeckte, sah er aus wie ein gefährlicher Gangster. Er drückte Marion gegen die Wand und beugte sich aufgeregt und mit besorgter Miene nach draußen, um sich zu vergewissern, daß ihm niemand gefolgt war.

»Ich werd's dir erklären«, sagte er schnell. »Ist er da?«

»Ich weiß es nicht, ich habe nichts gesehen! Ich habe niemanden gesehen!«

»Er ist da!« sagte Léo, wie um sich selbst davon zu überzeugen. »Ich weiß es, ich spüre es. Er wird dir etwas zuleide tun, ich will das nicht, Marion …«

Das Geräusch von Schritten auf den Brettern des Stegs drang zu ihnen herüber. Marions Körper, völlig taub vor Kälte und Angst, begann plötzlich unkontrolliert zu zucken. Dann erkannten sie die Stimme von Sam, der ihren Namen rief.

»Marion, huhu, ich bin da!«

»Mistkerl«, knurrte Léo mit flackernden Augen. »Er hat gewußt, daß du kommen würdest und daß ich bei dir sein würde.«

»Was will er? Mich umbringen? Wie Gina?«

»Mich will er.«

Léo preßte Marion an sich. Im gleichen Atemzug tastete er nach dem Griff der Smith & Wesson und zog sie aus Marions Gürtel.

»Aber was machst du denn da?« fragte sie beunruhigt.

»Mach dir keine Sorgen! Bleib hier, ich komme zurück!«

Und ehe sie sich's versah, war er schon aus dem Loch geklettert, die Waffe in der Hand, und zog am Griff der schweren Metallplatte, um sie mit einem Ruck herunterzuklappen. Bevor er losließ, sah er noch einmal durch den verbleibenden Spalt, durch den noch ein wenig schmutziges, hinter den Wolkengebirgen erlöschendes Tageslicht drang.

»Mach dir keine Sorgen«, wiederholte er. »Ich habe den anderen Bescheid gesagt, sie werden bald hiersein ... Ich liebe dich, Marion.«

Die Klappe schlug mit einem Scheppern zu, dessen klagendes Echo durch die in die Erde eingegrabenen Steine drang und Marion ganz benommen machte. Sie warf sich gegen das rostige Metall, was ihr einen Bluterguß an der Schulter einbrachte, während ihr das Handy aus der Hand rutschte und gegen die Wand prallte. Dann hörte sie draußen ein anderes Geräusch, wie ein zynisches Lachen, das begleitet wurde von einem dumpfen Poltern auf der Metallklappe.

Er schließt mich ein, er legt Steine drauf, damit ich nicht raus kann!

Sie wollte schreien, doch ihre Stimme versagte. Noch einmal stemmte sie sich gegen die Tür, schlug mit den Fäusten dagegen, nichts rührte sich.

Plötzlich wurden Stimmen laut, hastige Schritte waren zu vernehmen. Dann, ein Schrei. Wie in einem Alptraum sah sie die glänzenden Bilder des Erkennungsdienstes wieder vor sich, die Fotos von Gina Lunis, die Löcher, die ihr aus dem kalten Körper der Frau entgegenstarrten, die Polizeiuniform. Die Uniform! Marion gefror das Blut in den Adern. Sam wußte, daß sie heute ihre Uniform trug, genauso wie Gina. Léo wußte es auch, und er hatte bestimmt begriffen, was Sam wollte: Marion herbeilocken, sie umbringen, um Léo zu bestrafen, um ihn zugrunde zu richten.

In diesem Moment sprang ihr ein grünliches Licht ins Auge, auf dem Boden, einen Meter vor ihr. Wie ein beruhigendes Signal aus der tiefen Dunkelheit. Quercys Handy war immer noch an, es funktionierte! Marion bückte sich. Die Hose klebte an ihren Beinen, die steif vor Kälte waren, und auch ihre Hände waren so klamm, daß sie Mühe hatte, das Gerät aufzuheben. Auf einmal wurde ihr der jämmerliche Zustand bewußt, in dem sie sich befand, ihr unkontrolliertes Zittern, ihr triefendes Haar.

Für einen kurzen Augenblick verfiel sie in Selbstmitleid, doch dann wurde ein anderes Bild vor ihrem inneren Auge lebendig. Das leuchtende, friedliche Bild eines fröhlichen Kindes. In diesem dunklen, schmutzigen, übelriechenden Loch lächelte ihr Nina zu, Nina, die ihr befahl, das zu Ende zu bringen, was sie begonnen hatte, und dann nach Hause zu kommen.

Sie nahm das Telefon an sich und beschloß beim Polizeipräsidium anzurufen, wo sie zwangsläufig von irgend jemandem erhört werden würde. In der Dunkelheit herauszufinden, wie dieses Ding funktionierte, kostete sie unglaublich viel Zeit, und sie mußte Quercy zustimmen, daß es schwachsinnig war, sich gegen ein so verbreitetes Kommunikationsmittel derart zu sträuben.

Sie wartete ungeduldig auf ein Freizeichen und prüfte schließlich, ob sie die richtige Nummer eingegeben hatte. Auf dem Display erschien eine Meldung: kein Empfang.

Draußen waren die Geräusche verstummt.

Marion untersuchte noch einmal die Klappe und versuchte erneut, sie anzuheben. Aber sie fand keinen Halt, war nicht groß genug, um sich mit den Füßen abzustützen und gleichzeitig mit den Schultern dagegenzudrücken, zumal ihre Bemühungen durch das Gewicht der Steine ohnehin zum

Scheitern verurteilt waren. Aufmerksam ließ sie ihren Blick über die Wände schweifen und bemerkte, daß auf der Seite, die zum Anlegesteg zeigte, Efeu bis ins Innere gewuchert war, während die anderen Wände nackt waren. Die langen Zweige hatten sich bis zur Decke hochgerankt, und als Marion genauer hinsah, entdeckte sie die Stelle, durch die der Efeu eingedrungen war: eine schmale, vertikale Spalte mit unebenen, zerklüfteten Rändern, die wahrscheinlich während der Résistance dazu gedient hatte, zu beobachten, was draußen vor sich ging. Eine Art Schießscharte, welche die Widerstandskämpfer davor bewahren sollte, plötzlich in der Falle zu sitzen, und ihnen die Möglichkeit gab, aus ihrem Versteck heraus auf den Feind zu schießen. Schade nur, daß das mit dem Schießen für Marion ein Problem war, denn sie hatte keine Waffe mehr. Dabei hatte Léo doch seine eigene. Warum hatte er ihr bloß ihre Smith & Wesson abgenommen? Um sie auszuschalten, sie daran zu hindern, ihre Waffe einzusetzen?

Durch hartnäckiges Zerren an den Blättern und Zweigen gelang es ihr schließlich, eine mehrere Zentimeter große Öffnung freizulegen, durch die sie das Ende des Anlegestegs und einen Teil des Flusses erkennen konnte, der genauso finster aussah wie der Himmel. Gleichzeitig drangen Schritte an ihr Ohr, Schritte auf Holz, und ein gedämpftes Gespräch. Eigentlich ein Monolog, gesprochen von einem Mann, dessen Stimme Marion Sam zuordnete. Plötzlich herrschte Stille, aber so sehr sie sich auch den Hals verrenkte, außer dem leeren Stegende konnte sie nichts sehen.

Mutlos und vor Kälte zitternd, verspürte Marion plötzlich den Drang, ihre Verzweiflung und ihren Zorn auf diese beiden Männer, die sie eingeschlossen hatten, hinauszuschreien. So laut sie konnte, brüllte sie die beiden Vornamen, aber sie hätte ebensogut mitten in der Wüste gegen den Wind anschreien können: Das durch Steine und Efeu gedämpfte Echo warf ihr nur den Klang ihrer eigenen Stimme zurück.

Dann waren wieder Schritte zu hören, und endlich tauchte Sam in Marions Gesichtsfeld auf. Er war völlig durchnäßt, die Haare klebten ihm am Schädel. Hinter ihm zeichnete sich eine andere, nicht minder durchnäßte Silhouette ab. Léo.

Hintereinander schritten die beiden Männer bis zur Spitze des wackeligen Pontons, wo sie Auge in Auge stehenblieben, eingehüllt in den inzwischen nur noch nieselnden Regen, der wie ein irrealer Nebel ihre Umrisse verwischte. Sie kamen Marion vor wie zwei von der Außenwelt abgeschnittene Liebende. Sam ließ sich auf die Knie fallen. Mit beiden Armen umklammerte er Léos Beine und lehnte seine Stirn daran.

Er spürt den Stoff von Léos Hose, das Hämmern in seinem Kopf läßt nach. Léos Wärme durchdringt ihn, verdrängt allmählich den Schmerz. Mit aller Kraft konzentriert er sich darauf, seine Liebesbotschaft zu vermitteln – ein stummes, leidenschaftliches Bittgesuch. Eine ausgelassene Freude nimmt plötzlich von seinem Körper Besitz, entlädt sich in seine Hände, diese Hände, die Léo nicht ignorieren kann. Diese Hände, die Léo Jahre zuvor wie in Hypnose versetzten, ihn geradezu verrückt machten. Léo ist wieder da, er kann ihn berühren, das Wunder wird von neuem geschehen.

»Léo«, sagt Sam mit dünner Kinderstimme. »All diese Jahre, diese lange Zeit, das viele Blut … Ich will alles vergessen, wieder von vorn anfangen … Ich werde dich lieben, du wirst sehen, wie ich dich lieben werde …«

Léo rührt sich nicht. Sam spürt nur ein leichtes Zittern in seinen Beinen. Eine Erregung, die schließlich auf seinen ganzen Körper ausstrahlt. Ob Marion ihn und Léo vom Partisanenbunker aus sehen kann? Ob sie diese Nähe spüren kann, die sie alles um sich herum vergessen läßt? Ob sie weiß, daß Léo ihn gleich in seine Arme schließen wird? Ihn fortbringen wird, weit weg von diesem wackeligen Steg, und daß sie die beiden niemals wiedersehen wird?

Langsam hebt Léo seinen Arm. Sam spürt, wie die Hand seine Schulter streichelt, wie der Daumen seine Wange berührt und über den Rand des sternförmigen Kraters fährt. Er schließt die Augen, gibt sich ganz diesem friedlichen Moment hin, der die vergangenen Schrecklichkeiten vergessen läßt.

Dann plötzlich der kalte Gegenstand an seiner Schläfe, genau im Zentrum des Sterns.

»Ich kann nicht, Sam. Ich liebe dich nicht. Wenn du eine Frau wärst, hätte ich dich lieben können, vielleicht, früher.«

Sam fährt zusammen, der beißende Wind läßt ihn zu Eis erstarren. Eine Explosion in seinem Kopf zerreißt ihn fast.

Léo redet, redet immer weiter.

»Marion nimmst du dir nicht. Ich liebe sie, sie gehört mir …«

Aber was ist das? Léo weint, ein rauhes, abgehacktes Schluchzen. Oder ist es nur der eisige Wind, der in Sams Ohren heult? Sam hebt den Kopf, heftet seinen leidenschaftlichen Blick auf ein verschlossenes Gesicht, das in die Ferne sieht, weit in die Ferne, dorthin, wo nur noch Schatten umherlaufen, wo es weder Regen noch Wind gibt.

In Landau hat Léo ihn umgebracht. Auf dem Anlegesteg bringt Léo ihn wieder um.

Verwundert und entsetzt beobachtete Marion, daß Léo einfach nur dastand, unbeweglich wie ein Klotz, mit herabhängenden Armen, die Waffe wie ein lästiger, unnützer Gegenstand in der schlaffen Hand. Noch schlimmer war, daß sie fast hören konnte, wie er mit sich selbst kämpfte, um nicht doch noch die Hand auf Sams Haar zu legen, ihn nicht fester an seine Beine zu drücken, ihn nicht hochzuziehen, zu umarmen.

Léos Hand, die Marions Revolver hielt, hob sich langsam. Die Spitze des Revolverlaufs streifte die sternförmige Narbe, als wollte sie sich ihrer vergewissern. Eine Liebkosung, eine Abschiedsgeste.

»Neeeiin!« brüllte Marion. »Léo, neeeiin!«

Sam zuckte zusammen, und noch ehe Léo zu Ende führen konnte, was er begonnen hatte, schnellte er zurück, fuhr mit der Hand in seine Tasche und zog eine Waffe hervor, einen großen Revolver, dessen Lauf im Regen glänzte.

»Du hast mich doch schon umgebracht! Warum tust du das, Léo? Warum?« hörte Marion ihn brüllen, während ein Schuß krachte.

Léo wich zurück und krümmte sich, die Hand an den rechten Oberschenkel gedrückt, oberhalb des Knies. Ohne rechte Überzeugung richtete er die Waffe auf sein Gegenüber, doch Sam war schneller. Sein zweiter Schuß traf Léo an der Schulter.

»Hört auf!« schrie Marion erneut.

Aber es war, als hätten sich die beiden Männer in eine schalldichte Zelle begeben, deren hermetisch verschlossene Türen sie gegen Geräusche von außen abschirmten.

Anstatt zurückzuschießen, drehte sich Léo abrupt um und stürzte davon, Richtung Unterstand, womit er Sam den Rückweg zum Ufer versperrte. Trotz seiner Verletzungen kam er schnell voran, während der andere noch immer wie angewurzelt dastand, unschlüssig, weil es ihm vielleicht widerstrebte, dem Geliebten in den Rücken zu schießen.

Noch ehe Marion oder Sam begriffen hatten, was Léo vorhatte, war er schon vor dem Partisanenbunker angelangt. Er stolperte und fiel auf die Metallklappe, an der er sich, für Marion unsichtbar, zu schaffen machte. Wollte er die Klappe öffnen, sich in Sicherheit bringen?

»Mach auf, Léo!« brüllte Marion, die kurz vor dem Nervenzusammenbruch stand. »Mach auf, verdammt! Verteidige dich, Léo, Scheiße, er wird dich umbringen!«

Mit Blick auf die regungslose Silhouette von Sam, wählte Marion hektisch nochmals die Nummer des Kommissariats.

»Léo, hörst du mich? Was machst du?«

»Ich kann nicht«, stöhnte Léo. »Ich habe keine Kraft mehr.«

Wieder erschien die entmutigende Meldung auf dem Display: kein Empfang. Mit lautem Schluchzen warf Marion das nutzlose Gerät hinter sich, wobei ihr absurderweise Lavot in den Sinn kam, der, um von der eigenen Unfähigkeit abzulenken, gern den Spruch zum Besten gab, daß die Technik ein falscher Freund sei, auf den man sich doch nicht verlassen könne.

Sam hatte sich wieder in Bewegung gesetzt, scheinbar lautlos, übertönt von einem dumpfen Trampeln und undeutlichen Rufen aus der Ferne. Wie in einem Alptraum sah Marion Sams Hand sich langsam heben und seinen Zeigefinger ohne zu zittern auf den Abzug drücken. Ein nicht enden wollendes Krachen, dann der dumpfe Aufprall eines Körpers auf der Klappe. Von Léo war nichts zu hören, kein Schrei, kein Schuß aus seiner Waffe. Hinter der Falltür näherten sich hastige Schritte.

»Léo!« brüllte Marion ohnmächtig. »Sag doch was! Was ist los? Léo!«

Sams Zeigefinger krümmte sich erneut um den Abzug des Revolvers, doch diesmal wurde er gebremst. Er schien vom Boden abzuheben, noch ehe sein Hirn die Explosion registrierte, die so heftig war wie ein Donnerschlag. Sam ließ die

Waffe fallen, machte eine halbe Umdrehung und kippte. Als wollte er seine Gegner provozieren, streckte er das Kinn herausfordernd in die Höhe. Als ein zweiter Schuß aus einer großkalibrigen Waffe krachte, bäumte er sich auf und fiel mit einem eleganten Salto vom Anlegesteg. Er platschte in den Fluß, eine beeindruckende Wasserfontäne ergoß sich über das verwitterte Holz – das letzte Geräusch, das Marion hörte. Sam wurde auf der Stelle verschluckt, ausgelöscht unter immer größer werdenden Kreisen auf dem Wasser.

Sie stürzte wieder zur Klappe und rief nach Léo, flehte ihn an, ihr zu antworten. Befahl ihm, ihr zu antworten. Aber Léo schwieg. Für einen kurzen Augenblick hegte Marion die Hoffnung, daß er gegangen sei.

Dann hörte sie Stimmen, ganz nah. Sie erkannte die von Paul Quercy, von Talon und noch von einigen anderen. Sie waren gekommen. Ihre Männer waren da.

52

Umgeben von der Stille der Intensivstation betrachtete Marion Léo, wie er regungslos dalag auf seinem schmalen Bett. Durch einen einzigen Apparat, der seinen Blutkreislauf aufrechterhielt, war er noch mit der Welt der Lebenden verbunden. Die anderen hochkomplizierten Gerätschaften der Intensivstation hatte man bereits abgeschaltet, sie brachten keinen Nutzen mehr. Blutbefleckte Bandagen waren um seinen Kopf gewickelt, und das Gesicht darunter strahlte trotz der aschfahlen, fast bläulichen Haut Ruhe aus, endlich Ruhe. Mit den Augen streichelte Marion über die Wangen, über die langen Wimpern, die sich schützend über das Blau seines Blicks legten, über die schönen Lippen, jetzt ausgetrocknet und aufgesprungen, das Kinn und den Hals, der bis zu der kleinen, weichen Mulde zwischen den Schlüsselbeinen, unterhalb des Adamsapfels, von einem dunklen, dichten Stoppelbart bedeckt war. Die Wiederbelebungsmaßnahmen der Feuerwehrleute und Helfer des Rettungsdienstes hatten Spuren auf seinem Oberkörper hinterlassen, und oberhalb des linken Arms, genau dort, wo die Schlüsselbeinschlagader verläuft, befand sich ein sauberes, kreisrundes Loch, aus dem Reste von Lymphflüssigkeit sickerten. Alles andere war unter dem weißen Krankenhauslaken versteckt, aber Marion konnte es sich in etwa vorstellen: Über dem Knie klaffte eine schwere Fleischwunde, die ebenfalls aufgehört hatte zu bluten.

Sie setzte sich vorsichtig hin, als fürchtete sie, er sei versehentlich eingeschlafen und könnte durch ihre Anwesenheit geweckt werden. Sie hätte ihn gern berührt, seine auf dem Laken sich selbst überlassenen Hände ergriffen, sein Gesicht, doch angesichts der schrecklichen Vorstellung, daß er schon kalt sein könnte, tat sie lieber so, als schliefe er, und redete ihm zu, lautlos und ohne die Lippen zu bewegen, wie sie es mit Nina tat, wenn das Mädchen abends Kummer gehabt hatte.

Schon gut, mein Schatz, ist schon gut … Wenn du es nun einmal so gewollt hast …

Léo war klinisch tot, und Marion wußte, daß er den langen Weg bis zu diesem Punkt mit der Gewißheit gegangen war, daß alles dort, auf einem Anlegesteg am Ufer eines Flusses, in einem unabwendbaren Duell enden würde.

Die Ärzte hatten ihr eine letzte halbe Stunde mit ihm gewährt, länger konnte mit der Organentnahme nicht gewartet werden. Marion hatte ihr zugestimmt, weil sie sich sicher war, daß er diese Entscheidung begrüßt hätte. Die Zeit drängte, ein Schatten legte sich langsam, aber unausweichlich über ihn. Eine letzte halbe Stunde.

Seit zwanzig Minuten war sie da.

»Ich möchte dich so gern hören, Léo«, sagte sie leise und beugte sich vor. Der Geruch nach Alkohol, Jod und Äther stieg ihr in die Nase. »Antworte mir, Liebster. Ich muß es wissen.«

Léo konnte nicht antworten, doch wichtiger war, daß sie ihn noch einmal lebend wiedersehen durfte – selbst wenn er nur noch sehr provisorisch lebte, war er doch ganz nah.

»Du gehst, und ich habe nicht einmal Zeit gehabt, mich von dir zu verabschieden. Und Nina, was soll ich Nina sagen?«

Marion kamen die Tränen, sie ließ es geschehen, ließ sie lautlos über ihre Wangen laufen, über die Lippen, ins Dekolleté.

»Léo, ich will wissen, wen du geliebt hast. Ich muß wissen, was ich dir bedeutet habe. Ob ich nur eine Episode in deinem Leben war, ob ich nur jemand war, der dem anderen dabei geholfen hat, dich sterben zu lassen. Du wußtest, daß Sam zurück war, daß er dich bis in den Tod verfolgen würde, auf seine extreme, teuflische, schonungslose Weise. Warum hast du ihn nicht daran gehindert, dich zu zerstören? Warum, Léo? Ich habe dich doch geliebt.«

Das gleichmäßige Piepen des Perfusionsgerätes unterlegte ihre Worte, wie um mit Nachdruck das Unabänderliche zu verkünden.

»Es wird Zeit, Chef!«

Sie fuhr zusammen, wie aus einem Traum gerissen. Talon stand hinter ihr, sie hatte ihn nicht kommen hören. Gemeinsam mit Dr. Marsal hatte er alles getan, um sie davon abzubringen, noch einmal zu ihm zu gehen und den Moment abzuwarten, in dem Léo endgültig sein Leben aushauchen würde. Aber sie hatte auf stur geschaltet, und so hatten sie nachgegeben und lediglich vor der Tür Wache gehalten.

Sie blickte verzweifelt um sich und stand benommen auf. Schlamm klebte an ihrer Hose, die weiße Hemdbluse war mit großen, bläulichen Flecken übersät. Schaudernd beugte sie sich über Léo, das Piepen des Monitors hallte lauter und lauter in ihren Ohren. Ihr Gesicht dicht über seinem Gesicht, streichelte sie ihn lange mit ihren tränenfeuchten Augen, dann streifte sie seinen Mund mit ihren Lippen. Wider Erwarten fühlte sich Léo noch warm an, weich und lebendig. Als sie sich aufrichtete, bemerkte sie, daß sein linkes Augenlid zuckte. In diesem letzten Lebenszeichen las Marion eine Antwort auf ihre Fragen, ein Nicken, eine Ermutigung, eine Liebeserklärung.

Sie wich zur Tür zurück. Vor dem Zimmer hakte Talon sie unter, zog sie fort, und sie machten dem Ärzteteam Platz, das bereits gewartet hatte. Als sie das Ende des Gangs erreicht hatten, war das piepende Gerät verstummt.

53

Einen Monat später begleiteten Lavot und Talon Marion ins gerichtsmedizinische Institut.

»Wollen Sie das wirklich tun, Chef?«

Sie nickte und bedeutete den beiden mit einer Handbewegung, daß sie gehen sollten.

»Los, los, verziehen Sie sich!«

Ihre schwarzen, entschlossenen Augen verrieten, daß sie nicht auf halber Strecke kehrtmachen würde.

Dann öffnete sie die Tür zum Leichenschauhaus. Der große Obduktionsraum war leer und von den trostlosen Neonlampen hell erleuchtet. Sie fand Marsal schließlich in einem Nebenraum vor einem Röntgenbildbetrachter.

»Hallo«, begrüßte er sie fast freundlich, ohne sich jedoch umzudrehen. »Ich hatte nicht mit Ihnen persönlich gerechnet ...«

Wie magisch angezogen vom Licht, trat Marion wortlos näher. Auf den Röntgenaufnahmen starrte sie aus leeren Augenhöhlen ein übel zugerichteter Schädel an.

»Es ist unglaublich.« Marsal fuchtelte mit seinem Stab herum, der auf Knopfdruck einen roten Punkt auf die Bilder warf. »Die Aufnahmen dieses Schädels sind 1992 im Militärhospital von Dijon entstanden. Schauen Sie mal hier, das eingedrückte Schläfenbein, die Umrisse der Vertiefung ... Und das da, dieser dunkle Fleck mitten im Stirnlappen, das ist das Projektil ...«

Marion folgte Marsals Ausführungen interessiert, aber dennoch mit einer sonderbaren Teilnahmslosigkeit. Der Gerichtsmediziner spreizte die kurzen Arme von seinem schmalen Oberkörper ab.

»Das ist schon eine merkwürdige Geschichte, finden Sie nicht? Daß ein Typ mit drei Gramm Blei im Hirn einfach so weiterlebt ... Ich habe seine Akte genau studiert, wissen Sie, er hatte eigentlich keinerlei Chance, das Ganze lebend zu überstehen. Es mag ja noch angehen, daß er trotzdem überlebt hat, aber dann auch noch praktisch ohne Folgeerscheinungen – das ist mehr als ein Wunder, das ist eine regelrechte Aberration.«

»Ohne Folgeerscheinungen?«

»Na ja, ich meine, ohne die Folgeerscheinungen, mit denen zu rechnen war: neurophysiologische Störungen, Probleme mit der Motorik, Verlust von Funktionen wie der Sprache ... Das einzige, was er abbekommen hat, war eine schwere Form der Epilepsie und heftige Migräneanfälle, dazu natürlich sein Dachschaden, aber ich glaube, dafür war bei ihm ohnehin der Boden bereitet ... Wenn meine Informationen richtig sind, verfügte er über eine exorbitante Sinnlichkeit. Er muß ein erotisches Kraftwerk gewesen sein!«

Marion zuckte mit unbewegter Miene die Schultern, während der Schatten von Sams Schädel auf ihr Gesicht fiel.

»Haben Sie eine Erklärung dafür, Doc?«

Der Gerichtsarzt kratzte sich am Kopf.

»Ich habe diesen Fall Ampuis vorgelegt, der jetzt die Chromosomenkette von Samuel Mas analysiert. Da können viele Dinge eine Rolle spielen, spezielle genetische Gegebenheiten, eine atypische Chromosomenkonfiguration. Hinzu kommt die Kugel im vorderen Teil des Gehirns, von wo aus das sexuelle und aggressive Verhalten gesteuert wird. Im Prinzip hätte die Kugel einen impotenten Schwächling aus ihm machen müssen, das Gegenteil ist eingetreten. Aber in der Medizin ist alles möglich, hier haben wir mal wieder den Beweis. Ach ja, noch etwas anderes ...«

Er trat an einen Tisch, auf dem sich Unterlagen, Röntgenaufnahmen und Fotos stapelten, in denen er leise vor sich hin murmelnd herumzuwühlen begann.

»Hier«, sagte er schließlich und reichte Marion ein Blatt Papier, das mit Zeichen und Zahlen bedeckt war, die für einen Laien vollkommen unverständlich waren. »Ich gebe es Ihnen. Der genetische Code von Samuel Mas ist mit den Fällen Gina Lunis und Julie Rouvres abgeglichen worden, das Ergebnis war positiv. Mit ihm hatten die beiden Frauen vor ihrem Tod Geschlechtsverkehr.«

»Ja, Doc, das dachte ich mir«, sagte Marion so leise, daß ihre Stimme kaum zu hören war.

Es wurde still in dem winzigen Raum. Marion, die schon wieder, wie so häufig seit Léos Tod, von einer schrecklichen Müdigkeit heimgesucht wurde, lehnte sich an den Tisch und wandte den Blick von den Röntgenbildern ab, die sie nur schwer mit Sams Gesicht in Verbindung bringen konnte.

»Immer noch nichts Neues?« fragte Marsal, der anscheinend Gedanken lesen konnte.

»Nichts.«

»Er wird eines Tages auftauchen, zwangsläufig. Im Wasser verschwindet keine Leiche für immer. Am Pierre-Bénite-Staudamm wird man ihn spätestens wiederfinden ... stückweise. Ein Oberschenkelknochen hier, ein Schienbein da ...« Marion schauderte. Obwohl Marsal gesehen hatte, daß sie nicht ganz auf der Höhe war, konnte er es nicht lassen. »Es sei denn, er ist gar nicht tot.«

»Das kann niemand mit Gewißheit sagen«, erklärte Marion nach kurzem Schweigen. »Zwei Schützen behaupten, ihn getroffen zu haben, aber solange ich seine Leiche nicht mit eigenen Augen gesehen habe ...«

Ihre Stimme versagte und verriet eine Erschütterung, die trotz der Tage und Wochen, die vergangen waren, nicht nachgelassen hatte. Marsal neigte den Kopf zur Seite und musterte ihr abgemagertes Gesicht.

»Alles in Ordnung?«

»Hm ...«

Tränen traten ihr in die Augen, so daß Marsal schnell wieder einen professionellen Ton anschlug.

»Und diese Frau, von der in den Zeitungen die Rede war?«

Marion hob das Kinn und starrte an dem Gerichtsmediziner vorbei auf einen unsichtbaren Punkt.

Als das Schweigen andauerte, räusperte sich Marsal.

»Ich hole uns einen Kaffee, ich glaube, das wird Ihnen guttun.«

Als er sich entfernt hatte, schloß Marion die Augen und dachte daran zurück, wie sie einen Monat zuvor im Foyer der Unfallstation mit Talon und Paul Quercy gewartet hatte. Über der Stadt hatte der wolkenverhangene Himmel seine Schleusen geöffnet, und mit Léos Tod war auch in ihrem Herzen etwas zerbrochen.

Paul Quercy hatte sie in den Arm genommen wie ein Vater es getan hätte, wenn sie einen Vater gehabt hätte. Er hatte sie gestützt und zu ihrem Wagen geführt, während Talon ihnen mit kreidebleichem Gesicht gefolgt war.

»Die Frau …« hatte Paul Quercy nur gesagt. »Sie ist gefunden worden. Sie ist in Polizeigewahrsam.«

»Ich will sie sehen.«

Da hatte Quercy kommentarlos die Richtung zum Polizeipräsidium eingeschlagen. In Talons kleinem Büro hatte die Frau mit dem grauen, strähnig herabhängenden Haar Marion feindselig angesehen. Sie hatte sich nicht ohne Widerstand festnehmen lassen, worauf ihre verrutschte Kleidung und die Handschellen hindeuteten, durch die sie an einen Eisenring in der Wand gekettet war.

»Machen Sie sie los!« hatte Marion befohlen, den mißbilligenden Gesichtern ihrer Jungs zum Trotz, die abwechselnd auftauchten, um ihrer Bestürzung und ihrem Mitgefühl Ausdruck zu verleihen und natürlich um die eigene Neugier zu befriedigen.

Denn abgesehen von Talon wußte niemand über die ganze Geschichte Bescheid, die nur bruchstückhaft bekanntgeworden war. Marie Garcia hatte einen Zusammenbruch erlitten und war nach Hause gebracht worden. Auch wenn viele Kollegen Léo nur mit einigem Zähneknirschen ertragen hatten, verschlug sein Tod nun allen die Sprache.

Marion hatte gegenüber von Lucienne Mercier Platz genommen und gespürt, wie aufgewühlt sie war, daß der innere Aufruhr dieser Frau durchaus mit ihren eigenen Gefühlen vergleichbar war. Außer sich vor Zorn, aschfahl und bereit, die ganze Menschheit zu massakrieren, zischte diese grauhaarige, erschlaffte, unansehnliche und in ihrem Schmerz doch fast schöne Frau Marion an.

»Sie sind schuld. Ihretwegen ist er gestorben.«

Sie meinte Sam, nicht Léo, dessen Tod für sie nur ein Detail in Sams Geschichte war. Marion hatte den Kopf gehoben.

»Warum meinetwegen?«

»Weil *er* Sie geliebt hat. Léo hat Sie geliebt, wie er noch nie jemanden geliebt hatte. Sogar mit Gina war es nicht so gewesen, nicht einmal, als sie das Kind von ihm erwartete. Sie beide waren seelenverwandt, Sie waren seine andere Hälfte, und das konnte Samuel nicht ertragen. Er wollte Sie aus seinem Leben entfernen und auch das kleine Mädchen vernichten. Wenn er Léo nicht haben konnte, dann sollte niemand ihn haben dürfen.«

Marsals Schritte, die laut über die grauen, abgewetzten Fliesen im Flur schlurften, näherten sich. Der Gerichtsarzt kam mit einem kleinen Tablett herein, auf dem zwei Kaffeetassen und ein Teller mit Keksen standen, die er Marion reichte. Sie wehrte ab.

»Essen Sie, verdammt noch mal!« schimpfte er. »Man kann ja schon durch Sie hindurchgucken. Sie haben mindestens zehn Kilo abgenommen ... Los! Mir zuliebe!«

»Also gut, Papa!« sagte sie mit traurigem Lächeln.

Sie nahm eine Tasse, begann an einem Keks zu knabbern und fixierte dabei Marsal.

»Lucienne Mercier«, sagte sie mit monotoner Stimme. »Lulu, wie Samuel Mas sie nannte, war seine Krankenschwester. Sie ist Ergotherapeutin, spezialisiert auf die Behandlung von Unfallopfern. Sie hatte sich in der geschlossenen Anstalt um ihn gekümmert und ...«

»... ist unter seine Fuchtel geraten.«

»Ja, total«, bekräftigte Marion. »Er muß eine ungeheure Faszination auf sie ausgeübt haben, nicht nur in sexueller, sondern auch in intellektueller Hinsicht. Daß er sozusagen durch ein Wunder geheilt worden war, daß er mit einer Kugel im Kopf überlebt hatte, trug zu dieser Faszination natürlich bei. Sie pflegte ihn, sie allein war für ihn zuständig, und als man beschloß, ihn probeweise zu entlassen, um die Behandlung ambulant fortzusetzen, begleitete sie ihn überallhin. Sie war seine Aufpasserin, die Garantie dafür, daß er keine Dummheiten machen würde. Als sie begriff, wozu er sie benutzen wollte, bekam sie es mit der Angst zu tun – das behauptet sie jetzt zumindest –, aber dann hat sie doch nachgegeben.«

»Sex.«

»Vielleicht, aber nicht nur. Sie hat ihn geliebt. Wie eine Mutter, eine Schwester, eine Geliebte, und darüber hat sie alles andere vergessen: ihren Beruf, ihre Familie, Gesetz und Moral.«

»Aber was war eigentlich das Ziel? Was wollte Mas? Dazu hat sich noch niemand richtig geäußert, weder die Presse noch Ihre Jungs.«

Marion zögerte, denn wenn sie seine Frage beantworten wollte, mußte sie den Schleier lüften und in einer Wunde herumstochern, die noch nicht verheilt war. Aber bei aller Knurrigkeit war ihr Marsal wohlwollend begegnet und auch zu Léos Beerdigung gekommen. Er hatte auf seine Weise Anteil an ihrer Trauer genommen, und dafür war sie ihm dankbar.

»Ich weiß. Die Presse ist ferngehalten worden.«

Das war Paul Quercys Werk gewesen, der sich wie eine Glucke um Marion gekümmert, sie vor allzu neugierigen Fragen geschützt hatte. Der gegen den Widerstand des Jugendamts dafür gesorgt hatte, daß Nina wieder bei ihr war, und der die beiden in Begleitung von Lisette und von Mathilde Lavot für einen ganzen Monat in seine Villa auf Korsika geschickt hatte. Der außerdem seinen Leuten aus Respekt vor ihrem verstorbenen Kollegen und ihrer trauernden Chefin totales Stillschweigen verordnet hatte.

Marion beschloß, Marsal die Wahrheit zu sagen.

»Er wollte Léo Lunis. Seine Leidenschaft für Léo war die

Triebfeder für alles, was passiert ist. Als Sam und er gemeinsam bei der Armee waren, hatten sie … waren sie … Sie verstehen? Für Léo war es ein Spiel gewesen, für ihn nicht. Als Léo die militärische Laufbahn sausen ließ, wollte Sam sich aus Verzweiflung umbringen. Der Schuß ging daneben, und als er nach jahrelangem Kampf wieder selbständig leben konnte, hat er an nichts anderes gedacht als daran, Léo wiederzusehen. Er hatte wochenlang im Koma gelegen, Monate gebraucht, um wieder bei klarem Verstand zu sein, Jahre, um wieder wie ein normaler Mensch zu wirken, und trotzdem, nach all dem, was er durchgemacht hatte, war seine Liebe noch genauso stark und verrückt wie vorher. Lucienne Mercier zufolge war er immer noch davon überzeugt, daß Léo ihn eines Tages ebenfalls lieben würde, er lebte mit der Illusion, daß Léo irgendwann ihm gehören würde.«

»Das ist ja unglaublich! Und diese Frau, diese … Lulu hat ihm geholfen …«

»Sie hatte Sam seinerzeit dem Abgrund entrissen und aus Liebe seine Sache zu der ihren gemacht, obwohl sie rasch begriffen hatte, welchen Ausgang das alles nehmen würde. Beim ersten Mord, dem Mord an Gina Lunis, ist sie in Panik geraten und schaffte es, ihn dazu zu überreden, sich in einer psychiatrischen Klinik in der Nähe von Paris in Sicherheit zu bringen. Dafür mußte sie ihm versprechen, daß sie Léo nicht aus den Augen verlieren würde. Den armen Léo, der ohnehin nicht weit gekommen wäre, bei dem schweren Verdacht, der auf ihm lastete … Sam ergötzte sich daran, Léos Leid war sein Leid, er wartete geduldig, daß seine Zeit kommen und er sich Léo zurückholen würde. Das Schlimmste ist, daß er sich seiner Sache so sicher war.«

»Ja, ja, ein klarer Fall von Geisteskrankheit.«

»Ende letzten Jahres«, fuhr Marion fort, ohne auf Marsals Kommentar einzugehen, »hat Léo angefangen, seine Koffer zu packen, und Sam wurde unruhig. Léo ergriff die Flucht. Was würde aus ihm werden, wenn Léo fortging? In dieser Zeit kam es zu der entscheidenden Begegnung. Lucienne Mercier war auf der Hut, trotzdem gelang es ihm eines Abends, Léo in der Nähe seiner Wohnung abzufangen. Sie behauptet, ja sie schwört, daß es fast geklappt hätte: Léo war kurz davor, schwach zu werden. Aber schließlich hat er ihn doch zurückgewiesen. Tagelang hat sich Sam nicht davon erholt, er weigerte sich zu essen und aus dem Haus zu gehen. Dann tat er Lulu seine Entscheidung kund: Er würde untertauchen, aus der Klinik verschwinden, sich an Léos Fersen heften, ihn nicht mehr loslassen. Entweder würde Léo ihn irgendwann doch noch haben wollen, oder er würde sterben, und Sam mit ihm.«

»Und damit hat wohl für Sie alles angefangen ...« sagte Marsal.

Die Atmosphäre in dem dunklen Raum vor Sams geröntgtem Schädel war surreal. Noch surrealer kam es Marion vor, in diesem Kontext ihre eigene Geschichte anzusprechen, die Geschichte von ihr und Léo.

»Ja«, murmelte sie, als wollte sie sich vor einer neuen Gefahr schützen. »Er hat uns ununterbrochen verfolgt, Tag und Nacht. Sie auch. Sie haben uns zu zweit nachspioniert, Fotos gemacht. Er konnte es nicht ertragen, daß Léo und ich ... unser Leben, Nina ... Das erklärt vieles, was er dann unternommen hat: die Drohungen, die anonymen Anrufe, die Vergewaltigungen, bei denen er die Frauen glauben machte, er sei Léo. Er suchte sich seine Opfer sorgfältig aus, immer waren es Frauen, die sich in Léo verguckt hatten. Er trieb seinen Perfektionismus so weit, daß er sogar Léos Stimme und seine Gesten nachahmte, sich sein Parfum besorgte. Danach setzte er alles daran, mich auf die ›richtige‹ Fährte zu bringen.«

»Patrick Longe, das war auch er.«

Marion nickte. Longe hatte von Léos Versetzung nach Lyon gehört. Als er seinem Vater einen Besuch abstattete, hatte er versucht, wieder Kontakt mit Léo aufzunehmen, weil er ahnte, was sich da zusammenbraute. Léo begriff, daß Sam in der Nähe war. Sam hatte Longe schon zu Armeezeiten gehaßt, weil er seiner Beziehung zu Léo scheinbar im Weg stand, und ihm mehrmals gedroht, ihn umzubringen. Daß Longe plötzlich wieder auftauchte, war für ihn nicht hinnehmbar. Er konnte es nicht ertragen, daß sich ihm irgend jemand in den Weg stellte, und schon gar nicht dieser ehemalige Busenfreund.

»Er hatte alles teuflisch gut durchdacht, um den Verdacht auf Léo zu lenken und ihn damit zu zwingen, von ihm Notiz zu nehmen. Trotzdem bleibt manches noch rätselhaft, zum Beispiel der Tod von Julie Rouvres. Wenn man Lucienne Mercier Glauben schenkt, dann hat sie sich wohl aus freien Stücken von der Brücke gestürzt.«

»Sie will die Sache vielleicht herunterspielen. Für sie steht ja einiges auf dem Spiel. Man könnte sie wegen Strafvereitelung unter Anklage stellen, ihr vielleicht sogar eine Mittäterschaft nachweisen.«

»Ja. Aber sie ist eine energische Person, sie wird nicht einknicken. Wahrscheinlich werden wir niemals erfahren, was dieser jungen Frau wirklich zugestoßen ist.«

»Und Ihre Tochter? Glauben Sie, daß die beiden ihr etwas angetan hätten?«

Marion hielt die Luft an. Das war die entscheidende Frage. Auch hier hatte der Plan des Paares hervorragend funktioniert. Die Vergewaltigungen reichten nicht, und auch der Mord an Longe war nicht genug. Nina war sozusagen das Sahnehäubchen. Sich an Marion zu vergreifen war eine Herausforderung, und wenn sie Nina zusätzlich in ihre Gewalt brächten, könnten sie alle auf einen Schlag vernichten, so wie Sam es getan hatte, als er Gina tötete und das Kind, das sie in sich trug.

»Ich glaube, er wäre nicht auf halbem Weg stehengeblieben. Er hatte sich schon längst von der Realität verabschiedet, agierte völlig irrational.«

Marion war erschöpft und spürte, daß sie nicht mehr die Kraft besaß, Marsal die letzte Nacht zu schildern oder genauer gesagt das, was Lulu darüber erzählt hatte. Léos Warten im Hotel Mercure, Sams plötzliches Auftauchen, nachdem er mit dem Aufzug direkt vom Kellergeschoß hochgefahren war. Er kannte Léo in- und auswendig, er war sich sicher gewesen, ihn allein in diesem Hotelzimmer anzutreffen. Er hatte Léo hinunter ins Parkhaus geschleppt, um ihn eine ganze Stunde lang anzuflehen, ihn zu bedrohen – ein Gang durch die Hölle. Lulu hatte weder gehört, was gesagt wurde, noch gesehen, was die beiden taten. Zu einem sexuellen Kontakt war es nicht gekommen, darüber hätte Léos Obduktion Aufschluß gegeben, es waren wohl eher lange, quälende Verhandlungen. Wahrscheinlich hatte Léo begriffen, was Sam am nächsten Tag, nach den Feierlichkeiten zum 8. Mai, mit Marion vorhatte. Für welche Gegenleistung hatte er Sam das Versprechen abgerungen, sie und Nina in Ruhe zu lassen? Lulu hatte sich in dem finsteren Geräteraum verkrochen, die Hände an die Ohren gepreßt. Durch das Eintreffen von Marion und ihrer Truppe waren sie vertrieben worden und schließlich alle drei an einem Ort gelandet, den Marion gut kannte: Dem *Chambre Rouge*, wo sie mit komplizenhaftem Einverständnis der Besitzerin die restliche Nacht verbrachten. Lulu hatte Marion geschworen, daß sie in einem Zimmer im zweiten Stock geblieben waren und nichts anderes getan hatten als zu reden, zu reden und nochmals zu reden, bis zum Morgengrauen …

Und zu trinken, und zwar nicht zu knapp. Marion hatte sich tausend Vorwürfe gemacht, nicht an das Etablissement gedacht zu haben, aber wie hätte sie ahnen sollen, daß Raymonde Legras eine dermaßen doppelzüngige Person war? Léo hatte das alles getan, um Marion und Nina Zeit zu geben. Er glaubte, seine Peiniger unter Kontrolle zu halten. Aber da hatte er Sams teuflischen Instinkt unterschätzt. Als Lulu am nächsten Morgen aufwachte, war nur noch Léo im Zimmer. Alles übrige war sonnenklar: Léo war Marion gefolgt, damit sie ihn zu Sam führte, dann hatte er sein Leben geopfert, um ihres zu retten.

Marsal trat auf Marion zu und legte sachte eine Hand auf ihren Arm.

»Hören Sie auf, sich zu quälen, Marion, es lag nicht in Ihrer Hand.«

»Was wollen Sie damit sagen?«

»Ich bin vielleicht nur ein alter Eigenbrötler, aber ich halte die Augen offen, ich beobachte, und von Zeit zu Zeit bekomme ich auch Dinge mit, die man mir nicht sagt. Capitaine Lunis war Ihr Partner, und von dem anderen haben Sie sich verführen lassen. Richtig oder falsch?«

Marion sah auf ihre Fußspitzen.

»Wissen Sie, ich frage mich, was Ihrem Léo wohl mehr zugesetzt hat. Die Vorstellung, daß Sie mit dem anderen geschlafen haben, oder die, daß der andere mit Ihnen geschlafen hat?«

»Was macht das für einen Unterschied?«

»Einen riesigen. Wenn sich Lunis diesen Mas vom Hals schaffen wollte – glauben Sie nicht, daß er es dann schon längst getan hätte? Und zwar problemlos? Statt dessen läßt er ihn um Sie und Ihr Kind herumschleichen, läßt es zu, daß er alle Frauen vergewaltigt, die mit ihm in Berührung kommen. Er läßt zu, daß Sie ihn verdächtigen, und sagt nichts.

Mas bringt seinen Regimentskameraden um, Lunis weiß, daß er es war, und sagt nichts. Er bringt Ihren Lavot nach Deutschland, versucht ihn zu vergiften...«

»Das stimmt nicht, Lavot hatte eine Magen-Darm-Grippe!«

»Ja, ja, und die kam wie gerufen ...«

»Ich bitte Sie, Doc ...«

Marion wollte das Ende der Geschichte in Marsals Neuauflage nicht hören. Er setzte sich darüber hinweg.

»Eine Zeitlang habe ich gedacht, Lunis hätte es so arrangiert, daß Sie seinen Job erledigen und mit Mas abrechnen, damit er kein weiteres Risiko einzugehen brauchte. Aber jetzt glaube ich, daß Lunis in Wahrheit gar nicht wollte, daß man Samuel Mas ergreift. Dieser Kerl hatte sein ganzes Leben zerstört, aber er konnte sich weder dazu durchringen, ihn festnehmen zu lassen, noch ihn selbst aus dem Weg räumen. Täusche ich mich?«

Marion erhob sich wie gerädert, mit zerschlagenen Gliedern, als hätte sie einen Schwergewichts-Boxkampf hinter sich. Sie nickte schweigend und zog mechanisch die Jeans hoch, die ihr auf die Hüften gerutscht war. Seit Léos Tod hatte Marion erst eine einzige Nacht durchgeschlafen. Es gab zu viele Fragen, zu viele Alpträume, zu viele Gewissensbisse. Merkwürdigerweise brachten ihr die Schlußfolgerungen eines alternden Skalpellfetischisten einen gewissen Frieden. Léo hatte ihr Leben und das von Nina nicht aufs Spiel gesetzt, um irgendein absurdes, peinliches Homo-Geheimnis zu hüten, sondern nur deshalb, weil Sams Liebe – denn eine Form von Liebe war es – tief in seinem Inneren seine Entscheidungen bestimmte.

54

Draußen hatte die Sonne den Himmel zurückerobert, und mit dem nahenden Sommer schien auch das schöne Wetter Einzug zu halten. Marion versuchte die Traurigkeit, die beim Verlassen des Leichenschauhauses über sie gekommen war, abzuschütteln.

Sie blickte zum knallblauen Himmel hoch, auf den ein Flugzeug zwei weiße, parallele Linien gezeichnet hatte, deren Reinheit zum Träumen einlud, und plötzlich nahm sie den süßlichen Duft der blühenden Kastanien wahr, ein lauwarmer Lufthauch strich über ihren Hals und wirbelte die wirren Härchen in ihrem Nacken durcheinander.

Am Fuß der Treppe wurde sie von Lavot und Talon erwartet, die ihr beklommen entgegensahen und auf Wehmut und neue Tränen gefaßt waren. Aber sie wirkte gelassener, ihr Gesicht hatte sich geglättet, als habe sie endlich ihren Frieden gefunden. Sie lächelte ihnen zu.

»Wir holen Nina und Lisette ab, und ich lade Sie alle zum Essen ein. Ich sterbe vor Hunger.«

Lisette hatte beschlossen, nach Lyon zu ziehen, um Marion und Nina unter ihre Fittiche zu nehmen. Mit dieser neuen Aufgabe, ihren beiden anderen Enkelkindern, die sie immer häufiger sah und nun doch bei sich aufzunehmen langsam in Erwägung zog, und schließlich Talon, den sie ebenfalls adoptiert hatte, hatte die alte Dame plötzlich keine freie Minute mehr. Sie sprach sogar schon davon, ihr Häuschen in Grenoble zu verkaufen. Marion war seit zwei Tagen aus Korsika zurückgekehrt und hatte es noch nicht geschafft, einen Fuß in ihr Haus zu setzen. Die Lavots hatten ihr spontan, ohne irgendwelche Fragen zu stellen, Unterkunft gewährt, aber Marion wußte, daß ihre Trauer ein Ende finden mußte.

Nina brauchte eine Mutter, die mit beiden Beinen im Leben stand.

Als sie das Lokal verließen – ein neues angesagtes Selbstbedienungsrestaurant, das Nina und Lavots Kinder ausgesucht hatten –, äußerte Lisette den Wunsch, den Abend allein mit Talon zu verbringen, was dieser mit einer Begeisterung aufnahm, die gar nicht zu ihm paßte.

Man wollte Marion auf taktvolle Weise zu verstehen geben, daß zwar weiterhin alle für sie da waren, nun aber der Moment gekommen war, wo sie wieder auf eigenen Füßen stehen und ihr eigenes und Ninas Leben in die Hand nehmen mußte. Und sollte das Leben in dem Haus, wo zuviel an ihre kurze, aber leidenschaftliche Liebe erinnerte, nicht mehr möglich sein, war es höchste Zeit, sich das einzugestehen und umzuziehen.

Marion und Nina hielten vor dem Häuschen an, dessen Garten schon bessere Zeiten gesehen hatte. Alles war von Unkraut überwuchert. Doch aus dem ganzen Chaos ragten ein paar Hoffnungsträger empor: weiße, rosafarbene und rote Rosen reckten sich in voller Blüte zum Himmel. Sie traten durch das Törchen und gingen eng aneinandergeschmiegt den Weg entlang.

Auf der Türschwelle drückte Nina Marion fest die Hand, als wollte sie ihr Mut machen hineinzugehen. Sofort drängten sich ihr Bilder auf, Traumsequenzen, wirr und nicht greifbar. Léo, wie er mit dem Revolver in der Hand in der Tür steht. Léo auf dem Sofa, die Beine auf dem niedrigen Tisch ausgestreckt, eine Flasche Wein in Reichweite … Dann rissen die Bilder ab, aus der Traum …

Sam war wieder da und beobachtete hinter seinem Fernglas, von der anderen Straßenseite aus, ihr Liebesspiel. Ein leichter Windstoß weht ihm dabei die Haarsträhne zur Seite, unter der seine sternförmige Narbe sichtbar wird.

Léo, Léo, warum hast du mich verlassen? Und du, Sam, wo bist du jetzt?

Nina zog Marion ungeduldig am Ärmel.

»Mama, Mama, kommst du?«

Auf der Schwelle zum Wohnzimmer sah sich Marion unschlüssig um und betrachtete die Einrichtung, als hätte sie all das noch nie gesehen. Léos Gitarre lehnte in ihrer Hülle an der Wand, und auf dem Tisch quoll ein gelber Aschenbecher von halb aufgerauchten und hastig wieder ausgedrückten Zigaretten über. Der Duft seines eigentümlichen Parfums schien den Raum zu erfüllen, oder spielte ihr ihre Phantasie einen Streich ...? Marion spürte Léos Abwesenheit mit jeder Faser ihres Körpers, und sie konnte nicht umhin, einen beunruhigten Blick nach draußen zu werfen, um sicherzugehen, daß Sams Schatten sie nicht mehr verfolgte.

Mit ängstlich angehaltenem Atem fiel ihr Blick schließlich auf den Anrufbeantworter. Auf dem Display starrte ihr die Zahl 0 entgegen, ein kleines, sanftes Oval, wie eine Botschaft aus dem Jenseits.

»Man muß sich die Kunden des Aufbau-Verlages als glückliche Menschen vorstellen.«

SÜDDEUTSCHE ZEITUNG

Streifzüge mit Büchern und Autoren:
Das Kundenmagazin der Aufbau Verlagsgruppe erhalten Sie kostenlos in Ihrer Buchhandlung und als Download unter www.aufbau-verlag.de.

aufbau
VERLAGSGRUPPE